일러두기

1. 번역에 쓰인 원전은 2013년 중국 장강문예출판사에서 출간한 '얼웨허 문집' 제1판을 사용했다.
2. 맞춤법과 띄어쓰기는 한글 맞춤법과 외래어 표기법에 따랐다.
3. 한자는 우리말로 표기하고, 꼭 필요한 경우에만 괄호 속에 원음을 병기해 이해하기 쉽도록 했다.
   예 : 다이곤多爾滾(도르곤)
4. 인명과 지명은 우리말로 표기했다. 단, 이미 굳어진 표현은 원지음을 존중했다.
   예 : 나찰국羅刹國(러시아). 이후에는 '러시아'로 표기
5. 본문 중의 괄호 안에 뜻을 풀이한 것은 모두 옮긴이의 설명이다.

【전면개정판】

인류 역사상 최대의 제국을 지배한 위대한 황제

건륭황제

17

얼웨허 역사소설

홍순도 옮김

더봄

건륭황제 17권

개정판 1판 1쇄 인쇄　　2016년 8월 19일
개정판 1판 1쇄 발행　　2016년 8월 23일

지은이　　　얼웨허(二月河)
옮긴이　　　홍순도
펴낸이　　　김덕문

펴낸곳　　　더봄
등록번호　　제399-2016-000012호(2015.04.20)
주소　　　　경기도 남양주시 별내면 청학로중앙길 71, 502호(상록수오피스텔)
대표전화　　031-848-8007　　**팩스**　031-848-8006
전자우편　　thebom21@naver.com
블로그　　　blog.naver.com/thebom21

ISBN 979-11-86589-69-4 04820
ISBN 979-11-86589-52-6 04820(전18권)

책값은 뒤표지에 있습니다.

백마를 조공품으로 받는 건륭제

청나라 제6대 황제인 건륭제의 재위 기간은 1735년~1795년이다. 하지만 조부 강희제康熙帝의 재위 기간(61년)을 넘는 것을 꺼려 스스로 물러나 태상황제로 산 4년을 합하면 중국 역대황제 중 재위기간이 가장 긴 황제가 된다. 건륭제 시기 청 제국의 국력은 세계 경제의 3분의 1에 달하였고, 국토 역시 오늘날 중국 영토인 960만㎢보다 넓은 1300만㎢에 달하였다. 또한 예수회 선교사들을 통해 서양의 학문과 기술이 전래되고, '차이나'가 유럽에 본격적으로 알려지기 시작했다. 당시 중국은 외국에서 무역을 하자며 선물을 보낸 것도 '조공' 朝貢으로 표기할 정도로 천하의 중심을 자처하였다. 역사는 강희제부터 건륭제 시기까지를 '강건성세'康乾盛世로 부르며, 중국 역사상 최고의 전성기였다고 평가한다.

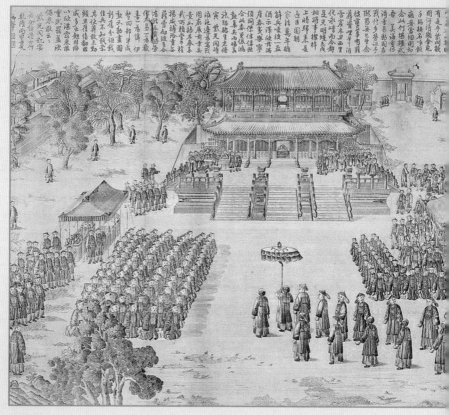

보월루寶月樓

중난하이中南海는 현재 중국의 정권 핵심부가 자리를 잡고 있는 곳으로,
남쪽 정문이 신화문新華門이다. 이 건물은 본래 건륭제 때 황성 안쪽에 세워진
보월루寶月樓라는 일곱 칸짜리 2층 누각이었다. 신해혁명 이후에 대총통이 된
원세개袁世凱는 중난하이 안에 총통부를 만들었는데, 보월루 1층의 가운데 세
칸을 뚫어 통로를 만들고 '신화문'이라는 현판을 걸었다. 건륭제 당시 보월루
남쪽 너머에는 회자영回子營이라고 하는 위구르족의 집단거주지가 있었다. 때문에
위구르족 출신의 향비香妃는 고향이 그리울 때마다 보월루에 올라 회자영을
바라보았다는 이야기가 전해진다. 그림에서는 가운데 배치한 2층 건물이
보월루이고, 오른쪽 상단의 첨탑이 있는 건물이 이슬람사원이다.

惇
妃

돈비 왕씨惇妃 汪氏

1746~1806. 도통都統을 지낸 사격四格의 딸로,
건륭 27년 입궁해 건륭 35년 돈빈惇嬪에 진봉되었다.
건륭 40년에 열째공주 화효공주和孝公主를 낳고 돈비에
봉해졌다. 화효공주는 용모, 기개, 재주가 건륭을 닮아 가장
많은 총애를 받았다. 이에 교만해진 돈비는 사소한 일로 궁녀를
때려서 죽여 돈빈으로 강등되기도 했다. 하지만 2년 만에 다시
복권된 돈비는 화효공주를 수석군기대신인 화신和珅의 아들
풍신은덕風神殷德에게 시집보내 그와 사돈을 맺었다.

6부 추성자원秋聲紫苑

10장

우민중의 두 얼굴

화신和珅이 '밀지'密旨를 받고 물러났을 때는 오시午時가 끝나가는 무렵이었다. 가인이 군기처로 보내온 점심이 난로 위에 놓여 있을 시간이기도 했다. 그는 그러나 대충 두어 숟가락 떠먹고는 수저를 내려놓았다. 이어 가인에게 분부를 내렸다.

"유전劉全에게 오문午門 밖의 '문관하교, 무관하마'文官下轎, 武官下馬 철패鐵牌 앞에서 기다리라고 하거라. 그리고 돌아가서 마님에게 전하거라. 장방賑房에서 은자 이백사십 냥을 꺼내 노자에 보태 쓰도록 기윤 대인 댁에 보내드리라고 말이야. 집에서 기다리는 예부 관리들과 호부 천섬사川陝司(사천성과 섬서성을 담당하는 부서) 사람들에게는 모두 호부로 오라고 전하거라. 그리고 나머지 대인들에게는 내가 오늘과 내일 이틀 동안 도무지 시간을 낼 수 없으니 미안하다고 하거라. 정 급한 일이 있는 사람은 내일 오후 군기처로 직접 나를 찾아오라 하고."

가인은 화신의 끊임없는 분부에 연신 굽실거리면서 대답했다. 화신은 군기처 차방茶房에서 차까지 한 잔 얻어 마시고는 끄윽 트림을 하면서 밖으로 나섰다. 마침 옹선顒璇과 옹염顒琰 두 황자가 군기방軍機房에서 나오고 있었다. 그는 황급히 걸음을 멈추고는 만면에 웃음을 지으며 인사를 했다.

"여덟째마마, 열다섯째마마, 그동안 길상吉祥하셨사옵니까! 폐하를 뵈러 가시옵니까?"

옹선, 옹염 두 형제는 잠시 멈춰 섰다. 옹염은 엷은 미소를 지어 보일 뿐 말이 없었다. 그러나 옹선은 히죽 웃으면서 다가와서는 손가락으로 화신을 찍듯이 가리키며 말했다.

"어디서 기어 나오는 건가? 차방에서 물이라도 끓였나? 군기대신이 되기 전에는 매일 볼 수 있더니, 되고 나니 통 그림자도 구경할 수 없구먼. 방금 왕이열王爾烈 사부님을 만났었네. 몇몇 종실宗室 자제들이 매월 열두 냥씩 나오던 독서은자讀書銀子(글공부를 하면 주는 돈)가 아직까지 안 나왔다고 툴툴댄다던데? 어찌된 영문인지 우리에게 가보라고 해서 자네를 찾던 참이었네. 무슨 군기대신이 그런 데까지 신경을 써야 되나. 머리가 터지지 않는 게 용하네!"

화신이 옹염을 힐끗 쳐다보고는 웃음을 지었다.

"소인이 아무리 궁한들 어찌 감히 독서은자에까지 손을 대겠습니까! 은자는 연초에 한꺼번에 내무부로 보냈습니다. 한 푼도 모자라지 않게 말입니다. 육경궁毓慶宮의 서재에 손볼 데가 있다고 해서 제가 그 수리비까지 다 챙겨 드렸는걸요! 염려하지 마십시오. 제가 바빠서 죽는 한이 있더라도 오늘 내일 사이에 꼭 처리해 놓겠습니다!"

화신이 이어 자신의 가슴팍을 툭 치면서 덧붙였다.

"주머니가 궁하시면 이 화신을 찾아오십시오!"

옹염이 화신의 말에 실소하듯 웃음을 터트렸다.

"그럴 리가! 아무리 돈이 궁하다고 해도 자네한테 손을 내미는 일은 없을 거네! 조심해, 화신! 누군가가 그러던데 원명원 공사 현장 인부들의 공전工錢이 이번 달부터 이 푼 오 리로 떨어졌다면서? 원래는 삼 푼이었잖아! 그 전에는 사 푼이었던 적도 있었고. 연초와 연말에는 때에 따라 육 푼까지 올라갔었는데, 무엇 때문에 갈수록 오르지는 못할망정 계속 떨어지느냐 이거지. 이상하지 않은가?"

화신이 옹염의 말에 잠시 어리둥절한 표정을 지었다. 이어 어색하게 웃으면서 바로 대답했다.

"원명원 공사는 예산이 딱 짜여 있는데 누가 감히 거기에 손을 대겠습니까? 그 사람이 뭘 좀 잘못 알고 있는 것 같은데요? 동절기와 하절기에는 사 푼, 춘추 두 계절에는 삼 푼이옵니다. 이번 달에 모자라는 부분은 다음 달에 꼭 채워줄 것입니다. 아시다시피 자재값이 장난이 아닙니다. 운남雲南과 장백산長白山 쪽의 자재를 여기까지 운반해 오는 운임도 어마어마합니다. 목재 하나에 수만 냥을 호가할 정도입니다. 며칠 전에는 옹화궁雍和宮(옹정제가 황자 시절에 거처하던 궁)에 있는 것보다 배는 더 굵은 단향목檀香木을 채벌했다고 하는데, 그걸 북경까지 운송하려면 적어도 백만 냥을 줘야 한다고 전풍 공이 서찰을 보내왔습니다! 그쪽 사람들의 입을 막는 데만도 진땀이 나는데 돈 나갈 일이 어디 한두 가지여야죠. 복 도련님이 개선하시면 노군勞軍 명목으로 또 백만 냥 정도는 있어야 하니 여기저기에서 빼고 박고 돌리고 하다 보면 내줄 걸 제때에 못 내주는 경우도 가끔은 있습니다. 한 달걸러서 준 적은 간혹 있었으나 입을 싹 닦아버린 적은 없었습니다!"

옹염이 피식 웃으면서 말했다.

"우리가 감 놔라 배 놔라 할 일은 아니네. 그런 소리가 들리니 만난 김에 생각나서 물어봤을 뿐이네. 큰 살림이든 작은 살림이든 살림을 한다는 자체가 힘들다는 걸 우리가 어찌 모르겠나? 잘하면 당연하고, 못하면 온갖 욕을 다 먹어야 한다는 사실도 모르지 않네."

옹염의 말이 끝나기를 기다렸다가 옹선이 입을 열었다.

"복강안이 유용에게 서찰을 보내 백만 냥과는 별도로 오만 냥을 더 요구했다던데, 그건 알고 있었나?"

"금시초문인데요? 오만 냥은 왜 필요하답니까?"

"라마묘喇嘛廟를 공격할 때 오백 정예병을 투입하면서 공략에 성공하면 일인당 백 냥씩 상을 내리기로 약조했다고 하네."

옹선이 덧붙였다.

"그러니까 백만 냥은 삼군三軍의 병사들을 위로하는 데 쓰는 거고, 오만 냥은 따로 쓸 데가 있다 이거지."

옹선의 말에 화신의 표정이 심각하게 변했다. 옹염이 그런 화신의 얼굴 표정을 살피면서 말했다.

"말이 쉬워서 오만 냥이지 예산 이외의 돈은 모두 어지를 청해야 마땅하니 폐하께서 윤허하실지 여부는 아직 미지수이네. 복강안 그 친구는 손이 너무 큰 게 문제네. 은자를 그리 물 쓰듯 해서야 어떻게 감당을 하겠나!"

"제가 가능한 한 마련해 보겠습니다."

화신이 다시 대수롭지 않다는 표정을 지었다. 의죄은자議罪銀子를 비롯해 관세와 원명원 공사비를 통괄하는 그로서는 5만 냥을 만드는 일쯤은 식은 죽 먹기였다. 사실은 어지를 청하거나 호부에 알리고 자시고 할 일도 아니었다.

그러나 화신은 옹염의 눈치를 보지 않을 수 없었다. 출신이 빈한한 위가씨에게서 태어난 옹염은 은자에 있어서는 인색할 정도로 예민한 편이었다. 태감을 시켜 금팔찌 하나를 구입할 때도 재고 또 재는 성격이었다. 부창부수夫唱婦隨라고 옹염이 산동에서 데려와 새로 들인 측복진 역시 검소하기 이를 데 없었다. 의복을 닳고 닳아 해질 정도까지 빨아 입고도 모자라 같은 색상의 천을 구해 바느질을 꼼꼼히 해서 다시 입고 다닐 정도로 '청승맞은' 편이었다. 그런 사람 앞에서 5만 냥의 은자를 우습게 보는 '통 큰' 모습을 보였다가는 미운털이 박히지 않을 수 없을 터였다. 자칫 잘못 걸려드는 날에는 된통 얻어맞을 수도 있었다. 그렇다고 난색을 표하면서 복강안에게 밉보일 수도 없는 일이었다. 그가 입술을 감아 빨면서 잠시 고민한 끝에 입을 열었다.

"은자가 많이 들어오기는 하나 쓸 데도 여간 많지 않습니다. 솔직히 골치가 아픕니다! 하오나 다른 곳에서 긴축하는 한이 있더라도 조정과 종묘사직을 위해 머리 날아갈 위험을 감수하고 전장에서 싸운 사람들에게 인색할 수는 없지 않겠습니까?"

옹선과 옹염 두 황자는 화신의 말이 끝나자 쓴 약을 삼킨 듯 얼굴을 찡그리고 있는 그를 향해 웃어 보이고는 자리를 떴다. 화신은 그제야 오문으로 걸음을 옮겼다. 유전은 벌써 도착해 밖에서 기다리고 있었다.

화신과 유전은 곧 태감 왕렴과 작약까지 불러 60~70명의 회족回族 부녀자들을 대상으로 나름 '등급'을 매기기 시작했다. 그 과정에서 둘은 외모와 체구를 눈으로 살피는 것만으로도 부족해 허리를 꾹꾹 눌러보거나 손발까지 주물럭거리면서 희롱 아닌 희롱을 해댔다. 서역 화탁부에서는 나름대로 금존옥귀의 대갓집 규수들이었던 그녀들은 모든 것을 체념한 표정들이었다. 이미 포로가 되어 타향 만리로 압송돼오는 길에 너무 많은 좌절을 겪었기 때문이었다. 병사들에게 유린을 당했을 뿐 아니라 북경에 와서도 물건처럼 취급당하고 있으니 자신들의 처지가 한스럽게 느껴질 수밖에 없었던 것이다.

'선별 작업'은 족히 한 시간도 더 넘게 걸렸다. 화신은 왕렴과 작약 두 태감에게 뭐라고 한참 귀엣말을 하고서야 자리를 떴다.

화신은 그 길로 혼자 호부로 달려갔다. 그곳에서 전량錢糧 지출과 관련해 상의한 다음 금천 역도驛道를 닦는 데 필요한 예산을 짰다. 그러고는 사관司官들의 보고까지 다 들었다. 그러자 벌써 날이 어두워지고 있었다. 원명원 공사를 책임진 유전이 자리에 없었던 탓에 원명원 공사와 관련해서는 심도 있게 논의할 수는 없었다. 화신은 그래서 자리에 있던 사람들에게 궁금했던 바를 물었다.

"누가 그쪽 공전을 오 푼 깎았나?"

호부 사람들은 항상 웃는 얼굴이어서 '허파에 바람 든 사람'이라는 별명까지 달고 다니는 화신이 갑자기 낯빛을 확 바꾸자 모두들 놀란 표정을 지었다. 한참 후 누군가가 대답했다.

"유 총관께서……."

"유전 말인가? 무슨 일이 있었나?"

"승덕承德의 몇몇 라마사喇嘛寺에서 불상을 도금하는 데 돈이 필요하다고 합니다. 호부와 공부가 상의 끝에 인부들의 공전에서 조금씩 떼어 그쪽으로 돌려주자고 결정한 것 같습니다. 유 총관께서도 허락하신 걸로 알고 있습니다."

"그렇게 큰일을 왜 여태 보고하지 않았다는 말인가?"

"……"

등불에 비친 화신의 얼굴은 어둡고 푸르스름한 빛을 발했다. 급기야 그가 쓰고 떫은 농차를 벌컥벌컥 들이마시면서 좌중을 획 쓸어봤다. 그러고는 버럭 화를 냈다.

"오 푼 깎은 건 다음 달에 전부 보충해 줘! 벼룩의 간을 빼먹어도 유분수지! 마누라와 새끼들 먹여 살리겠다고 그 몇 푼을 벌지 못해 물똥을 싸는 인부들의 돈을 뜯어먹어? 인부들의 식사도 전보다 부실해졌다면서? 고기도 닷새에 한 번씩 먹이던 걸 이제는 사흘에 한 번씩은 먹이도록 해! 제대로 부려먹으려면 배불리 먹여놔야 할 거 아니야? 먹은 소가 똥도 잘 싼다는 이치도 몰라? 지렁이도 밟아봐, 꿈틀하지 않나! 성질나면 들고일어나기 마련이라고! 그럼 어떻게 돼? 부실공사로 천장에 구멍이라도 뻥 뚫려봐? 비가 새고 바람이 들어오면 누가 그 책임을 질 거야?"

화신은 잔뜩 풀이 죽어 있는 좌중의 사람들을 무섭게 쓸어보면서 힘껏 손사래를 쳤다. 이어 가마에 올라 집으로 돌아왔다.

가마가 내려앉았다. 화신은 허리를 숙이고 가마에서 내렸다. 유전이 가인들을 데리고 맞으러 나오는 모습이 보였다. 화신은 일부러 좋은 낯빛을 보이지 않았다. 문간방을 비롯해 복도, 당방堂房, 안채의 뜰 할 것 없이 온통 등촉이 휘황찬란한 탓이었다. 그는 날이 선 눈을 매섭게 올려 뜨고 한껏 굳은 표정을 한 채 내뱉듯 말했다.

"오늘이 무슨 정월대보름이라도 되는 거야? 아니면 돈 자랑이라도 하려는 거야?"

"공사가 너무 다망하시어 잊으셨나 봅니다, 나리!"

유전이 웃는 얼굴로 덧붙였다.

"오늘이 열째공주마마의 생신이 아닙니까! 큰마님께서 입궐하시어 경하드리고 오시니, 황후마마께서 또 어멈을 시켜 장신구들을 보내주셨습니다. 해녕海寧 대인께서도 봉천奉天에서 축하 선물을 보내오셨습니다. 이 밖에 내무부의 소릉아蘇凌阿, 오성삼吳省三, 이광운李光雲, 이

황李潢 공 등이 아직도 의사청議事廳에서 기다리고 계십니다. 나리께서 하조下朝하시기만 고대하고 있습니다."

잠시 어리둥절해 있던 화신은 그제야 짚이는 데가 있는 듯 가볍게 고개를 끄덕였다. 돈비惇妃 왕씨汪氏가 열째공주를 자신의 정실부인 풍馮씨 소생의 아들 풍신은덕豊紳殷德에게 시집을 보내겠다면서 넌지시 귀띔을 했었다는 얘기를 얼마 전에 들은 기억이 난 것이다. 당시에는 그저 아녀자들끼리 가볍게 입방아를 찧은 것쯤으로 치부해 한 귀로 듣고 한 귀로 흘려버렸었는데, 듣고 보니 그게 아닌 것 같았다. 황후가 장신구까지 상으로 내린 걸 보면 적어도 태후와 황후는 이 혼인에 대해 찬성한다는 얘기일 터였다. 이런 일에서는 '개코'처럼 냄새를 잘 맡는 내무부의 소릉아 등이 기어든 걸 보면 더욱 그런 것 같았다.

화신은 말없이 입을 찢으면서 웃었다. 이어 한결 가벼워진 걸음으로 안으로 들어갔다. 그러고는 의사청 처마 밑에 온갖 예물 꾸러미들이 쌓여있는 걸 힐끗 쓸어보고는 빠른 걸음으로 의사청 안으로 걸음을 옮겼다. 그러자 소릉아 등이 잽싸게 일어나더니 한쪽 무릎을 꿇으며 예를 갖췄다. 모두들 얼굴에 국화꽃처럼 흐드러진 웃음을 띠우며 아부의 말을 전했다.

"중당, 축하합니다!"

"이제 하늘로 오르게 됐습니다."

소릉아 등은 와자지껄하게 소란을 떨었다. 아부의 차원을 넘었다.

"못난 이 사람은 오로지 황실의 은혜에 감격할 따름이오."

화신이 한껏 겸손한 태도를 보이면서 좌석의 가운데 자리에 앉았다. 사실 이곳에 모인 소릉아를 비롯한 네 사람은 모두 내무부 말단 시절에 서로 어울려 작패놀이나 하면서 시간을 죽이던 그 옛날의 '구우'狗友(호붕구우狐朋狗友의 준말. 어중이떠중이 친구)들이었다. 당시에는

'꾼'이 모자랄 때 스스럼없이 불러주면서 허물없이 굴던 사이였으나 이제는 엄연한 상, 하 관계가 된 것이다. 화신은 득의양양한 표정으로 어깨를 으쓱거렸다. 이어 한껏 품위 있고 고매하게 보이고자 애쓰면서 천천히 말했다.

"어서들 앉지, 마침 잘 왔소. 방금 호부에서 원명원 공사건에 대해 회의가 있었소. 자네들은 모두 공사감독을 맡고 있으니 그러지 않아도 부르려던 참이었소."

화신이 잠시 말을 멈췄다 다시 문 밖을 가리키면서 물었다.

"저건 자네들이 가져온 것이오?"

목소리를 잔뜩 깔고 일부러 근엄한 척 하는 화신과 달리 좌중의 넷은 어느새 옛날로 돌아간 듯 했다. 헤헤거리고 웃으면서 편하게 앉아 있었다. 그러나 화신이 문자 끝자리에 앉아 있던 이광운이 반쯤 엉덩이를 들었다 내려놓으면서 정중하게 대답했다.

"우리는 아닙니다! 지난번에 뒈지게 혼났으면 됐지 또 쫓겨날 일이 있습니까? 부部의 몇몇 얼뜨기들이 보낸 것 같네요. 유전이 받으려고 하지 않자 그냥 던져버리고 간 것 같습니다."

소릉아와 오성삼, 이황 역시 따라서 도리질을 했다.

"맹세코 우리는 아닙니다."

"그래야지."

화신은 이어 소릉아 등 네 사람을 천천히 일별했다. 이황을 제외한 나머지 셋은 못나고 특이한 모양새가 여전했다. 화신은 그 얼굴들을 쳐다보면서 미어터지는 웃음을 겨우 삼켰다.

"원공園工(원명원 공사장) 감독관은 공짜가 많이 생기는 자리라 너도 나도 눈독 들이고 있소. 크든 작든 간에 제 할 일을 소홀히 해서 문제가 발생했을 시에는 나도 달리 도와줄 방법이 없을 거요. 자네들네 사람의 손을 거치는 예산만 해도 해마다 이천만 냥은 더 되지? 원자재 구입에 대충 얼마가 들고 인건비로 대략 어느 정도 나간다는 것쯤은 자네들도 거울처럼 훤하겠지만 나도 눈뜬 봉사는 아니오. 유전, 자네도 들어와서 잘 들어두게!"

화신이 말을 하다 말고 밖을 향해 손짓을 했다. 이어 다시 말을 이었다.

"인부들의 공전을 그깟 오 푼씩 뜯어내 봤자 얼마나 된다고 그러오? 인부가 삼십만 명이니 하루에 일천오백 냥밖에 더 돼? 일 년이라고 해봤자 오십만 냥밖에 안 되는데, 그 정도를 어디서 후벼내지 못해 벼룩의 간을 꺼내 먹으려고 들어? 여기는 외성外省이 아닌 북경, 그것도 금원禁苑이라는 걸 명심하시오. 내일이라도 당장 폐하께서 시찰을 나오셨을 때 어떤 겁 없는 자가 승여乘輿를 막고 고발이라도 하는 날에는 무슨 경을 치려고 그러는 거요? 이보게 형씨들, 소탐대실의 우를 범하지 말자고!"

소릉아를 비롯한 좌중의 넷은 속으로 감복해마지 않았다. 몇 년 사이에 괄목할 만큼 커버린 화신을 보니 저절로 그런 생각이 들었다. 소릉아가 그런 생각을 굳이 숨기지 않았다.

"실로 지극히 이치에 맞는 명언이십니다. 가슴에 새겨두겠습니다! 헌데 청백리로 소문난 전풍은 무슨 나무 한 그루를 백만 냥씩이나 받고 판다는 말입니까? 속이 검은 정도가 아니라 완전히 먹물이네요. 은자는 내일 아침 십장들을 불러 전부 내주도록 하겠습니다."

유전도 한마디를 잊지 않았다.

"짜고 노는 작패作牌처럼 그리 촌스럽게 굴지 말고 며칠 후에 해도 늦지 않소!"

"수종樹種과 수령樹齡에 따라, 그리고 거리와 도로 사정에 따라 나무 한 그루에 백만 냥이 아니라 더 나갈 수도 있지."

화신은 전풍이 고가에 나무를 팔려고 하는 이유를 미뤄 짐작할 수 있었다. 해마다 말썽인 운남성 이해洱海의 물길을 다스리는 데 돈을 보태려고 하는 것일 터였다. 그러나 구태여 좌중의 사람들에게 해명은 하지 않았다. 그가 덧붙였다.

"그 사람이 얼마나 자중자애하는 사람인데 누구에게 책잡힐 짓을 하겠소? 내가 알아봤는데, 과연 옹화궁의 석존상釋尊像보다 더 큰 것 같았소. 머나먼 험산악수險山惡水를 건너 여기까지 운송해오려면 그렇게 받지 않고서는 수지타산이 맞지 않소. 내 이름으로 십만 냥을 더 보태줄 것이니 호부의 장부에는 올리지 마시오."

소릉아 등 좌중의 사람들은 모두 화신과 전풍이 서로 감싸줄 정도로 가까운 사이가 아니라는 사실을 너무나 잘 알고 있었다. 아니 오히려 '따로국밥'이라고까지 생각하고 있었다. 따라서 뜬금없는 화신의 태도에 모두들 의아스러워 할 수밖에 없었다. 그러나 유전만은 화신이 낚싯줄을 길게 늘여 대어를 낚기 위한 속셈을 가지고 있다는 사실을 모르지 않았다. 급기야 속내를 꽁꽁 감춘 채 히죽 웃고 있는 화신을 보면서 내심 혀를 내둘렀다.

'저 웃음 속에 비수를 품고 있는 줄을 누가 알겠어!'

화신은 손님들을 다 보내고 나자 시장기를 느꼈다. 마침 그때 소실인 장이고長二姑가 하녀를 데리고 오는 것을 보고 분부를 내렸다.

"먹을 거 좀 가져와. 점심도 한술 뜨네 마네 했더니 배가 고프군!"

그 말이 떨어지기도 전에 화신이 '누님'이라고 부르는 오씨가 식합을 들고 나타났다. 이어 식탁을 펴놓고 서둘러 음식을 꺼내놓으면서 화신에게 말했다.

"나리께서 즐겨 드시는 걸로만 몇 가지 준비했습니다. 언제 올지 몰

라 난롯불 위에 얹어 데우고 있었어요. 드셔보세요. 차다 싶으면 주
방으로 도로 가지고 가서 다시 데워오겠습니다."

화신이 덥석 만두를 집어 한 입 가득 베어 물었다. 이어 쇠고기볶
음도 한 젓가락 넘치게 집어 입안에 쑤셔 넣었다. 그러고는 연신 고개
를 끄덕이면서 엄지를 내둘렀다. 동시에 씹는 둥 마는 둥 빠르게 넘
긴 다음 똑똑하지 못한 소리로 감탄사를 토해냈다.

"차다니? 맛있기만 하오. 그런데 누님이 직접 식탁을 차릴 필요는
없소. 앞으로 식탁 차리는 건 취병이에게 맡기시오."

그러자 장이고가 대답했다.

"취병이도 오늘은 바빠요. 이씨 모녀를 들일 방을 청소하느라 종일
쉴 틈이 없었는걸요. 오랫동안 방치해뒀던 방이라 식초를 뿌리고 탄
불을 피워 사기邪氣를 내보내는 데만도 한참이나 걸렸어요."

'이씨 모녀'는 다른 사람들이 아니었다. 바로 이시요가 거둬 먹여
살린 오갈 데 없는 빈한한 모녀였다. 둘은 당초 양주揚州 성문령城門
領이었던 근문괴靳文魁의 집에서 하녀로 있었다. 그러다 주인의 실각과
함께 오갈 데가 없어지면서 우여곡절 끝에 화신으로부터 도움을 받
았다. 이어 북경으로 흘러 들어와서는 이시요의 도움을 받았다. 하지
만 그것도 잠시였다. 이시요가 영어의 몸으로 전락하자 화신에 의해
이 집으로 들어오게 됐다. "도와주려면 끝까지 도와줘야 한다"는 화
신의 의지가 반영된 결과라고 할 수 있었다. 그러나 화신에게는 당연
히 속으로 다른 꿍꿍이속이 있었다. 아무려나 화신이 밥그릇을 입에
대고 젓가락으로 음식을 입안에 쓸어 넣으면서 말했다.

"불쌍한 사람들이네. 여자 둘이서 우리 양식을 축내봐야 얼마나 축
내겠나? 절대 천대하거나 눈치를 주지 마. 오죽하면 출가할 생각까지
했겠는가? 그래서 내가 불심만 있으면 됐지 꼭 암자에 들어가야 한

다는 법은 없지 않느냐고 말렸네. 모녀에게 불당을 따로 만들어 주게. 당분간 향을 사라 불경 공부를 하도록 배려해주게. 월례 은자는…… 취병이 정도로 맞춰주고!"

화신이 말을 마치고는 다시 물었다.

"마님께서는 벌써 잠자리에 들었는가?"

"이제야 마님 생각이 나십니까? 마님께서는 약을 드시고 주무십니다. 이번 의생이 지어준 약은 약효는 느려도 약발은 제대로 받는 것 같습니다. 어제보다 오늘은 더 기운을 차리셨어요. 낮에는 친히 가무를 돌보셨는걸요!"

장이고가 다시 덧붙였다.

"불당을 따로 만들 필요는 없을 것 같습니다. 저쪽 공터가 넓어서 왕궁이라도 지을 수 있을 정도잖아요. 저기에다 가묘家廟를 하나 지어주시지 그러십니까?"

장이고는 애교를 떨면서 간이라도 녹일 듯 웃고 있었다. 그러나 그녀의 말 속에는 불타는 듯한 질투의 감정이 다분히 섞여 있었다. 화신이 젓가락을 내려놓고 수건으로 얼굴을 닦으면서 말했다.

"강희황제 때 색액도索額圖라는 중당이 있었네. 공로도 재능도 나 따위는 감히 비할 바가 못 되는 큰 인물이었지. 본인은 천주교天主敎를 믿고, 마누라는 불자佛子였어. 또 아들은 도사道士였지. 그런데 그 마누라가 얼마나 질투가 심한지 색액도가 조금만 어느 하녀에게 잘해 줘도 그 꼴을 보지 못하는 거야. 그래서 툭하면 집구석을 아수라장으로 만들고 애꿎은 하녀들을 개 패듯 팼다지 뭔가. 그 소문이 밖으로 새 나가니 남정네 체면이 온전했겠나? 신료들은 물론 폐하께서도 집안단속 하나 제대로 못하는 신하를 어찌 믿고 중임을 맡기시겠나? 그러다 보니 갈수록 성총이 전보다 못해져서 색액도는 결국 좋은 결

말을 못 보고 말았지 않은가."

화신이 입에 올린 얘기는 아녀자들에게는 금시초문이었다. 그러나 예사롭게 들리지는 않는 모양이었다. 장이고와 오씨는 한참 동안 속으로 그 얘기를 음미했다. 그러고는 화신이 뜻하는 바를 알겠다는 표정을 지었다. 화신은 이때다 싶어 화두를 놓지 않고 '뿌리를 뽑을' 태세로 말을 이었다.

"'가사화, 외사흥'家事和, 外事興이라고 했네. 집안이 화목해야 바깥일이 잘된다는 얘기지. 내가 밖에서 안심하고 일할 수 있는 건 안사람들이 내조를 잘해줬기에 가능한 것이네. 부귀처영夫貴妻榮이라고도 하지 왜. 남정이 밖에서 일이 잘 풀리고 쭉쭉 잘 나가야 안에서도 잘 먹고 잘 살 수 있을 게 아닌가? 뭐든지 안팎이 궁합이 잘 맞고 아귀가 척척 맞물려 돌아가야 만사대길하는 법이라네. 기윤 공을 좀 봐! 안 그래도 살맛이 안 나는데, 가인들까지도 집구석을 완전히 말아먹으려고 작정을 했다지 뭔가! 우리 가인들은 선견지명들이 있어 그런 일은 없겠으나 혹시나 해서 못을 박아두는 바이네. 공터 얘기가 나왔으니 말인데, 풍수지리의 대가들을 불러 그쪽의 터가 어떤지 봐달라고 해야겠네. 열째공주가 우리 가문으로 들어온다면 격식을 좀 갖춰야 하지 않겠나."

화신이 말을 마치고는 자리에서 일어서면서 덧붙였다.

"내일은 폐하를 모시고 원명원으로 가야 하니 오늘은 일찍들 들어가 쉬게."

장이고와 오씨, 하녀들은 바로 물러갔다. 화신은 그제야 유전을 향해 고개를 돌리고는 물었다.

"바깥 복도에 있는 물건들은 누가 보내온 것인가?"

유전이 자신없게 대답했다.

"저도 일일이 이름은 기억하지 못하겠습니다. 스무 명도 더 되는 걸요! 육부六部의 미관말직들 같던데, 저마다 외임外任으로 보내달라는 거겠죠, 뭐."

"외관外官들의 빙경氷敬, 탄경炭敬은 괜찮으나 경관京官들의 예물은 절대 받아서는 안 되네. 명단을 줘봐! 예물은 모두 돌려보내겠지만 우리가 도와줄 수 있는 데까지는 도와줘야지."

화신이 터져 나오는 하품을 손으로 막으면서 덧붙였다.

"우리의 일거수일투족을 지켜보는 사람들이 적지 않네. 내 자리를 노리고 나를 몰아내려는 사람도 있고 말이네! 좀 더 철저해져야 해. 우 중당이 바로 그중의 한 사람이지!"

화신의 말에 유전이 맞장구를 쳤다.

"예, 맞습니다! 어제도 공사현장에 나와 어슬렁대더군요. 인부들에게 이 목재는 시가로 얼마냐는 둥, 저 와석瓦石은 산지産地가 어디냐는 둥 꽤 궁금해 하는 것 같았습니다. 이 밖에 들리는 소문에 의하면 그는 명륜당明倫堂 수리비용에도 관심을 보였다고 합니다. '은자는 일개 개인이 관리하는 것보다 호부에서 통일적으로 예산을 편성하는 것이 바람직하다'면서 묘한 여운을 남기는 말도 했다고 합니다."

화신의 눈길은 촛대에 박힌 채 움직일 줄 몰랐다. 촛대 위에 기어다니는 벌레라도 응시하듯 꼼짝도 하지 않고 있었다. 유전이 조심스럽게 물었다.

"나리, 괜찮으십니까?"

"어? 아아……, 괜찮지, 그럼!"

뭔가 생각에 잠겨 있던 화신이 그제야 웃음을 지어보였다.

"잠깐 딴 생각을 하고 있었네. 우민중이 내 뒤를 캐려고 발동을 건 것 같은데, 내가 그리 호락호락 당할 것 같은가 보지? 전풍과 비교해 봤을 때 전풍은 심계心計가 예사롭지 않으나 정인正人임에는 틀림이 없네. 허나 우민중은 '아니, 아니 하면서 술 석 잔'인 격으로 겉으로는 온갖 점잖을 다 빼면서 뒤로 호박씨를 까는 요주의 인물이네."

유전도 고개를 끄덕였다.

"조심해야겠습니다. 건청문乾淸門에서 시중드는 꼬마 태감 왕보승王保勝에게 들은 바에 따르면 우 중당은 태감들에게 손이 엄청 크다고 합니다. 그 덕분에 집에 앉아서도 폐하의 일거수일투족을 훤히 꿰뚫고 있다고 하지 뭡니까. 폐하께서 오늘은 어떤 음식을 드셨는지, 어느 태감이 시중을 들었는지, 당직 태감은 누구인지, 갱의更衣를 시중든 자는 누구인지……. 아무튼 별의별 걸 다 물어보고 궁금해 한다고 합니다. 혹시 폐하께서 언제 미력하신 틈을 타서 대궐이라도 범해보겠다는 뜻이 아닐까요?"

화신이 풋 하고 웃음을 터트렸다.

"자네 머리에는 뇌수가 들어있는 게 아니라 오줌이 들어 있어, 오줌! 대궐은 아무나 범하는 줄 알아? 다른 사람이라면 몰라도 적어도 우민중은 그런 그릇이 못 돼. 아계 공과는 따로 놀지, 유용 공과도 좋게 지내는 법이 없지, 복강안과도 꼬이기만 하는데 누구를 믿고 그런 일을 꾀한다는 말인가? 이시요와 기윤 대인을 생매장해 버리려다가 그것이 물 건너가니까 이제는 나에게까지 마수를 뻗치시겠다? 흥! 누울 자리를 보고 다리를 뻗으시지! 제까짓 게 은자를 먹이면 얼마나 먹였을까? 자네도 아끼지 말고 그 몇몇 태감들에게 팍팍 써! 그리고 그가 태감들과 사사로운 교류가 있다는 증거를 확보해!"

화신이 홀가분한 듯 길게 숨을 들이마시면서 덧붙였다.

"자네도 들어가 쉬게. 누님에게 예물을 보내온 사람들의 명단을 들고 오라고 하게. 내일 중으로 전부 돌려보내야지. 그것도 일이네. '토끼도 제 굴 앞의 풀은 먹지 않는다'兎子不吃窩邊草고 했거늘 자네는 여태 나를 따라다니면서도 그런 도리 하나 깨우치지 못해서 그걸 받고 있었다는 말이야?"

유전은 뒤통수에 욕을 달고 물러났다. 그때 포근한 밤바람이 그윽한 꽃향기를 가득 싣고 발 틈새로 밀려 들어왔다. 순간 촛대 위의 촛불들이 격렬한 동작으로 춤을 추기 시작했다.

화신은 천천히 방안을 거닐면서 우민중을 저울질해 보기 시작했다. 그는 과거 기윤과 우민중이 당대 대학자의 이름을 걸고 학문을 겨루는 장면을 목격한 적이 있었다. 당시 우민중은 결코 기윤의 상대가 못 되었다. 그런데 이상하게도 건륭은 우민중을 기윤에 뒤지지 않는 '대재자'大才子라고 치하했다. 이제 보니 우민중은 시시각각 건륭의 동정을 살펴왔던 것이 틀림없었다. 황제가 요즘 무슨 책을 읽고, 무슨 음식을 먹고, 심기는 어떠한지를 미리 살펴 '지피지기, 백전불태'知彼知己, 白戰不殆(적을 알고 나를 알면 백번 싸워도 위태롭지 않다)의 전략을 펼치고 있었던 것이다! 화신이 약간 열이 느껴지는 이마를 쓸어 올리면서 혼잣말로 중얼거렸다.

"너무 했어. 따라 배울 게 따로 있지, 그건 아니야……."

"뭐가 너무 했다는 거예요?"

홀연 문밖에서 웃음소리가 들려왔다. 오씨가 한 손에 예단을 들고 들어섰다.

"새벽같이 나가 종일 일하고 기진맥진해 들어왔으면서도 여태 또 일에 대해 고민하고 계셨던 거예요?"

화신이 한 손으로 팔꿈치를 받친 채 종잇장을 집어 들었다. 이어 대충 훑어봤다. 그러고는 말했다.

"'자어자부'自語者富라는 말도 못 들어 봤소? 혼잣말을 잘하는 사람이 부자가 된다고 하잖아! 명단이 너무 많아 일일이 기억할 수 없으니 내일 하나 베껴 놓으시오. 예물은 돌려보내더라도 가능성이 있는 자들은 힘닿는 데까지 밀어줄 생각이오. 이부吏部의 애들이야 내 기침소리만 듣고도 설설 기는 걸."

화신은 말을 마치고 오씨를 유심히 훑어봤다. 역시 그녀는 언제 봐도 밤이 되면 유난히 더 발광發光을 하는 것 같은 '요물'妖物이 분명했다. 방금 목욕을 마친 듯 비누 향 역시 은은하게 풍기고 있었다. 중년 여인의 원숙함이 물씬 풍기면서도 길고 하얀 목은 아직 주름살 하나 없이 매끈했다. 오씨가 길어진 촛불심지를 가위로 잘라내면서 말했다.

"요즘 세상에 예물을 안 받는 사람이 어디 있다고 그러세요? 너무 겁을 내시는 것 같아요. 또 예물은 안 받겠다면서 힘껏 밀어주겠다는 건 뭐예요? 불가佛家에 귀의하기라도 하신 거예요? 헌데 민망하게 왜 그리 뚫어지게 봐요?"

오씨가 자신의 가슴을 게걸스럽게 노려보는 화신을 향해 얼굴을 붉혔다. 화신은 그 말을 기다렸다는 듯 오씨에게 와락 달려들었다. 이어 그녀의 풍만한 가슴을 움켜쥔 채 마구 주물러댔다. 다급해진 오씨가 손으로 문 언저리를 가리키면서 속삭였다.

"문이 훤히 열려 있는데 누가 들어오기라도 하면 어떡해요?"

화신이 그러자 두어 걸음 앞으로 다가가더니 바로 문을 닫아버렸다. 이어 히히 웃으면서 오씨 곁으로 다시 다가갔다. 동시에 은근히 기대에 차 있는 오씨를 와락 껴안고 입을 맞췄다. 그러고는 서둘러 허리띠를 끌러 바지를 밀어 내렸다. 이어 바로 의자에 앉았다. 그 다음부터는 일사천리였다. 우선 술이라도 마신 듯 양 볼이 발그레해진 오씨의 옷을 벗겨 무릎에 앉혔다. 이어 벌겋게 타오르는 석탄처럼 뜨겁고 막대기처럼 꼿꼿이 일어선 '털몽둥이'를 오씨의 손에 쥐어주고 나서 그녀의 가슴을 정신없이 탐닉하기 시작했다. 오씨 역시 연신 음란한 웃음을 쏟아냈다.

"이렇게 하는 건 또 어디에서 배웠어요? 제가 보기에는 군기대신이 아니라 여자 훔치는 대가네요."

"그래, 맞아! 계집을 수도 없이 가지고 놀았어도…… 역시 누님이 최고야."

화신은 간간이 짧은 신음을 터트리는 오씨의 불타는 정욕을 끊임없이 부채질했다. 그러고는 거친 숨을 몰아쉬었다.

"지금…… 폐하께서는 뭘 하고 계시는지 알아?"

"……글쎄요?"

"역시 이 짓이 한창일 거야. 해란찰 그 자식이 요물들을 수십 명씩이나 바쳤거든. 내가 그중에서 톡 건드리기만 해도 육즙이 샘솟을 것 같은 년들로만 골라 몇 명 들여보냈지. 얼마나 잘 빠졌는지 몰라. 허벅지를 슬쩍 만져 봤는데, 탱탱해……."

화신이 군침을 꿀꺽 삼키면서 불덩이처럼 달아오른 오씨를 본격적으로 요리하기 시작했다. 그녀는 곧 젖소 같은 가슴을 출렁이면서 숨이 넘어갈 듯 자지러졌다. 화신 역시 정신이 점차 몽롱해졌다. 오씨의 '기마술'은 갈수록 점입가경이었다. 화신은 운무를 타고 노니는 듯한 환각상태에서 점차 절정을 향해 치달았다…….

드디어 한바탕 폭풍우가 지나가고 오씨는 비 맞은 흙더미처럼 화신의 품에 쓰러졌다. 화신 역시 온몸이 촛농처럼 녹아내리는 것 같았다. 얼마 후 오씨가 화신을 한참이나 껴안고 있다 말고 쑥스러움에 시선을 피하면서 말했다.

"소리가 너무 커서…… 밖에서 다 들었겠어요."

화신은 그러나 의자에서 내려와 옷을 입으면서 일부러 큰 소리로 말했다.

"들으려면 들으라지! 저들은 뭐 이 짓을 안 하고 산대? 이 집에서는 내가 곧 황제야. 나를 따르는 자는 살아남고, 거역하는 자는 망하게 돼 있어! 그 소리가 뭐 어때서, 운우지성雲雨之聲이거늘!"

"무슨 '운우지성'씩이나!"

오씨가 여전히 수줍어하면서 서둘러 속옷으로 몸을 가렸다. 그러고는 한숨을 내쉬었다.

"저는 갈수록 야생마가 되어가는 것 같아요. 아녀자가 부끄러운 줄도 모르고……."

"사람은 누구나 다 이렇게 엎치락뒤치락하면서 사는 거요."

화신이 빙그레 웃으면서 오씨를 품에 꼭 끌어안았다. 그러고는 어깨를 토닥여줬다.

"내가 그랬잖아, 황제도 이 짓을 안 하고는 못 산다고. 나하고 살을 섞을 수 있는 것도 전생의 연분이라고 생각하오. 나 아닌 다른 사내와 통정한 것도 아닌데 어째서 그리 자책을 하오?"

화신이 말을 마치고는 고개를 숙이고 앉은 오씨의 눈물을 닦아줬다. 그러자 오씨가 일부러 토라진 척 돌아앉았다.

"그렇다고 나리가 이년의 남정인 건 아니잖아요."

화신이 오씨의 말이 끝나기 무섭게 그녀를 위로했다.

"나도 누님의 머리를 올려주고 당당하게 드나들고 싶소. 어찌 안 그렇겠소! 하지만 우리가 어떻게 만난 사이요? 누님은 내 구명은인이오. 모두들 그렇게만 알고 있는데, 우리가 그렇고 그런 사이임을 밝힌다면 남들이 뭐라고 수군대겠소? 입이 시궁창인 자들은 누님이 마치 뭔가를 바라고 나를 살려주기라도 한 것처럼 떠들고 다닐 게 아니오.

굳이 우리 사이를 공개하지 않아도 이렇게 잘 만나고 있는데 괜히 우스운 꼴을 만들 필요는 없지 않소, 안 그렇소?"

화신이 찻잔을 들었다. 그러고는 조금씩 마시면서 등촉燈燭에 시선을 고정시켰다. 오씨는 화신의 말에 조용히 고개만 끄덕였다. 그러다 갑자기 화신이 입을 다물어버리자 고개를 돌려 그를 바라봤다.

"듣고 있어요! 갑자기 벙어리가 된 건 아니죠? 무슨 생각을 그리 골똘히 하세요?"

"누님."

화신이 두 손으로 오씨의 얼굴을 부드럽게 감쌌다.

"이 바닥은 이렇게 순풍에 돛단 듯 잘 나가다가도 언제 광풍이 일어 배가 뒤집혀버릴지 모르는 곳이오. 누님이 내 재산 지킴이 노릇을 좀 해줘야겠소. 알다시피 기윤 공과 국태를 비롯한 조정 대신들이 재산을 압수수색 당한 일이 비일비재하지 않소? 앞으로 더하면 더했지 덜하지는 않을 것이오. 그런데 누님도 봐서 알겠지만 어느 누구에게도 연좌죄를 적용하지는 않았소. 누님 같은 경우에는 더 안전할 테니 밖에다 잘 좀 챙겨주오."

화신의 가느다란 목소리는 마치 아득히 먼 곳에서 미풍을 타고 들려오는 것 같았다. 그의 눈에 푸른빛이 감돌았다. 오씨가 오싹 소름이 끼치는지 순간적으로 어깨를 움츠렸다.

"만에 하나 내가 잘못⋯⋯."

오씨가 화신의 말이 끝나기도 전에 대뜸 손으로 화신의 입을 막아버렸다. 이어 준엄하게 나무랐다.

"무슨 그런 끔찍한 소리를 하세요? 만약에 진짜 그렇게 된다면 나는 그 돈을 몽땅 꿀꺽해버리고 말 거예요!"

화신이 오씨의 말에 히죽 웃었다.

"최악의 경우에는 오히려 그러는 게 몰수당해 개 좋은 노릇 시키는 것보다는 낫겠지! 허나 누님은 감히 내 은혜를 저버리고 그런 짓을 할 사람이 아니오. 물론 나도 누님에게 배신을 당하고 가만히 있을 사람이 아니고! 이것 참 얘기가 우습게 흘러가네."

화신이 적당히 겁을 주고 나더니 서랍 모서리에 걸쳐놓은 자신의 두루마기를 가리켰다. 이어 목소리를 한껏 낮춰 말했다.

"저 안에 은표가 약 백만 냥 정도 들어 있소. 가지고 있다가…… 장부에는 기입하지 말고…… 내가 암시를 줄 때 작은 걸로 바꿔 잘 숨겨놓도록 하오!"

오씨가 힐끗 두루마기를 쳐다봤다. 그녀의 두 눈에 공포가 서려 있었다. 주인의 하늘을 덮을 듯한 담대함과 끝없는 탐욕에 더럭 겁이 난 모양이었다. 오씨가 두루마기를 향해 손을 내밀었다. 그러더니 이내 뜨거운 것에 데기라도 한 것처럼 손을 움츠러들였다. 그러고는 기어들어가는 소리로 말했다.

"나리, 은자는 먹고 살 만큼만 있으면 돼요. 꼬리가 길면 밟히는 법인데……. 하나둘씩 멀쩡하던 사람들이 거꾸로 박히는 걸 좀 보세요!"

"아녀자들의 소견은 그래서 토끼꼬리라고 하는 거요."

화신이 웃으면서 오씨를 당겨 품에 안았다. 이어 다시 손을 옷 속으로 밀어 넣고는 젖가슴을 만지작거렸다.

"폐하께서는 이제 연로하시어 기력이 어제 다르고 오늘 다르오. 지금은 조정 전체가 탐관오리와 소인배들로 들끓고 있소. 내 두 소매 속만 깨끗해서 뭘 하오? 누가 구린내에 묻혀 사는 나를 깨끗하다고 봐주겠소? 안 먹어도 먹었다고 할 것이고, 없어도 있다고 할 거요. 지금 나를 잡아 잡숫지 못해 밤잠을 설치는 소인배들이 한두 명이 아니오. 그자들이 아무리 주먹을 휘둘러봤자 내 몸에 닿으면 솜방망이에 불과해. 왜 그런 줄 아오? 나는 벗들이 많거든! 밀어주고 끌어주고 망을 봐주는 이들이 많아 그것들이 떴다 하면 미리 냄새를 풍겨주거든! 물론 그자들도 맨입으로는 안 되겠지. 코딱지만 한 월례 은자의 열 배, 백 배에 달하는 은자를 찔러줘 봐, 무슨 짓인들 못하나! 돈이 권력을 만들고 권력이 돈을 낳게 돼 있소! 그리고 층층이, 겹겹이 사람을 심어두면 두꺼운 보호막이 형성돼 웬만해서는 다치는 일도 없고! 저 백만 냥도 죄를 지어 꼼짝없이 콩밥 먹게 생긴 관리들이 바친 속죄은자와 좋은 자리를 탐내는 관리들이 잊지 말아 달라면서 나에게 미리 충성하기 위해 바친 돈이오. 허나, 염려할 건 없소. 나는 꽃은 심어도 가시 달린 장미는 안 심으니까. 전풍이 산동에서 내 뒤를 캐고, 순의順義에 있는 내 장원莊園까지 수소문하면서 뒤에서 몽둥이를 날리려고 했었지. 당연히 도찰원都察院에 있는 벗들이 먼저 첩보를 입수하고 쾌마 편으로 나에게 알려왔소. 나는 유용과 한담을 하면서 화제를 자연스럽게 어사품御賜品 쪽으로 몰고 갔소. 순의에 있는 장원 역시 폐하께서 하사하셨다는 식으로 말을 흘렸지. 돈이라는 건 준다고 해서 아무거나 다 받아 챙겨서는 안 되오. 먹고 나서 도로 게워내지 않을 자신이 있을 때 비로소 받는 거야. 자기가 죽을 줄도 모르고 배터지게 아무거나 받아먹고는 낙마한 후 사면초가에 내몰리는 자들은 참으로 우매하고 미련한 거요. 내가 믿고 있는 구석이 뭔지 아오? 등잔 밑이 어둡다고, 폐하의 가까이에 있으면서 절로 보호색을 띠게 된 것이오. 재물을 아끼지 않고 펑펑 써서 내 주위에 피를 본 파리 떼처럼 벗들을 득실거리게 만든 거요!"

화신이 갑자기 손을 오씨의 치마 밑으로 쑥 집어넣었다. 이어 그녀의 은밀한 곳을 건드렸다. 그러고는 낄낄대면서 덧붙였다.

"마치 여기처럼 말이오. 여기도 울타리를 빽빽하게 두르면 미친개들이 넘어오지 못하잖아!"

오씨는 그런 화신의 손길이 싫지 않은 모양이었다. 그저 얌전히 몸을 내맡기고 있었다. 곧 또다시 열락에 겨운 신음도 토해내기 시작했다.

화신은 오씨와 운우지정을 질펀하게 나눈 다음 가업을 번창시킬 장밋빛 계획을 짜다가 바로 잠이 들었다. 피로가 과했던 만큼 코까지 드르렁드르렁 골았다. 오씨 역시 화신과 나무뿌리처럼 엉킨 채 깊은 잠에 곯아떨어졌다.

시간이 얼마나 흘렀을까, 밖의 의사청에서 자명종 소리가 네 번이나 울렸다. 그 소리에 잠을 깬 화신은 행여 오씨를 깨울세라 가만히 다리를 내리고 팔을 빼냈다. 그러고는 조용히 옷을 챙겨 입고 온돌에서 내려섰다. 그러자 인기척에 잠이 깬 오씨가 부랴부랴 옷을 입으면서 자책하듯 말했다.

"잠깐 눈을 붙인다는 것이 그만……. 대략 사경四更쯤 된 것 같은데요?"

화신이 손놀림이 다급한 오씨를 향해 웃음을 지었다.

"천천히 하오. 이 시간에는 아무도 올 사람이 없소. 누가 오더라도 내가 일이 있어 지금 불렀다고 하면 되지."

오씨가 고개를 저으면서 말했다.

"그래서가 아니에요. 딸이 컸잖아요. 개가 눈치를 챌까봐 그래요."

오씨는 말을 채 끝맺지도 않고 바람처럼 사라져 버렸다. 화신은 미소를 머금은 채 그녀의 모습이 시야에서 사라질 때까지 지켜봤다. 그러고는 가인들을 부르기 위해 기침소리를 냈다. 바로 그때 장이고가 등롱을 들고 들어섰다. 화신이 환하게 웃는 얼굴로 맞았다.

"아이고, 오늘 우리 부인께서는 대단히 일찍 일어나셨네! 사경밖에 안 됐는데, 벌써 일어났는가?"

"잠깐 드릴 말씀이 있어서요."

장이고가 등롱을 내려놓았다. 이른 새벽이라 한기를 느낀 듯 그녀가 두 손을 비비면서 말을 이었다.

"오늘은 부상 부인(당아)의 생신이에요. 아직 상복喪服을 벗지 않았는지라 예물을 어떻게 보내야 할지 모르겠네요. 그리고 스물넷째복진의 여동생, 저번에 나리께서 첫눈에 반해버렸던 그 여자 말이에요. 아이의 백일잔치가 내일 모레라고 하는군요. 거기도 인사치레를 해야하고……. 태후마마 곁에서 시중드는 궁녀들의 월례 은자를 올려주시기로 했다면서요? 얼마나 올려줄 건지요? 태감들이 알면 기분이 나쁠 거 아니에요? 이참에 태감들도 좀 올려주실 건지요?"

화신이 조끼 단추를 잠그면서 장이고의 말에 귀를 기울였다. 이어 물로 입가심을 하고는 다과를 몇 조각 집어먹었다.

"궁녀들의 월례 은자는 큰마님이 태후마마께 충성하는 차원에서 자기 용돈에서 얼마를 떼어 올려주는 걸로 하오. 내가 준다는 얘기는 하지 말고. 그리고 태감들의 월례는 따로 올려줄 필요 없어. 어지御旨나 의지懿旨를 전하러 왔을 때 찻값이라도 하라고 조금씩 찔러주면 돼. 부상 부인의 생신 예물은 절대 소홀히 해서는 안 돼. 상중喪中이니 뭐니 따질 것 없어. 뭐든 줘서 싫어하는 사람이 어디 있어? 은자 만 냥에 해당하는 물건을 보내. 흑룡강 장군이 선물했던 갑옷과 투구도 함께 보내주오. 다른 집은 자네가 알아서 하는 게 좋겠네."

"공작부인의 생신에 갑옷과 투구는 뭐예요? 아닌 밤중에 홍두깨도 아니고."

장이고가 의아해하면서 물었다. 화신이 웃으면서 대답했다.

"복강안이 요즘 파죽지세로 얼마나 잘 나가고 있는데!"

화신은 아직도 이해가 되지 않는 듯 고개를 갸웃거리는 장이고를 보면서 그녀의 차가운 얼굴에 쪽 소리 나게 입을 맞췄다.

"갈게, 천천히 생각해 봐! 오늘밤 곱게 단장하고 기다려!"

장이고는 이미 마당으로 사라진 화신의 등을 향해 입을 비죽거렸다. 이어 속으로 구시렁댔다.

'아휴, 암내야! 어젯밤에는 또 어떤 년의 사타구니에서 헤맸는지……'

화신은 그 길로 서화문으로 걸음을 옮겼다. 날은 아직 밝지 않았다. 시계를 보니 묘시卯時도 안 된 이른 시각이었다. 가마에서 내려서자 북쪽 호숫가에서 불어오는 찬바람에 코끝이 쩡해졌다. 곧이어 이빨까지 쩡으면서 드르르 떨고 나니 한결 정신이 맑아지는 것 같았다.

궁문은 벌써 열려 있었다. 그러나 입궐한 사람은 화신뿐인 것 같았다. 그는 홀로 휑뎅그렁한 돌사자 옆에 서 있었다. 동쪽 궁문 복도에 줄줄이 내걸린 궁등宮燈들이 동트는 새벽바람에 허옇게 흔들리고 있었다. 궁궐의 담장을 따라서 선박영善撲營의 군교軍校들이 꼼짝도 않고 못 박힌 듯 서 있었다. 자칫 목각 인형으로 착각할 정도였다. 과거 목재木材와 석재石材를 산같이 쌓아뒀던 서쪽 광장은 석재가 모두 실려나간 듯 깨끗하게 치워져 있었다. 그러나 아침안개가 엷은 장막처럼 끼어 있어 멀리 자리 잡은 민가들은 잘 보이지 않았다.

서북쪽으로 보이는 호수의 물은 물고기 비늘처럼 번뜩이면서 넘실거렸다. 언덕 위의 흐드러진 버드나무 가지들 역시 바람에 살랑거리면서 손짓을 하고 있는 것 같았다. 그 뒤에 넓게 펼쳐진 것은 복숭아

나무 숲이었지만 안개 때문에 시야에 들어오지 않았다. 도화桃花가 만개하고 화향花香이 그윽한 이 이른 아침에 기윤이라면 벌써 벽옥碧玉같은 시를 열 수도 넘게 읊어냈을 텐데……. 화신은 감흥만 북받쳤지 떠오르는 '건더기'가 없어 실망스러운 기색으로 한숨만 내쉬었다. 그가 그렇게 잠시 가만히 서 있더니 곧 가마께로 다가가 수행한 종복들에게 지시를 내렸다.

"내가 깜빡할까봐 그러는데, 돌아가면 나에게 귀띔해 줘. 조인曹寅이 엮은 《전당시》全唐詩, 이백의 《촉도난》蜀道難, 송옥宋玉의 《이소》離騷를 구해서 독파하라고 말이야. 책을 읽어야지, 안 되겠어."

가인들이 굽실거리면서 손꼽아 책이름을 외고 있을 때였다. 등 뒤에서 웃음소리가 들려왔다. 어느새 수레에서 내린 유용이 가까이 다가왔던 것이다. 화신이 웃음 띤 얼굴로 그를 맞았다.

"어제 당직을 섰었나 보네요? 헌데 내가 책을 읽는다니 우스워서 그럽니까? 나도 이제부터는 적당히 음풍농월도 하면서 품위 있게 보이려고 그래요!"

"품위 있게?"

유용이 껄껄 더 크게 웃음을 터트렸다.

"물론 늦지는 않았소. 그러나 화 대인, 그거는 알고 있소? 《촉도난》이 《전당시》에 수록돼 있는 작품이고, 《이소》는 송옥이 아닌 굴원屈原의 작품이라는 걸 말이오."

유용이 뭐라고 더 말하려 할 때였다. 궁전 안에서 왁자지껄 떠들면서 30여 명이 몰려나왔다. 그중 나이가 들어 보이는 축이 약관弱冠 정도로밖에 안 보였다. 더러는 예닐곱 살밖에 안 된 것 같았다. 모두 황실의 근친近親임을 나타내는 노란 띠를 맨 황자들이었다.

그들은 육경궁 사부 왕이열의 안내를 받으면서 나왔다. 곧이어 환호성을 터트렸다. 안에서는 떠들어서는 안 된다는 궁중 법규상 제법 어른스럽게 뒷짐까지 진 채 팔자걸음을 하다가 서화문 밖으로 나오자 심적으로 해방감을 느낀 모양이었다. 서로 "형!", "아우!", "이숙!" 二叔, "삼질!"三侄이라 부르는 호칭들도 매우 다양했다. 몇 시에 낚시를 갈 거냐면서 시간 약속을 하는가 하면 어디서 만나 연극구경을 가자고 떠들어대는 아이들도 있었다. 그러자 돌사자 남쪽의 어딘가에서 기다리고 있던 유모와 어멈, 종복들이 우르르 다가왔다. 이어 각자 주인을 찾아 손잡고 안아주면서 준비해온 우유와 다과를 먹여주느라 말 그대로 야단법석을 떨었다……

서화문 밖은 순식간에 새벽의 가축시장처럼 떠들썩했다. 유용과 화신은 빙그레 웃으면서 그 모습을 지켜보다 황실 근친들이 각자의 가마에 올라타는 걸 보고서야 왕이열을 불렀다.

"왕 사부님, 수고하십니다! 매일같이 통 정신이 없으시겠습니다!"

"일찍 나오셨네요, 두 분 대인! 다행히 안에서는 조용히 있어주고 말썽을 부리지 않습니다. 아직은 연치年齒들이 어려서 노는 게 더 좋은 때죠."

왕이열이 전혀 피곤한 기색 없이 웃으면서 대답했다. 화신이 말했다.

"나는 육경궁에 못 들어가 봐서 모르는데, 가끔 저분들이 착오를 범한다든가 하면 혼을 내실 때도 있으십니까?"

"따끔하게 일러주기도 하고 때에 따라서는 매도 들죠. 어제는 장친왕莊親王의 손자가 삼계척三戒尺에 두어 대 맞았어요. 화친왕和親王의 손자 면륜綿倫과 둘 다 외우라는 문장도 못 외워온 주제에 서로 여치를 가지고 놀겠노라고 싸웠지 뭡니까. 면륜은 아직 여섯 살밖에 안 됐는지라 매를 드는 대신 밖에 나가 무릎 꿇고 두 시간 동안 문장을 외우게 했죠."

유용은 왕이열의 말에 가만히 웃기만 할 뿐이었다. 그러나 화신은 내심 혀를 내둘렀다. 장친왕의 손자는 그렇다 쳐도 면륜은 건륭의 직계 질손俉孫이었다. 게다가 가끔씩 건륭은 면륜을 무릎 위에 올려놓고 귀여워할 정도였다. 그런데 어찌 감히 그런 아이에게 체벌을 가할 수 있다는 말인가? 그러나 왕이열은 전혀 대수롭지 않게 생각하는 눈치였다.

"그러지 않아도 화 대인을 찾아뵈려던 참이었는데 잘됐습니다. 다름이 아니고 육경궁의 월례 은자가 아직 안 내려와서 말이에요. 내무부에 문의를 했더니, 화 대인에게서 돈이 들어오지 않았다면서 대인에게 직접 물어 보라는 게 아니겠습니까. 그리고 우리 육경궁의 서방書房에도 월 얼마씩 고정적으로 지급해 줬으면 좋겠네요. 한 삼십 냥 정도씩 들어왔으면 좋겠어요. 가끔 황자마마들께서 급히 필요로 하실 때 조금씩 드리기도 하고 먹이니 종이니 하는 것들을 살 때 보태게 말이에요. 문방구 값이 요즘 엄청 올랐어요."

화신이 여부가 있겠냐는 듯 흔쾌히 승낙을 했다.

"염려하지 마십시오. 제가 오늘 당장 처리해드리겠습니다. 삼십 냥을 가지고 어느 코에 바르겠습니까! 월 이백 냥씩 보조해드릴 테니 때가 되면 태감들을 보내 타가도록 하십시오. 모자라면 어려워하지 말고 나를 찾아 얘기하시고요. 내무부의 그자들이 감히 월례 은자를 제때에 안 내주고 사부님께 무례를 저지르면 나에게 귀띔해 주십시오. 내가 오줌을 질질 싸게 혼을 내줄 테니까요!"

화신의 시원시원하고 호방한 말 속에는 깊은 배려가 담겨져 있었다. 왕이열을 향한 깍듯한 예우에는 추호도 꾸민 티가 없이 진솔해 보였다. 왕이열은 조용히 웃으면서 가볍게 고개를 끄덕였다. 반면 유용은 조용히 고개를 저었다. 평소 '교언영색의 달인'이라는 딱지를 달고 다니는 화신이 이처럼 좋은 일에 쾌척할 줄도 알고 가끔씩 통 크게 베풀 줄도 아는 것을 보고 그의 심성을 더욱 종잡을 수가 없게 된 탓이었다.

날은 어느새 훤히 밝았다. 궁중에서는 태감들이 사다리를 놓고 궁등을 철거하느라 발걸음이 분주했다. 그 속에는 왕렴도 있었다. 비스듬히 돌계단 위에 서 있던 왕이열이 일을 하고 있는 그를 발견하고는 웃으면서 말했다.

"두 분 대인, 폐하께서 들라고 하시는 것 같습니다. 저도 가봐야겠습니다. 열다섯째마마께서 오늘 호부 회의 때 참고하실 자료를 좀 검토해 주십사 청해왔습니다."

그러자 화신이 황급히 말을 받았다.

"여덟째마마와 열다섯째마마께서 지난번에 장조張照와 고사기高士奇의 서예작품 몇 점을 구할 수 없느냐고 하시기에 내가 장조의 〈악양루기〉岳陽樓記와 고사기의 〈칠발〉七發을 구해놨습니다. 사부님께서 대신 전해주시겠습니까? 우리는 남의 이목도 있고, 입장이 좀 그래서요."

왕이열이 히죽 웃으면서 대답했다.

"입장을 고려한다면야 제가 더 조심스럽죠. 아마 가격을 쳐드리려고 할 걸요? 아무튼 대신 말씀을 전해줄 수는 있습니다. 사고 싶으면 태감을 그리로 보내실 테고, 아니면 말고 그렇지 않겠습니까?"

말을 마친 왕이열은 곧 읍을 하고는 자리를 떴다. 화신이 그의 뒷모습을 바라보며 뭐라고 중얼거렸다. 유용이 물었다.

"방금 뭐라고 했소?"

"정인군자正人君子라고……."

화신이 실망스러운 한숨을 내쉬면서 덧붙였다.

"됐어요, 들어갑시다."

유용과 화신은 곧 왕렴을 따라 융종문으로 들어갔다. 군기처 앞에서는 아계가 혼자 몇몇 장경들과 얘기를 나누고 있었다. 이날의 당직 군기대신인 유용은 군기처로 들어갔다. 우민중은 아직 나오지 않은 것 같았다. 아계는 밤을 꼬박 새운 듯 눈가가 거뭇거뭇했다. 화신은 아계와 몇 마디 인사말을 주고받고 나서 곧 건륭을 알현하러 들어갔다.

11장
원명원圓明園의 위용

어화원에서 돌아온 건륭은 포고布庫와 태극권太極拳을 한참이나 수련했다. 그렇게 한바탕 땀을 쏟자 몸이 가뿐해지고 기분도 상쾌해졌다. 이어 산삼탕山蔘湯까지 한 그릇 비우고는 장백산 머루주도 한 잔 마셨다. 그러고 나자 기운이 펄펄 솟아나는 느낌이 들었다. 건륭은 태감 왕인의 시중을 받으면서 얇은 솜을 누빈 하늘색 면 두루마기로 갈아입었다. 또 그 위에 양털조끼도 걸쳤다. 이어 왕인이 옷을 갈아입힌 건륭의 등 뒤에 무릎을 꿇고 앉아 길게 땋아 내린 머리채를 금박 실로 묶어줬다.

궁전 안은 숨소리마저 크게 들릴 정도로 조용했다. 그때 밖에서 화신의 발소리가 들려왔다. 건륭이 고개를 돌리며 말했다.

"들게! 우민중은 어젯밤 아계와 함께 군기처에서 날을 샌 모양일세. 우유 두 그릇을 상으로 내렸는데, 곧 올 테니 잠깐만 기다려보게."

화신은 건륭이 우민중에게 우유를 상으로 내렸다는 말에 데운 우유에 서리는 김처럼 엷은 질투를 느꼈다. 부러운 기색도 없지 않았다.

"폐하께서는 신하에 대한 배려가 실로 자상하시옵니다. 사실 우민중 공이나 신의 나이에는 하룻밤쯤 새운다고 문제될 건 없사옵니다. 신도 어젯밤 염운사鹽運使, 해관 총독과 하독河督아문 등지에 보낼 서찰을 열 몇 통이나 썼사옵니다. 그렇게 잠 잘 때를 놓치고 나니 역시 잠을 한숨도 청하지 못했사옵니다!"

화신의 그 말에 건륭이 웃음을 지었다. 그러고는 분부했다.

"화신에게도 우유를 한 잔 내어 주거라. 공평해야지!"

태감이 대답과 함께 물러가자 자녕궁의 총관태감 진미미가 들어섰다. 건륭이 물었다.

"태후마마께서는 기침하셨느냐? 혹시 마마께서 무슨 분부라도 계신 거냐?"

"아……, 그런 건 아니옵니다."

진미미가 허리를 굽실거렸다. 그러고는 마른 웃음을 지은 채 조심스럽게 아뢰었다.

"폐하께서 어젯밤 태후마마 처소로 거동하지 않으셨기에 태후마마께서 가보라고 하셨사옵니다. 폐하께서 기색이 좋으셔야 마마께서도 안심하실 것이옵니다."

화신은 우유잔을 받아 조금씩 마시면서 진미미를 뚫어지게 바라봤다. 진미미는 여느 때와 달리 눈길 둘 데를 몰라 하며 놀란 토끼처럼 불안해 보였다. 웃음도 억지로 지어내는 것처럼 어색했다. 그러나 건륭은 진미미의 안색 따위에는 신경조차 쓰지 않고 물러가라는 식으로 손사래를 쳤다. 진미미는 뭔가 할 말이 있는지 잠시 머뭇거렸다. 그러나 결국은 말을 삼키고 물러갔다.

두 손으로 그릇을 받쳐 들고 우유를 반쯤 마시고 난 화신은 고개를 돌려 물러가는 진미미를 오래도록 응시했다. 어쩐지 뭔가 찝찝한 느낌을 지울 수 없었던 것이다. 화신이 약간 틀었던 몸을 바로 하면서 건륭에게 뭐라고 말하려고 할 때였다. 건륭이 먼저 물었다.

"이시요의 사건과 관련해 각 성의 총독, 순무들이 올린 상주문을 읽어봤나?"

화신이 황급히 우유잔을 내려놓고 정색하면서 대답했다.

"정문正文은 미처 배독拜讀하지 못했사옵고, 절략節略만 훑어봤사옵니다. 신이 알기로는 안휘 순무 민악원閔鶚元만 팔의八議의 예를 들어 관용을 주장했던 것 같사옵니다. 하오나 그 역시 원문은 아직 읽어보지 못했사옵니다."

"짐은 그 상주문을 어람했네. 경도 관용을 주장했던 것 같던데?"

"예, 그렇사옵니다."

화신이 무릎을 꿇었다. 이어 건륭의 시선을 받으면서 차분히 말을 이었다.

"이시요는 전과가 없는 사람이옵니다. 우연히 실족失足한 걸로 보이옵니다. 팔의제도의 적용대상에도 포함되옵니다. 하오나 모든 것을 떠나서 가장 중요한 것은 이시요가 유능한 관리임에 이의를 달 사람이 없다는 것이옵니다. 백성들이 편안하도록 치안에 힘쓰는 것이나 일방의 안전을 도모하는 능력만 봐도 그를 따를 만한 사람이 없다고 생각하옵니다. 조정에는 현재 그런 인재가 절실히 필요한 실정이옵니다."

건륭이 말없이 화신을 힐끗 쳐다봤다. 그러면서 잠시 침묵했다. 그러나 다시 무겁게 입을 열었다.

"십만 냥을 횡령하려다 미수에 그친 것은 결코 당당하다고 할 수 없지. 생일상을 차려놓고 황금을 삼백 냥씩 받아 챙겼는데 그리 쉬이 용서가 된다는 말인가!"

"지당하신 말씀이옵니다!"

화신이 고개를 숙인 채 덧붙여 아뢰었다.

"이시요의 사건이 온 천하에 알려지면 몰매를 맞을 게 뻔한 일이옵니다. 그러나 폐하께서 그런 죄인에게 관용을 베푸실 때 관대한 정치가 더 빛을 발하게 될 게 아니옵니까? 국태가 죽임을 당하고 기윤 대인까지 유배당한 후 관가는 두려움에 전전긍긍하고 있사옵니다. 이를 안무按撫하려면 이시요를 관대하게 용서해주시는 것이 좋을 것 같사옵니다. 이시요가 인두겁을 쓴 사람이라면 반드시 세심혁면洗心革面해서 폐하의 성은에 보답할 것이옵니다. 노작盧焯의 선례가 좋은 본보기가 아니겠사옵니까?"

화신은 날밤을 새워가면서 정리해낸 생각들을 차근차근 건륭 앞에서 풀어놓았다. 화신의 설득력 있는 말은 마디마디 건륭의 마음에와 닿을 수밖에 없었다. 건륭이 화신과 이시요 사이에 알력이 있음을 잘 알고 있었으므로 더욱 그랬다고 해도 좋았다. 심지어 건륭은 화신이 진심으로 이시요를 사지에서 구출해내고자 안간힘을 쓴다는 생각에 감동하기까지 했다.

"아계는 처음부터 이시요가 부항의 문생이라는 이유로 '과전이하'瓜田梨下(오이밭에서 신발을 고쳐 신지 않음)의 혐의를 피하고자 신중한 반응을 보여줬어. 유용 역시 별다른 반응이 없었지. 우민중은 시종 엄벌하자는 쪽이었네. 경들이 이같이 진실로 사군事君(군주를 섬김)하니 짐은 실로 기쁘네."

그사이 우민중이 들어섰다. 건륭이 그에게 자리를 권했다.

"화신의 옆에 가서 앉게. 지금 이시요에 대해 논의하고 있는 중이네."

"신은 화신 공이 아뢰는 바를 밖에서 들었사옵니다."

우민중은 화신과 나란히 앉았다. 그러나 화신에게는 눈길 한 번 주지 않은 채 건륭을 향해 공수하면서 아뢰었다.

"이시요는 탐욕스러울 뿐 아니라 악랄하기까지 하옵니다. 운남 동정사에 있을 때 단지 세 사람의 적발을 근거로 십여 명도 더 되는 광공鑛工들을 아문 밖으로 끌어내 목을 쳤다고 하옵니다. 그의 발호와 흉악함은 가히 제이第二의 전도錢度라고 할 수 있사옵니다. 안휘 순무 민악원이 그 같은 주장을 올린 것은 그가 제정신이 아니든지 아니면 누군가의 사주를 받았든지 둘 중 하나이옵니다. 그렇지 않고서는 감히 폐하의 인자仁慈를 악용해 목을 백 번 쳐도 마땅한 중죄인을 구명하고자 발광하지는 않을 것이옵니다."

우민중은 누군가의 사주를 받았다고 말하는 대목에서 화신을 힐끗 쓸어봤다. 화신은 우민중이 쏘아 보내는 눈빛의 여광餘光으로 그 사실을 감지했으나 일부러 못 본 척했다. 그저 입가에 담담한 미소를 걸고 앞쪽의 벽만 뚫어지게 바라봤다. 건륭은 나름 마음속으로 생각을 굳혔으나 즉석에서 우민중의 주의奏議를 반박할 생각은 없는 듯했다.

"이시요는 목을 쳐 마땅한 죄를 지었으나 그 죄를 용서받을 가능성도 충분하네. 그런 까닭에 둘 다 맞는 말을 했네. 죽여 마땅한 자를 살려주는 게 관대한 정치의 취지가 아니겠나! 원명원으로 가려면 서둘러야겠네. 가까운 거리도 아니지 않은가. 우민중, 자네는 못한 말이 있으면 돌아와서 아뢰는 게 어떻겠나?"

이만하면 건륭으로서는 우민중의 체면을 충분히 봐준 셈이었다. 우민중도 맺고 끊을 데를 몰라 괜히 혀를 잘못 놀렸다가 건륭의 심기를 불편하게 할 세라 황급히 그리 하겠노라고 했다. 이어 덧붙여 아뢰었다.

"신도 이시요를 개인적으로 미워하는 건 아니옵니다. 폐하의 관대한 정치에 어긋나지 않게 처신해 관가와 민심을 안무하는 것도 바람직하다고 사료되옵니다. 신이 미처 거기까지 생각이 미치지 못했사옵니다. 신의 무지를 용서해 주시옵소서."

건륭은 웃으면서 고개를 끄덕일 뿐 더 이상 말은 하지 않았다. 왕렴 등은 분위기를 눈치채고는 바로 달려 나가 떠날 채비를 서둘렀다. 건륭이 의장대를 동원해 호호탕탕하게 출발하는 걸 원치 않았기 때문에 일행은 조용히 신무문神武門으로 나가 서쪽으로 향했다.

건륭이 자금성을 나서기는 참으로 오랜만이었다. 겨우내 대궐 안에 갇혀 있다시피 했던 것이다. 그렇게 봄을 맞아 처음으로 성을 벗어나니 시원하고 풋풋한 풀냄새 섞인 바람이 그렇게 상쾌할 수가 없었다. 건륭은 아예 가마의 창문에 턱을 대고 바깥경치를 구경했다. 그러자 왕렴이 양쪽 창의 발을 돌돌 말아 걷어 올렸다. 그러고는 아뢰었다.

"자금성도 좋으나 밖의 경치도 그만이옵니다! 저 흐드러진 도화桃花를 좀 보시옵소서. 저 늘어진 버드나무는 또 얼마나 싱그럽사옵니까! 물도 어쩌면 저리 물감을 풀어놓은 것 같은지요……."

건륭은 가벼운 손짓으로 왕렴의 호들갑을 제지시켰다. 이어 연신 코를 벌름거려 흙냄새가 싱그러운 공기를 마시면서 먼 곳으로 시선을 뒀다. 오른쪽으로 경산景山이 한눈에 안겨왔다. 그곳에서는 푸른 장벽을 두른 것 같은 소나무 사이로 어느새 봄옷을 갈아입은 나무들이 신록을 뽐내고 있었다. 산등성이에는 빨강, 노랑, 분홍 등 갖가지 색깔의 들꽃이 만개해 마치 한 폭의 수채화를 보는 것 같았다. 왼쪽으로는 외성어하外城御河가 흰 띠처럼 조용히 흐르고 있었다. 강가에는 버드나무가 10리도 넘게 빽빽하게 늘어서 있었다. 그야말로 천 가닥, 만 갈래의 풍정風情이 뭇 사람들의 춘심을 사로잡고 있었다. 물 위에서는 겨우내 갇혀 있다가 처음으로 물놀이를 하러 나온 흰 오리 떼들도 삼삼오오 짝을 지어 한가로이 노닐고 있었다. 맞은편의 홍장 황와紅墻黃瓦의 궁궐과는 완전히 판이한 분위기였다.

말을 타고 나란히 가마 옆을 따라가는 우민중과 화신 역시 잠시 어 색한 분위기를 떨쳐 버리고는 주위의 경관을 열심히 둘러봤다. 두 사 람의 얼굴에는 조금 전의 엄숙한 표정과는 완전히 다른 생기가 돌았 다. 건륭이 밝은 표정을 지은 채 물었다.

"화신, 화무십일홍花無十日紅(열흘 붉은 꽃은 없다)이라고, 이같이 좋 은 경관은 언제나 있는 게 아니네. 이럴 때 멋진 시 한 구절 떠오르 는 게 없나?"

"아, 예……."

고삐를 느슨히 잡은 채 가마를 따라가면서 봄 경치에 흠뻑 도취돼 있던 화신은 느닷없이 창으로 고개를 내밀고 물어오는 건륭의 소리 에 잠시 어리둥절한 표정을 지었다. 그러고는 곧 웃으면서 아뢰었다.

"시흥은 북받치오나 워낙 먹물이 바닥인지라……. 부끄럽사오나 한 구절 읊겠사옵니다. 산색山色과 호광湖光이 더불어 빛나고, 조어鳥語와 화향花香이 뒤섞여 황홀하네! 뇌즙腦汁을 짜고 창자를 훑어 겨우 이 정도이옵니다. 어떻사옵니까, 합격이옵니까, 폐하?"

건륭이 말했다.

"〈등왕각서〉滕王閣序(당唐나라 초기의 시인 왕발王勃이 쓴 글. 왕발은 '물 을 마실 때 그 물이 어디에서 왔는지 생각하라'는 뜻인 '음수사원'飲水思源의 출처인 〈징조곡〉徵調曲으로 유명함) 구절에 옷을 갈아 입혔군. 그래도 독 서를 좀 한 게로군."

우민중이 그러자 바로 나섰다.

"나름대로 잘 입힌 것 같사옵니다. 고금의 문장은 잘 베끼는 게 재주이옵니다. 누가 더 묘하게 베끼느냐에 승부가 달려 있다고 볼 수 있사옵니다. 유신庾信(중국 남북조시대의 문인)은 '떨어지는 꽃잎과 물총새가 함께 날고, 수양버들과 푸른 깃발이 같은 색이로다'라고 오늘과 같은 봄날을 묘사했었사옵니다. 왕발王勃의 '낙하추수'落霞秋水라는 말도 여기에서 유래한 걸로 알고 있사옵니다. 거기에다 화신 공은 '산색호광'山色湖光과 '조어화향'鳥語花香으로 멋을 낸 것 같사옵니다."

화신이 웃으면서 감탄사를 토했다.

"우 공은 실로 박학다식하십니다. 나는 그런 말은 알아듣지도 못하는 무식한 사람이에요. 다만 새소리가 좋고 산색이 싱그러워서 그렇게 말했을 뿐입니다."

건륭이 말했다.

"시사詩詞라는 건 어떤 경치나 사물을 봤을 때 솔직히 느끼는 바를 표현해내는 것이 중요하지. 유신의 시는 청신淸新한 느낌을 주네."

이번에도 우민중이 입을 열었다.

"두보杜甫는 〈춘일억이백〉春日憶李白(봄날에 이백을 그리워함)이라는 시에서 '이백의 시는 당할 이 없어, 자유분방한 그 생각 워낙 뛰어나, 청신한 북방의 유신庾信에다가, 헌칠하고 뛰어난 남방의 포조鮑照(중국 육조시대 송나라 시인)를 겸하였네'라고 했사옵니다. 청신한 자는 뛰어남이 없사옵니다. 또 뛰어난 자는 청신함이 결여되기 마련이옵니다. 그러나 이백의 시는 '청신'과 '뛰어남'을 두루 느낄 수 있으니 천하 '무적'의 시인이라고 했나 보옵니다. 그런 측면에서 볼 때 화신 공의 두 구절은 양춘백설陽春白雪(고상하고 기품 있는 예술)도 아니옵고 하리파인下里巴人(이른바 삼류작품)도 아닌 것 같사옵니다. 말하자면 속된 것 같아도 우아하고, 우아한 것 같아도 속되다고 하겠사옵니다!"

화신은 당연히 우민중의 말을 한마디도 제대로 알아듣지 못했다. 그러나 자신을 야유하는 말이 틀림없다는 것쯤은 미뤄 짐작할 수 있었다. 그는 옥신각신 따지고 싶지는 않았다. 그렇다고 조용히 넘어가기도 싫었다. 그예 한마디를 하고 말았다.

"기윤 대인이 언젠가 왕팔치를 가리켜 '역남역녀, 불녀불남'亦男亦女, 不女不男이라고 하더니, 우 중당은 이것도 아니고 저것도 아니고 네 맛도 내 맛도 아닌 걸 좋아하나 보죠?"

건륭은 두 신하의 입씨름을 조용히 듣고만 있었다. 그저 차만 마시고 있을 뿐이었다.

어느덧 군신 일행은 성 밖으로 멀리 나와 원명원에 거의 다 다다랐다. 자금성에서 서북쪽에 이르는 넓은 땅은 원명원 확장공사가 시작된 후 금원禁苑이 돼 있었다. 때문에 연도에 있던 평민들의 집은 모두 철거돼 찾아볼 수 없었다. 한때 평민들의 집거촌集居村에서 나온 쓰레기들이 여러 개의 작은 산을 이뤘으나 지금은 깨끗하게 치워진 상태였다.

원명원 주변은 실로 끝이 보이지 않는 광활한 광장이었다. 북쪽을 바라보자 푸른 물결이 넘실대는 맥랑麥浪(보리나 밀이 바람을 받아서 물결치듯 흔들리는 모양)이 하늘과 수평을 이루고 있었다. 춘광春光을 즐기러 나온 사람들과 연을 띄워놓고 쫓아다니는 아이들의 모습도 간간히 보였다. 전원목가田園牧歌의 풍경이 그림처럼 정겨웠다.

서쪽에 깊숙한 배수로를 따라 견고하게 세워진 석벽石壁은 남으로 멀리멀리 뻗어나가 육안으로는 끝이 보이지 않았다. 또 500보마다 트여 있는 곳에는 병사들이 삼엄하게 경계를 서고 있는 와중에 사람들이 수시로 드나들고 있었다.

석벽 밖에 새로 판 배수로는 아직 준공이 되지 않은 듯 웃통을 훤히 드러낸 민공民工들이 안에서 개미같이 득실거리고 있었다. 그들은 흙을 파내고 돌을 운반하느라 일사불란하게 움직였다. 언덕 위에서는 사람들이 왔다 갔다 하는 모습도 보였다. 공사 현장 감독관들인 것 같았다.

석벽 안쪽에는 대나무를 비롯한 온갖 아름드리나무들이 심어져 있었다. 무성한 잎새 사이로 홍루紅樓, 백탑白塔, 고각高閣, 장정長亭 등이 보일 듯 말 듯 신비스럽게 모습을 드러내고 있었다. 울창하고 커다란 숲에 둘러싸인 웅장하고 거대한 그곳이 바로 '만원지원'萬園之園으로 불리는 원명원圓明園이었다.

화신은 재정과 군무 외에도 이 거대한 공사의 총감독을 맡고 있는 사람이었다. 따라서 전체적으로 아직 완공되지 않아 조금은 어수선한 모습이나 이곳의 모든 구조를 손금 보듯 일목요연하게 꿰뚫고 있었다. 그는 건륭과 우민중이 말고삐를 움켜잡은 채 눈 둘 데를 모르고 있자 채찍으로 먼 곳을 가리키면서 아뢰었다.

"이 쪽은 다 쪽문이옵니다. 지금은 목재와 석재를 운반해야 하기 때문에 활짝 열어 놓았사오나 앞으로는 모두 삼엄한 경비를 갖출 것이옵니다. 저 앞에 보이는 쌍갑문雙閘門에도 나중에는 기둥 아홉 개짜리 거대한 차양遮陽을 세우고 전부 장청등長靑藤(사철 푸른 넝쿨)으로 '만수무강'萬壽無疆 글씨를 만들어 병풍 삼아 세울 것이옵니다. 그리고 저쪽 쪽문으로 나가면 동쪽으로 몇 백 보 거리에 청범사淸梵寺가 있사옵니다. 태후마마, 황후마마와 여러 후궁마마들께서 향을 사르고 기도를 하기에 대단히 편리할 것이옵니다. 서쪽으로 삼십 리쯤 가면 바로 역도가 있사옵니다. 가을에 서산西山으로 단풍놀이를 가고, 옥천산玉泉山으로 샘물을 길러 가기에도 그만이옵니다……."

화신의 입에서는 마치 만장萬丈의 폭포가 쏟아져 내리듯 끊임없이 설명이 흘러나왔다. 고삐를 당겨 조금씩 앞으로 가면서도 손과 입은 쉴 새가 없었다. 만국역관萬國驛館이 어디에 있고, 구주청안九洲淸晏, 정대광명전正大光明殿이 어디에 있다는 걸 일일이 손끝으로 가리키면서 간단한 설명까지 꼬박꼬박 곁들였다.

벽동서원碧桐書院, 자운보호慈雲普護, 행화춘관杏花春館, 산고수장루山高水長樓, 천지일가춘天地一家春, 사의서옥四宜書屋, 방호승경方壺勝境, 담녕거澹寧居, 도녕재道寧齋, 소상재素尙齋, 운금재韻琴齋, 읍산정揖山亭, 연상정延賞亭, 서봉실書峰室, 애취루愛翠樓, 고운헌古韻軒, 녹의랑綠意廊, 배차오培茶塢, 백금한궁白金漢宮, 나찰궁羅刹宮(러시아궁)…… 화신은 그런 많은 명소들도 숨 한 번 쉬지 않고 토씨 하나 빠짐없이 정확하게 소개했다. 그 와중에도 청산유수 같은 말솜씨를 마음껏 과시했다.

건륭과 우민중은 말할 것도 없고 호종한 태감, 궁녀, 어멈들 역시 화신의 손길을 따라 여기저기를 향해 일제히 고개를 돌려댔다. 예기치 않게 목운동을 실컷 한 셈이었다. 그러나 수많은 궁궐, 정자, 서원, 도로 중에 기억에 남는 이름은 거의 없는 듯했다. 그러거나 말거나 화신의 입은 지칠 줄 몰랐다.

"……이리로 들어가면 바로 심향정沁香亭이 있사옵니다. 그 남쪽에는 향원실香遠室이 있사옵니다. 거기에서 좀 더 가면 곧 보월루寶月樓이옵니다."

건륭이 연신 고개를 끄덕이면서 듣고 있다 그제야 비로소 히죽 웃었다. 이어 화신의 말허리를 잘랐다.

"보아하니 두 시간을 들어도 다 못 듣겠네. 여기서 보월루가 가깝다고 하니 오늘은 보월루만 보고 가지. 다 돌고 가려면 하루 종일 다녀도 부족하겠네."

"하루가 아니오라 주마간산走馬看山 식으로 둘러보려고 해도 한 달은 족히 걸릴 것이옵니다. 여기저기 기웃거리면서 잘 구경하려면 적어도 두 해는 넉넉히 걸릴 것이옵니다."

화신이 뽐내듯 아뢰었다. 이어 고개를 돌렸다. 그때 그의 눈에 진미미가 쭈뼛거리면서 남쪽에서 걸어오는 모습이 언뜻 보였다. 무슨 일일까? 그가 속으로 잠시 생각하는 사이 진미미는 어느새 배수로 아래로 내려가 보이지 않았다. 그는 늘어놓던 말을 마무리 지어야 한다는 강박관념에 사로잡힌 듯 급하게 말을 이었다.

"……북쪽으로 호수와 호수가 끝없이 이어지고 정원과 정원이 꼬리에 꼬리를 물면서 원명원과 혼연일체를 이루니 실질적으로 원명원의 면적은 방원方圓 사백 리에 달하옵니다!"

화신이 말을 마치자마자 말에서 내렸다. 우민중도 따라서 내렸다. 드디어 눈앞에 동그라니 버섯 같은 흰 지붕의 보월루가 모습을 드러냈다. 건륭 역시 가마에서 내렸다. 곧이어 우민중과 화신이 앞에 서고 건륭이 뒤에 서서 궁궐을 빙 돌면서 구경하기 시작했다. 사실 보월루는 면적이 네댓 무畝 정도에 불과한 아담한 건물이었다. 보월루가 정자亭子이고, 아래가 전각殿閣으로 된 형태였다. 궁전은 침궁寢宮과 연궁筵宮으로 구분돼 있었다.

지붕 위의 정자는 둥그렇고 끝이 뾰족한 것이 북해北海의 백탑白塔과 비슷했다. 안으로 들어가자 선방膳房, 차방茶房, 약방藥房, 재방齋房, 목욕방沐浴房 등이 따로 보였다.

건륭 등 군신 세 사람은 내부에 있는 계단을 따라 위로 올라갔다. 화신이 가볍게 계단을 발로 구르면서 말했다.

"용비마마께서 유난히 정결하고 깔끔한 걸 좋아하시어서 이렇게 설계했사옵니다. 아래층에는 온천을 뚫었사옵니다. 겨울철의 난방은 시탄柴炭이 따로 필요 없이 벽과 온돌에 지룡地龍(현재의 보일러 같은 시설)을 건설했사옵니다. 기관을 누르면 더운물이 절로 순환하면서 방을 데우는 선진적인 방식을 도입했사옵니다. 겨울에도 궁전 안에서는 솜옷을 입을 필요가 없이 따뜻하게 돼 있사옵니다. 목욕실의 물도 온천수이옵니다. 다른 데는 온천수가 아니오나 유독 이곳 보월루에서만 온천수가 콸콸 솟아나고 있사옵니다. 실로 폐하와 용비마마의 복덕福德이 아닐 수 없사옵니다!"

건륭은 미소만 지어 보일 뿐 말이 없었다. 현장은 아직 공사가 한창이어서 그런지 아직은 조금 무질서해 보였다. 그러나 이미 준공된 곳 중에는 터키, 로마, 인도 등의 건축양식을 본뜬 건물들이 멋들어지게 서 있었다. 더러는 웅장하게 더러는 영롱하게 종횡으로 교차한 호수와 울창한 숲속에 점점이 박혀 있는 것이 장관이 따로 없었다. 건륭은 모두 완공됐을 때의 모습을 미리 상상해보는 것만으로도 흥분되는지 가슴이 터질 것 같았다.

건륭은 원명원을 도면으로 봤을 때는 그저 크다는 생각밖에 하지 않았다. 그러나 직접 와서 목격한 풍경은 그야말로 그 어떤 단청묘수丹青妙手로도 형용할 수가 없었다. 또 세상 그 무슨 미사여구美辭麗句로도 표현할 수 없을 것 같았다! 건륭의 눈가는 어느새 감격으로 축축해졌다. 그가 잠시 감정을 달래고는 서쪽 어딘가를 가리키면서 화신에게 물었다.

"저기가 청진사淸眞寺인가?"

"예, 그렇사옵니다!"

화신이 황급히 대답했다. 이어 덧붙였다.

"우가牛街의 청진사를 본떠 지은 것이옵니다. 하오나 태후마마의 불당佛堂보다 크게 지을 수 없어 이백 명 내외밖에 수용할 수 없을 것이옵니다. 안에 페르시아 글로 새긴 《고란경》이 있사옵니다. 지금 도금중이라고 하옵니다."

건륭이 미소를 지었다.

"꼼꼼하게 면면을 잘 고려한 것 같네. 평소에는 용비 혼자 예배를 올릴 것이니 조금 작아도 무방할 테지. 회교回教의 사절단들이 내방한다고 해도 이백 명이야 더 되겠는가?"

건륭이 곧 보월루의 2층 평대平臺에 올랐다. 그러고는 사방을 가리키면서 말했다.

"옛날에는 여기가 전명前明의 황원皇苑이었다지. 이 원림園林을 만든 주요 목적은 수렵을 위한 것이었지. 허나 성조(강희제)께서 이 자리에 창춘원과 원명원을 세우신 목적은 한마디로 무이유원撫夷柔遠(오랑캐들을 위무함)이었네. 짐은 그런 성조와 선제(옹정제)의 유훈에 따라 각 원園을 합병해 재건하려고 한 거네. 중화문명을 만방에 과시하고 천하태평하다는 사실을 널리 알리는 동시에 모후母后의 만년晩年을 더욱 윤택하게 해드리기 위한 것이 목적이지. 이는 성조, 세종의 본심과 일맥상통하네. 결코 단순한 향락을 위한 것이 아니지. 짐은 이 사실을 온 천하에 알릴 것이네. 경들은 짐이 고심하는 바를 헤아려야 할 것이네."

훈풍이 불어왔다. 사방에 가득한 죽수화해竹樹火海가 바람결에 부드럽게 움직였다. 건륭의 용포龍袍 자락 역시 나부끼면서 화답하는 것 같았다. 건륭은 오늘따라 유난히 멋스러웠다. 기분 역시 들떠 보였다. 얼굴에도 득의양양한 표정이 역력했다.

일행은 보월루에서 나왔다. 건륭은 쌍갑문雙閘門을 통해 자금성으로 돌아가기로 했다. 즉각 가마를 옮기라고 지시했다. 길에는 건륭의 순시 소식을 미리 접하고 주변 정리를 한 듯 인적을 거의 찾아볼 수가 없었다. 길목마다 선박영과 원명원에서 파견된 시위들의 경계가 삼엄했다.

건륭 일행은 새들이 지저귀고 그늘이 깊은 한적한 오솔길을 한참이나 지났다. 이어 '무릉춘방'武陵春坊이라는 곳도 통과했다. 그때 갑자기 앞에서 사람 소리가 시끌벅적했다. 우민중 등은 꽤 긴 시간 걸은 터라 모두들 지친 기색이 역력했다. 우민중이 지친 다리를 질질 끌면서 잠시 쉬어가는 것이 어떻겠느냐는 표정으로 두 손을 이마에 얹고 먼 곳을 바라봤다. 청당와사青堂瓦舍들이 오밀조밀 늘어서 있는 가운데 길 위에서 먼지가 풀썩거리는 광경이 보였다. 온갖 잡동사니를 파는 난전이 즐비하고 찻집, 음식점, 가게들까지 문을 활짝 열어놓고 호객을 하는 모습도 시야에 들어왔다. 누가 뭐라고 해도 엄연한 시골장터의 모습 그대로였다.

천하제일의 정원인 원명원 안에 이게 무슨 당치도 않은 살풍경이라는 말인가? 우민중은 적이 놀라워하면서 화신을 힐끔 쳐다봤다. 화신이 그러자 왜 그러는지 알겠다는 듯 웃으면서 말했다.

"《홍루몽》에 나오는 대관원大觀園에도 도향촌稻香村이라는 곳이 있습니다. 그런데 우리 황가皇家의 금원禁苑에 민속의 풍토가 점철되지 않으면 이 또한 음양의 불균형이 아니겠습니까? 흙에서 나와 흙으로 돌아가는 것이 인간의 운명이거늘 사람이 토속적인 걸 너무 멀리 하면 안 되는 법이죠. 지세가 워낙 낮아 아까 위에서는 안 보였으나 실은 오행팔작五行八作, 삼십육방三十六坊 등 없는 것 빼고 모든 것을 다 갖췄다는 시골 장터입니다. 태감과 궁녀들이 술을 팔고 닭 모가지를 비틀면서 장사를 하는 거죠. 폐하께서 정무政務에 지치실 때마다 이쪽으로 걸음을 하시어 휙 한 바퀴 돌고 나면 순박한 민풍民風에 온갖 고뇌가 가신 듯 사라질 것입니다. 자주 순방길에 오르시지는 못하시더라도 이런 식으로나마 '친민'親民의 뜻을 표현하는 것도 좋은 방법이 아니겠습니까?"

건륭은 가마 안에서 두 신하의 대화를 듣다 궁금증을 참지 못한 듯 창에 드리워진 주렴을 걷고 밖을 내다봤다. 과연 어느 시골 장터에 와 있는 듯한 착각이 들 정도였다. 곡식을 비롯해 땔감, 무와 감자를 마차에 싣고 나온 농부들이 여기저기 걸터앉은 채 가격을 흥정하고 있었다. 깨끗하게 정돈된 거리에는 시골 여인으로 변신한 궁녀들이 인력거꾼이나 찻집과 객잔의 사환으로 변신한 태감들과 더불어 장터의 진풍경을 연출하고 있었다.

바로 그 순간 갑자기 어딘가에서 재잘대는 아이들의 목소리와 까르르 웃는 소리가 들려왔다. 눈여겨보니 그 아이들은 다름 아닌 황실의 황손, 황자, 공주들이었다. 건륭은 그제야 이곳이 육경궁에서 하학下學한 아이들에게도 좋은 볼거리와 놀이터가 될 수 있다는 생각을 했다. 자연스럽게 고개가 끄덕여졌다.

이곳 사람들은 건륭의 팔인대교가 지나가는데도 무릎 꿇어 인사를 올리지 않고 오로지 '장사'에만 열을 올리고 있었다. 건륭은 자신도 모르게 빙그레 웃었다. 순간 갑자기 소피가 마려웠다. 화신에게 막 얘기를 꺼내려고 했다. 그때 마침 열째공주가 한 무리의 시녀들에게 에워싸인 채 가게들을 구경하면서 다가오고 있었다. 건륭은 황급히 주렴을 내렸다. 그러고는 가마를 세우도록 발을 굴러 신호를 보냈다.

태감들이 일제히 긴 소리를 내면서 장단을 맞췄다. 이어 가마를 내려놓았다. 사실 황제는 무슨 일이 있어도 이런 곳에서는 가마에서 내리지 않는 것이 관례였다. 따라서 주변의 태감, 궁녀, 황자, 공주들은 모두 어리둥절한 표정들을 지었다.

그러나 건륭은 가마에서 내리지 않았다. 이 '거리'에 측간이 있는지, 있다면 어디에 있는지 알 수 없었던 까닭이었다. 게다가 내려서기 바쁘게 측간부터 찾아간다는 것도 천자의 존체尊體에 금이 가는 일이 아닐 수 없었다.

사람들은 갈수록 더 많이 모여들었다. 그러나 대교는 길 한복판에 '쭈그린 채' 움직일 줄을 몰랐다.

"폐하, 폐하……!"

우민중이 조심스럽게 몇 번이나 불렀다. 그러나 건륭은 좀처럼 대답이 없었다. 화신도 고개를 갸우뚱했다. 건륭이 갑자기 이런 곳에 가마를 세워놓고 정작 불러도 대답조차 없으니 의아스러웠던 것이다. 그러나 가마 양쪽 창에 모두 주렴이 무겁게 드리워져 있어 그 안에 있는 건륭의 모습은 볼 수가 없었다.

미간을 찌푸린 채 한참 생각을 굴리던 화신의 머리에 불현듯 뇌리를 스치는 무엇인가가 있었다. 이어 잠시 주변을 두리번거렸다. 그러고는 바로 잡화상점을 찾아가 '주인'에게 말했다.

"저 꽃무늬 항아리를 주게. 가격은 장부에 적어놓고!"

'주인' 역시 태감이었다. 호기심에 가득 찬 눈빛으로 창밖을 내다보던 그 태감은 황급히 진열대 위에서 항아리를 내렸다.

"조선朝鮮에서 김치인가 뭔가 하는 배추 절인 걸 담아내는 항아리라고 합니다. 이게 마음에 드셨습니까? 장부는 무슨, 소인이 '충성'한 것으로 하면 되죠!"

태감이 닭털로 만든 먼지떨이로 항아리의 먼지를 털어내면서 덧붙였다.

"소인이 잘 포장해 나중에 댁으로 보내드리겠습니다."

화신은 태감의 말이 끝나기도 전에 항아리를 냉큼 안고 나왔다. 그러고는 짐짓 대수롭지 않은 척 천천히 가마 쪽으로 다가갔다. 이어 창문의 주렴을 조심스럽게 걷어 올리고 항아리를 넣어주면서 나직이 아뢰었다.

"여기다 하시옵소서."

화신은 그러고 나서야 안도의 숨을 내쉬었다. 웃음이 마구 터져나오려는 것을 겨우 참았다.

가마 안의 건륭은 안색이 새파랗게 질려 있었다. 그러나 급한 일은 해결해야 했다. 결국 밖에서 소리가 들릴세라 조심스럽게 몇 번에 나눠 항아리를 반쯤 채웠다. 그제야 온몸이 노곤하게 풀리면서 살 것 같았다. 그가 웃으면서 옆에서 시중드는 왕렴에게 말했다.

"수화水火는 무정하다더니 과연 참말이네그려. 목 위에 달고 다니는 것이 호박은 아니니 좀 굴려봐. 똑바로 보고 배우고! 역시 화신이야! 저건 짐의 뱃속의 벌레라고 해도 과언이 아니겠어!"

건륭이 가볍게 기침소리를 내더니 저만치에서 엉거주춤 지켜보고 있는 사람들을 향해 미소를 지었다. 이어 천천히 가마에서 내렸다.

여태 꼼짝도 안 하더니 항아리를 집어 넣어주니 나오네? 태감과 궁녀들은 그런 생각이 들었으나 머리를 굴릴 겨를도 없이 우민중과 화신을 따라 무릎을 꿇었다.

건륭의 눈앞에 펼쳐진 주변 경관은 마치 어느 편벽한 시골장터를 방불케 했다. 게다가 흙을 딛고 선 느낌이 그렇게 편할 수가 없었다. 뿐만 아니었다. '배설'의 쾌감이 이처럼 큰 줄도 처음 알았다. 그가 기분 좋게 웃으면서 두 팔을 크게 벌리더니 황자와 황손들을 향해 말했다.

"화신이 이런 자리를 마련해준 의도는 적어도 이곳에서만큼은 모든 격식과 규칙의 굴레에서 벗어나 보라는 게 아니겠는가. 그러니 다들 허례허식을 보일 필요 없네. 일어나게! 그리고 편하게 행동하고 마음대로 뛰어 놀도록 해!"

건륭의 말에 황자를 비롯한 황실의 근친들은 모두 좋아라 하면서 일어났다. 그중 열째공주는 '옹'顒자 돌림 아이들 중에서 막내였다. 나이가 예닐곱 살쯤밖에 되지 않은 귀엽고 명랑한 계집아이였다. 그 공주가 흙먼지가 묻은 무릎을 조막만 한 손으로 톡톡 털면서 또랑또랑한 목소리로 물었다.

"아바마마, 이 마을은 화신이 만든 것이옵니까? 너무 신기하고 재미있사옵니다! 하온데 아바마마, 방금 가마 안에서 뭘 하고 계셨사옵니까? 아바마마께서 안 내려오시는 줄 알았사옵니다!"

공주가 말을 마치고는 건륭의 벌린 가슴에 쏙 안겨들었다. 건륭은 커다란 손으로 공주의 작고 앙증맞은 얼굴을 쓰다듬어줬다. 그러자 공주가 어딘가를 가리키면서 다시 종알거렸다.

"아바마마, 저-기 이-쁜 여치 파는 데가 있사옵니다. 은자 한 냥 반이면 살 수 있사온데……, 어멈들이 은자를 챙겨 나오지 않아 사 줄 수가 없다고 하옵니다. 아바마마께서 한 마리만 사 주시옵소서!"

"어찌 여치 한 마리를 한 냥 반씩이나 주고 사느냐?"

건륭이 공주의 손을 잡고 웃으면서 걸어갔다.

"은자 한 냥 반이면 백미白米 닷 되를 살 수 있는 거야. 닷 되면 가난한 사람 한 명이 석 달 동안 먹고 살 수 있는 양이지! 그리고 앞으로는 버릇없이 '화신, 화신' 하고 대신들의 이름을 마구 불러서는 안 되느니라. 아비도 은자가 없어."

공주는 그러나 건륭의 손을 잡아 흔들면서 졸라댔다.

"아바마마……, 한 마리만 사 주시옵소서. 딱 한 마리만요……."

우민중과 화신은 초롱초롱한 눈망울을 반짝이면서 앙증맞게 떼를 쓰는 공주와 덤덤한 건륭 일노일소一老一少를 번갈아 바라봤다. 그예 입을 가리고 웃고 말았다. 우민중이 아뢰었다.

"폐하께서는 대내大內로 돌아가셔야 하옵니다, 공주마마. 소인이 저들에게 말해놓고 갈 테니 원하는 대로 골라가십시오."

그러자 건륭이 화신을 가리키면서 말했다.

"앞으로 너의 아공阿公(시아버지)이 될 사람이야. 가지고 싶은 게 있으면 아공에게 사달라고 조르거라!"

화신이 건륭의 말을 듣더니 황급히 대답했다.

"여부가 있겠습니까, 공주마마. 지난번에도 금사金絲로 메추리조롱을 만들어 드리지 않았습니까? 원하시는 게 있으시면 뭐든지 말씀해 주십시오."

건륭이 화신과 공주의 대화에는 관심이 없다는 듯 무릉촌武陵村 동쪽 일대로 시선을 돌렸다. 이어 높이 쌓아올린 수문水門을 가리키면서 물었다.

"이 물은 곤명호昆明湖로 흘러드는가?"

화신이 그사이 무슨 수로 달랬는지 깔깔 웃는 공주를 마주보면서 함께 웃다가 황급히 대답했다.

"예, 그렇사옵니다! 박돌천趵突泉이 십 몇 년 동안 막혀 있었사온데, 상류 호수의 물을 끌어다 주입시켰더니 갑자기 샘물이 솟아나지 않겠사옵니까? 물 때문에 제방이 무너질까봐 덧대었사옵니다."

건륭이 뭔가를 다시 물으려고 할 때였다. 길 동쪽에서 진미미가 나타났다. 건륭이 그를 발견하고는 이름을 부르면서 손짓을 했다.

"너는 무슨 일로 왔느냐? 보월루에서도 얼핏 본 것 같은데!"

"아, 예……! 폐하……, 그게…… 말하자면……."

진미미는 너무 당황했는지 혀가 꼬인 채 심하게 더듬거렸다. 몇 번 머리를 조아리고 나서야 겨우 진정을 했다.

"태후마마께서 따라가 보라고 했사옵니다. 폐하를 따라 원명원 구경도 하라고요. 그러다 재미있고 신기한 일이 있으면 들려달라고 하셨사옵니다. 예, 그렇사옵니다!"

건륭은 처음에는 진미미의 말에 별로 신경을 쓰지 않았다. 그러나 갑자기 뭔가 이상하다는 느낌이 들었는지 따지듯 물었다.

"당치도 않은 소리! 네가 오늘이 아니면 원명원 구경을 할 기회가 없을까봐 하필이면 짐의 꽁무니를 쫓아다니는 게냐? 귀신처럼! 어허, 어서 이실직고하지 못할까!"

"이놈이 대가리가 몇 개라고 감히 폐하를 기만하겠사옵니까!"

진미미가 혼비백산한 표정을 짓더니 식은땀을 뻘뻘 흘렸다. 동시에 방아 찧듯 연신 머리를 조아리면서 아뢰었다.

"믿기지 않으시오면…… 태후마마께 여쭤보시옵소서, 폐하! 이놈은 결코 거짓을 말하지 않았사옵니다……!"

느닷없이 주변이 시끄러워지자 저만치 흩어져가던 악동들이 다시 하나둘 모여들기 시작했다. 이어 무슨 일인가 하고 건륭과 태감을 번갈아 바라봤다. 또 어떤 황자들은 쭈그리고 앉아 손으로 턱을 괸 채 진미미를 빤히 올려다보았다. 그중 한 녀석이 또렷한 목소리로 외치듯 말했다.

"아바마마, 저자의 속에 귀신이 들어앉아 있사옵니다."

그러자 다른 한 황자가 등 뒤의 어딘가를 손가락으로 가리키면서 말했다.

"이자는 세작細作(염탐꾼, 간첩)이옵니다. 오래전부터 저-기 나무 뒤에 숨어서 아바마마를 훔쳐보고 있었사옵니다."

어린 황자들은 앞을 다퉈 진미미를 성토하듯 한마디씩 퍼부어댔다. 화신 역시 진미미가 오늘 하루 종일 건륭을 뒤쫓아 다녔다는 사실을 모르지 않았다. 그러나 당장은 그 이유를 알 수 없었던 탓에 뭐라 콕 집어 말하기가 어려웠다. 그래서 그저 황자와 황손들에게 엉뚱한 말을 할 수밖에 없었다.

"마마님들, 별일 아닐 테니 놀러가세요. 예? 제가 오늘 한턱내겠습니다. 저쪽 음식점으로 가서서 드시고 싶은 게 있으면 실컷 드세요. 저나 유전의 이름을 대고 달아놓으세요."

화신이 자상하게 황자와 황손들을 달래 보내고 나서 우민중을 힐끗 쳐다봤다. 우민중은 짐짓 대수롭지 않은 척 먼 곳에 시선을 보내고 있었다.

"갈수록 태산이구먼!"

건륭은 냉소를 터트리면서 덧붙였다.

"짐이 지금 네놈하고 입씨름하게 생겼느냐? 뭐? 못 믿겠으면 태후마마께 여쭤보라고? 이런 발칙한 놈을 봤나!"

"폐하……, 절대 그런 게…… 아니옵니다. 이놈이…… 어찌 감히……."

진미미가 오른손을 번쩍 들더니 자신의 뺨을 힘껏 때렸다. 찰싹! 소리가 우렁찼다. 순간 그의 오른쪽 뺨에 커다란 손바닥 자국이 찍혔다.

어가를 수행한 태감과 어멈들 수십 명은 모두 속으로 쾌재를 불렀다. 평소 총관태감의 자격으로 자신들 위에 군림해 왔던 진미미가 처음으로 크게 낭패를 당하는 것을 보자 고소해졌던 것이다. 진미미는 곧 더 이상 더듬거리지 않고 굽실거리면서 아뢰었다.

"어젯밤에 누가 태후마마께 뭐라 여쭸는지 마마께서 갑자기 소인을 부르셨사옵니다. 뭐니 뭐니 해도 폐하의 옥체가 강건하셔야 하니 잘 지켜드리라고 하셨사옵니다. 무슨 말씀인지는 모르겠사오나 너무 무리하시어 양기를 빼앗기시면 아니 된다고 하셨사옵니다. 이놈은 토씨 하나도 빼고 보탠 바가 없사옵니다……."

건륭은 창피하고 화가 치밀었다. 한편 궁금하기도 했다. 태후가 갑자기 '양기'陽氣를 운운하면서 호들갑을 떠는 걸 보면 분명 어젯밤의 일을 알게 된 것이 틀림없었다! 그렇다면 과연 어떤 자가 혓바닥을 놀려댔다는 말인가?

건륭은 우선 화신을 바라봤다. 화신은 아이가 없는 듯 싱거운 웃음만 흘릴 뿐이었다. 우민중 역시 아무런 표정이 없었다. 주위의 태감들을 쓸어 봐도 마찬가지였다. 마치 겨울매미처럼 모두들 입을 꾹 다문 채 숨죽이고 있었다. 태후의 '세작' 같지는 않았다. 순간 그는 원명원을 둘러보면서 끓어 넘치던 흥분이 완전히 빙점으로 떨어지는 것 같았다. 그랬으니 주변의 경물들이 더 이상 눈에 들어올 턱이 없었다. 결국 그 자리에서 몇 걸음 떼어놓으면서 거니는가 싶더니 그예 진미미의 엉덩이를 힘껏 걷어찼다.

"쓸모없는 놈! 어서 앞장서서 자녕궁慈寧宮으로 안내하거라!"

건륭은 올 때의 날아갈 듯한 기분과는 달리 돌아가는 길 내내 심기가 불편하기 이를 데 없었다. 가마의 창문에 드리워진 주렴을 한 번도 올리지 않을 정도였다.

가마를 멘 태감들은 날듯이 달렸다. 수행한 사람들은 말이나 노새를 타고 뒤따랐다. 그러나 탈 것이 없어 걸어가는 진미미는 앞장서서 '안내'까지 해야 했으므로 가랑이에 완전히 불이 날 지경이었다. 게다가 평소에 웬만한 심부름은 아랫것들에게 시키면서 총관태감 노릇을 톡톡히 해왔던 터라 더욱 더 힘이 들었다. 얼마 지나지 않아 땀이 비 오듯 했다. 그가 숨이 턱에 차도록 달리다시피 하며 자녕궁에 도착했을 때는 완전히 탈진하기 일보직전이었다. 급기야 다리를 휘청대면서 고꾸라질 듯 달려가 아뢰었다. 어느새 표정이 무겁게 굳어진 건

룡이 우민중과 화신에게 말했다.

"경들은 물러가게! 내일 다시 뵙기를 청하게. 모두 듣거라! 감히 오늘 일을 떠벌리고 다니는 자들이 있으면 가차 없이 죽음을 내릴 것임을 알아라!"

건륭의 눈빛은 예사롭지 않았다. 시퍼렇게 날이 서 있었다. 주위의 태감들은 잔뜩 기가 죽어 감히 얼굴도 들지 못했다.

자녕궁의 분위기는 건륭이 상상했던 것처럼 그렇게 무겁고 어색하지 않았다. 진미미는 아직 태후에게 원명원으로 다녀온 일에 대해 아뢰지 못한 듯 온돌마루 앞에서 그녀에게 더운 물수건을 짜 올리고 있었다. 황후는 온돌 모서리에 비스듬히 걸터앉은 채 우유잔 바닥에 남은 설탕을 숟가락으로 조심스럽게 젓고 있었다.

귀비인 유호록씨와 금가씨, 돈비 왕씨와 영비 위가씨 등도 있었다. 모두 손수건을 들고 옆에 시립해 있었다. 용비 화탁씨만 페르시아 고양이를 안고 걸상에 앉아 있었다. 꽃을 수놓고 금박을 두른 앙증맞은 모자를 쓴 고양이는 무척이나 귀여웠다. 그녀들은 태후와 마주앉은 정안태비定安太妃의 얘기를 흥미진진하게 듣고 있었다.

"……사냥꾼은 잡은 어미기러기를 집으로 가져왔죠. 막 목을 비틀려고 하는데 사냥꾼의 늙은 어미가 이렇게 말했대요. '얘야, 밖에서 수기러기가 구슬프게 우는구나. 그만 놓아 주거라! 어젯밤 이 어미 꿈에 관세음보살께서 현몽現夢하셨어. 이 어미의 눈이 먼 것은 아들이 살생을 많이 한 업보業報라고 하더구나. 지금부터라도 살생을 멈추지 않으면 내세來世에는 너마저도 장님이 된다고 하셨어! 짐승들도 사람과 마찬가지로 영성靈性이 있느니라. 놓아주거라……'라고요. 아들은 타고난 백정이었어도 효자였다고 합니다. 어미의 당부가 하도 간절하니 어미의 뜻에 따라 기러기를 놓아줬다고 합니다. 그랬더니 이튿날 아침, 글쎄 그 기러기 가족이 전부 찾아와 사냥꾼의 초가를 빙빙 돌면서 울더랍니다. 사냥꾼이 문을 열고 나가보니 수기러기가 땅에 내려앉으면서 입에 물었던 뭔가를 마당 한복판에 톡 떨어뜨렸답니다. 그러고는 날개를 퍼덕거리고는 가족들을 데리고 날아가더라고 합니다. 놀랍게도 그건 두 냥은 족히 나갈 금덩이였다고 합니다……."

태비는 한참 신나게 얘기를 하다 건륭이 들어서자 입을 꾹 다물어버렸다. 어리둥절해하던 후궁들도 그제야 건륭을 발견하고는 황급히 무릎을 꿇었다. 황후 나랍씨 역시 천천히 일어나 공손히 맞이했다. 용비도 자리에서 나와 엎드렸다. 그사이 페르시아 고양이는 "야옹!" 하면서 폴짝 창가로 뛰어올랐다. 태후는 뒷덜미에 벗겨진 채 걸린 모자를 달랑거리면서 탁자와 걸상 위로 건너뛰어 다니는 고양이를 보고는 배꼽을 잡고 웃었다. 좌중의 여인들도 모두 따라 웃었다. 그러고는 태후가 건륭에게 말했다.

"오셨습니까, 폐하? 이리로 와서 앉으세요."

후궁들은 태후의 심기를 달래주러 온 것 같았다. 그렇게 짐작한 건륭이 어색하게 웃으면서 문후를 올렸다.

"강녕하시옵니까, 어마마마! 소자는 오늘 원명원 구경을 하고 돌아왔습니다. 보월루……."

태후는 건륭의 말을 듣는 것보다 고양이에게 정신이 더 많이 팔린 것 같았다. 가까이 다가온 고양이를 손을 내밀어 잡으려고 했다. 건륭이 제꺽 고양이를 붙잡아 태후의 품안에 안겨줬다. 이어 원명원에 대해 자신이 둘러본 그대로를 설명해줬다. 끝에는 몇 마디 말도 덧붙였다.

"역시 화신은 대단한 재주꾼입니다. 도면만 볼 때는 몰랐으나 정작 가서 보니 안에서 길을 잃을 정도로 굉장하더군요."

"화신이 유능해서 폐하의 총애를 받는 줄은 압니다."

태후가 품에 안긴 고양이의 반지르르한 털을 가만히 쓸어 내렸다. 고양이는 태후의 그런 손길이 따뜻하고 편한 듯 눈을 스르르 감았다. 태후가 고양이를 사랑스러운 눈매로 내려다보고는 다시 말을 이었다.

"열째공주를 그 집의 풍신은덕豊紳殷德(화신의 아들)과 콕 집어 결혼을 시킨다는 데는 그의 충심을 위로하기 위한 측면도 있겠으나 더욱 가까워지려는 어떤……. 글쎄, 이 어미의 말을 끝까지 들어보세요. 그런 뜻도 내재돼 있는 것 같은데, 아무리 유능하고 잘나면 뭘 합니까? 아녀자가 전세轉世(이 세상에 다시 태어남)한 사람인데! 나는 보면 볼수록 닮은 것 같고, 갈수록 그런 느낌이 더 강해집니다! 나라 살림이나 집안 살림이나 무릇 대사大事는 남정에 의지하고 맡겨야 합니다. 오로지 폐하의 비위만 맞추고자 요사스럽게 놀고 입안의 혀처럼 군다고 다 좋은 게 아닙니다."

화신이 금하의 현신現身이라는 건 어디까지나 추측이자 느낌이었다. 그러나 태후는 그렇다고 확신을 하고 있었다. 게다가 한 술 더 떠 조심하라면서 주의까지 주고 있었다! 어디 그뿐인가. 태후는 어젯밤 건륭이 회족 부녀자들을 들인 사실까지 알고 있었다. 가뜩이나 화신 때문에 민감해져 있는 태후로서는 가만히 있을 턱이 없었다. 항상 만전을 기하고 흐트러짐이 없는 그녀의 성격상 미행을 붙여야 마땅했을 것이다. 건륭은 그렇게 생각하고는 애써 웃음을 지어보였다.

"염려가 너무 깊으신 것 같습니다, 어마마마. 전세轉世나 윤회輪廻라는 건 어디까지나 믿을 수 없는 허망한 것입니다. 어찌 그리 단언을 하시는 겁니까? 설령 그게 사실이라고 하더라도 이미 전세轉世해 사내가 돼 있지 않습니까? 과연 사람이 전생前生 때문에 금생今生에 차질을 빚어야겠습니까?"

"그럼, 그렇지!"

건륭이 달리 회개하는 표정이 없자 태후의 말투는 더욱 진지해졌다. 급기야 그녀가 고양이의 등을 살짝 두드리면서 후궁들을 향해 말했다.

"내가 뭐라고 그랬나! 폐하께서는 전세니 윤회니 하는 것들을 애당초 믿지 않으신다고 했지? 그래도 자네들은 뭐, 폐하께서는 거사居士라서 믿으신다고? 폐하, 이 어미 말을 귀담아 들으세요. 아녀자들이 한을 품으면 오뉴월에도 서리가 내립니다! 이 어미는 금하를 죽이고 죄를 받을까봐 두려워서 이러는 게 아닙니다. 이 어미가 이제 살면 얼마나 더 살겠습니까? 아녀자가 간섭할 바는 아니지만 이 어미는 부항, 윤계선, 기윤, 이시요 등 정말 괜찮은 대신들이 잇따라 죽거나 불측의 경지에 내몰려 있는 것이 그저 답답하기만 할 뿐입니다. 꼭 누군가가 해코지를 하고 수작을 부렸다고 단정할 수는 없으나 수십 년 동안 별 탈 없이 부려온 신하들을 하루아침에 버리는 건 좀 심하지 않았나 생각됩니다. 물론 이 어미의 말은 어디까지나 자식을 위하는 어미의 노파심에 불과합니다. 허나 어쩝니까? 자식은 백 살을 먹어도 항상 물가에 내놓은 코흘리개처럼 걱정만 되는 것을! 폐하께서 늘 하시는 말 중에 방……, 방 뭐랬더라? 그 말이 생각이 안 나네?"

태후가 말을 잠시 마치고는 이마에 손을 대고 잠시 뭔가 생각하는 듯했다. 이어 도움을 청하는 눈빛으로 정안태비를 바라봤다. 그러나 태비는 감히 나서기를 저어하는 것 같았다. 태후가 다시 황후를 바라봤다. 그러자 나랍씨가 나지막이 아뢰었다.

"방미두점防微杜漸(화근의 싹을 미리 뽑음)이옵니다."

건륭이 마치 고자질하듯 입을 연 황후를 바라봤다. 시선이 곱지 않았다. 그는 뒤에서 수작을 부려 태후의 심기를 어지럽힌 장본인이 바로 황후라고 단정지었다. 순간 그는 가슴 속에 분노의 불기둥이 치솟아 올랐다. 그러나 태후의 면전인지라 분통을 터트릴 수는 없었다.

건륭은 분을 삭이느라 잠시 고개를 숙인 채 이를 악물었다. 이어 애써 웃으면서 말했다.

"참으로 지당하신 말씀입니다. 어마마마의 훈육을 가슴깊이 새겨 들었습니다. 현재 군기처에는 아계를 위시해 우민중과 유용이 열심히 일하고 있습니다. 그들도 훌륭한 신하들입니다. 화신도 이런저런 약점이 있지만 맡은 일에 흐트러짐이 없습니다. 또 이재에도 그만한 고수가 없습니다. 기윤과 이시요도 완전히 매장된 건 아니오니 나중에 다시 기용할 것입니다. 소자는 절대 제이의 당 현종이 되는 일은 없을 것입니다. 심려를 놓으십시오, 어마마마!"

태후는 그제야 미소를 띠우면서 고개를 끄덕였다. 시력이 좋지 않은 데다 건륭이 고개를 숙이고 있어 그의 분노로 일그러진 얼굴을 보지 못한 것 같았다.

"성조께서는 당시 용종龍種을 회임하고 있던 며느리인 내게 직접 찾아오셨어요. 옹화궁雍和宮에서 나의 관상까지 봐주시면서 뱃속의 아이가 필히 성조 당신보다 더 큰 복을 타고날 것이라고 예언하셨죠. 아니나 다를까, 폐하께서 탄생하실 때 궁중에는 온통 기이한 향기와 붉은 빛이 가득 차 넘쳤습니다. 지금도 그 자리에서 시중들었던 늙은 궁녀들은 그 얘기를 하고는 합니다. 폐하께서 공명이나 인덕, 신망 모든 면에서 성조와 세종을 능가한다고 생각하니 이 어미는 그저 행복하기만 합니다. 이 어미는 화신에 대해서도 혐오하거나 미워하는 건 아닙니다. 다만 태평시일이 길어지니 조심해서 나쁠 게 없다는 얘기입니다. 인간의 본성은 우리 천가天家나 초개草芥들이나 마찬가지 아니겠습니까? 우리라고 영생불로永生不老할 것도 아니고, 삼재팔난三災八

難에서 자유로울 것도 아닙니다. 무엇보다 건강하고 평안무사한 것이 최고입니다. 그래서 어미는 육궁六宮 도태감都太監들에게 분부해 놓았습니다. 오늘부터 폐하께서는 후궁들의 처소로 직접 걸음하시는 대신 뽑은 녹패祿牌를 태감들에게 주십시오. 폐하께서 지정하신 후궁을 양심전이든 건청궁이든 폐하의 처소로 부르세요. 그리고 아침에 기침하실 때는 어미가 태감을 보내 깨워드리도록 하겠습니다. 폐하의 일상이 곧 후세들에게 가법이 되는 겁니다. 아니 그렇습니까, 폐하?"

태후는 조곤조곤 할 말을 다 했다. 그러나 듣는 건륭의 입장에서는 갑갑하고 숨 막히는 일이 아닐 수 없었다. 태후의 말대로라면 후궁들이 아닌 다른 누군가를 처소로 부른다는 것은 언감생심일 터였다. 그리고 이후부터 건륭 자신은 철저히 태후의 감시하에 놓이게 될 것이었다.

그럼에도 불구하고 건륭은 태후의 말을 한마디도 반박할 수 없었다. 청 황실의 가법에 따르면 황제가 태후를 두려워하지 않는다는 것은 있을 수 없는 일이었다. 건륭은 화가 치밀었다. 그러나 애써 좋은 쪽으로 고쳐 생각했다. 다시 생각해보면 후세들에게 '점잖은' 조상으로 기억되는 것도 체면이 서는 일일 것 같았다. 그는 속으로 한숨을 삼키면서 대답했다.

"어마마마께서 이같이 소자를 위하시는데 소자가 어찌 감히 어마마마의 명을 거역하겠습니까! 소자는 필히 후세들에게 '본보기'가 되도록 노력하겠습니다. 심려 놓으십시오!"

건륭이 잠시 멈췄다가 다시 덧붙였다.

"소자는 곧 큰 태감들을 불러 어마마마의 의지를 전달하고 궁금문호宮禁門戶에 대한 경계도 강화하도록 지시하겠습니다. 정무에 매여 경황이 없다보니 내원內苑의 궁무宮務에 대해 좀 소홀했던 것 같습니다."

"그럼요, 그렇게 하셔야죠."

태후는 건륭의 눈에서 순간적으로 섬뜩하게 번뜩이는 서슬을 눈치 채지 못했다. 그래서 그저 웃으면서 덧붙였다.

"제가齊家가 우선시 돼야 치국평천하治國平天下가 가능한 법입니다!"

건륭은 즉위 이래 태감들만 소집해 훈육의 말을 한 적이 없었다. 당연히 강희나 옹정 때에도 전례가 없었던 일이었다. 때문에 왕염은 어지를 전하러 각 궁으로 가랑이에 바람을 일으키면서 뛰어다녔다. 처음에는 집합장소를 양심전養心殿으로 정했다. 그러나 건륭은 모두 모이자 다시 건청궁乾淸宮으로 옮기라고 했다. 막상 건청궁으로 가니 또 곤녕궁坤寧宮으로 가라고 명령을 내렸다. 도대체 무슨 일이 있는 걸까? 태감들은 영문도 모른 채 어떤 화를 당할지 몰라 두려움에 벌벌 떨었다. 물론 진미미와 왕렴만은 건륭의 심기가 대단히 불편하다는 사실을 모르지 않았다. 둘은 더욱 긴장할 수밖에 없었다. 두 사람은 곧 6품 감령자監領子를 달고 있는 태감들을 곤녕궁으로 데리고 들어왔다.

극도의 불안 속에서 일 년과 같은 한 시간이 흘렀다. 갑자기 밖에서 태감 작약이 외치는 소리가 들려왔다.

"폐하께서 납시오!"

"강녕하시옵니까, 폐하!"

태감들은 미리 연습이라도 한 듯 일사불란한 동작으로 인사를 올렸다. 순간 마치 오리의 그것 같은 목소리가 좌중에 울려 퍼졌다. 건륭은 일순 오리농장에 잘못 들어선 것 같은 착각까지 하면서 하마터면 웃음을 터트릴 뻔했다. 그러나 황급히 정색을 하고는 궁전 안으로 들어갔다. 이어 쿵쿵 발소리를 크게 내면서 수미좌로 다가갔다. 그러나 자리에는 앉지 않은 채 진미미에게 명령을 내렸다.

"태후마마의 의지를 전하거라!"

"성모 태후마마의 의지이시다."

진미미가 잔뜩 숨을 죽이고 있는 태감들 앞으로 다가갔다. 이어 건룡을 힐끔 쳐다보고는 소리쳤다.

"원명원은 차츰 모양새를 갖춰 곧 준공을 앞두고 있다. 앞으로 폐하께서는 춘春, 하夏, 추秋 세 계절에는 원명원에서 정무를 보실 것이다. 자금성과 원명원 두 곳의 관방關防에 각별히 주의를 기울여야 할 것이다. 폐하의 기거와 일거일동은 모두 국가의 생사존망과 직결되는 만큼 시중들 때 추호라도 방심했다가는 크게 경을 치게 될 것이다. 오늘부터 폐하의 침궁은 양심전으로 옮긴다. 황후 이외의 모든 후궁들은 폐하께서 불러주실 때마다 폐하의 처소로 들어가 시중을 들게 될 것이다. 태감들은 궁중의 가노家奴인 만큼 황자들에게 접근해 학업을 황폐하게 만들어서는 아니 된다. 또 사사로이 왕공대신들과 왕래를 해서도 아니 될 것이다. 황실의 은밀한 내무에 대해서 함부로 망발을 했다가는 죽음을 각오해야 한다!"

12장
우민중과 태감들의 작패

　진미미는 의지를 전하고 난 다음 태감들 쪽으로 가서 무릎을 꿇었다. 이어 선 채로 태후의 자훈慈訓을 경청하고 난 건륭 역시 수미좌로 올라가 앉았다. 대전에는 쥐 죽은 듯한 정적이 감돌았다. 그저 건륭의 용포龍袍 자락이 스치는 소리와 찻잔을 들었다 내려놓는 소리만 들릴 뿐이었다. 한참 후 건륭이 무거운 입을 열었다.

　"어제, 평군왕平郡王 복팽福彭(청 태조 누르하치의 차남이자 태종 홍타이지皇太極의 형인 예친왕禮親王 대선代善의 6세손. 세습 받은 '철모자왕'鐵帽子王임)이 술직차 입궐해서는 왕팔치가 어찌 안 보이느냐면서 궁금해하더군. 왕팔치는 지금 어디 있을까? 짐이 알려주지. 왕팔치는 흑룡강黑龍江에서 피갑인披甲人들의 노예로 개돼지 취급을 당하다가 끝내 미쳐버렸다고 하더군. 복신卜信, 왕례王禮 등도 장백산長白山 깊은 산속에서 엄청 고생하나 보더라고. 내무부內務府 사람들을 만나더니 입고 있는 솜옷을 좀 벗어달라고 애걸복걸 하더라네. 엄동설한에 빙천설지氷天雪地에서 오죽 추웠으면 그랬겠는가? 못났고 밉지만 어쨌든 짐을 시중들었던 자들인지라 짐은 양가죽 외투를 상으로 내리라고 했지. 화식伙食도 붉은 옥수수밥이나마 배불리 먹게 하라고 했고.”

태감들은 건륭의 말에 마치 뼛속까지 찬바람이 파고드는 듯 몸을 오싹 떨었다. 이어 새우등처럼 구부린 등허리를 더욱 움츠러뜨렸다. 건륭이 지목한 태감들은 모두 과거 자금성에서 내로라하는 내시들이었다. 다른 태감들이 내심 부러워하고 잘 보이고자 아부를 떨면서 치성을 드리던 이른바 ‘왕태감’들이었다. 그런 사람들이 하루아침에 간곳 없이 사라져버렸었다. 영문을 모르는 다른 태감들은 그들이 그저 ‘외차’外差를 나갔다고 생각했다. 그런데 지금 알고 보니 그들은 먼 유배지에서 고통스럽게 죽어가고 있었다!

“그자들은 아직 숨이 붙어 있는 한 영원히 짐의 노예이니라. 그리고 노예와 노예 사이에도 삼육구三六九 등의 구별이 있는 법이다!”

태감들은 두려움에 낯빛이 모두 시퍼렇게 변했으나 건륭의 말투는 의외로 담담했다. 마치 찻집에서 가벼운 마음으로 한담을 하고 있는 것 같았다. 건륭이 다시 입을 열었다.

“어찌해서 같은 미물인데 너희들은 금의옥식錦衣玉食으로 호강하고, 그자들은 돼지죽을 빼앗아 먹을 지경에 이르게 됐는지 아느냐? 찻잔을 떨어뜨려서도 아니고 물을 엎질러서도 아니다. 인치仁治를 표방하는 짐은 이제껏 사소한 일로 인명人命을 경시해본 적이 없다. 그자들은 한낱 미물인 주제에 요언妖言을 날조하고 퍼뜨려 주인의 얼굴에 먹칠을 한 죄를 저질렀음이니라!”

건륭이 말을 마치고는 책상 모서리를 잡고 자리에서 일어섰다. 이어 시퍼렇게 날이 선 눈빛으로 기절하기 직전인 무리들을 무섭게 쓸어보면서 덧붙였다.

"네놈들 중에도 가죽을 벗겨 죽일 놈들이 없으라는 법은 없다!"

건륭이 갑자기 말을 뚝 멈췄다. 순간 숨이 멎는 듯한 정적이 감돌았다. 태감들의 두려움은 완전히 두피頭皮가 쩍쩍 갈라터질 만큼 극도에 달했다. 모두들 차가운 금전金磚에 바짝 엎드린 채 고양이 앞에 끌려온 쥐처럼 바들바들 온몸을 떨었다.

"태후마마께서 네놈들에게 의지를 내리신 걸 보면 뭔가 심상치 않다!"

건륭의 말투가 갑자기 송곳처럼 날카로워졌다.

"국가가 무엇이냐? 짐이 바로 국가이다! 사직이 무엇이냐? 짐이 바로 사직이지! 짐은 천명을 받아 구주만방九州萬邦을 사목司牧하는 하늘의 아들이라는 말이다! 억조생령億兆生靈들의 목숨은 짐의 일념一念에 달려 있다는 걸 네놈들이 과연 몰랐다는 말이더냐! 짐의 체통에 먹물을 칠하는 건 곧 국가와 사직을 욕되게 하는 것이다. 천하의 생민生民들을 우롱하는 짓이기도 하다! 어떤 놈이 감히 궁중에서 수작을 부려 천가의 혈육을 이간질하는 것이냐! 태후에 대한 짐의 효도를 도마 위에 올려 찢고 까불다가는 껍질을 발라 기름에 튀겨낼 줄 알거라!"

건륭이 뿌드득 소리 나게 이를 갈았다. 이어 껄껄 소름 끼치게 웃었다.

"산사람의 껍질을 바르는 형벌은 전명前明의 태감인 작용作俑이라는 자가 창시했다고 했지? 그래, 짐은 '그 사람이 하는 방식으로 그 사람을 다스릴 것'이야. 태감이 화국禍國을 초래한 역사는 사적史籍을 뒤지면 수없이 많다. 그러니 짐이 어찌 전철을 두려워하지 않고, 선현先賢들의 충고를 염두에 두지 않겠느냐?"

건륭이 말을 마치고는 손바닥으로 책상을 쳤다. 그리 큰 소리는 아니었으나 태감들은 모두 화들짝 놀랐다.

"조고趙高, 왕진王振, 유근劉瑾, 위충현魏忠賢 등 이런 물건짝들을 본받았다가는 어찌되는지 더 이상 말하지 않아도 자명할 것이다. 태감들 중에도 주인을 위해 죽고 주인을 위해 사는 충성파들이 있지. 명나라 영락永樂 연간의 삼보三寶 태감 정화鄭和 같은 자 말이다. 모르면 나중에 왕이열 사부를 청해 너희들에게 짧은 옛날 얘기를 들려주라고 할 것이니 그리 알거라."

건륭의 얼굴은 벌겋게 부어올랐다. 그러나 애써 마음을 가라앉힌 듯 더 이상 뇌성벽력의 목소리는 아니었다.

"짐은 천성적으로 모진 사람이 아니다. 짐은 지금도 개미새끼 한 마리조차 발로 밟아죽이지 못한다. 그러나 너희들에게만은 악인惡人이 되지 않을 수 없구나. 너희들은 국가의 중추 핵심에 들어와 있지만 천성적으로 비루하고 천한 상것들이기 때문이지. 네놈들만 보면 '방미두점'防微杜漸(어떤 일이 커지기 전에 미리 막음) 네 글자가 짐의 머리에 반사적으로 떠오르고는 한다."

건륭이 얼굴 가득 냉소를 지은 채 다시 말을 이었다.

"짐이 하고픈 말은 이것뿐이다. 진미미, 왕렴, 왕인만 남고 나머지는 썩 물러가 대령하거라!"

태감들은 혼비백산했다. 급기야 건륭이 뒷덜미라도 잡을세라 모두들 부랴부랴 뒷걸음질을 치면서 물러갔다.

건륭이 호명을 해서 남게 된 세 명의 태감들은 조롱에 갇힌 새처럼 부러운 눈으로 그들을 바라보았다. 심지어 마치 어좌御座 어딘가에 기관이 있어 누르기만 하면 사방에서 불이 쏟아져 나와 자신들을 한 줌의 재로 태워버리지나 않을까하는 공포에 질려 있었다. 그러나 건륭의 태도는 의외였다. 벽력같은 분노를 터뜨리는 대신 마치 외신外臣들을 대하듯 부드러운 어투로 입을 연 것이다.

"지금 육궁六宮 도태감都太監과 부도태감副都太監들은 모두 늙어서 자기 앞가림도 하기 어려운 상황이다. 그렇다고 선제 때부터 시중들어 왔고 나름 위망威望이 있는 자들을 내보낼 수는 없지 않으냐. 그래서 짐은 너희들 셋을 부도태감으로 승격시켜 그들을 보좌하게 할 것이다."

청천벽력만 충격인 것은 아니었다. 괴로워 내지르는 것만이 비명인 것도 아니었다. 누군가 슬쩍 밀기만 해도 쿵 하고 넘어갈 것처럼 잔뜩 긴장해 있던 세 명의 태감은 느닷없이 진급을 알리는 어지에 혼절할 듯 놀라움과 기쁨을 금치 못했다. 자신의 귀를 의심하는 듯 잠시 서로를 번갈아 바라보기도 했다. 그러더니 황급히 머리를 조아려 천감만사千感萬謝의 사은을 표했다. 셋 다 너무 기뻐 죽을 것 같다는 표정이 얼굴에 역력했다. 건륭의 얼굴에도 알 듯 말 듯한 미소가 스쳤다.

"너희들도 나름 고초가 있을 것이다. 궁중의 크고 작은 인물들, 답응答應, 상재常在 등 등급이 낮은 비빈妃嬪들도 다리를 살짝 들기만 해도 너희들의 키보다 높을 테니 말이다. 허나, 모든 일에는 분촌分寸이 있고 근본이 있는 법이야. 어찌됐건 궁극적으로는 군주에게 변함없는 충성을 바치는 것이야말로 너희들이 지켜야 할 근본이다. 충성이 밑바탕에 깔려 있어야 경敬과 성誠이 따르는 법이야. 그게 바로 '예'禮라는 것이다. '극기복례克己復禮는 곧 인仁이다'라는 말은 다들 알겠지?"

건륭이 한참을 말하다 말고 갑자기 피식 실소를 터뜨렸다. 한낱 '미물'들을 모아놓고 무슨 심오한 학문을 가르치고 있는 건가 싶은 생각이 들었던 것이다. 순식간에 말머리도 틀어버렸다.

"한마디로 너희들은 마음속에 오로지 군주만 담고 있어야 하느니라. 너희들이 이 근본만 고수한다면 짐은 작은 과실 정도는 얼마든지 용서해줄 수 있을 것이다. 무슨 말인지 알겠느냐?"

"예! 명명백백히 알겠사옵니다!"

"그럼 묻겠다. 어제 일은 누가 태후마마께 고자질한 것이냐?"

"……"

"응?"

다시 무거운 위압감이 밀려왔다. 세 태감은 또다시 천근만근 무게의 바위에 짓눌리는 느낌을 받았다.

"진미미, 네가 먼저 말해 보거라."

건륭이 차갑게 쏘아붙였다. 그러고는 손가락으로 냉차를 찍어 책상 위에 아무렇게나 그림을 그리면서 대답을 기다렸다.

"이놈……, 이놈은……."

"뭐가 그리 두려운 게야?"

건륭이 냉소를 터트렸다.

"말을 안 할 거면 썩 물러가거라! 네가 입을 봉하고 있어도 짐은 반드시 알아낼 것이야!"

진미미는 연신 머리를 조아렸다. 이어 두 팔로 바닥을 짚고 일어나려다 뭔가 생각을 달리한 듯 다시 엎드렸다. 그러고는 잔뜩 겁에 질린 어조로 아뢰었다.

"이놈이 어찌 감히 은혜가 하늘과 같은 주군을 기만하겠사옵니까? 절대 그런 건 아니옵니다. 실은 뭐라고 여쭤야 할지 몰라서 망설였던 것이옵니다. 어제 오후 태후마마께서는 오늘이 재계일齋戒日이라고 하시면서 스물넷째복진과 다섯째복진을 입궐하라고 명하셨사옵니다. 두 복진과 함께 황후마마도 드셨사옵니다. 태후마마께서는 이놈들에게 물러가라 하명하셨사옵니다. 중간에 차를 끓여서 들고 들어가 보니 스물넷째복진께서 '이 일로 애를 끓이지 마시옵소서, 마마. 나중에 폐하께 잘 여쭤보면 진위가 드러날 것이옵니다'라고 하는 것 같았사옵니다."

"오아烏雅씨가?"

건륭이 의아해 하면서 덧붙였다.

"상중喪中이라 바깥출입을 하지 않는 오아씨가 어찌 화신이 회족의 부인들을 선발해 들여보낸 일을 알 수 있다는 말이냐?"

건륭은 아무리 생각해봐도 이상했다. 그는 다시 왕렴에게 시선을 돌렸다. 그러자 왕렴이 머리를 조아리면서 침착하게 아뢰었다.

"이놈도 처음에는 어리벙벙했사오나 진미미가 운을 떼니 무슨 말인지 알 것 같사옵니다. 어제 폐하께서 물건을 상으로 내리실 때 스물넷째왕부와 다섯째왕부에는 태감 작약이 다녀왔사옵니다. 그 당시 화 대인은 오문午門 밖에 있었사옵니다. 이놈이 궁금해 작약에게 동화문으로 가면 가까운 걸 어찌 태화문으로 가느냐고 물었사옵니다. 하오나 작약은 웃기만 할 뿐 묵묵부답이었사옵니다."

진미미도 입을 열었다.

"소인이 재계궁에 의지를 전하고 태후마마의 《금강경》을 보내주러 가는 길에 막 영항永巷에서 나오는 작약과 맞닥뜨렸사옵니다. 그는 막 황후마마를 뵙고 나오는 길이라고 했사옵니다. 폐하께서 두 과부 복진에게 금 오십 냥씩을 하사한 데 이어 황후마마께서 비단까지 상으로 내리시어 혼자 들고 갈 수 없다면서 도와줄 수 없겠느냐고 했사옵니다. 하오나 소인도 바쁜 걸음이었는지라 어쩔 수 없었사옵니다."

이번에는 왕인이 나섰다.

"틀림없이 작약일 것이옵니다. 그의 형수는 다섯째친왕(화친왕和親王

홍주弘晝) 댁에서 유모로 있사옵니다. 또 누이동생은 황후마마의 갱의更衣를 시중드는 하녀이옵니다. 그의 어미와 누이는 또 열여섯째친왕부(장친왕莊親王 윤록胤祿)에서 침선針線 일을 하고 있사옵고, 외숙外叔은 전에 스물넷째친왕(성친왕誠親王 윤비胤祕)의 뒤를 그림자처럼 따라 다니던 종복從僕이었사옵니다! 속없이 헤헤거리고 대가리에 벌레 먹은 것처럼 놀아도 얼마나 영악하고 팔방미인인지 모르옵니다!"

진미미를 비롯한 세 태감은 급기야 이구동성으로 작약을 비밀을 누설한 장본인으로 지목했다. 그러자 건륭은 되레 석연찮은 느낌이 들었다. 그가 알기로 작약은 양심전의 2등 태감으로 말없이 일만 하는 황소 같은 사람이었다. 그런데 어찌 이들은 하나같이 작약을 지목한다는 말인가? 자기들보다 잘 나간다고 질투하는 걸까? 건륭이 잠시 생각하고 난 후 웃으면서 다시 말했다.

"너희들의 말은 어디까지나 추측일 뿐 확증은 없지 않느냐. 작약은 단지 잔심부름을 하는 태감일 뿐이다. 감히 그런 짓을 할 담력이 있겠느냐?"

"폐하!"

왕렴이 찌그러진 호박 같은 얼굴을 들면서 아뢰었다.

"작약은 결코 담력이 작은 자가 아니옵니다. 그자는 폐하의 책을 훔쳐봤을 뿐 아니라 사고서방四庫書房으로 가서 폐하께서 어떤 서적을 읽으시는지 탐색하기까지 했사옵니다. 태감이 그런 걸 묻는 의도가 어디에 있겠사옵니까?"

왕인도 맞장구를 쳤다.

"그자가 훔쳐보는 게 어디 책뿐이겠사옵니까! 어떨 때는 상주문上奏文까지도 훔쳐보고는 하옵니다! 어느 날 소인이 난각으로 들어갔더니, 그자가 마침 물걸레로 폐하의 책상을 닦고 있었사옵니다. 먼지떨이로 상주문을 터는 척하면서 폐하께서 주비奏批를 달다 만 상주문을 유심히 들여다보고 있었사옵니다. 소인이 들어서는 기척에 대단히 당황해 하기도 했사옵니다. 그 일이 있고 얼마 안 돼 산동의 국태, 우역간 사건은 어찌돼 가는지 아느냐는 식으로 넌지시 물어오기도 했사옵니다. 그래서 소인이 한마디 했사옵니다. '그걸 내가 어찌 알겠소? 우 중당이 신경 쓸 일을 왜 엉뚱한 자네가 신경 쓰는 거요?' 이렇게 닦아세웠더니 끽소리도 못하는 것이었사옵니다."

혹시 우민중이 작약에게 사주를 한 걸까? 건륭은 가슴이 철렁 내려앉았다. 가능성은 두 가지로 좁혀졌다. 우민중이 태감들과 결탁해 화신을 함정에 밀어 넣으려는 수작이 아니면 화신과 이자들이 작당해 우민중을 해하려는 것이었다…….

건륭의 안색이 무섭게 굳어졌다. 두 눈에서는 귀신불을 연상케 하는 섬뜩한 빛이 새어나왔다. 마침내 그가 철문 같은 입을 열더니 이빨 사이로 쥐어짜듯 분부했다.

"작약을 들라 하라!"

부름을 받은 작약은 상황을 모르는지라 날듯이 달려왔다. 궁무宮務를 '쇄신'刷新하는 데 세 사람으로 부족하니 자신까지 불러 '중임'을 맡기고자 함이라고 김치국부터 마시고 있었다. 그러나 힘껏 머리를 조아리면서 문후까지 올렸어도 건륭에게서는 아무런 기척도 없었다. 그제야 그는 더럭 겁이 나기 시작했다. 그러나 무슨 일일까 추측하기는 해도 건륭의 입이 열리기만 기다리지 않으면 안 됐다.

"작약!"

오랜 침묵 끝에 건륭이 입을 열었다. 목소리는 그리 높지 않았으나 궁전 안이 워낙 조용했는지라 메아리처럼 울렸다.

"월례를 얼마씩 받느냐?"

천둥과 번개 그리고 휘몰아치는 폭풍우를 각오하고 있던 태감들은 모두 뜨악한 표정으로 건륭을 바라봤다. 작약이 떨떠름한 표정으로 대답했다.

"열두 냥이옵니다, 폐하."

"매번 어지를 전하러 나가면 대신들이 따로 상으로 내리는 은자도 꽤 될 텐데?"

"아뢰옵기 황공하오나 때에 따라 다르옵니다. 좋은 소식을 전하러 갈 때는 좀 주는 편이오나 평상시에는 찻값 정도가 고작이옵니다. 많든 적든 어지를 받는 사람의 기분에 달려 있사옵니다. 소인은 원래부터 액수에는 연연치 않는 편이옵니다."

건륭이 연이어 물었다.

"그래도 그중에서 우민중이 손이 좀 클 것 같은데? 아니면 네가 어찌 그의 염탐꾼에 앞잡이, 수족 노릇까지 한다는 말이냐? 밀주문密奏文과 도서목록을 몰래 훔쳐보는 것도 모자라 요언을 날조해 짐의 모자 사이를 이간질하려 들기까지 하니 말이다. 응?"

작약은 머리 위에 벼락이 내리꽂히는 느낌을 받은 듯 몸을 흠칫 떨었다. 눈앞이 캄캄해지고 머리가 어지러워 바로 그 자리에서 허물어지고 말았다. 자꾸만 혼미해지는 기력을 애써 다잡으려 했으나 소용이 없었다. 나중에는 건륭의 물음에 뭐라고 대답했는지도 기억이 가물가물할 정도가 돼버렸다.

건륭이 가볍게 콧소리를 내면서 일어섰다. 이어 금전金磚에 닿는 발소리가 쿵쿵 울려 퍼졌다. 건륭이 경멸에 찬 시선으로 낯빛이 흑빛이 되어 있는 태감들을 다시 쓸어보더니 나지막하나 무정무의無情無義의 극치인 어조로 말했다.

"네 이놈! 정녕 저 창턱 위의 개미새끼처럼 짓이겨 죽음을 당하고 싶은 게냐! 과연 그런 게냐? 왕인, 왕인 어디 있느냐?"

"예? 아! 예, 폐하! 이놈은 혼비백산해서 그만……."

"유용을 들라 하라. 신형사愼刑司에 대역죄인을 벌할 준비를 하라고 이르거라."

건륭이 왕인에게 명령을 내리고 나서 다시 작약에게 말했다.

"이실직고하려면 아직 늦지 않았다."

건륭의 엄포의 말이 끝나자마자 당장 맷돌에 갈려질 위기에 내몰린 작약이 온몸을 사시나무 떨 듯하면서 더듬거렸다.

"제, 제, 제…… 제발……. 이놈…… 이실직고…… 하겠사옵니다. 하오나……."

작약이 식은땀과 눈물범벅이 된 얼굴을 들었다. 이어 왕렴과 왕인을 힐끗 바라봤다.

"너희들은 물러가거라. 밖에 나가서 누가 엿듣는 자는 없는지 살피고 서 있거라!"

건륭이 호통을 치듯 명령을 내렸다. 그러고는 두 태감이 물러가기를 기다렸다가 다시 고함을 질렀다.

"말해!"

"제발 개 목숨을 한 번만 살려주시옵소서……."

작약이 오한이 든 사람처럼 덜덜 떨면서 말을 이었다.

"우 중당은 광록시光祿寺에 있을 때 종실宗室 훈척勳戚들과 대신들에게 녹봉을 내주는 일을 맡았사옵니다. 이놈의 어미, 누이, 동생, 외숙과 이모 그리고 사촌들까지 일가 모두 궁중에서 혹은 밖의 여러 왕부王府들에서 시중들고 있사옵니다. 모두 우 중당께서 추천해주신 덕분이옵니다. 소인이 어지를 전하러 다니면서 우 중당은 소인의 집안이 째지게 가난한 것을 아시게 됐고, 가끔씩 상도 후하게 내려주셨사옵니다. 이놈은 감격과 고마움에 자연스럽게 그분께 의지하게 됐사옵고, 나중에는 마님을 '양어머니'라 부르고 차츰 우 중당도 '양아버지'로 받아들이게 됐사옵니다."

"양아버지? 그래서?"

건륭이 코웃음을 쳤다. 작약이 한층 진정이 된 목소리로 대답했다.

"우 대인은 착하신 분이시옵니다. 이놈뿐만 아니라 다른 태감들에게도 잘해주셨사옵니다. 여러 대신들에게 청탁해 처지가 불우한 태감들의 가족을 여기저기 추천해 주시면서도 정작 본인의 가인家人들을 추천하는 건 보지 못했사옵니다. 솔직히 이놈이 상주문을 훔쳐보지 않고 도서목록을 훑어보지 않았더라도 다른 누군가가 그리 했을 것이옵니다."

건륭은 내심 놀라움을 금치 못했다. 우민중을 세상에 둘도 없는 '도학'道學 군기대신이라고 믿어 의심치 않았는데, 그것이 거짓이었다니? 건륭은 정말 우민중의 뛰어난 처세술과 주도면밀한 모사지략謀事智略에 충격을 금할 수가 없었다. 자신의 사람들을 왕공훈척王公勳戚들의 집에 심은 건 누가 보더라도 대단한 '고수'의 한 수가 아니겠는가! 건륭은 뒤늦게 느꼈으나 기윤과 이시요를 쓰러뜨린 수단도 그러고 보면 대단히 은밀했다고 할 수 있었다. 때문에 우역간이 크게 경을 칠 때도 끝까지 수수방관했던 그의 인내심이 이제는 두렵게만 느껴졌다.

건륭으로서는 제대로 뒤통수를 맞은 셈이었다. 큰 충격에 사로잡혀 잠시 할 말을 잃었던 건륭이 황급히 마음을 다잡았다.

"그래서 우민중이 너에게 상주문을 훔쳐보고 짐이 읽는 도서목록을 알아내라고 하더냐? 네놈의 말대로라면 태후마마께 회족 여인들의 존재에 대해 고자질하라고 이른 것도 우민중이겠네? 회족 여인들을 보내준 건 해란찰이니 궁극적으로는 그 사람까지 경을 치게 만들자 이건가? 나중에는 아계와 화신에게까지 마수를 뻗치려 들었던 셈이로군?"

"폐하……, 폐하!"

작약이 무릎걸음으로 다가가면서 두 손을 허우적댔다. 그러나 곧 힘없이 팔을 떨어뜨리고는 애걸을 했다.

"우 대인께서 어찌 생각하시는지는 이놈도 잘 모르겠사옵니다. 감히 여쭐 수 없었사옵니다. 화친왕마마께서 생전에 '우민중은 기껏해야 순무 정도가 어울릴 뿐 더 이상 발탁해 기용하는 것은 바람직하지 않다'라고 황후마마께 말씀하셨다고 하옵니다. 그러자 황후마마께서는 '헌데 어쩌죠? 다섯째숙부五叔는 크게 쓰려고 해도 건강부터 챙기셔야겠는데요?'라고 하셨다고 하옵니다. 그래서 두 분 사이에 약간의 언쟁이 있었다고 하옵니다. 어제 일은 어디서 들으셨는지 황후마마께서 소인을 불러 태후마마께 아뢰라고 하신 것이옵니다. 소인은 자녕궁의 사람도 아니옵고 태후마마와 폐하 모자간을 이간질 하는 격이 되오니 그리 할 수 없다고 말씀드렸사옵니다. 황후마마의 처소에서 나오다 우연히 우 대인을 만나 아뢰니, 역시 그렇게 해서는 아니 된다고 하시면서 이놈더러 먼저 오문午門으로 가서 진위를 확인해 보라고 했사옵니다. 우역간의 사건 이후로 우민중 대인은 대단히 심기가 무거워 보였사옵니다. 콕 집어 이놈에게 상주문을 훔쳐보라고 지시한 적은 없사옵니다. 다만 우역간으로 인해 자신이 알게 모르게 피해를 입는 것 같다면서 폐하께서 우역간에 대해 어찌 생각하고 계시는지 궁금하다고 했을 뿐이옵니다……."

작약이 갑자기 눈물을 펑펑 쏟으면서 양손을 번쩍 들어 자신의 뺨을 정신없이 갈겼다. 그러고는 죽어라 머리를 조아렸다.

"이놈은 하늘과 같은 폐하의 성은을 입었음에도 정정당당하지 못한 행실을 하고 다녔사옵니다. 죽을죄를 지었사옵니다. 하오나 우 중당의 손에 팔순 노모를 비롯한 일가의 명줄이 달려 있사오니 어찌할 도리가 없었사옵니다. 이놈은 백번 죽어 마땅하오나 제발…… 불쌍한 팔순 노모만은 살려주시옵소서, 폐하!"

구중궁궐에서 천하를 조감하면서도 정작 등잔 밑이 어둡다고, 눈앞에서 벌어지는 얕은 수작들을 몰랐다니! 건륭은 충격과 분노에 치가 떨렸다.

우민중! 이자는 과연 뭘 노렸다는 말인가? 아마 고희古稀를 바라보는 건륭이 밤에 벗어놓은 신발을 아침에 다시 신지 못하기를 바랐을 지도 모를 일이었다. 또 태후가 '영면'永眠하기를 기도했을 수도 있을 터였다! 그리고 아계와 화신, 유용과 해란찰에게 차례로 죄명을 씌워 내치려 했을 수도 있었다…….

건륭은 생각할수록 등골이 시리고 모골이 송연해졌다. 그러나 곧 뭔가 생각을 굳힌 듯 천천히 입을 열었다.

"노모와 일가를 위하는 마음이 극진한 것을 높이 사겠다. 그래서 의도적이든 그렇지 않은 간에 코가 꿰어버린 네 처지도 헤아려 목숨만은 살려주겠다. 그리고 연좌죄는 없다."

"망극하옵니다, 폐하……!"

작약이 건륭의 말을 듣더니 바로 그 자리에 쓰러졌다. 그러고는 다음 말을 잇지 못했다.

"그러나 북경은 떠나야겠다!"

건륭이 덧붙였다.

"죄에 따라 문책하자면 네놈은 열 번도 더 죽어야겠지. 짐이 너를 용서할지라도 다른 이들이 용서하지 않을 것이다. 조정에서도 더 이상 대옥大獄을 일으킬 생각이 없다. 네가 토설吐說한 말들은 아직 사실임이 입증되지 못했다. 그것이 사실로 입증되는 날에는 자금성이 피로 물들 것이다. 너의 노모를 데리고 조용히 융화隆化의 백의암白衣庵으로 사라져 버리거라. 거기는 성조께서 봉하신 금지禁地라 웬만해서는 방해하는 자가 없을 것이다. 내무부와 병부로 가서 감합勘合을 만들어 달라고 하거라. 먼저 봉천奉天에 들러 파특아 장군에게 귀경해 구문제독에 부임하라는 어지를 전하거라."

"예, 예, 예! 그렇게 하겠사옵니다……."

작약은 연신 사은을 표하고는 물러갔다. 커다란 대전大殿에는 건륭 혼자만 남았다. 건륭은 천천히 수미좌로 돌아가 앉았다. 그는 미간을 가늘게 찌푸리고는 생각에 잠겼다. 바늘 떨어지는 소리도 들릴 것 같은 정적 속에서 자명종 시계바늘 소리가 우레처럼 울려퍼졌다.

밖을 보니 하늘에는 어느새 어두운 구름이 무겁게 깔려 있었다. 성급한 빗물이 벌써 줄줄 쏟아져 내리고 있었다. 차디찬 비바람이 발 사이로 몰아닥쳤다. 건륭은 형언할 길 없는 적막과 공포에 사로잡혔다.

10년 전만 같아도 닥치는 대로 쳐버리고 피바다로 만들어버렸을 것이다. 그러나 고희를 바라보는 지금은 더 이상 피를 볼 자신이 없었다. 뿐만 아니라 죽음 이후 자신에 대한 평판도 고려하지 않을 수 없었다. 그가 소리 없이 한숨을 삼키면서 밖을 향해 소리쳐 불렀다.

"왕렴, 왕인 들거라!"

조벽照壁 앞에는 마땅히 비를 피할 만한 곳이 없었다. 그래서 종종걸음으로 들어온 왕렴과 왕인은 어느새 물에 빠진 생쥐가 돼 있었다. 입술은 얼어서 파랗게 질려 있었다. 두 사람은 건륭이 열심히 글씨를 쓰고 있는 광경을 보고는 말없이 무릎을 꿇었다.

건륭이 붓을 놀리는 손길은 대단히 느렸다. 한 글자를 쓰고 나서 고개를 갸웃하고 한참 생각한 뒤 다시 써내려갈 정도였다. 그렇게 한참 시간이 흘러서야 그는 비로소 붓을 내려놓았다. 이어 침울한 어조로 입을 열었다.

"왕인, 너는 가서 어제 스물넷째복진과 다섯째복진에게 상을 내렸던 것과 똑같은 물건을 조혜와 해란찰의 부인에게도 갖다 주거라. 태후마마께 아뢸 것 없고 입궐해 사은할 필요도 없다고 하거라. 사직고四直庫로 가서 갑옷 두 벌을 가져다 아계와 파특아에게 한 벌씩 내주거라. 파특아는 봉천에 있으니 쾌마快馬 편으로 보내거라. 아, 그리고 아계의 부인에게는 두 복진에게 상을 내렸던 것과 같은 것 외에도 영주寧州 비단 열 필을 함께 보내주거라. 그리고 아계, 조혜, 해란찰의 자제들 중 한 명씩을 선발해 건청문 시위로 기용한다. 부항의 집에는 은자 오천 냥, 왜도倭刀 열 자루, 화총 열 자루를 상으로 내린다. 복강안에게 전해 가노家奴들 중에서 유공자를 추천하라고 하거라."

대신들에게 후한 상을 내린 건 그렇다 칠 수 있었다. 하지만 그 자제와 가노들에게까지 성은을 내리는 것은 건륭 즉위 이후 처음이었다. 게다가 조혜, 해란찰, 부항 세 집에는 아녀자들에게 직접 어지를 전한다는 것인데, 그 또한 대청大淸의 100년 역사상 전례가 없는 일이었다. 태감들은 모두 크게 놀라는 눈치를 보였다.

왕인은 연신 대답을 했다. 건륭이 그러자 책상 위에서 방금 써놓은 종이를 집어 왕렴에게 건네주었다.

"어지를 군기처에 전하고 이걸 우민중에게 주고 오너라. 짐이 고서古書를 읽으면서 독법讀法과 자의字意를 몰라 적어놓은 건데 기윤이 없으니 우민중에게 부탁할 수밖에 없구나. 짐은 여기서 기다리고 있을 테니 독법과 자의를 달아 보내라고 하거라!"

아계와 우민중, 화신 등은 이 무렵 모두 군기처에 있었다. 태감이 어지를 전하자 역시 모두들 놀라는 눈치를 보였다. 특히 아계는 황급히 엎드려 사은을 표했다. 그러고는 화신과 함께 우민중에게 다가가 건륭이 적어 보낸 글자를 들여다봤다.

愛夒夫夰棄妭劍㔉屐㵖

우민중은 머리가 아팠다. 열 글자 중 무려 아홉 개나 되는 글자가 획수가 변형적으로 많고 처음 보는 것들이었으니 왜 안 그랬겠는가. 눈치가 빠른 화신은 건륭이 아계에게는 과분할 정도의 상을 내리면서 우민중에게는 '골칫거리'를 던져준 이유가 궁금할 수밖에 없었다. 그는 아계와 함께 열심히 눈을 씻고 열 글자를 뚫어져라 쳐다봤다. 달랑 '검'劍자 하나만 눈에 익을 뿐 다른 건 단 한 번도 듣도 보도 못한 글자였다. 그런데 과연 건륭의 말대로 읽는 법과 글자의 뜻을 몰라서 묻는 거라면 '검'자는 또 어찌된 것인가? 이 글자를 모른다는 것은 어불성설 아닌가…….

아계와 화신이 머리를 갸웃거리는 동안 우민중은 글자를 식별하기에 여념이 없었다. 그러나 아무리 뇌즙腦汁을 쥐어짜고 창자를 훑어내도 누구나 알아볼 수 있는 한 글자 외에는 아무것도 생각나는 바가 없었다. 한참 동안 머리를 긁적이면서 고민하던 우민중은 결국 붓을 내려놓았다. 그러고는 웃으면서 말했다.

"폐하께 아뢰어주시게. 성학聖學이 연박淵博하신 폐하께서도 인식을 못하시거늘 나 우민중은 더 말해 뭣하겠는가! 내가 사전을 찾아 본 연후에 패찰을 건넬 거라고 아뢰거라."

왕렴이 막 빈 종이를 받아들고 돌아서려고 할 때였다. 왕충이 또 종이 한 장을 들고 들어서면서 물었다.

"그새 다 적으셨어요? 폐하께서 또 한 장 보내셨습니다, 우 대인."

왕렴은 이번에는 진짜 나가려고 했다. 그러자 왕충이 그를 불러 세웠다.

"폐하께서 기다렸다가 같이 오라고 했네."

우민중은 비로소 뭔가 이상하다는 느낌을 받았다. 워낙에 흰 얼굴이 더욱 창백해졌다. 곧 그가 사은을 표하고 다른 종잇장을 받아들었다. 뭔가 묻고 싶었으나 대신의 체통에 그렇게 할 수도 없었다. 기계처럼, 목각인형처럼 그저 온돌에 올라 붓을 들고 종이를 마주할 수밖에 없었다. 머릿속은 이미 허옇게 탈색된 상태였다.

화신은 "배가 아파서 약방藥房에 간다"면서 이미 도망가 버린 상태였다. 아계는 우민중이 받아 든 종이를 들여다봤다. 40개 남짓한 글자는 먼저 보낸 것보다 더 이상하고 괴괴하기까지 했다. 누가 봐도 건륭이 우민중을 골탕 먹이려는 것이 틀림없었다! 물론 이런 방식은 천자답지 못한 것이었다. 그렇다고 뭐라고 이의를 제기할 수도 없는 일이었다.

우민중은 난감함과 불안함, 수치스러움에 얼굴을 붉혔다. 얼굴에서는 이미 평소의 안하무인은 찾아볼 수가 없었다. 아계가 안쓰러운 마음에 조용히 물었다.

"몇 글자나 알 것 같소?"

"서너 개 정도……."

우민중의 풀죽은 목소리는 가늘게 떨렸다. 극도로 불안해하고 있는 게 분명했다.

"……《자회》字匯(명나라 때 매응조梅膺祚가 저술한 한자 사전. 《자휘》字彙라고도 함)라도 있었으면 좋았을 텐데……."

아계가 즉각 왕렴에게 물었다.

"양심전에 《자회》가 없나? 있으면 우 대인께 하나 빌려주지."

왕렴이 대답하기에 앞서 왕충이 말했다.

"양심전에 있기는 하나 작약이 보관하고 있습니다. 지금은 작약이 없어서 저희도 꺼낼 수 없습니다."

우민중은 순간 가슴이 철렁 내려앉는 기분을 느꼈다. 검불처럼 복잡하던 머릿속에 확 불이 붙는 느낌도 들었다. 백지장처럼 창백하던 얼굴은 그예 시뻘겋게 달아올랐다. 딱히 뭔지는 모르나 일이 심상치 않게 돌아가는 것이 분명했다. 갑자기 오장육부가 까맣게 타들어가는 것 같았다. 귀에는 벌떼가 날아든 듯 윙윙대면서 아무 소리도 들리지 않았다.

그는 애써 버티듯 두 손으로 책상 모퉁이를 꽉 잡고 있었다. 어느새 이마에서는 콩알만 한 식은땀이 한 방울, 두 방울 흘러내렸다. 그가 혼잣말로 중얼거리듯 물었다.

"폐하……, 폐하께서…… 달리 분부하신 바는 없는가?"

"글씨를 모른다고 해서 문제 삼지는 않겠다고 하셨습니다."

왕충이 무표정하게 다시 입을 열었다.

"댁으로 돌아가시어 《자회》를 찾아보라고 하셨습니다. 내일부터 당분간 입궐할 필요 없다고 하셨습니다. 그리고 오늘밤 폐하께서는 《희조신어》熙朝新語라는 책을 읽으실 예정이라 우 대인께서 없으셔도 물어볼 것은 없다고 하셨습니다."

우민중의 얼굴이 급기야 푸르르 떨렸다.

"폐하께서는 오늘밤 복건성福建省 도부道府로 발령 나는 몇몇 사람들의 인적사항을 검토하실 거라고 하셨습니다. 작약은 죄를 짓고 축출당했으니 우 중당께서는 다른 세작細作을 물색하라고 하셨습니다."

왕충이 건륭의 뜻을 무표정하게 다시 복술했다. 그러고는 덧붙였다.

"폐하께서는 이 밖에도 대청에는 우민중이 보좌할 만한 아두^{阿斗}(유비^{劉備}의 멍청이 아들 유선^{劉禪})가 없으니 집에서 책이나 읽으면서 부를 때까지 푹 쉬라고 하셨습니다. 긴긴 인생에 한두 해가 뭐 그리 대수이겠느냐고 하셨습니다."

우민중은 마치 단물 빠진 마른 수숫대처럼 맥없이 허물어졌다. 이어 고개를 들어 멍하니 먼 곳으로 시선을 돌렸다. 그 모습이 마치 백치 같았다. 그의 귀에는 이제 더 이상 '폐하의 분부'가 들리지 않았다. 머릿속이 딱딱하게 굳어지고 몸은 통증을 느낄 수 없을 정도로 무감각해졌다.

옆에서 태감의 말을 듣고 있던 아계 역시 충격이 이만저만이 아니었다. 태감이 입가에 흰 거품을 물고 숨 가쁘게 쏟아내는 '폐하의 분부'에 그저 놀랄 따름이었다. 항상 강직하고 반듯한 군기대신 우민중이 "태감과 내통해 궁위^{宮闈}를 염탐했다"는 사실이 도무지 믿어지지 않았다. 건륭의 말은 그 정도로 충격적이었다. 아계는 태감의 무례를 책망하고도 싶었다. 하지만 왕충으로서는 건륭의 말을 복술하고 있는 것이니 그리 할 수도 없었다. 그러나 이런 방법은 어지를 전하는 것이 아니었다. 더구나 훈책도 아니었다. 아계는 이럴 때 어찌해야 할지 도무지 판단이 서지 않았다…….

난감하고 어색한 분위기가 계속되고 있는 와중에 갑자기 등 뒤에서 깊은 한숨소리가 들려왔다. 아계가 고개를 돌려보니 유용이 어느새 들어와 있었다. 그가 착잡한 표정으로 입을 열었다.

"들어온 지 한참 됐습니다. 폐하의 어지를 복술하는 중이니 우 공께서는 무릎을 꿇고 머리를 조아린 채 사죄해야 마땅할 것입니다."

우민중은 그제야 바늘에 찔린 듯 흠칫하면서 제정신을 차렸다. 이어 엉덩이를 온돌에 붙인 채 뭉그적거리면서 조금씩 미끄러져 내렸다. 그런 그의 몸이 심하게 떨렸다. 급기야 두루마기 자락이 책상을 쓸면서 벼루가 엎질러졌다. 옷자락은 순식간에 먹물에 시커멓게 젖어버렸다. 책상 위의 서류들 역시 더럽게 얼룩지고 말았다.

우민중은 두 손을 부들부들 떨면서 황급히 돌아앉았다. 먹물이 더 번지지 못하도록 허둥대면서 소매를 걸레 삼아 마구 닦기도 했다. 온돌에서 내려서는 오랜 시간 앉아 있었던 다리가 마비됐는지 그 자리에서 저절로 무릎이 꺾이고 말았다. 그가 작고 꺼져가는 목소리로 말했다.

"신이 죽을죄를 지었사옵니다. 엄히 죄를 물어주시옵소서!"

왕렴과 왕충은 그제야 말없이 시선을 주고받고 나더니 고개를 끄덕이면서 물러갔다.

"섰거라."

유용이 갑자기 팔을 내밀어 왕렴과 왕충을 막았다. 언성은 높지 않았으나 대단히 분명했다. 유용이 이어 온돌 위 책상에 놓여 있던 두 장의 종이를 가져와 물었다.

"폐하께서 쓰신 건가?"

"예!"

왕렴과 왕충 두 태감이 이구동성으로 대답했다.

"폐하께서 어지를 전하라고 하셨나?"

"아, 아닙니다……."

왕렴이 일순 당황했다.

"소, 소인은…… 아무 말도 안 했습니다……."

유용의 눈길이 왕충에게 옮겨졌다. 그러자 왕충이 황급히 대답했다.

"우민중이 묻지 않으면 굳이 말할 것 없고, 우민중이 물으면 직설적으로 말하라고 하셨사옵니다. 우 대인께서 물으시기에 소인은 어지를 전해드렸던 것입니다."

"어지라면 어지를 전하는 규칙이 따로 있지 않느냐?"

유용은 시종 무표정했다. 이어 다시 입을 열었다.

"다시 말해 '어지이시다!'라고 미리 말했어야 예를 갖췄을 게 아니야? 그리고 어지를 전하는 자가 어찌 남쪽으로 돌아서지도 않는다는 말이냐? 거만하고 못된 것이 감히 군기대신을 우습게 보고 깝죽거려?"

"유…… 유 대인, 그런 건 아닙니다……."

"왕렴, 네가 혼자 가서 아뢰거라."

유용이 냉소를 터트리면서 말을 이었다.

"유용이 왕충을 군기처 철패鐵牌 앞에 무릎 꿇게 해 성조와 세종의 성훈聖訓을 외우게 했노라고, 그리 아뢰거라!"

유용이 말을 마치고는 왕충을 가리키면서 고함을 질렀다.

"너! 제 발로 걸어갈 거야, 아니면 개처럼 끌려갈 거야!"

왕렴은 유용의 기세에 질려 겁을 집어먹은 채 물러갔다. 왕충은 그러나 본인이 별로 잘못한 것도 없는데 벌을 받는다고 생각하니 억울하기만 한 모양이었다. 하지만 태감들이 유씨 부자를 두려워한 것은 어제오늘의 일이 아니었다. 때문에 그로서도 울며 겨자 먹기로 수긍하는 수밖에 없었다.

"이놈이 죄를 지었습니다……. 대인께서 시키는 대로 다 하겠습니다……."

왕충이 유용의 서슬에 할 수 없이 뭉그적거리면서 물러갔다. 그러자 군기처 밖에서 접견을 대기하고 있던 관리들이 하나둘씩 다가와서는 기웃거리기 시작했다. 우민중이 무너져 내려 있을 뿐 아니라 왕충이 죽을상을 짓고 철패 앞에 무릎을 꿇고 있으니 영문을 모르는 관리들로서는 그저 놀랍고 궁금할 터였다. 그때 아계가 성큼성큼 달려가서는 버럭 고함을 질렀다.

"뭘 봐? 썩 물러가지 못해?"

관리들은 그제야 황급히 사방으로 흩어졌다. 유용은 곧 우민중에게 다가섰다. 그러나 달리 위로할 말이 없었다. 우민중은 행여나 건륭의 은지가 내려지지 않을까 내심 기다리는 눈치였다. 무릎을 털고 일어나 집으로 돌아갈 생각을 전혀 하지 않고 있었다. 그때 왕렴이 들어와 아계와 유용에게 양심전으로 들라는 어지를 전했다. 아계가 그제야 우민중의 어깨를 두드리면서 위로했다.

"먼저 돌아가 계시오. 아뢸 말이 있으면 상주문을 올리시오. 여기는 사람이 많이 들락거려서 보기에도 안 좋소. 우리도 통 정신이 없으니 폐하를 알현해봐야 자초지종을 알 것 같소!"

우민중은 그제야 비틀거리면서 일어났다. 그러고는 천근만근 무게의 다리를 겨우 옮기며 밖으로 나갔다.

유용 등은 왕렴을 따라 양심전으로 들어갔다. 건륭은 온돌 위에 앉아 느리게 붓을 놀리고 있었다. 그러더니 신하들이 예를 갖추기를 기다렸다가 앉으라는 손짓을 해 보였다. 잠시 후 화신이 들어서자 그제야 붓을 내려놓았다.

유용은 먼저 왕충을 철패 앞에 무릎 꿇게 한 다음 벌을 준 이유에 대해 조심스럽게 아뢰었다.

"과실의 유무를 떠나 개가 무릎을 좀 꿇었기로서니 다리가 부러지기야 하겠는가! 자네는 영시위내대신이니 충분히 그럴 자격과 권

한이 있네."

건륭이 대수롭지 않게 말했다. 그러고는 물었다.

"경들도 이제 알았겠지만 우민중의 반응은 어떠한가?"

아계가 걸상에 앉은 채 몸을 숙이며 대답했다.

"우 공이 태감과 내통했다는 사실은 실로 큰 충격이었사옵니다. 이런 결과를 초래한 데 대해 본인도 당황해하는 것 같았사옵니다. 신은 군기처에서 폐하의 군무를 처리하면서 간혹 자잘한 정무를 거들어 왔을 뿐 촌척의 공로도 없사온데 조혜, 해란찰, 복강안 등 쟁쟁한 유공자들과 더불어 상을 내리시오니 그저 황감할 따름이옵니다. 청하옵건대 이 상을 거둬주시옵소서. 신이 훗날 공을 세워 당당해질 때 그때 가서 상을 내려주시소옵서."

화신도 천천히 입을 열었다.

"솔직히 신은 우민중 공의 학문에 대해서만은 탄복하옵니다. 하오나 당당한 조정의 대신으로 매일 폐하를 알현할 기회가 있사온데 어찌 태감들과 엉켜 붙었는지 알 수 없사옵니다. 또 줄곧 경관京官으로 있던 사람이 무슨 은자가 그리 많아 돈으로 사람을 매수하기에 이르렀는지도 대단히 궁금하옵니다."

유용 역시 자신의 입장을 밝혔다.

"신도 평소에 입이 무겁고 빈틈없어 보이던 우민중 공이 태감을 시켜 폐하의 도서목록까지 몰래 살펴보고 주비를 훔쳐보게 했다는 사실에 충격을 금할 수 없었사옵니다. 이는 실로 대신답지 못한 졸렬한 행각이 아닐 수 없사옵니다."

"그자의 죄가 어찌 그뿐이겠는가. 그자는 줄곧 조조가 되기를 꿈꿔왔어. 대역大逆을 시도해 왔네!"

건륭이 냉소를 머금은 채 가소롭다는 듯 덧붙였다.

"짐은 그자가 글을 잘 쓰는 데다 사람도 듬직하고 명민하다고 생각해 장래성이 있는 자라고 점지했었네. 태후마마께 불경 서적까지 두 권 베껴 올릴 정도로 서예 실력이 뛰어났었지. 겉보기에 그렇게 근엄해 보이고 한 점 흐트러짐이 없을 것 같던 자가 뒤로 엉뚱한 짓을 하고 있었을 줄은 꿈에도 몰랐네! 우역간의 사건이 터지고 죽임을 당하는 것으로 사건이 마무리 될 때까지도 그자는 시종일관 한마디도 하지 않았었지. 짐은 그 모습을 보고 참으로 인내심이 있는 사람이라고 생각했었네. 대의大義를 위해서라면 멸친滅親도 서슴지 않는다는 의지로 해석해 그자를 주목했었지. 기윤과 이시요를 함정으로 몰아넣는 걸 봤으나 짐은 그 둘에게 착오도 있겠다, 가끔 적당히 긴장을 줄 필요가 있다고 생각해 그자의 손을 들어줬지. 허나 지금 보니 그자는 이제 아계를 비롯해 화신, 조혜, 해란찰 모두를 노리고 있었네. 음험하고 간교하기로는 성조 때의 명주明珠와 색액도索額圖도 따르지 못할 정도였네."

건륭은 길고도 긴 사자후를 토해내면서 우민중의 죄를 질타했다. 불충不忠, 불효不孝, 불인不仁, 불의不義, 부덕不德의 오독五毒이 다 언급됐다. 유용과 화신으로서는 들을수록 놀라울 수밖에 없었다. 이제 우민중은 철저히 매장됐다는 것이 둘의 생각이었다. 한참 침묵을 지키던 건륭이 다시 입을 열었다.

"문화전대학사文華殿大學士 직만 남겨두고 군기대신을 비롯한 다른 직무는 모두 파직시키게. 집에서 문을 닫아걸고 반성할 시간을 가지라고 하게!"

건륭이 그러나 그 정도만으로는 분이 풀리지 않는 듯 다시 신하들에게 물었다.

"그자의 아들과 생질甥姪들이 어느 부서에 있다고 들었는데, 그게 사실인가?"

화신이 즉각 아뢰었다.

"그의 아들 우제현于齊賢은 작년에 병으로 죽었사옵니다. 손자 우덕유于德裕는 공부工部의 주사主事로 있사옵니다. 그 밖에 우시화于時和라는 생질 한 명이 내무부內務府에 있사옵니다."

건륭이 화신의 말을 듣고는 문득 뭔가 생각난 듯 말했다.

"맞네! 우시화는 왕단망이 천거해 내무부에 보결補缺한 자이네. 왕단망을 섬서에서 절강으로 도피시킨 자가 바로 우민중이거든. 유용, 이들 사이에 얽히고설킨 뭔가가 있을 것 같은데, 철저히 캐보게!"

"예!"

유용이 대답했다. 건륭이 그제야 신하들에게 물러가라고 명했다. 이어 머리가 아프고 기운이 없는 것을 느꼈다. 과도하게 흥분한 탓인 것 같았다. 곧 자명종이 두 번 울리고 멈췄다. 미시未時가 된 것 같았다. 그러고 보니 아침에 다과를 두어 개 집어먹은 후로 조선早膳도 거르고 점심 수라도 거른 상태였다.

건륭은 슬슬 시장기를 느꼈다. 그때 철패 앞에서 무릎 꿇고 있던 왕충이 잔뜩 풀이 죽은 채 들어왔다. 건륭이 소리 없이 웃으면서 바로 분부를 내렸다.

"조선은 돈비惇妃의 처소로 가서 먹기로 했는데, 거르고 말았구나. 소찬素餐으로 좀 내오너라."

왕충은 돌아오면 건륭에게도 한바탕 혼이 날 각오를 하고 있던 차였다. 그러나 건륭은 의외로 화사한 표정으로 그를 맞았다. 왕충은 건륭의 그 모습에 그저 황감할 뿐이었다. 황급히 대답하고 나서는 건륭의 마음이 행여 변할세라 바로 밖으로 뛰쳐나갔다.

밖으로 나오자 서너 명의 궁녀들이 식합을 들고 오고 있었다. 물어보니 돈비惇妃 왕씨汪氏가 아직 식전인 건륭을 위해 친히 주방에 내려가 음식을 만들었노라고 했다. 왕충은 황급히 양심전으로 되돌아와 아뢰었다.

"돈비마마께서 선膳을 보내왔사옵니다!"

"음! 역시 충심은 사소한 곳에서 드러나는 거야. 알았다!"

건륭이 말을 마치고는 대단히 흡족한 표정을 지었다. 이어 왕씨의 음식솜씨를 크게 치하하면서 맛있게 이것저것을 골고루 먹었다. 그때 태감 왕렴이 종종걸음으로 들어와 아뢰었다.

"마마께서 걸음하셨사옵니다, 폐하!"

13장
서역으로 귀양 가는 기윤

"마마라니? 누구 말이냐?"

건륭이 물었다.

"황후마마이시옵니다!"

"여기는 외신^{外臣}들을 접견하는 곳이거늘 무슨 일이라고 하더냐?"

"가……, 감히 여쭤보지 못했사옵니다."

"짐이 수라상을 받고 있으니 만나줄 시간이 없다고 하거라."

건륭의 얼굴이 굳어졌다. 불쾌함이 몰려왔다. 그가 화를 누른 채 다시 덧붙였다.

"아뢸 말이 있으면 짐이 저녁에 곤녕궁으로 갔을 때 하라고 이르 거라."

왕렴이 그러자 울상을 짓더니 창밖을 가리키며 아뢰었다.

"늦었사옵니다……, 벌써 다 들어오셨사옵니다!"

건륭은 왕렴의 말이 끝나자마자 바로 고개를 돌렸다. 과연 유리창 밖으로 나랍씨의 모습이 보였다. 여덟 명의 궁녀들에게 에워싸인 채 이미 유리로 된 조벽을 통과하고 있었다. 곧이어 황후가 뭐라 분부했는지 궁녀들은 모두 그 자리에 공손히 멈춰 섰다. 마당 가득한 궁녀, 태감 그리고 궁전 입구를 지키고 서 있던 삼등 시위들은 일제히 무릎을 꿇으며 그녀를 맞았다.

건륭은 어쩔 수 없이 젓가락을 내려놓고 수건으로 입을 닦았다. 이윽고 황후가 내전으로 들어섰다. 건륭이 자세를 고쳐 앉으면서 어색한 웃음을 지어보였다.

"점심은 들었는가? 태후마마전에서 나오는 길인 것 같은데, 왕씨가 죽을 맛있게 끓여 왔네. 한 숟가락 들지?"

건륭이 이어 황후의 안색을 유심히 살피더니 다시 덧붙였다.

"안색이 별로 안 좋은 것 같네? 무슨 일이 있었는가?"

황후는 과연 표정이 심상치 않았다. 창백하게 질린 얼굴에 눈물자국이 얼룩져 있었다. 아직 분노가 가라앉지 않은 듯 고운 얼굴의 오관도 다 비뚤어져 있었다. 반쯤 흰 귀밑머리는 조금 헝클어져 있었다. 황후는 건륭의 안색을 살필 겨를도 없이 온돌 옆 의자에 털썩 주저앉으면서 분한 표정으로 입을 열었다.

"어떤 자가 신첩을 괴롭히옵니다. 폐하께서 공정하게 시시비비를 가려주셔야겠사옵니다!"

"누구 말인가?"

"유용, 그자밖에 더 있겠사옵니까!"

"유용이라고 했는가?"

"형부의 사람들을 데리고 내무부로 가더니 다짜고짜 신첩의 신변을 수사할 것이라고 선언했다 하옵니다. 벌써 유모 장씨가 불려갔사옵니다. 신첩이 알아보니 우민중 사건을 수사하면서 증거 채택 차원에서 소환했다고 하옵니다. 조사가 끝나는 대로 직접 신첩에게 알려주겠노라고 하는 것 같았사옵니다! 신첩은 장씨를 한두 해 데리고 있는 것이 아니옵니다. 신첩이 수십 년 동안 곁에 둔 자가 호인好人인지 악인惡人인지도 구분하지 못하겠사옵니까? 그렇게 중요한 볼일이 있었다면 직접 찾아와야 하지 않사옵니까? 그러면 다리몽둥이라도 부러진답니까? 우민중이 무슨 죄를 지었는지는 모르겠고 관심도 없사옵니다. 그러나 어지도 없이 백주에 이런 식으로 사람을 난감하게 만들어도 되는 것이옵니까?"

건륭은 다소 의외라는 반응을 보였다. 당장 유용의 의도를 정확히 파악할 수 없었다. 그가 미간을 찌푸리면서 물었다.

"장씨는 우민중과 어떻게 되는 사이인가?"

"그럼, 그렇겠죠! 폐하께서도 모르고 계신 것이 확실하군요."

나랍씨가 눈물이 그렁그렁한 채 무릎을 치면서 말을 이었다.

"자기들이 뭔데 사람을 마음대로 연행한단 말이옵니까? 마구간에 노새를 붙들어 매는 것도 순서가 있고 규칙이 있거늘! 신첩은 결코 용서할 수 없사옵니다. 신첩이 유용 그자에게 얼마나 잘 대해줬사옵니까? 배은망덕한 자 같으니라고! 그자는 조조보다 더 간사한 간신배이옵니다!"

건륭이 즉각 나무라듯 말했다.

"고정하시게, 황후! 사람들의 이목이 신경 쓰이지도 않나? 짐이 유용에게 우민중을 수사하라고 명했어. 할 말이 있으면 짐에게 하라고. 유용은 누가 뭐래도 충신이야. 그 아비도 짐에게 수십 년을 바친 충신이고. 말을 가려서 하시게."

"그럼 신첩이 잘못했다는 말씀이옵니까!"

건륭이 자신의 편이 돼주지 않자 더욱 화가 난 나랍씨는 분노에 차 바들바들 떨었다. 금방이라도 울음을 터트릴 것처럼 입을 비죽거렸다. 이어 다시 큰 소리로 떠들어댔다.

"신첩은 인내할 만큼 했사옵니다! 폐하께서는 늘 신첩을 육궁지주六宮之主라고 하시지만 솔직히 신첩은 부찰 황후의 솜털 하나에도 못 미치는 대접을 받고 있사옵니다! 신첩에게 육궁의 살림을 맡기셨다면서 복의를 죽이려다 살려주셨사옵니다. 또 다음에는 왕팔치와 복신, 왕례 등 태감들을 쥐도 새도 모르게 처치해 버리시고도 신첩에게 일언반구도 엄급하지 않으셨사옵니다. 대체 장씨에게 무슨 죄가 있다고 다짜고짜 쳐들어와 붙잡아 가는지 모르겠사옵니다. 말이 나왔으니 말씀입니다만 우민중도 신첩이 보기에는 나쁜 사람이 아니옵니다!"

나랍씨는 황후의 체통도 내다버린 채 마구 군전무례君前無禮를 범하고 있었다. 건륭은 그런 나랍씨를 보면서 저 밑바닥에서부터 치밀어 오르는 분노를 느끼지 않을 수 없었다. 쾅! 건륭이 그예 식탁을 힘껏 내리치면서 벌떡 일어났다. 접시와 사발, 수저 등이 튀어올랐다 떨어지며 뒤죽박죽이 되었다. 난각 밖에서 시중들고 있던 태감들과 궁녀들은 갑자기 드센 촌부村婦로 변해버린 황후와 대로한 건륭의 모습에 깜짝 놀라고 말았다.

그들은 예전에도 건륭의 분노한 모습은 가끔 봐왔었다. 그러나 또다시 당하고 보니 모두들 가슴이 철렁하는 모양이었다. 저마다 잔뜩 오그라든 채 바들바들 떨고 있었다. 그중 심장질환을 앓고 있던 어떤 태감은 그만 "쿵!" 하고 그 자리에 쓰러지고 말았다.

"규칙? 법도? 그렇게 말하는 황후는 얼마나 규칙과 법도를 잘 지켰다는 말인가?"

건륭의 부릅뜬 두 눈에서 흉흉한 빛이 번뜩였다. 그가 내친김이라는 듯 더욱 냉혹한 어조로 황후를 다그쳤다.

"태조황제 때부터 오대째 내려오면서 백여 명의 후궁들을 뒀어도 자네 같은 사람은 없었네. 이것이 과연 천하의 국모라는 사람이 할 행동이라는 말인가?"

건륭이 분을 삭이지 못한 듯 거친 숨을 몰아쉬었다. 하마터면 '시정의 불량스런 마을 아낙'이라는 말까지 서슴없이 내뱉을 뻔했다. 그러나 그 어떤 경우에도 황제로서 할 말이 있고, 해서는 안 될 말이 있었다. 건륭은 그 때문에 억지로 참았다. 그동안 그는 황후에게 쌓였던 감정들이 적지 않았다. 순간적으로 그것들이 용암처럼 분출하면서 구구절절 비수 같고 송곳 같은 말이 나랍씨를 공격하기에 이르렀다.

"육궁의 주인노릇을 그렇게 잘해서 태감, 궁녀들이 갖은 상풍패속喪風敗俗을 일삼도록 내버려뒀다는 말인가? 황후 부찰씨까지 경기驚氣를 일으켜 치사致死에 이르게 만들었다는 말인가? 신의神醫라 불리는 엽천사마저 속수무책일 정도로 태감, 궁녀들의 행태가 충격적이었다는 얘기가 아니고 뭔가! 황후는 짐이 태감들을 소리 소문 없이 축출시킨 걸 다행으로 생각해야 할 것이야! 그리고 우민중이 호인인지 악인인지 심궁深宮에 들어앉아 있는 황후가 어찌 안다는 말인가? 유용이 몽둥이를 휘둘러 황후의 아픈 데라도 건드린 건가? 전에 기윤과 이시요를 벌할 때는 가만히 있더니 어째서 이번에만 유난히 흥분하는 건가?"

건륭이 연신 날카로운 질문공세를 퍼부었다. 그러나 놀랍게도 나랍씨는 전혀 두려워하거나 당황한 기색을 보이지 않았다. 오히려 턱을 살짝 치켜 올리면서 조소하듯 말했다.

"그런 질문에는 함구하겠사옵니다! 아무튼 소인은 대신들과 아무

런 관련이 없사옵니다. 누가 어디서 썩은 계집 몇을 들여다 헌납했는
지 어쨌는지도 관심이 없사옵니다. 사람이 미우면 발뒤축까지 밉다
고, 그 어떤 죄를 물으시든 신첩은 두려울 게 없사옵니다. 비어 있는
냉궁冷宮이 한두 곳이옵니까!"

"지금 질투를 하는 건가?"

"질투한 적은 없사옵니다! 소인은 당당하게 황후에 책봉된 사람이
옵니다. 샛서방을 만든 것도 아니옵고 누군가 헌납한 포로도 아니옵
니다!"

"감히 정무에 대해 왈가왈부하다니!"

"그런 건 아니옵니다! 유용이 신첩의 측근을 이유 없이 붙잡아 갔
기에 폐하께 여쭈러 왔을 뿐이옵니다."

"유용은 어지를 받고 행동했을 뿐이야."

"폐하께서 이토록 오냐오냐하고 봐주시니 저자가 저리 간이 배 밖
으로 나온 게 아니옵니까?"

나랍씨는 완전히 기고만장해서 또박또박 말대꾸를 했다. 이야기의
수위도 위험 수준을 넘어서고 있었다. '샛서방'을 만들었다는 것은
당아黨兒를 의미했다. 또 '포로'는 화신이 선발해 건륭에게 충성한답
시고 바친 회족 여인들이었다. 황후는 지금 노골적으로 건륭에 대한
불만을 입에 올리고 있었다.

건륭은 수십 년 묵은 장부까지 들춰내는 겁 없는 나랍씨를 보면
서 터질 듯한 분노를 느꼈다. 그가 그예 더 이상 참지 못하겠다는 듯
한 발 성큼 앞으로 다가섰다. 그러다 식탁이 가로막자 신경질적으로
식탁을 힘껏 걷어찼다. 음식물이 난각 사방에 튕겼다. 만두가 여기저
기 나뒹굴더니 죽과 반찬이 그릇째로 엎질러졌다. 난장판도 그런 난
장판이 없었다……

건륭은 자신도 모르게 나랍씨를 향해 손가락을 비수처럼 뽑아들었다. 그러나 어찌하지는 못하고 그저 부들부들 떨기만 했다.

"그래, 끝까지 잘못한 게 없다 이거지? 내 손으로 '책봉'을 했으니 내가 폐위시키는 것도 어려운 일은 아니지!"

나랍씨가 그러자 즉각 비아냥거리듯 받아쳤다.

"폐하께서 마음만 먹으면 불가능한 일이 어디 있겠사옵니까? 신첩은 애당초 누구도 거들떠보지 않는 잡초였사옵니다. 어찌돼도 두려울 건 하나도 없사옵니다."

"유용을 들라 하라! 아계와 화신, 예부에서도 들라 하라!"

건륭이 그예 큰 소리를 지르고 말았다. 쉬고 갈라진 목소리가 궁전 안에 섬뜩하게 메아리쳤다. 그가 다시 외쳤다.

"대리시大理寺에서도 들라 하라! 경양종景陽鐘을 울려 백관들을 태화전太和殿에 소집하라!"

건륭은 주체할 수 없을 정도로 분노를 터트렸다. 정신이 다 혼미해질 정도였다. 그러나 음식 냄새가 진동하는 난각 한가운데 서서 팔을 내두르면서 포효하는 그의 기세는 간단치 않았다. 마치 갈기를 잔뜩 세운 사자를 방불케 했다. 그뿐만이 아니었다. 얼굴은 벌겋게 부어 있었고 목과 관자놀이에도 시퍼런 혈관이 튀어나와 터질 것 같았다.

어지를 내리는 벼락같은 소리에 왕렴 등 몇몇 태감들은 어쩔 줄 몰라 했다. 감히 어지를 받을 수도, 그렇다고 불응할 수도 없었던 것이다. 그나마 왕렴만은 그 폭풍 같은 위기의 순간에도 시간을 끌어야 한다는 생각을 했다. 자신이 미리 심상찮은 분위기를 감지하고는 태후에게 사람을 보내놓은 상태였기 때문이었다. 그가 떨리는 목소리로 입을 열었다.

"유용 공은 온 지 한참 됐사옵니다. 마당에 무릎 꿇어 대령하고 있사옵니다……."

유용은 왕렴의 말이 떨어지기 무섭게 벌벌 기어 무릎걸음으로 들어왔다. 이어 바닥이 지저분한 것도 아랑곳하지 않고 건륭의 면전으로 엉금엉금 다가가서는 털썩 무릎을 꿇었다. 그러고는 눈물을 흘리면서 애걸하듯 아뢰었다.

"폐하……! 폐하, 제발 뇌정雷霆의 분노를 잠시 거둬주시옵소서. 천지불화天地不和는 곧 천하불락天下不樂이라고 했사옵니다. 사달은 신으로 인해 기인된 것이오니 천 가지 죄, 만 가지 죄 모두 죄신 한 사람에게 있사옵니다. 신이 불민한 탓에 경거망동의 어리석음을 범했사오니 죽일 놈이옵니다. 폐하와 황후마마께서 죄신으로 인해 화목에 금가지 않으시고 예전같이 지내시기를 간절히 바라옵니다. 폐하와 황후마마의 화목은 곧 천하의 대복大福이옵니다……."

유용이 그예 북받치는 감정을 추스르지 못하고 엉엉 목 놓아 울면서 머리를 조아렸다. 이어 무릎걸음으로 나랍씨에게 다가가 울면서 아뢰었다.

"폐하께서는 어느덧 이순耳順(60세)을 훨씬 넘기신 분이옵니다. 황후마마께서도 지천명知天命(50세)의 연세가 내일모레이시고요. 두 분의 부부 사이가 일개 미천한 선비에 불과한 죄신으로 인해 멀어져서는 아니 되옵니다……."

나랍씨는 콧구멍이 훤히 들여다보일 정도로 턱을 치켜 올린 채 가쁜 숨을 몰아쉬고 있었다. 여전히 화가 풀리지 않은 모습이었다. 그러나 유용이 눈물까지 흘리면서 사태 수습에 나서려고 하자 비로소 제정신이 드는 듯했다. 슬그머니 한풀 꺾인 자세를 보이면서 양심전을 둘러봤다. 하지만 건륭은 달랐다. 여전히 한 손으로 창턱을 짚고 서서 분노에 치를 떨고 있었다. 그 모습만 보면 건륭과 나랍씨는 이미 돌이킬 수 없는 감정의 강을 건넌 것이 분명했다. 그제야 나랍씨는 자신이 엄청난 화를 자초했다는 사실을 깨달았다. 두려움도 엄습해오는지 몸을 떨었다. 급기야 억울함, 분노와 공포심을 한꺼번에 느낀 듯 그 자리에 털썩 주저앉더니 땅을 치면서 울기 시작했다.

"부처님, 관세음보살…… 이년이 무슨 죄가 그리 크다고 이토록 기구한 팔자를 주시는 겁니까? 금쪽같은 두 아들을 앞세우고 그것도 모자라…… 이 나이에 이런 대접까지 받아야 합니까……. 먼저 가신 부찰 형님! 제발 굽어 살피시어 가엾은 이년을 불쌍히 여겨 주세요. 맹세코 전에는 재계齋戒하고 염불하면서 폐하와 부처님을 공경하는 것밖에 몰랐습니다. 이토록 이성을 잃고 군전무례를 범할 줄은 정녕 몰랐습니다. 명색이 황후라고는 하나 아무도 대접을 해주는 이가 없었습니다…… 부찰 형님……, 마디마디 한 맺힌 이 가슴을 어찌 풀어야 하는지…… 제발 좀 도와주세요……."

참으로 애통하고 처연한 울음소리였다. 심지어 나랍씨는 중간중간 사설까지 늘어놓으면서 그동안 나름 쌓여왔던 울분을 쏟아냈다. 다행히 시간이 흐를수록 분노는 잠들었다. 오로지 애절한 하소연만 좌중에 울려 퍼졌다.

그사이 건륭도 극도의 격노와 흥분에서 차츰 헤어나고 있었다. 서서히 평소의 모습으로 돌아오려는 듯했다. 사실 나랍씨는 열세 살 때부터 건륭과 남녀의 정을 나눠왔던 여인이었다. 잊지 못할 사연도 많았다. 때는 건륭이 옹화궁에서 잠룡潛龍으로 숨죽여 지낼 무렵이었다. 당시 셋째황자 홍시弘時는 비적들을 사주해 그를 황하에서 죽이려는 시도를 한 바 있었다. 다행히 구사일생으로 살아났으나 달포가 넘도록 신음소리 하나 내지 못한 채 사경을 헤매야 했다. 그때 나랍씨는 남편을 위해 단식기도에 들어갔다. 그러다 탈진해 기절까지 했다. 더구나 그녀는 젊었을 때는 후궁들 중에서도 단연 미모가 특출했다. 애교가 많고 영악하기도 했다. 건륭 역시 유난히 총애를 했다. 때문에 질투 정도는 곱게 봐줄 수 있었다. 그러나 건륭은 그녀가 늙고 용모가 퇴색한 뒤에는 처소를 찾는 일이 거의 없었다.

나랍씨의 횡액은 그 정도에서 그치지 않았다. 하루아침에 천길만길 낭떠러지로 추락한 듯한 상실감과 허탈함을 이겨내기도 전에 세 아들 가운데 둘을 연이어 앞세운 것이다. 게다가 하나 남은 열둘째황자 옹기顒璂마저도 비실대는 약골이었다. 당연히 후궁들끼리 흔히 목숨을 거는 '모이자귀'母以子貴(아들로 인해 귀해지는 것. 아들이 황제가 되는 것을 의미함)를 기대하는 것조차 사치일 수밖에 없었다. 건륭은 그런 나랍씨가 불쌍하고 가여웠다. 급기야 실총失寵의 아픔을 조금이나마 위로하고자 부찰씨가 떠나고 남은 빈자리에 황후로 앉히는 결정을 내렸다…….

건륭은 차분히 과거를 돌이켜봤다. 부끄럽기도 하고 안쓰럽기도 했다. 순간 부찰씨 생전에 부부 사이가 돈독한 덕에 타의 귀감이 됐던 기억이 떠올랐다. 더불어 자상한 데다 근검하고 소박해 육궁을 화기애애하게 해줬던 부찰씨가 그리워지기 시작했다. 가슴이 아려오기까지 했다. 더구나 고희를 바라보는 나이에 국사國事는 국사대로, 가사家事는 가사대로 꼬이고 있지 않은가. 정말 여간 속이 상하는 일이 아니었다.

건륭은 땅이 꺼져라 깊은 한숨을 토해냈다. 두 눈에 눈물이 핑 돌았다. 마음속에 불붙던 분노가 꿀꺽꿀꺽 삼키는 눈물에 젖어 꺼져줬으면 좋겠다는 생각도 들었다. 그때 밖에서 진미미의 고성이 들려왔다.

"태후마마께서 납시었다!"

과연 백발의 태후가 태감 두 명의 부축을 받으면서 모습을 드러냈다. 거동이 급속도로 무거워진 모습이 언제 쓰러질지 모를 갈대꽃을 방불케 하는 모습이었다.

건륭은 황급히 눈가의 눈물을 닦으면서 노모에게 다가갔다. 이어 "어마마마!" 하고 부르면서 두 무릎을 꿇었다. 나랍씨 역시 무릎을 꿇고 손수건으로 입을 막았다. 그러나 눈물은 멈추지 못했다.

"모두 일어나시게!"

태후가 아수라장으로 변해 있는 난각 바닥을 내려다보면서 소리 없이 한숨을 내쉬었다. 왕렴이 황급히 의자를 가져다 정전의 어좌 옆에 놓았다. 그러고는 난각으로 들어가기를 꺼려하는 태후를 안으로 모셨다. 건륭과 나랍씨는 죄인처럼 고개를 숙인 채 입을 열 생각을 하지 못했다. 유용 역시 난감해 어쩔 줄 몰라 하면서 무릎을 꿇었다. 태후가 입을 열었다.

"폐하와 황후에게 자리를 마련해 드리거라. 유용, 자네도 일어나 저쪽 걸상에 가서 앉게."

유용은 태후의 말을 듣자 자신이 어쩌다 황실의 가무에 말려들었을까 하는 생각을 하지 않을 수 없었다. 정말 후회스러웠다. 스스로 머리를 쥐어박고 싶을 정도로 억울했다. 그러나 상황을 설명하지 않으면 안 됐다. 급기야 힘껏 머리를 조아린 채 아뢰었다.

"태후마마, 오늘의 화는 신으로 인해 기인된 것이옵니다. 아무리 우민중 공을 수사하라는 어지가 계셨다고 해도 필경은 외신外臣이온데, 궁무에 너무 깊이 개입한 것 같아 대단히 황감하옵니다. 장씨를 연행하기에 앞서 사전에 폐하께 이를 아뢰어 폐하께서 직접 황후마마께 이 사실을 고지했었더라면 이 같은 풍파는 면할 수 있었을 것이옵니다. 실로 우매하고 무지한 신이 원망스럽사옵니다. 황후마마께서

신이 사사로이 권력을 휘둘렀다고 질책하셔도 신은 할 말이 없사옵니다. 신으로 인해 야기된 문제는 신이 풀어야 한다고 생각하옵니다. 부디 신의 불찰을 정죄해 주시옵소서. 엄히 훈책도 해주시옵소서. 신은 영명하신 폐하와 현덕하신 황후마마께서 사건 이전으로 돌아가실 수만 있다면 만 번 죽어도 여한이 없겠사옵니다.”

건륭이 유용의 말이 끝나자마자 바로 말을 받았다.

“자네 부친 유통훈은 가마 안에서 지친 몸을 뉘인 것을 끝으로 영원히 짐의 곁을 떠나버렸네. 실로 세상에서 둘도 찾아보기 힘든 훌륭한 고굉이었네. 경도 아비에 버금가는 충직한 신하이거늘 그리 자책하지 말게.”

건륭은 말을 마치기 무섭게 유용이 궁무에 휘말렸다는 구설수를 떨쳐버리기 위해 일부러 화제를 우민중의 사건 자체로 끌고 가기 시작했다.

“그건 그렇고 우민중 사건은…….”

이어 바로 단도직입적으로 물었다.

“장반계章攀桂가 사건에 연루됐다고 하는데, 소주蘇州와 송주宋州 양도糧道인 그가 우민중과 무슨 관련이 있다는 말인가?”

유용이 즉각 대답했다.

“우민중 공의 집 화원에는 ‘장반계가 지었다’章攀桂營造라는 몇 글자가 새겨져 있다고 하옵니다. 장반계는 황후마마전의 유모 장월아章月娥의 아우이옵니다. 장월아는 이미 고인이 된 옹기顒琪(다섯째) 황자마마의 유모였사옵니다. 지금은 은퇴할 나이이옵니다. 신은 장씨 여인이 아직까지도 황후마마전에서 시중들고 있는 줄 몰랐사옵니다. 우민중 공은 궁중과 외부外府 종실宗室들에 인맥이 대단히 많은 사람이옵니다. 그가 사전에 입을 맞추고 내통할 우려가 있어 서둘러 장씨 여인을 연행한 것이옵니다."

태후가 잠시 침묵을 지키다 건륭에게 물었다.

"우민중은 장원급제한 인재입니다, 폐하! 폐하께서는 그의 학문을 누누이 치하하시고 군기처에까지 들이지 않으셨습니까? 그런데 어찌 하루아침에 매장시켜버릴 수 있습니까?"

"그런 건 아닙니다, 어마마마. 그는 잠시 집에서 대죄待罪중일 뿐입니다."

건륭은 울어서 퉁퉁 부은 눈으로 가련하게 자신을 바라보는 나랍씨에게 눈길을 돌렸다. 순간 너무 크게 화를 낸 것에 대한 미안함이 솟구쳤다. 그러나 애써 티를 내지 않고 태후를 향해 부드럽게 말했다.

"태감을 매수해 소자의 일거수일투족을 감시하다시피 해왔습니다. 외신들 중에는 그와 사적인 왕래가 잦은 자들도 많습니다. 만나려면 당당하게 군기처에서 만나지, 군기처의 이목을 피해 만나왔다는 건 심상치 않은 일입니다. 누가 짐에게 고자질한 건 아닙니다. 소자가 읽은 책의 내용을 귀신처럼 맞장구치는 경우가 허다해 소자가 의혹을 품었던 것입니다. 그의 학문이 아무리 대단하다고 해도 기윤보다 낫겠습니까? 조금 난해한 글자들을 두어 장 적어 보냈더니 한두 개밖에 맞추지 못하고 쩔쩔매고 있었습니다. 그걸 대학자다운 모습이라고 할 수 있겠습니까."

태후가 고개를 끄덕이면서 한숨을 내쉬었다.

"그러기에 선제께서도 생전에 군자는 적고 소인만 득실거린다고 늘 개탄하셨습니다. 황후는 요즘 건강이 조금 안 좋아 성격이 조급해지고 흥분을 잘하는 것 같습니다. 어려서부터 늘 같이 한 사이인데 폐하보다 황후를 잘 아는 이가 어디 있겠습니까? 사람은 흥분하면 너나없이 언행이 과격해지기 마련입니다. 아녀자와 옥신각신하지 마시고 너그러운 아량으로 용서하세요. 날도 저물어 가는데 유용, 자네는 그만 가보게. 이 늙은이는 자네를 믿네. 경사스러운 일이 아닌 이상 절대 밖으로 소문을 내서는 아니 되겠네."

태후의 말에 유용은 날아갈 것만 같았다. 죽을죄를 용서받은 느낌이 이럴까 싶었다. 그가 곧 길게 무릎을 꿇은 채 머리를 조아렸다.

"부모가 사소한 일로 잠깐 티격태격했다고 자식이 밖으로 소문낼 일은 없지 않겠사옵니까? 그것과 같은 도리라고 생각하옵니다. 그 점은 절대 염려 놓으시옵소서. 신은 태감들을 소집해 고지할 것이옵니다. 오늘 일과 관련해 감히 요언을 퍼뜨리는 자가 있으면 즉각 멍석말이를 할 것이라고 말이옵니다!"

"비유 한번 잘했네. 집안 흉은 밖으로 내보내는 게 아니지."

태후가 일어섰다. 건륭과 황후 역시 황급히 일어나 양 옆에서 태후를 부축했다.

유용은 건륭 일행이 양심전 뜰로 나설 때까지 목송目送을 하고는 자리에서 일어났다. 온몸이 부서지는 것처럼 아팠다. 그래도 납덩이처럼 무거운 몸을 억지로 지탱하면서 뒤늦게 양심전을 나섰다.

자금성에서 한바탕 난리가 벌어졌을 때 기윤은 신강新疆의 우루무치로 가는 중이었다. 병부에서 발행한 감합勘合을 소지하고는 있었으나 별로 큰 도움은 되지 못했다. 감합에 "범관犯官 기윤이 가인 네 명과 함께 우루무치 대영大營으로 지원하러 가니 일로一路의 각 초소에서 통행허가를 해주기 바라노라"라고 적혀 있었기 때문이었다. 심지어 연도의 역관驛館들에서는 그들 일행을 받아주려고도 하지 않았다.

직예, 하남, 섬서까지는 그런대로 괜찮았다. 그곳의 문생들 중에서 일부 소식이 빠른 자들이 기윤이 '범관'으로 전락한 상세한 내막을 알고 있었던 것이다. 한마디로 그들은 기윤이 머지않아 곧 동산재기東山再起할 거라는 기대의 끈을 놓지 않고 있었다. 북경에 있을 때보다 더욱 곰살맞게 대해준 것도 다 이유가 있었다.

그러나 역시 반백의 나이에 만리 밖 변방으로 내몰리는 기윤을 "장사壯士는 한번 떠나면 다시 돌아오지 않는다"는 식으로 풀이하는 인간들이 훨씬 더 많았다. 그들은 안면을 싹 바꾼 채 기윤을 냉정하게 외면했다. 그 옛날 바리바리 싸들고 다니면서 사제師弟 간의 정분을 쌓으려고 아등바등 했던 무리들이 맞는가 싶을 정도였다. 심지어 병을 핑계로 얼굴조차 내밀지 않는 자도 있었다. 온신瘟神을 내쫓듯 은자 두 냥을 던져주면서 문전박대를 하는 자들 역시 없지 않았다.

글로만 읽던 염량세태를 처음 경험하는 기윤은 그저 허탈하고 서글플 따름이었다. 그렇게 주복主僕 일행은 '열랑'熱浪과 '냉풍'冷風을 번갈아 마시면서 '사아'四兒라고 불리는 누렁이를 데리고 서행 길을 재촉했다.

따라 나선 네 명의 가인들 중 옥보玉保는 서재에서 필묵을 시중들던 하인이었다. 그 밖에 운안雲安, 마사馬四, 송보주宋保柱는 모두 가생노家生奴들이었다. 그들은 모두 이미 분가分家해 밖에서 장사를 하는 사람들이기도 했다. 그러나 젊고 힘 좀 쓴다 하는 장정들을 꼽다보니 그들을 불러 길을 나서게 됐던 것이다.

아직 세상물정을 잘 모르고 달리 고생이라고는 해본 적이 없는 그들은 억지로 코가 꿰어 나선 길이 달가울 리 만무했다. 권력의 중심부에서 밀려난 주인을 따라 나선 탓에 호가호위하면서 으스델 수도 없었으니 더욱 그럴 만했다. 더구나 큰돈이 생기는 걸음도 아니었다. 그나마 '선견지명'先見之明이 있는 문생들을 만나 호의호식할 때는 기분이 풀려 기윤에게 다정하게 대하는 척은 했다. 그러나 역관에서 받아주지 않고 객잔도 없어서 폐가를 찾아들어야 할 때는 자기들 손으로 장작을 주워 불을 지피고 짚단을 펴놓으면서 노골적인 불만을 토로하고는 했다. 그것도 이만저만이 아니었다.

집에서 가인들을 다스려본 적이 없을 뿐 아니라 군기처에서도 사람을 부려본 경험이 거의 없는 기윤은 아랫것들을 질책하거나 혼을 낼 줄도 잘 몰랐다. 할 줄 아는 것이라고는 매번 어르고 달래고 사정하는 것이었다. 그러니 종복들은 날이 갈수록 기고만장해질 수밖에 없었다. 기윤은 그렇게 힘든 나날 속에서도 기분이 너무 우울할 때면 좋으나 궂으나 한결같이 꼬리를 흔들면서 반겨주는 누렁이의 머리를 쓰다듬고 책을 읽고는 했다. 또 월야효풍月夜曉風에 시라도 한 수 읊고 나면 어느 정도 마음의 위안을 얻기도 했다.

종복들은 그런 기윤의 모습을 볼 때마다 입을 비죽거리면서 야유를 퍼부어댔다. 그래도 기윤은 그들과의 마찰을 피하고자 가능한 한 말을 걸지 않고 상대를 하지 않았다. 그러다 보니 주복 사이는 갈수록 멀어져 갔다.

기윤이 북경을 떠날 때는 봄이 한창이었다. 관내關內(산해관 안쪽)에서는 훈풍에 새파란 맥랑麥浪이 굽이치고 봄꽃이 눈꽃처럼 떨어지기도 했었다. 중원中原에도 봄기운이 완연했다.

그러나 섬서성 북부에 이르자 지세가 높아지면서 기온이 뚝 떨어졌다. 게다가 그곳은 중원과는 기후와 풍물도 판이하게 달랐다. 광대무변한 황토고원에는 헐벗은 수목밖에 없었다. 눈길이 닿는 곳마다 삭막하고 음산하기 이를 데 없었다. 그뿐이 아니었다. 평원도 없을 뿐 아니라 어디라 할 것 없이 천구만학千溝萬壑(도랑과 골짜기가 극히 많음)이었다. 끝 간 곳 없는 초원에는 간혹 앙상한 백양나무가 한 그루 청승맞게 떨고 있는 게 고작일 뿐이었다. 그랬으니 아득한 지평선과 이

어지는 곳까지 육안으로는 촌락과 집들이 보이지도 않았다.

사막에서 불어오는 건조한 모래바람이 누렇게 떠 있는 풀들 사이로 낄낄대면서 숨바꼭질을 하는 것 같았다. 그럼에도 불구하고 이곳에도 봄은 어김없이 오는 것 같았다. 그래서인지 시커먼 두 팔을 드러내놓은 채 맨몸에 양가죽 조끼를 걸친 노인과 코흘리개들이 소나 양떼를 몰고 다니면서 신천유信天遊(섬서성 일대의 민요民謠)를 울부짖듯이 부르면서 다니는 모습이 가끔 보였다. 그렇게 노래를 들으면서 강 서쪽으로 죽 이어진 길을 따라 감숙성에서 청해성으로 들어가도 황량한 풍경은 변함이 없었다. 아니 갈수록 수위를 더해갔다.

우루무치는 기련산맥祁連山脈을 따라 창창망망蒼蒼茫茫한 몽고 초원을 지나 소륵하疏勒河를 건너고 하밀哈密, 투르판吐魯番에서 서북쪽으로 500리쯤 더 가면 나오는 곳이었다. 가다보면 가끔 시흥이 솟아날 정도로 아름다운 풍경도 보였다. 그래서 기윤은 높고 파란 초원의 하늘에서 북으로 날아가는 기러기 떼를 보면서 백운벽초白雲碧草의 아름다움에 젖을 때도 있었다. 그러나 그 이후부터는 다시 고행苦行 길이었다. 황사黃砂에 얼굴이 벗겨지기 일쑤였고 심지어 낮에는 쪄죽을 것 같다가 밤에는 얼어붙는 추위에 뼈마디가 터지는 것 같은 사막이 나타나기도 했다.

서역西域의 풍경은 그야말로 변화무쌍했다. 완전히 종잡을 수가 없었다. 그래도 기윤은 가고 또 갔다. 그렇게 연안延安을 지나 유림榆林, 영하寧夏 일대에 이르렀다. 하지만 참고 걷는 데에도 한계가 있었다. 나중에는 더욱더 힘들어졌다. 회족들의 반란이 잦았던 곳이라는 게 가장 큰 이유였다. 관군들의 무분별한 학살 때문에 길이 차단되고 인가도 드물었던 것이다. 그렇게 스산한 곳에 설상가상으로 보이는 것은 군인들밖에 없었다. 그들은 서로西路의 용병用兵 때문인 듯 기윤 일행이 지나가는 성지城池와 길에서 군수물자와 군량미를 나르고 있었다.

그런 그들이 '기아무개'를 알 턱이 없었다. 때문에 입만 열면 욕설을 했다. 툭하면 눈을 부라리면서 으르렁거렸다. 객잔에서 곤히 잠자고 있다가 봉변을 당한 적도 적지 않았다. 심지어 느닷없이 들이닥친 군인들이 자기들이 잘 데가 없으니 마구간에 가서 자라고 을러대는 통에 한밤중에 누더기 이불을 안고 쫓겨난 적도 한두 번이 아니었다. 기윤은 울분이 터지고 속이 상했다. 그래도 남의 처마 밑이니 고개를 숙이는 외에는 달리 방법이 없었다.

기윤은 나중에는 하루에 600리를 거뜬히 달린다는 '일주육백'日走六百의 노새까지 행패를 부리는 군인들에게 빼앗기는 횡액을 당했다. 그렇게 되자 네 마리 노새 중에서 달랑 볼품없는 깜둥이 한 놈밖에 남지 않게 됐다. 그나마 객사하지 않은 것이 다행이었다. 기윤은 진심으로 다행이라고 생각하면서 우여곡절 끝에 우루무치에 당도할 수 있었다. 기윤의 얼굴은 이미 반쪽이 돼 있었다.

'우루무치'는 위구르 언어로 '아름다운 초원'이라는 뜻이었다. 그러나 고작 청진사清眞寺 하나에 몇 채의 폐가廢家가 전부인 곳이었다. 가끔씩 시장이 설 때면 인근의 장사꾼들이 모여들어 꽤 법석댔으나 평소에는 일반 초원과 다를 바 없었다. 강희 연간에 준갈이를 정벌할 때도 이곳은 내지內地에서 군사軍士와 양초糧草를 운송하는 중간거점 역할만 했을 뿐이었다. 다행히 그때부터 차츰 석옥石屋과 기와집이 들어서기 시작했다. 그러나 그마저 병사들의 주거를 목적으로 한 것은 아니었다. 따라서 우루무치는 사실상 '병성'兵城이나 다름이 없었다. 수혁덕의 천산天山 대영의 행원이 바로 이곳에 있었다.

기윤은 행원아문과 가까운 곳에서 객잔을 찾아 투숙하기로 했다.

옥보를 시켜 행원으로 가서 감합을 건네게 하고는 간단하게 식사도 했다. 무말랭이에 익은 양고기 한 점, 옥수수떡 한 조각, 우유 한 잔이 전부였다. 그런 다음 천천히 걸어서 객잔을 나섰다.

달리 구경할 만한 것도 없었다. 어디를 보나 병영과 창고뿐이었다. 또 건물들은 대부분 돌로 기초를 쌓고 돌로 벽을 쌓아 만든 돌집이었다. 가끔 풀과 흙을 이겨 바른 흙집도 보이기는 했다. 지붕이 전부 평평한 것도 특징이었다. 때문에 가까이에서 보면 낮고 볼품없어 보이나 멀리서 보면 병사들이 반듯하게 열을 지어 서 있는 것 같아 그런대로 괜찮아 보이기는 했다.

성 중심에서 몇 백 보에 이르는 반경에는 꼬불꼬불한 성벽이 길게 둘러쳐져 있었다. 때는 점심시간이라 성 안의 병사들은 교대로 밥을 먹고 있었다. 성을 지키는 병사들도 나른한 표정들이었다. 기윤은 조심스럽게 말을 붙여 겨우 허락을 받고 나서 성곽에 올랐다.

성 밖의 경관은 성 안과 크게 달랐다. 성루에 올라 사방을 둘러보니 하늘색은 씻은 듯 맑고 푸르렀다. 구름 한 점 없이 넓은 창공에는 태양이 눈부시게 찬란했다. 동쪽을 보니 주단을 깔아 놓은 것처럼 평평한 초원과 웅장하고 거대한 박격달산博格達山이 서로 맞닿아 있었다. 산봉우리에는 구름이 감돌고 천년설봉千年雪峰이 청천青天을 떠받치고 있었다. 남쪽의 오긍산烏肯山, 서남의 액합포특산額哈布特山 그리고 서쪽의 파라가노산婆羅可努山 역시 천년의 백두白頭였다. 마치 서너 명의 백발노인들이 따끈한 아랫목에 둘러앉아 얘기꽃을 피우고 있는 것처럼 보였다. 그곳에서 빙설氷雪, 청송青松, 수초樹草가 차례로 내려와 대초원과 이어지고 있었다.

녹아내린 설수雪水는 무수한 갈래의 작은 냇물이 돼 끝없이 펼쳐진 초원을 적셔주고 있었다. 그래서인지 이 일대의 초원은 유난히 풍성하고 윤택해 보였다. 키 높은 풀숲 속에서는 풀을 뜯는 말들의 잔등이 보일락 말락 했다. 키가 낮은 곳도 한 척尺은 족히 될 것 같았다. 비단처럼 부드러운 훈풍이 불어올 때마다 기름진 풀들이 파도처럼 밀려오고 밀려갔다. 노랗고 빨간 들꽃들 역시 점점이 푸른 주단에 수놓은 꽃 같은 모습이었다.

기윤은 팔을 한껏 벌려 크게 심호흡을 하면서 자연과 하나가 되는 느낌을 만끽했다. 그러자 그동안의 부침과 영욕, 울분과 고뇌가 한꺼번에 씻겨나가는 것처럼 홀가분했다. 그는 그런 기분에 취해 겹겹의 관하關河에 의해 북경과 떨어져 있는 운산만리雲山萬里의 한쪽 귀퉁이에서 사뭇 감격에 젖어 즉석에서 시를 지어 읊기 시작했다.

만수천산萬水千山 건너 아득한 요원遼遠에
두고 온 가족의 가서家書가 기다려지네.
한번 먹은 굳은 마음 금석심金石心이거늘
떠오름과 가라앉음에 연연치 않으리.
내 안에 잠자는 그대의 깊은 정,
오로지 끝없는 분발로 영원히 갚으리.
노력하면 만날 그 날이 가까워지거늘
어찌 자주 볼 수 없음을 슬퍼하리.

기윤이 시흥이 도도해 계속 시를 읊으려고 할 때였다. 등 뒤의 성곽 아래에서 누가 부르는 소리가 들려왔다.

"기 대인……, 나리!"

기윤은 천천히 뒤를 돌아봤다. 옥보가 길 저편에서 다가오고 있는 게 보였다. 장군행원으로 심부름을 다녀오는 길이었다. 기윤이 계단을 내려가면서 물었다.

"수혁덕 군문은 만나 뵈었나?"

"수혁덕 군문께서는 봉천 제독으로 발령을 받아 떠났다고 합니다. 새로 온 장군은 제도濟度라고 하는데, 해란찰 군문의 부름을 받고 창길昌吉로 갔다고 합니다."

옥보는 실망을 했는지 어깨가 축 처져 있었다. 그러나 계속 보고하는 것은 잊지 않았다.

"군류처軍流處(군중으로 유배 온 사람들을 관리하는 곳)에서 그러는데, 창길 성이 폭탄 공격을 받아 허물어졌다고 합니다. 군류 온 사람들은 모두 그리로 가서 성벽을 쌓고 있다고 합니다. 이는 조혜 군문의 명령이라고 합니다. 우리 일은 왜 이리 새끼줄처럼 자꾸 꼬이기만 하는지 모르겠습니다!"

볼이 잔뜩 부은 옥보가 툴툴거리면서 다시 덧붙였다.

"장군행원의 사무관이 객잔에서 나리를 기다리고 있습니다."

옥보가 말을 마치고는 기윤을 쳐다봤다. 기윤은 아무 말 없이 객잔을 향해 발길을 돌렸다.

기윤은 수혁덕이 없다는 말을 듣고 순간적으로 머릿속이 하얘지는 기분을 느끼지 않을 수 없었다. 수혁덕과는 서로 안면이 있는 사이였다. 더구나 그는 군인답게 호쾌하고 사내다운 사람이었다. 그래서 몇 번 만나보지는 않았으나 잘 맞춰 나갈 수 있을 것이라고 생각했던 것이다. 반면 제도와는 생면부지라고 해도 좋았다. 들리는 소리에 따르면 '유장'儒將이라고 할 수 있으나 어떤 사람인지 들은 바는 별로 없었다. 기윤은 본인도 '유학가'儒學家였으나 사실 가장 두려운 것이 문관들의 심술이었다. 보나마나 꽤 콧대 높고 자존심도 세울 텐데, 그런 자의 밑에서 어찌 버텨낸다는 말인가? 게다가 조혜는 흑수하黑水河, 해란찰은 금계보金鷄堡에 있다고 하니 잠깐 만나서 술 한 잔 나누며 회포를 푸는 것조차 불가능했다. 그는 거기까지 생각하자 힘이 쭉 빠졌다.

크게 기대를 한 것은 아니었으나 만 리 고생길을 달려왔어도 반겨주는 이 하나 없다는 현실이 너무나 서글펐다! 게다가 그는 이제 곧 창길로 끌려가 등짐으로 흙을 져 나르고 발등을 까이면서 돌덩이를 껴안고 비틀거려야 했다. 반백의 나이에 노예처럼 부림을 당해야 할 운명이었다. 그는 그렇게 생각하자 끔찍하기만 했다. 설상가상으로 가인이라고 데리고 온 자들은 하나같이 골난 노새새끼처럼 뒷걸음치면서 도무지 협조를 해주지 않고 있지 않은가. 죽을 맛이라는 말은 아마도 이럴 때 쓰는 말인 듯했다.

장군행원의 군류처 사무관은 객잔에서 기다리고 있었다. 서른 살쯤 되어 보이는 사내였다. 희고 긴 얼굴에 올챙이 같은 팔자수염을 기른 것이 특징이었다. 그는 쌍꺼풀 없는 눈을 내리깐 채 석탁石卓 옆 의자에 앉아 거들먹거리고 있었다. 그러고는 오른쪽 다리를 왼쪽 허벅지에 올린 채 해바라기 씨를 까먹고 있었다. 석탁 위 쟁반에는 빨갛고 통통한 대추가 먹음직스럽게 담겨져 있었다. 또 사발에는 용정차龍井茶가 김을 모락모락 피워올리고 있었다. 여기까지 오면서도 아까워서 차마 못 먹었던 대추와 용정차를 기윤의 가인들이 갖다 바친 것이었다.

사무관은 기윤이 들어서자 눈꺼풀을 팔랑이면서 힐끔 쳐다볼 뿐 엉덩이를 붙인 그대로 꼼짝도 하지 않고 물었다.

"기윤이라고 했소?"

"그렇소."

기윤이 허리를 약간 숙이면서 덧붙여 대답했다.

"범관 기윤이오. 잘 부탁하오."

사무관은 잽싸게 다리를 고쳐 꼬고 앉았다. 그러고는 해바라기 씨를 퉤퉤 뱉어내면서 비웃는 어투로 톡 쏘아붙였다.

"처지가 딱하기는 그쪽이나 나나 마찬가지요! 나도 열두 살에 진학進學해 한때는 꽤 잘 나갔소. 더 잘나가려고 싸우다가 인명사고를 내는 바람에 이리로 추방당했다는 것 아니오. 듣자니 기 대인도 열두 살에 진학했다면서? 연분이라면 이것도 연분이 아니겠소?"

기윤은 그제야 사무관도 죄를 범해 유배를 왔다는 사실을 알 수 있었다. 꼴을 보니 학문도 몇 글자 알기는 아는 것 같았다. 그러자 기윤은 새파란 애송이가 번데기 앞에서 주름을 잡고 비아냥거리면서 위아래 없이 구는 모습에 화가 치미는 것을 어쩌지 못했다. 그러나 역시 낮은 처마 밑에서는 머리를 숙이지 않을 수 없었다. 어찌됐든 군류의 '선배'가 아닌가! 기윤은 속이 터지고 숨이 턱턱 막혔으나 애써 웃으면서 말했다.

"그렇소! 이런 연분도 나쁘지는 않은 것 같소. 앞으로 많은 가르침을 부탁하오. 외람되지만 존성대명을 여쭤 봐도 되겠소? 어찌 불러야 할지 몰라서 말이오."

"나羅씨요, 나 대인이라 부르면 되겠소!"

사내는 낮술을 마신 듯 입을 열 때마다 술 냄새와 입 냄새가 진동했다. 기윤이 차를 한 모금 마시면서 물었다.

"나 대인, 처음부터 이런 청을 드려서 미안하오만 어떻게 제도 군문께 아뢰어 조혜와 해란찰 두 군문을 뵐 수 없겠소? 북경에서 가깝게 지내던 벗들이오. 전해드릴 서찰도 있고 해서 말이오."

나씨는 기윤의 '근엄한 척' 하는 모습이 가증스러운 모양이었다. 눈꼴이 시다는 표정도 지었다. 만 리 밖으로 유배 온 주제에 은근히 조혜, 해란찰과의 관계를 과시하면서 자신을 깔아뭉개려 든다고도 생각했다. 그가 곧 찻잔을 무겁게 내려놓으면서 내뱉었다.

"제도 군문께서는 창길에 가셨소. 기 대인, 죄를 범해 축출당했으면 관리의 냄새를 거두는 게 도리 아니겠소. 여기가 뭐 북경의 군기처인 줄 아오? 왔으면 고분고분 시키는 일이나 할 것이지 조혜, 해란찰 군문은 왜 찾는 거요? 내지에서 이리로 쫓겨 온 범관들이 자그마치 육천 명이오. 다들 과거의 빌어먹을 '관계'를 들먹이면서 이 군문 저 군문 찾아다니면 우리더러 골치 아파 어떻게 관리하라는 말이오?"

나씨가 벌떡 일어나 북쪽을 가리키면서 말을 이었다.

"성 북쪽 청진사 서쪽에 관제묘關帝廟가 있소. 또 북쪽에는 새로 지은 성황묘城隍廟가 있소. 어서 준비해서 성황묘로 들어가시오. 이백 명이 한 조가 돼 내일 꼭두새벽부터 군량미를 메고 창길로 날라야 할 테니까. 한 번에 오십 근씩 나르되 창길에 가서 부려놓고 영수증을 받으시오. 그걸 갖고 다시 와서 또 날라야 하오. 해야 할 일은 이런 것뿐이니 괜히 꾀를 부려 난처해지지 말고 고분고분 지시에 잘 따르시오. 속히 짐을 꾸려 그리로 옮기시오. 내가 성황묘에서 기다리고 있을 테니!"

나씨는 말을 마치고는 가볍게 코웃음을 치면서 휭하니 나가 버렸다. 기윤의 가인들 넷은 처음부터 '군기'를 확실하게 잡는 그의 행패에 질린 모양이었다. 당연히 첫 시작부터 미운털이 박혀버린 무능한 주인에 대한 불만이 터져 나올 수밖에 없었다. 먼저 운안이 볼이 부은 소리를 했다.

"잘 좀 해보지 그랬어요! 척 보면 어떤 놈인지 알 수 있잖아요! 저런 놈한테 잘못 보여 어쩌자고 그러세요?"

이번에는 송보주가 말했다.

"술이라도 한잔 사라는 얘기인데, 눈치가 그렇게나 무딘 도끼날이니! 이제 어떡해요? 창길까지 자그마치 사백 리 길인데 오십 근씩 지고 갈려면 갔다 오기는커녕 가다가 뒈지겠어요."

마사도 입을 열었다.

"옥보, 너도 참 답답해! 왔다고 보고하러 갔을 때 인사치레를 좀 했어야지. 다들 도착하자마자 잘 봐주십쇼 하면서 찔러주는데 우리만 대추 몇 알에 멀건 차 한 잔 내주고 입을 쓱 닦아버리니 그놈의 밸이 안 꼬이겠어?"

옥보가 가만히 있을 리 없었다. 화가 치미는지 냉소하듯 반박했다.

"그래, 너 잘났다! 살림을 안 해보면 볍씨 귀한 줄 모른다더니, 다 퍼주고 나면 우리는 손가락만 빨고 다닐 거야? 서안西安을 지나면서 어느 산신령께 치성을 올리지 않은 적이 있냐? 이제 이백 냥밖에 안 남았단 말이야. 내가 다섯 냥을 빨간 종이에 싸서 줬었어. 저 자식이 적다고 안 받아서 그렇지!"

마사가 따지듯 말했다.

"그러게 내가 뭐라고 했어? 은자銀子를 은표銀票로 바꾸자고 했잖아. 주머니에서 쩔렁쩔렁 은자 소리가 나잖아. 그렇게 '나 은자 많소!' 하고 자랑하고 다니는 마당에 누가 우리를 가만 놔두겠어?"

"은표로 바꾸면? 여기는 전장錢莊도 없는데, 어디서 환전을 한다는 말이야? 환전을 못하면 똥 닦는 폐지밖에 더 되겠어?"

옥보가 그러자 눈을 부라렸다.

"에잇, 징그러워! 무슨 놈의 팔자가 이렇게 개 팔자보다도 못하냐! 이러다 객사해 떠돌이 원혼이 되지 말라는 법도 없잖아!"

마사 역시 땅이 꺼져라 한숨을 내쉬었다.

"이 바닥에 흘러든 자는 열에 아홉은 살아서 돌아갈 가망이 없는 거야."

송보주도 울상이 돼 입을 열었다.

"나리께서 군기대신의 자리를 비워주고 왔는데, 우리가 돌아가기를 원하는 자들이 있을 것 같아? 좋은 소리는 한 수레씩 늘어놓았지만 속으로는 우리가 여기에 뼈를 묻기를 바라고 있을 거야!"

"한 치 앞도 모르는 게 세상만사이거늘, 혹시 알아? 폐하께서 나리를 다시 불러 주실지!"

"꿈 깨라, 이 어리석은 놈아! 폐하께서 정녕 우리 나리를 귀하게 여기셨다면 이리 귀신도 새끼를 치기 싫어한다는 곳으로 유배를 보냈겠냐?"

네 가인의 설왕설래는 끝없이 이어졌다. 기윤은 귓전이 어지러웠다. 사실 가인들의 말에도 일리가 없지는 않았다. 군주가 멀리 유배 보낸 신하의 존재를 영영 잊어버리는 경우는 허다했다. 수년이 흐른 뒤에 갑자기 특별사면이 내려져 방면되는 경우가 가뭄에 콩 나듯 있기는 했다. 그러나 그것은 군주가 오랫동안 그 신하의 부재不在를 크게 느꼈거나 아니면 누군가 곁에서 '귀띔'을 해줘야 가능한 일이었다. 기윤은 자신을 향한 건륭의 총애가 아직 남아 있다고 자신했다. 때문에 군류 도중에 은사가 내려질 가능성이 있지 않을까 하는 생각을 종종 하고는 했다. 그러나 혹시 팔방미인 화신이 훼방을 부리지는 않을까, 우민중이 뒤통수를 치지는 않을까 두려운 것도 사실이었다.

건륭은 이미 66세로 이순을 훨씬 넘긴 노인이었다. 그러나 건륭의 증조부 순치順治는 고작 스물넷의 나이에 요절했다. 그나마 조부 강희는 69세까지 살았다. 또 아버지 옹정은 58세라는 어중간한 나이에 세상을 떴다. 한마디로 가문의 내력이 장수와는 그다지 관계가 없다고 해도 좋았다. 때문에 상상하는 것조차 크나큰 불경인 일이 정말

로 발생하는 날에는 기윤도 날벼락을 맞지 말라는 법이 없었다. 일
조一朝의 천자에 일조의 신하라는 말이 있듯 말이다. 그럴 경우 기윤
은 영영 이곳 서역에서 인생을 끝내지 말라는 법도 없었다.

기윤의 장래는 이처럼 불투명했다. 그래서 그 역시 자신을 따라온
가인들의 불만을 이해할 수 있었다. 급기야 그가 가인들이 잠잠해진
틈을 타서 입을 열었다.

"내가 어지를 받고 군류에 처해진 곳은 다른 데가 아니라 바로 여
기이네. 나는 아무 데도 안 갈 것이야. 누가 감히 나를 어찌하겠느냐?
나는 여기서 제도 군문이 돌아오기를 기다리겠다."

"또, 또 선비의 옹고집이 나오시네요!"

옥보가 한마디 했다. 그러고는 비아냥거리듯 다시 말을 이었다.

"보다 실질적인 방법을 찾아봐야죠. 일단 나씨에게 은자를 더 얹어
주고 쓸 만한 놈으로 말을 한 필 사는 게 바람직할 것 같아요. 오 곱
하기 오는 이십오이니, 우리 다섯 사람의 몫 이백오십 근을 말에 싣
고 노새에는 나리께서 타시고 우리는 걸어가면서 시중드는 것이 좋
겠습니다. 그렇게 창길까지만 가면 어느 군문을 만나든 간에 한때 잘
나가던 대학자를 나 몰라라 하기야 하겠습니까?"

기윤이 옥보의 말이 일리가 있다고 생각한 듯 바로 분부를 내렸다.

"그럼 가서 말을 한 필 사 오거라! 하지만 나는 나씨 그놈에게는
한 푼도 내놓지 않을 것이다. 나에게 은자가 남아돌아 저 첩첩산중에
묻어버리는 한이 있더라도 말이야!"

옥보와 송보주는 기윤의 명령에 따라 말을 사러 갔다. 기윤은 더
운물을 떠다 발을 씻은 다음 옷을 입은 채로 벌렁 자리에 드러누웠
다. 이어 한 팔을 뒤로 꺾어 베고 한 손으로는 《초사》를 들고 묵독黙
讀하기 시작했다.

기윤은 천성적으로 복잡한 것을 싫어하는 사람이었다. 선비가 어찌 저리 '생각'이 없을까 의심스러울 정도로 잘 먹고 잘 자던 사람이었다. 심지어 고민이 깊어 밤잠을 설치거나 날밤을 새는 경우도 거의 없었다. 그러나 이번에 실각하면서부터는 많이 달라졌다. 우선 밤에 잠을 이루지 못했다. 심지어 눈꺼풀이 물먹은 솜처럼 무겁고 동공이 모래를 뒤집어쓴 것처럼 깔깔해져도 쉬이 잠들지 못했다.

그럴 때마다 그는 양심전에서 건륭과 시를 읊조리던 그때가 떠오르고는 했다. 유용과 함께 녹경당으로 연극 구경을 갔던 때도 그리웠다. 그러는가 싶으면 다시 눈앞에 우민중이 문서를 들고 이상야릇한 미소를 지으면서 스쳐 지나가는 모습이 떠올랐다가 사라지기도 했다. 화신의 가늠할 수 없는 표정이 섬뜩하게 느껴진 것은 두말할 필요도 없었다.

그가 그렇게 생각하고 있을 때였다. 꿈인지 생시인지 갑자기 나씨가 채찍을 들고는 기세등등하게 뛰어 들어오는 것 같았다. 그러더니 채찍을 휘둘러 탁자를 딱! 딱! 치면서 험상궂게 으르렁거렸다.

"일어나! 못 일어나? 대인은 무슨 얼어 죽을 놈의 대인이야! 여기 왔으면 죄인이지!"

기윤은 흠칫 놀라면서 번쩍 눈을 떴다. 놀랍게도 방금 전의 그 장면은 꿈이 아닌 생시였다. 과연 나씨가 열댓 명의 졸병들을 데리고 들이닥친 것이다. 졸병들은 행색이 모두 남루하기 그지없었다. 나씨의 손에 들려있는 것도 말채찍이 아닌 쇠꼬챙이였다. 탁자를 두드린 것도 아니었다. 출입문을 사정없이 후려친 것 같았다. 아무려나 그가 다시 험악한 목소리로 고함을 질렀다.

"어서 일어나지 못해?"

기윤은 어리둥절한 채 흐릿한 두 눈을 비비면서 일어나 앉았다. 나씨가 턱을 한껏 치켜든 채 뇌까렸다.

"이봐 기윤, 누가 당신더러 잠자라고 했어?"

기윤이 흠칫 놀라면서 대답했다.

"내가 방값을 치렀는데, 그대가 무슨 상관이라는 말이오?"

"내가 성황묘로 가 있으라고 했을 텐데?"

"못 들었소."

"귀 먹었어?"

기윤은 온몸의 피가 거꾸로 솟는 것 같았다. 털이 빠진 봉황鳳凰은 오골계烏骨鷄보다도 못하다더니, 이럴 수가! 아무리 '노역에 처해진 군 기대신'이라고는 하지만 아무것도 아닌 '도필소리'刀筆小吏에게 이런 막돼먹은 대접을 받아도 된다는 말인가! 기윤의 얼굴이 벌겋게 달아올 랐다. 눈에서는 분노의 불기둥이 치솟았다.

그때 옥보가 말을 끌고 뜰로 들어섰다. 기윤이 그러자 힘껏 손사래를 치면서 분노의 소리를 내질렀다.

"말을 마구간에 매어 두거라. 나는 어지를 받고 조혜와 해란찰을 만나봐야 하니, 그 둘을 만나기 전에는 아무 데도 못 가!"

주인이 모처럼 '세게' 나오자 덩달아 기세가 오른 가인들 역시 어깨에 힘이 들어가기 시작했다. 마사가 바로 팔을 걷어붙이면서 나섰다.

"이봐, 나씨! 어느 면전이라고 위아래도 모르고 겁도 없이 굴어? 천산 장군도 우리 나리 앞에서는 삼분례三分禮를 갖춰야 하거늘!"

송보주가 말을 이었다.

"썩 꺼져, 보자보자 하니까 정말 나쁜 놈이로군!"

운안도 뒤질세라 맞장구를 쳤다.

"이자와 입씨름을 할 게 뭐 있어? 저것들 대장을 만나러 가지! 아 랫것 단속을 어떻게 했기에 요 모양인지 가서 따지자고!"

기윤이 데리고 온 누렁이도 가만히 있지 않았다. 무슨 눈치를 챘는지 그의 발치에 누워 있다 말고 벌떡 일어나더니 꼬리를 휘저으면서 주위를 맴돌았다.

"허, 요놈들 좀 봐라?"

나씨는 가인들의 집단 공세에 적이 놀란 듯 한 걸음 물러서면서 경계하는 눈빛으로 주복主僕 다섯 명을 쓸어봤다. 그러고는 곧 입을 길게 찢으면서 징글맞게 웃었다. 이어 건방진 말투로 내뱉었다.

"나 참 살다 살다 별꼴을 다 보겠네. 거지 같은 새끼들이 감히 누구한테 삿대질이야, 삿대질은! 꼴에 거짓말은 잘하네. 뭐? 조혜, 해란찰 군문을 만나보라는 어지를 받았다고? 내놔 봐! 어지를 받았다면 어지가 있을 게 아니야?"

기윤이 즉각 차갑게 내뱉었다.

"네놈이 어찌 감히 어지를 보자는 게냐? 어지는 아무나 받는 줄 아느냐!"

나씨가 그러자 코가 떨어져 나갈듯이 냉소를 터트렸다. 이어 무리들을 향해 손사래를 쳤다.

"모두 묶어서 성황묘로 압송해! 말, 노새도 다 끌고 가! 저 상자 안에 은자가 있을지도 모르니 조심들 하고!"

무리들은 은자라는 말에 흥분이 되는 듯 우르르 방안으로 들이닥쳤다. 그러더니 사람을 포박할 새도 없이 먼저 구들로 달려 올라가 망치로 상자를 두드려 자물쇠를 망가뜨렸다. 이어 그것을 들어 땅바닥에 엎었다.

과연 책 몇 권과 지필, 벼루 등과 함께 열 몇 뭉치의 은자가 쏟아져 나왔다. 땅바닥 여기저기 나뒹구는 자잘한 은자 역시 수십 개는 족히 될 것 같았다. 무리들은 마치 오물에 달려드는 똥파리처럼 은자를 향해 험악하게 덤벼들었다. 곧 밀고 밀치는 몸싸움이 치열하게 이어졌다. 무리들은 너 나 할 것 없이 은자를 챙겨 각자의 주머니에 마구 쑤셔 넣었다. 그 와중에 옥보 등 네 가인들도 은자를 지키는 척하면서 몰래 슬쩍하기도 했다. 그렇게 광기 어린 무리들과 네 가인들은 한 덩어리가 돼 나뒹굴었다. 속수무책으로 그 모습을 지켜보는 기윤은 분노와 절망으로 얼굴이 일그러졌다. 그러자 나씨가 고소하다는 듯 기윤과 무리들을 번갈아 보면서 한 손으로 턱을 잡은 채 연신 낄낄댔다.

한바탕 아수라장이 이어지자 객잔에 머물러 있던 다른 손님들이 하나둘씩 모여들기 시작했다. 그들 대부분은 외차를 나온 군관들이었다. 객잔의 주인은 더욱 가관이었다. 몽고어인지 회족어인지 알아듣지도 못할 소리로 나아무개와 찧고 까불면서 신이 나서 기윤을 골려주고 있었다. 그때 객잔 밖에서 한 노인의 목소리가 들려왔다.

"어디서 반란이라도 일어났나? 어찌 이리 난장판인가?"

노인이 성큼성큼 힘 있는 걸음걸이로 바람을 가르며 들어섰다. 일흔을 넘긴 것 같은 뚱뚱한 노인이었다. 고급스러워 보이는 회색 비단 두루마기에 역시 비단으로 만든 검은 마고자를 입은 그는 설백雪白의 머리에 육각형의 과피모瓜皮帽를 점잖게 눌러쓰고 있었다. 숱이 짙은 하얀 눈썹이 눈 바로 위에까지 드리워져 있는 사람이었다. 나이와는 무관하게 얼굴에는 홍광紅光이 짙게 어려 있었다. 그래서일까, 온몸에 힘이 넘쳐 보였다. 목소리 역시 우렁찬 종소리 같았다.

"여기 주인이 누구인가?"

객잔 주인은 노인을 '돈 좀 만지는' 어느 상회商會의 주인쯤으로 짐작한 듯했다. 대어를 낚았노라면서 헤벌쭉한 얼굴을 한 채 앞으로 나섰다. 그러자 나씨가 팔을 내밀어 제지시키면서 고함을 질렀다.

"길 가던 늙다리는 신경 쓸 거 없어! 뭣들 해? 어서 묶어서 성황묘로 압송하라고 하지 않았느냐! 서둘러!"

그 사이 밖에서 구경하던 군관들 중에서 누군가 노인을 알아본 듯 자기들끼리 손으로 입을 가린 채 수군거렸다. 드디어 노인의 얼굴에 노기가 서렸다. 당장 나씨의 눈이라도 후벼 팔 기세로 바싹 다가서면서 언성을 높였다.

"네놈이냐? 죄인들을 끌고 와서 객잔을 아수라장으로 만든 자가 네놈이야? 우루무치가 삼척왕법三尺王法도 없는 무법천지인 줄 알았더냐! 이런 발칙한 놈!"

나씨는 보면 볼수록 상대가 어딘가 눈에 익었다. 어느 대영의 문안文案 막료인 것 같다는 생각도 했다. 급기야 그가 조금 누그러든 태도로 조심스럽게 물었다.

"나리, 우루무치가 원래 손바닥만 하지 않습니까? 꼭 어디서 뵌 분 같은데요?"

노인이 기다렸다는 듯 퉁명스럽게 내뱉었다.

"나는 벽돌과 기와 장사를 하는 사람이네. 헌데 당신들은 무엇 때문에 백주에 객잔을 소란케 하고 길손의 물건을 강탈하는 건가? 보아하니 비적들 같은데, 과연 그런가?"

나씨는 기와 상인이라는 노인의 말에 그러면 그렇지 하는 표정을 한 채 코웃음을 쳤다. 이어 다시 노인을 째려보고는 무리들에게 명령을 내렸다.

"망령이 난 늙은이가 괜히 시비 거는 거야! 신경 쓰지 말고 어서 묶기나 해!"

"어느 병영에서 나온 누구냐?"

노인이 끝내 참지 못하고 버럭 고함을 질렀다. 그러자 나씨가 거들

먹거리면서 한 발 앞으로 나섰다. 그러고는 당장 때릴 듯한 기세로 노인을 향해 주먹을 휘두르면서 뇌까렸다.

"그건 왜? 장사꾼이면 장사나 할 일이지 뭐가 그리 궁금해? 나? 나는 천산 대영 군류처의 나씨야, 왜?"

노인이 코웃음을 쳤다.

"기막힌 연분이로군. 나도 천산 대영에서 나왔는데! 나씨가 이름인가? 네놈의 어미, 아비도 그냥 나씨라고 불러?"

나씨는 집어삼킬 듯 노인에게 한 발짝 더 다가섰다. 이어 시뻘건 눈을 부라리면서 욕설을 퍼부었다.

"이런 호랑이도 잡아가지 않을 늙다리 같으니라고! 감히 어느 면전이라고 거짓말을 하는 거야? 나이를 처먹었으면 점잖기라도 해야지!"

노인도 지지 않고 말했다.

"흥! 꼭 인육人內을 먹고 갈고리 발이어야 늑대인가? 네놈 같은 족속들이 사람을 해치고 재물을 훔치는 늑대지! 군류처의 당관堂官은 눈깔이 삐었나 보지? 너 같은 거북 새끼를 곁에 두고 있는 걸 보니!"

나씨의 화가 폭발한 모양이었다. 가슴이 세차게 오르내리더니 급기야 주먹을 힘껏 치켜들었다.

"이런 겁대가리 없는 새끼를 봤나! 감히 내 털끝 하나 건드렸다가는 뼈도 못 추릴 줄 알아!"

노인이 갑자기 허연 눈썹을 곤두세웠다. 그러고는 나씨의 주먹이 몸에 채 닿기도 전에 그의 팔을 집게처럼 콱 집더니 휴지조각 내버리듯 저만치에 힘껏 던져버렸다. 나씨는 미처 반항할 틈도 없이 먼발치에 나가 떨어졌다. 이어 "쿵!" 하고 대문에 머리를 박았다. 그는 순간 눈앞에 불꽃이 날아다니는 듯했다. 정신이 혼미해진 그는 한참 동안 그대로 처박혀 있었다. 곧이어 사람 죽는다면서 비명을 지르기 시작한 나아무개를 보고 노인이 멸시 어린 눈빛으로 말했다.

"이래서 아녀자와 소인배는 기르는 게 아니라고 했군, 썩을 놈!"

죽을상을 하던 나씨가 노인의 말이 끝나기 무섭게 다시 일어났다. 이어 손을 털고 돌아서는 노인을 향해 고함을 질렀다.

"저 늙다리를 잡아라, 백련교의 일당이다! 저놈을 잡아가면 현상금을 두둑하게 탈 수 있을 거야!"

좌중의 무리들은 현상금이라는 소리에 귀가 솔깃해진 듯 팔을 걷어붙이면서 우르르 노인에게 몰려들었다. 바로 그때 바깥에서 군관 한 명이 헐레벌떡 달려들어 오면서 고함을 질렀다.

"썩 물러가지 못해, 이놈들아! 이분이 누구신 줄이나 알고 겁 없이 까부는 거냐? 천산 장군 제도 군문이시다! 군문, 여태 이런 잡것들과 이러고 계셨습니까? 각 병영의 군장들이 원문轅門 밖에서 군문의 명령을 대기하고 있습니다! 소피 보고 오신다는 분이 여기는 어쩐 일이십니까?"

아차, 큰일 났다! 이 노인이 바로 천산 장군 제도라니! 나씨와 무리들은 순간 사색이 돼버리고 말았다.

"오랜만에 몸 좀 풀어보려고 했는데, 이런 훼방꾼이 있나!"

제도가 손을 툭툭 털면서 젊은 군관에게 명령했다.

"저것들은 전부 붙잡아 이리떼들을 포식시켜!"

"예!"

군관이 날렵하게 군례를 올리고는 대문 밖을 향해 손짓했다. 순식간에 몇 십 명의 병사들이 우르르 몰려들어왔다.

"전부 붙잡아라!"

병사들은 기윤에게도 달려들었다. 상대가 바로 제도 장군이라는 말에 멍한 표정으로 있던 기윤은 그제야 다급히 외쳤다.

"제도 군문! 나요 나, 기윤!"

"기……윤?"

대문 밖으로 나가려던 제도가 기윤의 말을 듣더니 주춤하면서 돌아섰다. 기윤이 다시 입을 열었다.

"그렇소, 기효람이오. 늑민을 통해 나에게 서화 몇 점 부탁했었지 않았소?"

"아아……, 아아!"

제도는 그제야 알겠다는 듯 큰 걸음으로 다가왔다. 얼굴에는 반가운 웃음이 넘실거렸다. 그는 기윤에게 달려든 병사들을 연신 손사래로 물리치면서 반색을 했다.

"어쩐지 오늘 아침 까치소리가 유난히 반갑게 들린다 했더니! 기 사부師傅가 오려고 그랬구먼! 안 그래도 해란찰 군문은 사나흘 전부터 효람 공이 곧 도착할 때가 됐다면서 기다리고 있었소. 수혁덕 군문도 떠나면서 못 보고 가는 걸 아쉬워했소. 헌데 중군中軍에 알리지 그랬소?"

기윤은 생각했던 것보다 더욱 반갑게 맞아주는 제도를 보면서 안도의 한숨을 내쉬었다. 이어 군례를 올리려고 하는 그를 황급히 말렸다.

"나이를 따져도 나보다 훨씬 선배인데, 제발 이러지 마시오! 아마다들 효람이라는 나의 호號만 알고 있다 보니 본명을 몰라서 이런 오해가 생긴 것 같소."

나씨의 무리들은 사색이 된 채 땅바닥에 엎드린 자세로 두려움에 떨고 있었다. 기윤과 제도를 향해 연신 머리를 조아리면서 제발 목숨만 살려달라고 애걸했다. 그럼에도 제도는 "원문 밖으로 끌어다 정법定法에 처하라!"는 명령을 내렸다.

기윤은 병사들에게 질질 끌려가면서 애처롭게 애걸복걸하는 무리들을 보자 일순 마음이 약해졌다. 평생 푸줏간에도 가까이 가지 않고 소와 양의 울음소리조차 안쓰럽게 여겨왔던 그가 아니던가. 결국 그는 무리들을 대신해 제도에게 간청을 했다.

  "소인배들의 농간에 놀아났든 어쨌든 나는 죄인이오. 전방에서는 전사戰事가 한창이니 장군께서 요리하실 일이 한두 가지가 아닐 텐데 저리 형편없는 자들 때문에 마음을 쓸 건 없지 않겠소? 군량미도 날라야 하고! 그러려면 개미 손까지 빌려야 할 판인데 한 번만 용서해 주시오."

  기윤의 간곡한 청에 제도가 웃음을 지었다.

  "기 공의 뜻이 그러하다면 어쩌겠소. 저자들이 저지른 불경은 용서받을 수 없으나 기 공이 군자의 도리를 저버릴 수 없다고 하니 목숨만은 살려주겠소. 여봐라! 군곤 마흔 대씩 먹이고 항쇄를 씌워 원문 밖에 사흘 동안 무릎 꿇리거라! 대신 창길 성을 쌓을 때 배로 부려먹어!"

  제도가 명령을 내리고 나서는 바로 기윤을 대문 밖으로 안내했다.

  "우리 중군으로 갑시다. 조혜, 해란찰 두 군문도 저녁에 회의차 내려올 거요. 싱싱한 채소를 먹어본 지 오래 되지 않았소? 저녁에 포식을 하시오! 여봐라, 나의 말을 기윤 공에게 드리거라!"

14장
조혜, 아들을 선봉으로 배수진을 치다

　기윤과 제도는 나란히 말을 달려 중군 대영으로 향했다. 비록 짧은 시간이지만 두 사람의 사이는 빠르게 가까워졌다. 기윤은 제도와의 대화를 통해 조혜가 신강新疆 남부에서 출발해 지금 우루무치 남쪽 20리 밖에 있는 접관청에 도착해 있다는 사실을 알 수 있었다. 조혜는 거기에서 잠깐 운량관運糧官을 접견하고 올 예정이라고 했다. 해란찰 역시 창길에서 오고 있는 중이니 한 시간 후면 천산 대영에 당도한다고 했다. 그들 세 장군은 어지를 받들어 보다 발전적인 전략을 짜기 위해 이곳 우루무치에 모이기로 했다는 것이 제도의 설명이었다.

　꼬리가 길면 잡힌다고, 말이 길어지자 기윤은 제도의 '유장'儒將 명성이 솔직히 유명무실한 것이라는 사실을 금방 알 수 있었다. 제도 본인 역시 자신이 실은 가서家書조차 제대로 못 읽는 '일자무식'이라는 사실을 실토했다. 그러고는 자신이 어려서부터 전쟁터의 총탄과 화살 속을 나뒹굴면서 '잔뼈'가 굵어온 전형적인 무부武夫라고도 했다. 그는 또 예전에는 입만 열면 쌍스러운 욕이 한 바가지였으나 수염이 허옇게 센 지금은 일부러 '공자 왈, 맹자 왈'로 점잖은 척한다고 했다. 나중에는 '유장'이라는 명성도 부하들이 군문의 '한풀이'를 해주느라 일부러 붙여준 허명虛名이라고 이실직고까지 했다.

제도는 본인의 말처럼 고희를 넘긴 나이임에도 하는 짓이 영락없는 어린아이였다. 게다가 성정이 솔직하고 순수해 귀여우면서도 호감이 가는 인상이었다. 기윤은 그래서 제도와 얘기를 나누면서 말 위에서 자꾸 소리 없이 웃었다. 그 모습을 힐끗힐끗 바라보던 제도가 물었다.

"내가 불학무술不學無術하다고 비웃는 거요?"

"아니, 그런 건 아니오."

기윤이 웃음을 감추면서 덧붙였다.

"공자 왈, 맹자 왈로 운을 떼어놓고 뒤를 잇지 못하더라도 '유'儒의 근본은 갖췄다고 할 수 있소. 거기다 십만 대군을 이끌고 광활한 사막에서 공을 세웠으니 '장'將자에도 추호의 부끄러움이 없는 사람이 잖소. 그러니 누가 뭐라고 해도 제 군문은 알짜배기 '유장'이 아니겠소? 유장을 가리켜 누가 감히 불학무술하다고 말하겠소? 공맹은 학문의 근본이니, 장군은 진정한 학문가라고 하겠소."

제도가 기윤의 궤변에 껄껄대면서 크게 기뻐했다.

"듣던 중 최고의 찬사인 것 같소! 빈 수레가 요란하면 어떻소? 아무것도 없는 주제에 요란하기라도 해야 사람들의 이목을 끌 게 아니오. 하하, 정말 기분이 좋군!"

제도가 천진난만한 어린아이처럼 익살스러운 표정으로 다시 물었다.

"여기에서 어떤 일을 하기를 원하오? 우리 중군에 남아 문서를 처리하고 폐하께 올리는 상주문이나 대필해주는 게 좋지 않겠소? 여가가 있으면 군장軍將들을 모아놓고 성현의 도에 대해 가르침을 주기도 하고. 조혜와 해란찰 군문에게 번갈아 왔다 갔다 하면서 산책 삼아 돌아다니는 것도 좋지 않을까?"

기윤이 웃으면서 대답했다.

"그렇게 할 수만 있다면야 더할 나위 없겠소만 내 처지가 어디 유유자적 여기저기 누비면서 놀러 다닐 입장이오? 폐하께서는 고생 좀 해보라고 나를 보내신 건데, 신수가 훤해지고 마음 편히 놀고먹기만 하면 사방에서 돌팔매질이 이어질 게 불 보듯 뻔하오. 그러니 어찌 그렇게 하겠소. 나 때문에 장군을 욕되게 할 수도 없고."

제도가 그러자 채찍을 날리면서 큰 소리로 말했다.

"어떤 화냥년 새끼가 감히 나에게 칼질을 할까? 여기가 뭐 북경인 줄 아오? 여기는 천고황제원天高皇帝遠(하늘은 높고 황제는 멀리 있음)이라는 서강西疆(신강 서부 지역)이오. 목을 베는 소리가 잡초를 쳐내는 소리 같아도 그쪽에서는 전혀 들리지 않는다 이 말이오. 기윤 공 같은 사람이 이런 열악한 환경에 왔다는 것 자체만으로도 엄청난 고생이거늘 무슨 고생을 더 어떻게 해야 한다는 말이오?"

기윤이 말을 받았다.

"글쎄, 장군께서 장령將令을 내리신다면 어떤 식으로든 따르는 수밖에 더 있겠소?"

기윤과 제도 둘은 신나게 말을 달리다가도 잠깐씩 속도를 늦춰가면서 그렇게 담소를 즐겼다. 그러다 보니 어느새 천산 대영의 원문轅門이 보였다. 이미 연락이 닿은 듯 높고 낮은 유격遊擊, 참장參將, 교위校尉들을 비롯해 각 병영의 부장副將 이하 군좌軍佐 100여 명이 원문 밖에 정립挺立한 채 제도를 맞을 태세를 갖추고 있었다. 그들은 제도가 가까이 다가가자 일제히 한쪽 무릎을 내려 군례를 올리면서 대영이 떠나갈 듯한 기세로 외쳤다.

"강녕하십니까, 제 군문!"

기윤은 유배돼 온 범관犯官인지라 황감하고 불안한 마음에 서둘러 말에서 내리려 했다. 그러자 제도가 재빨리 말렸다. 그러고는 채찍으로 부하들을 가리키면서 말했다.

"여기 이분은 나의 사부님이시다. 우리 대청의 제일가는 재자이시지. 폐하께서는 음……, 고생도 좀 해보고 공로도 세워 큰 인물로 거듭나라는 뜻에서 이리로 보내셨다. 앞으로 대재상이 되어 우리를 관장하실 분이시니 그리 알도록!"

제도의 '허튼소리'에 당황한 기윤은 황급히 두 손을 마구 저었다. 이어 더듬거렸다.

"아, 아, 아니오. 절대…… 그런 건 아니오. 대재상은 무슨……."

제도가 그러자 웃으면서 말했다.

"효람 공은 가만히 있으시오! 나는 이래봬도 폐하의 의중을 간파하는 데는 귀신이라오. 아무튼 만 리 길을 종횡해 여기까지 무사히 도착했다는 게 바로 큰 공로를 세운 거요. 너희들은 큰형님을 대하듯 깍듯이 모셔야 한다. 감히 불손했다가는 크게 경을 치게 될 줄 알 거라! 알아들었는가?"

"예!"

"가자!"

제도가 채찍을 휘둘렀다. 일행은 원문으로 들어가 의사청 문 앞에 다다라서야 말에서 내렸다. 제도가 주위에 분부를 내렸다.

"서쪽에 있는 마당 딸린 방 세 칸을 효람 공께 드리거라. 서재와 객청을 꾸며드리고 요리사를 하나 붙여 효람 공의 끼니를 챙기게 하거라. 참의參議 기준으로 월봉月俸도 드려야 한다."

분부를 마친 제도가 기윤에게 말했다.

"조혜와 해란찰 군문이 곧 도착할 것 같은데 나가서 맞아야겠소. 효람 공은 여기서 좀 기다리고 있으시오. 배가 고프면 우리 화식방伙食房에 가서 맛있는 걸 좀 해내라고 호통을 치든가, 혼자 팔을 걷어붙이고 해 먹든가 편한 대로 하시오. 그보다 먼저 물을 데워 목욕을 하는 것도 좋겠소. 내가 그 두 군문을 만나 잠깐 군무를 상의하고 난 다음 다시 부를 테니 기다리고 있으시오."

제도는 나갔다가 다시 들어와 몇 마디 부탁하기를 두어 번 반복하고서야 비로소 안심하고 밖으로 나갔다. 지극정성이 따로 없었다.

날은 벌써 어두워지고 있었다. 기윤은 제도의 권유대로 더운물로 시원하게 목욕을 했다. 그러자 몸도 마음도 한결 가뿐해졌다. 기분이 좋아진 그는 헐렁하고 편한 두루마기로 갈아입고 모자도 쓰지 않은 채 밖으로 나와 천천히 산책을 했다. 곧 행원아문에까지 이르렀다. 그러나 그 앞으로는 세 장군의 군무 회의가 소집돼 있어 그런지 지나다니는 사람조차 없을 정도로 경비가 철저했다.

아문의 마당에는 심은 지 얼마 안 되는 팔뚝 굵기의 버드나무들이 가득했다. 그 나무들 사이로 황혼의 바람이 불어왔다. 나무들은 기다렸다는 듯 하늘거리면서 춤을 췄다. 한가롭고 조용한 모습이었다. 마치 외딴섬에 온 것 같은 느낌이 그럴까 싶었다. 기윤은 서쪽의 설산雪山을 바라봤다. 백두白頭의 정상 봉우리가 자색紫色의 저녁놀에 빨갛게 물들고 있었다. 그야말로 장관이었다.

기윤은 마당 밖으로 나섰다. 멀지 않은 곳에 낮에 올라갔던 성벽이 보였다. 그 역시 황홀한 저녁놀에 푹 잠겨 신비로운 멋을 자아내고 있었다. 성곽에는 무슨 먹을거리가 있는 듯했다. 까마귀들이 떼를 지어 오르내리고 있는 것이 그 때문인 듯했다. 그 모습은 마치 서안西

安 고루鼓樓의 황혼 무렵 풍경과 많이 닮아 있었다.

기윤은 순간 성조와 세종 그리고 건륭 3대 황제가 수많은 간난신고에도 굴하지 않고 이곳 서역의 경영에 심혈을 기울인 이유를 알 것 같았다. 이처럼 아름다운 수만리 강토의 장관을 친히 경험한다면 그 누구라도 정복과 개척의 욕구가 절로 솟구칠 수밖에 없을 터였다.

그렇게 한창 감개에 젖어 있던 기윤은 무심결에 고개를 돌려보고는 그만 실소를 터트렸다. 먼발치에 옥보, 운안, 마보, 송보주 등 네 가인이 두 손을 앞에 모은 채 엉거주춤 서 있는 모습이 보였던 것이다. 공손히 예를 갖춘 모습은 기윤이 낙마를 하기 이전에 앞뒤로 꼬리 흔들면서 다니던 모습 그대로였다. 그가 나직이 탄식을 하면서 물었다.

"누렁이는 뭘 좀 먹었나?"

보주가 아첨 어린 웃음을 지은 채 재빨리 대답했다.

"방금 화식간으로 가서 양 갈비뼈를 한 그릇 얻어다 먹였습니다!"

누렁이는 영리했다. 주인이 자신을 염려하는 줄 어떻게 알았는지 보주의 말이 끝나기 무섭게 "왕! 왕!" 우렁차게 짖으면서 달려왔다. 이어 기윤의 주위를 두어 번 맴돌더니 무릎에 두 앞다리를 얹고 재롱을 피웠다. 기윤은 바로 무릎을 굽히고는 쭈그리고 앉았다. 누렁이도 그에 호응하는 듯 기윤의 손등을 열심히 핥아댔다. 기윤은 애정이 듬뿍 담긴 눈매로 누렁이를 쓸어주었다.

"누렁아, 네가 있어 큰 위로가 됐단다. 네 덕분에 우리 다 같이 살 길이 생긴 것 같구나."

기윤은 한참 누렁이와 대화를 주고받고 나서 일어나 서재로 돌아왔다. 이어 다리를 포개고 온돌에 앉은 채 수십 년간 그래왔듯 일기를 쓰기 시작했다.

날이 완전히 어두워졌을 무렵이었다. 동쪽 정원正院의 의사청에서

"예!" 하는 장군들의 우렁찬 목소리가 들려왔다. 이어 마당 가득 발소리가 울려 퍼졌다. 회의를 마친 사람들이 밖으로 나가면서 주고받는 말소리도 들려왔다.

기윤은 붓을 내려놓고 책상을 정리했다. 그때 밖에서 사람들이 웃고 떠들면서 마당으로 들어서는 소리가 들려왔다. 제도가 조혜와 해란찰을 데리고 온 것이었다. 해란찰이 마당에 들어서자마자 먼저 반가움에 겨운 목소리로 기윤을 불렀다.

"사부님, 공명을 이룩하시고 영예롭게 은퇴하셨네요. 잘 오셨습니다. 이제부터 우리 칼잡이들이하고 같이 지내면 재미있을 겁니다."

기윤이 반가움에 환하게 웃으며 황급히 달려 나가 조혜와 해란찰을 맞았다. 이어 먼 길을 달려온 두 사람과 덥석 손을 맞잡고 악수를 했다. 조혜와 해란찰 두 사람은 여전히 빨간색 외투를 걸치고 있었다.

"과연 명실상부한 홍포쌍창紅袍雙槍 장군이로구먼. 위풍당당한 모습이 그 옛날과 전혀 달라진 게 없소. 조혜 군문은 전보다 더 멋있어진 것 같고. 해란찰 군문은 여전히 익살꾼 본색이 변함이 없소. 죄를 짓고 세 군문의 수하로 쫓겨 왔으니 앞으로 잘 좀 부탁하오."

기윤이 입에 올린 세 장군은 직책은 제각각이었으나 사실 모두 계급이 같았다. 우선 제도는 현지에 주둔한 건아주절建牙駐節이었다. 또 해란찰은 조혜의 주력군을 보좌하는 서정西征 부장副將이었다. 조혜의 경우는 정흠차正欽差였다. 셋 중 가장 늦게 기윤과 통성명을 하게 된 조혜는 굳은살이 박여 집게처럼 딱딱해진 손으로 그의 손을 덥석 잡고는 환하게 웃음을 터트렸다.

"내 집에 온 것처럼 편하게 계십시오. 우리는 모두 기 공을 사부님으로 존경하고 있습니다. 그건 예나 지금이나 변함이 없습니다. 사부님께서 간신의 모략에 휘말려 이리로 오시게 됐다는 걸 우리는 알고 있습니다. 일단 제도 군문과 함께 계시다가 갑갑하거나 바람을 쐬고 싶으시면 저나 해란찰에게 연락하고 오십시오. 제 군문, 여기는 회족들의 구역이라 돼지고기가 없어요. 애들을 시켜 쇠고기라도 좀 떠 오시죠. 채소도 있어야겠죠. 사부님께서는 돼지고기가 없으면 안 되는데, 이곳 음식이 구미에는 안 맞을 겁니다."

기윤은 일개 범관을 이토록 극진하게 배려해줄 줄은 정말 생각하지 못했다. 감동하지 않을 수 없었다. 그예 목이 막히면서 눈물이 핑그르르 도는 것을 꾹 눌러 참고는 조혜의 두 손을 힘껏 잡아 흔들면서 감격의 마음을 전했다.

"아, 그럴 거 없소. 지금 이대로도 너무 고맙고 기쁘오. 돼지고기가 없으면 뭐 어떻소! 쇠고기, 양고기도 얼마나 맛있는데! 그리고 조혜 군문, 간신의 모략을 받았다는 말은 두 번 다시 입 밖에 내지 마시오. 나는 죄인이오. 폐하께서는 범관의 딱지를 붙여 이 사람을 이리로 보내셨소! 남들 귀에 잘못 들어가면 괜히 문제가 될까 염려되오."

"우민중은 이미 군기처에서 쫓겨났는 걸요!"

조혜가 빙그레 웃으면서 덧붙였다.

"유용 대인이 정유廷諭를 보내셨습니다. 여기 종군하고 있는 장군들 중 우민중과 개인적인 교분이 깊은 자들이 있으면 보고하라고 하셨습니다. 폐하께서는 또 우리에게 적잖은 물건도 하사하셨어요."

조혜가 곧 눈빛을 반짝이면서 어사품御賜品을 받은 데 대해 늘어지게 자랑을 하기 시작했다. 그러고는 덧붙였다.

"저희들은 뒤에서 사부님께 눈먼 돌을 던진 자가 우민중이라는 걸 알고 있었습니다. 제도 군문이 그때 호광湖廣에 있었는데, 우민중이 서찰을 보내 군기대신들 중 한양부漢陽府에 집이나 땅을 사기 위해 눈독을 들인 사람이 없는지 잘 살펴보라고 했답니다."

기윤은 말없이 듣기만 했다. 처음 듣는 얘기들도 있었다. 우민중이 군기처에서 쫓겨났다는 얘기가 그것이었다. 정말 의외였다. 그러나 그는 놀랄 정신도 없었다. 워낙 일이 얽히고설켜 도대체 무슨 영문인지 알 수 없었던 탓이었다. 그는 잠자코 있다 잠시 후 화신에 대한 얘기가 나오자 그제야 웃으면서 말했다.

"어찌됐건 불씨라도 피웠기에 굴뚝에 연기가 난 거 아니겠소? 폐하의 기대를 저버리고 실망을 끼쳐드린 점에 대해서는 영원히 반성하면서 살아야 할 것 같소. 화신 대인은 출정을 한 바 있는 군대 출신이오. 타고난 천성이 활달하고 총명해 인맥이 든든하오. 누구와 척을 졌다는 소리도 들은 바 없소. 당연히 나와도 원수진 일이 없거늘 그가 날 해코지했을 리는 없소. 그리고 우민중도 나하고는 학술상의 건해에 차이는 있어도 언성을 높이면서 시비를 가려본 적이 없소. 늘 조용하고 차분한 도학파였는데, 나하고 무슨 억하심정이 있다고 그런 짓을 했겠소?"

기윤이 주위 사람들에 대해 나쁜 소리를 하지 않자 옆에서 걸어가던 해란찰이 말했다.

"사부님도 참! 우리끼리 있는데 무슨 말씀을 그리 공자孔子처럼 하십니까? 화신 그 새끼한테 돌을 맞고도 감싸고돕니까? 군대 출신은 무슨 얼어 죽을! 아계 대인의 군중軍中으로 빌어먹으러 갔던 거죠. 찻물이나 끓여내고 요강이나 내다버리면서 아계 대인의 심부름을 ×빠지게 하고 온 놈인 걸요! 아계 대인은 뒤를 보고도 종이가 필요 없었을 겁니다. 화신 그놈이 똥냄새를 기가 막히게 맡고 달려와서는 깨끗이 핥아줬을 테니까요."

제도는 화신에 대해서는 잘 몰랐다. 그래서 해란찰의 거친 욕설을 듣고서도 껄껄대면서 그저 웃기만 했다. 그때마다 그의 흰 수염과 불룩한 '장군 배'도 동시에 위아래로 요동을 쳤다.

"화신이라는 양반 우리 해란찰 군문에게 미운털이 콱 박혀버렸구먼! 나도 북경에서 두어 번 본 적이 있는데, 사근사근하고 괜찮아 보이던데?"

그러자 조혜가 즉각 말을 받았다.

"그건 해란찰의 말이 맞습니다. 전생에 구미호九尾狐였는지 사내새끼가 얼마나 불여우 같은데요! 부상이 생전에 그러시던데, 옛날 사람들 중에는 진짜로 똥구멍을 핥았던 사례가 있었다고 합니다. 화신도 머지않은 것 같습니다."

"어찌 핥기만 했겠소. 똥을 먹은 자들도 있는데!"

기윤이 히죽 웃으면서 말을 이었다.

"똥구멍을 핥았다는 얘기는 《장자》莊子에 나오오. 초楚나라의 병사들이 북방으로 출전했는데, 엄동설한이라 저마다 손등이 거북 등가죽처럼 쩍쩍 갈라 터졌다고 하오. 그때 누군가가 동상을 예방하는 약을 만들어 초나라 왕에게 바쳤소. 그러자 초왕이 그 사람에게 마차 다섯 대를 상으로 내렸다고 하오. 이 사실이 크게 회자되고 있던 중 한번은 초왕의 치질이 재발했다고 하오. 그러자 상금을 노린 어떤 자가 초왕의 그곳을 반나절이나 핥아줬다지 않소. 초왕은 크게 기뻐하면서 마차를 백 대나 상으로 내렸다고 하오! 똥을 먹었다는 얘기는 《오월춘추》吳越春秋에 나오오. 월왕越王 구천勾踐이 패하고 오吳나라에 구금당해 있던 중 한 번은 너무 귀국하고 싶어 참을 수 없었다고 하오. 마침 그때 오왕이 학질을 앓고 있었다오. 그러자 구천은 오왕의 분비물을 찍어 먹어보면서 '똥에 곡기가 있는 걸 보니 대왕께서 곧 쾌차하실 것입니다'라고 했다오. 매우 유명한 이야기라오! 이런 일은 다 누가 지어낸 헛소리가 아니라 고사에 나오는 실화라오."

제도 등 세 장군은 기윤의 말에 코를 막고 인상을 찡그리면서 괴로워했다. 조혜가 그예 다급히 말렸다.

"됐습니다, 사부님! 좀 있다 주안상을 받으실 텐데 구역질이 나서 먹기도 전에 올라오겠습니다."

기윤 등 네 사람은 다같이 웃으면서 주안상이 마련돼 있는 이층으로 올라갔다. 이미 나름의 산해진미를 가득 차린 팔선탁八仙卓이 준비돼 있었다. 식탁 한가운데에는 커다란 대야도 놓여 있었다. 그 안에는 양을 반 토막 낸 양고기찜이 산처럼 쌓여 있었다. 옆에는 접시 대신 사발에 엄청나게 담아낸 채소요리가 대여섯 가지 더 있었다. 오이, 가지, 부추, 고추, 시금치 등이 모두 싱싱하고 맛깔스러웠다. 아직 봄에 심은 채소가 수확되기 전이라는 사실을 감안하면 서역이 아니라 중원에서도 여간 귀한 것이 아니었다. 이 정도면 어청나게 공을 들인 식탁이라고 할 수 있었다. 해란찰도 그 사실을 모르지 않는 듯 두 손바닥을 "탁!" 마주치면서 엄지를 내둘렀다. 주빈인 제도가 웃으면서 말했다.

"연갱요는 청해青海에 있을 때 날이면 날마다 싱싱한 채소를 먹었다면서? 우리가 경험해봐서 알지만 여기에서 채소를 날마다 먹는다는 건 하늘의 별 따기거든. 그러니 망했지! 이건 귀한 손님들이 온다고 해서 특별히 성도成都에 부탁해서 쾌마快馬로 보내온 거요. 그런데도 시금치와 부추는 반은 썩었더군. 자, 자, 이럴 때는 음…… '친구가 멀리서부터 오니 이 어찌 기쁘지 아니한가?'有朋自遠方來 不亦樂乎라고 하는 거지?"

제도가 짐짓 유장儒將이라는 사실을 과시하면서 조혜를 상석으로 안내했다.

"정흠차가 올라가 앉아야지! 나하고 해란찰 대괴大壞(아주 나쁜 사람

이라는 뜻. 허물없음을 의미함)는 옆에서 시중들겠소. 사부님은 손님이
니 조혜 군문과 마주 해 앉으시오."

기윤 등 네 사람은 그렇게 해서 주객의 예를 갖춰 앉았다. 곧 병
사들이 항아리에 술을 넘치게 담아 가져왔다. 조혜가 웃음을 머금으
며 말했다.

"사부님만 술을 드십시오. 우리는 회의 때 금주령을 내렸거든요. 저
희 셋은 차로 술을 대신 하겠습니다. 일부러 잘난 척하는 건 절대 아
니고요, 우리가 솔선수범해야 부하 장군들이 따라줄 거 아닙니까!"

기윤이 그러자 손사래를 쳤다.

"나도 술을 즐기는 편이 아니오. 다들 알면서 그러시오. 술로 하든
물로 하든 같은 걸로 해야지!"

기윤이 이어 궁금한 듯 해란찰에게 물었다.

"제 군문이 어찌 그대를 '대괴'라고 부르는지 궁금하오. 가르쳐 주
겠소?"

해란찰이 대답하기도 전에 제도가 히죽 웃으면서 입을 열었다.

"저 사람을 잘 아시지 않소. 익살을 빙자한 욕쟁이에다 뒤로 고약
한 짓은 얼마나 하고 다니는데!"

해란찰이 기분 나쁘지 않은 표정으로 받아쳤다.

"나쁘기로 치자면 오십보, 백보 아니겠어요? 욕설을 퍼붓는 데는
역시 제도 군문이 맛깔스럽죠. 나야 거기에 비하면 코흘리개죠!"

좌중의 사람들은 모두 웃으면서 물을 담은 사발을 부딪쳤다.

"천하에 장군이 수없이 많아도 진정으로 배우기를 좋아하고 행동
이 민첩한 사람은 제 군문밖에 없습니다. 나이를 거꾸로 먹는다고 해
도 좋아요. 물론 아는 글자가 몇 개 안 돼 아무리 노력을 해도 별로
읽지는 못했을 겁니다. 그래도 막료들을 시켜《홍루몽》紅樓夢이니《서

상기》西廂記니 하는 걸 백번도 더 읽게 해서 들었을 겁니다. 거꾸로도 달달 외우는 걸요! 웬만한 학자는 저리 가라 한다니까요!"

조혜의 진담 반 농담 반에 제도를 비롯해 기윤과 해란찰이 껄껄대면서 웃었다. 세 사람은 다시 사발을 부딪치고 물을 한 모금씩 마셨다. 해란찰이 말했다.

"우리 이러지 말고 누가 허풍을 제일 그럴싸하게 떠는지 내기를 할까요? 밤도 긴데 허풍이나 떨면서 시간을 보내면 재미있지 않겠습니까!"

기윤이 빙그레 웃자 해란찰이 조혜를 지목했다.

"허풍에는 일가견이 있는 조혜 군문께서 먼저 시작하시겠습니다. 자, 박수!"

제도도 덩달아 박수를 치면서 별로 자신이 없어 하는 조혜를 밀어붙였다.

"그래, 허풍과 제일 안 어울리는 조 군문이 먼저 운을 떼보시오!"

"나 참, 별 기상천외한 내기도 다 있네요!"

조혜가 웃으면서 덧붙였다.

"그럼 내 허풍실력을 검증 받겠습니다. 다들 내 총이 얼마나 예리한지 아십니까? 나는 총을 창으로 쓸 때도 있답니다. 어느 날 천산에 막 들어갔는데, 옆으로 뭔가 쏜살같이 뛰어가는 겁니다. 그래서 '게 섰거라!' 하고 고함을 지르면서 엉겹결에 총을 힘껏 내던졌죠. 그랬더니 이 총이 눈까지 달렸는지 어딘가 숲속으로 사라진 산토끼를 쫓아가 옆구리에 콱 들어가 박히지 않겠어요? 그런데 글쎄 그 총이 창자 빠진 토끼와 함께 주인인 나에게로 다시 날아왔다니까요. 장백산長白山(백두산) 천지天池도 내 총이 하늘에 구멍을 뚫어 천하수天河水가 쏟아지면서 생긴 게 아닙니까!"

"음, 그건 아무것도 아니오."

제도가 고개를 저으면서 말을 받았다.

"내 칼이 얼마나 대단하지 아오? 언젠가 적들을 친다는 것이 달을 잘못 건드린 거 아니겠소? 달이 돌처럼 딱딱한 줄 그때 알았소. 내 칼이 달을 치는 순간 불이 번쩍 하면서 그때 튕겨 나온 불꽃이 천막에 붙어 밤하늘에 반짝이는 저 별들의 어미가 됐잖소. 이제부터 기공은 담배를 피우고 싶으면 타화석打火石(부싯돌)을 찾을 거 없이 나에게 말하시오. 내가 칼만 한 번 휘두르면 되니까!"

기윤도 흥미가 동한 것 같았다.

"내 걱정은 안 하셔도 될 것 같은데? 괜히 칼날이 무뎌지면 적들을 무찌르는 데 차질을 빚지 않겠소. 나는 원래 담배 피울 때 타화석을 써본 적이 없소. '해야, 해야! 잠시 내려오너라'라고 부르면 태양이 내려와 잽싸게 불을 붙여주고 가고는 했거든."

조혜 등 세 사람의 허풍은 갈수록 점입가경이었다. 해란찰 역시 질수 없다는 듯 호탕하게 웃으면서 입을 열었다.

"저는 언젠가 병사들을 이끌고 원정을 가는 중에 말 위에서 고기만두를 먹었죠. 얼마나 큰지 먹어도, 먹어도 속에 들어 있는 고기가 안 나오는 거예요. 그래도 열심히 먹으면서 한 이십 리쯤 갔더니 만두 안에서 석패石牌가 나오지 않겠습니까? 거기에 뭐라고 씌어있는지 아세요? '이곳에서 만두소까지 팔십 리 남았음'이라고 적혀 있더군요."

조혜가 다시 입을 열었다.

"제가 신강 남부로 가서 주둔할 때입니다. 채찍을 중군 문 앞에 꽂았더니 곧바로 대나무에서 파릇파릇 싹이 돋는 겁니다. 그러더니 쭉쭉 올라가는데 하늘까지 닿았다가 더 올라갈 데가 없어서 내려왔잖아요. 키는 자꾸만 자라지, 갈 데는 없지 어쩔 수 없이 그걸로 천산을 빙 둘러가면서 감았다는 거 아닙니까? 그렇게 삼천 바퀴를 감고 나서도 자투리가 남더라니까요."

조혜의 말에 좌중 사람들은 앙천대소하면서 박수를 보냈다.

기윤은 한참을 웃고 떠들고 나자 머리가 맑아지며 기분이 한결 가벼워졌다. 나씨에게 당했던 횡액이 불러온 울분도 언제 그랬느냐는 듯 빠르게 사라졌다. 그러나 이상하게도 마음 한구석이 어쩐지 자꾸 무거웠다. '허풍' 시합을 하면서 웃고 떠드는 와중에도 그 느낌은 여전했다. 잠시 침묵한 끝에 그가 이시요의 근황에 대해 물었다. 조혜가 대답했다.

"별일은 없을 것 같습니다. 다행히 폐하께서 성명聖明하신 덕분에 처형은 면하고 재기도 가능할 것 같다는 설이 있습니다. 우민중이 있었더라면 어떻게든 정법에 처하려고 버둥거렸겠죠. 우민중이 실각한 것은 곧 이시요의 행운이자 사부님의 복음입니다."

조혜가 잠시 숨을 고르고서 덧붙였다.

"언제 한번 어지를 받고 우민중이 문화전에서 강학講學하는 걸 들은 적이 있습니다. 예사내기가 아닌 것 같았습니다. 말수는 적지만 속에 대단히 음흉한 심성을 품고 있는 것 같았습니다. 권력을 장악하고 세력을 굳히는 걸 보면 어딘가 부상도 좀 닮은 것 같기도 하고."

"흥! 부상의 발뒤꿈치에나 따라가라고 하라지! 나는 그자가 눌친訥親을 닮아 소름끼치게 음흉한 것 같아!"

해란찰이 말을 이었다.

"눌친도 처음 금천에 왔을 때는 다들 두려워했지. 헌데 나중에 보니 별 볼 일 없는 종이호랑이에 불과하더라고!"

조혜가 즉각 말을 받았다.

"자네야 바위가 말이 없다고 걷어차고 불좌佛座 밑에 들어가 오물을 배설한 무뢰한인데 무서운 구석이 어디 있겠는가?"

해란찰이 그 말에 뭐라 대꾸를 하려다 갑자기 두 눈을 반짝였다. 순간적으로 눈에서 빛이 났다. 그가 서둘러 물었다.

"조 군문, 가슴 속에 뭘 감춘 거야?"

그 말에 기윤 등 좌중 사람들이 일제히 조혜를 쳐다봤다. 아니나 다를까, 그의 가슴 속에서 꽃신 한 짝이 나왔다.

"참, 세상에 믿을 사람이 없구먼! 어쩌면 천하에 제수씨밖에 모르 다던 우리 조 장군이 이런 배신을 때릴 수 있다는 말인가? 군중에 기생을 들이면 엄히 문책 받을 텐데……."

해란찰이 뻔히 아닌 줄 알면서도 일부러 제도와 기윤을 향해 눈을 끔뻑거리면서 너스레를 떨었다. 조혜가 빙그레 웃으면서 대답했다.

"기생은 무슨 얼어 죽을 기생인가. 내가 한번 움직이면 적어도 수십 명이 따라 나서는데, 풍류를 즐기고 싶어도 어디 가당키나 하겠는가? 이 신발은 호부귀^{胡富貴}가 창길에서 가져온 거야. 성을 쌓던 중 땅속 오 척^尺 깊이에서 나왔다고 하더군. 우리 중원 여인들이 신는 꽃신이거든. 이게 어떻게 해서 거기 있었는지 궁금하지 않나?"

해란찰이 조혜의 말이 떨어지기 무섭게 그로부터 꽃신을 건네받았다. 이어 손에 들고 유심히 앞뒤로 뒤집어가면서 살펴보더니 기윤이 손을 내밀자 건네줬다. 길이가 한 뼘이 될까 말까 하고 연꽃무늬를 수놓은 작은 신발이었다. 여러 가지 화려한 색실로 수를 놓아 그런지 앙증맞고 예뻤다. 아직도 꽃 모양이 그대로 살아 있을 뿐 아니라 색실도 전혀 퇴색하지 않았다. 척 봐도 바느질이 여간 꼼꼼한 게 아니었다. 기윤이 혼잣말로 중얼거렸다.

"……글쎄, 이상하네. 오 척 깊이에서 파냈으면 적어도 몇 십 년은 됐다는 얘기인데, 마치 열흘 전에 묻힌 것 같으니 말이오. 뭔가 사연이 있는 것 같소."

"때가 되면 수수께끼가 풀리겠죠. 아무튼 오늘밤은 덕분에 참 즐거웠습니다!"

조혜가 자리에서 일어서면서 덧붙였다.

"다만 물로 술을 대신한 것이 마음에 약간 걸립니다. 제가 금계보를 점령하고 나면 삼군三軍 장사將士들을 위로하는 자리에서 오늘 못마신 것까지 실컷 마십시다."

해란찰 역시 시계를 보면서 일어섰다. 그러고는 기윤에게 말했다.

"내일은 새벽같이 창길로 돌아가야 하니 지금 작별을 고하겠습니다. 사부님께서는 여기 계시면서 제 군문께 시사詩詞나 가르쳐드리고 계십시오. 그래야 다음번에 만났을 때 '허풍'을 떨 건더기가 생길 거 아닙니까. 제 군문께서는 '유장'이시니 상사를 깍듯이 모실 겁니다!"

제도가 웃으면서 농담을 건넸다.

"할아버지한테 이거 버릇없이! 어서 썩 꺼지지 못할까!"

조혜와 해란찰은 기윤, 제도와 악수로 작별하고는 웃으면서 어둠 속으로 사라졌다. 그들의 뒷모습에서는 자신감이 넘쳤다.

조혜와 해란찰은 그 길로 역관을 향해 말을 달렸다. 방안에 있을 때는 조금 더웠으나 밖에 나와 차가운 밤바람을 맞자 그럴 수 없이 시원했다. 해란찰이 말했다.

"북경에는 벌써 수박, 참외가 나왔을 텐데…… 어젯밤 꿈속에서 수박을 어찌나 맛있게 먹었는지 일어나 보니 베개가 다 젖은 거 있지!"

해란찰이 입맛을 다시는지 군침 삼키는 소리가 꿀꺽 크게 들렸다. 조혜가 히죽 웃음을 지었다.

"요즘은 병사들도 다들 수박, 참외 타령이야. 우리는 양재관糧材官을 하밀로 보냈잖아. 꿩 대신 닭이라고 수박과 참외는 없어도 포도나 하밀과(신강 하밀哈蜜에서 나는 노란 참외)라도 구해오라고 했어. 그쪽에서도 파견하지 그래. 뭐니 뭐니 해도 병사들의 비위를 잘 맞춰야 해.”

해란찰이 어둠 속에서 고개를 끄덕였다.

“복강안 대장군의 위풍이 팔방에 넘친다고 해도 나는 그래도 부상이 있던 그때가 그립네.”

“그럼!”

조혜가 말 위에서 들썩거리면서 해란찰의 말에 수긍했다. 이어 회상조로 덧붙였다.

“그때는 참 잘 먹고 잘 싸웠지. 달리 걱정할 바가 없었으니까. 지금은 모든 걸 혼자서 해결해야 하니 몸이 열 개라도 부족한 것 같네. 자네는 그래도 창길을 점령했으니 한숨 돌렸잖아. 나는 어떡하냐고. 아직 한 번도 제대로 된 전투를 치러보지 못하고 군량미만 축내고 있으니! 곽집점霍集占의 회부回部는 전부 기병騎兵들이어서 엄청 빠르다고. 게다가 풀이 좋고 물이 많아 말들도 건장해. 하루에 사백 리도 우습게 가잖아. 그런데 우리는 고작 백 리밖에 움직이지 못하니 뭉그적대다가 자칫 큰 낭패를 볼 수도 있어. 폐하께서는 나에게 어사품御賜品을 내리시면서 밀지도 함께 보내셨어. ‘해란찰과 더불어 홍포쌍창紅袍雙槍 장군으로 불리는데, 그 미칭美稱에 부끄럽지 않아야 할 게 아닌가? 해란찰은 이미 창길을 점령했는데 경은 언제까지 관망할 셈인가?’라고 말이야. 아마 폐하께서는 내가 아직도 ‘관망’하고 있는 줄로 아시나 봐.”

해란찰이 조혜의 말이 끝나자마자 말고삐를 당겼다.

“조혜 자네는 주공主攻을 책임졌기에 신중에 신중을 기하지 않을 수 없어. 주력 부대가 토막이 나는 날에는 우리 전체가 얼마나 위험

해질지 몰라. 자네의 대군이 쫓기게 되면 우리는 우루무치는 물론 창
길까지 도로 빼앗길 수도 있어."

어둠 속에서 얼굴 표정은 똑바로 보이지 않았으나 해란찰의 말투는
대단히 진지했다. 그가 잠시 멈췄다가 다시 덧붙였다.

"폐하께서도 조급하신 모양인데, 조급하기로 치면 우리 둘보다 더
하시겠나? 문제는 승전이라는 것이 마음만 조급하게 먹는다고 되는
게 아니라는 거지."

조혜가 해란찰의 말을 듣고는 한참 생각을 하는 듯했다. 그러고는
말했다.

"복강안 공이 이미 타전로打箭爐에 도착했다고 해. 아계 대인이 서
찰을 보내왔는데, 영국인들도 이미 부탄에서 철수하기 시작했다고 하
고. 역시 복 공은 젊은 나이에 대단해. 우리에게도 잘해주잖아. 괜히
불평불만하지 말라고. 백이면 백 다 좋은 사람이 어디 있겠나? 우리
본인도 흠이 많은데. 물론 출신이 우리와 다르니 본인도 모르게 언
동이 좀 거만할 수도 있겠지. 그래도 근본이 나쁜 사람은 아니잖아."

해란찰이 말을 받았다.

"그저 해본 소리야. 실은 나도 복 공에게 특별히 유감스러운 건 없
어. 부가傅家는 누가 뭐라고 해도 우리의 큰 방패막이잖아. 내가 괜히
복 공에게 밉보일까봐 걱정이 되어서 그러는 거야. 그리고 말이야, 나
는 아무리 생각해봐도 그 마이클이라는 자가 영국에서 파견한 간첩
같아. 여기에서 금천에 대한 공격을 개시함과 동시에 영국군들이 부
탄에서 철수하기 시작했다면서? 그게 마이클 그자가 정보를 빼돌린
건 아닐까? 화신은 또 언제부터인지 그자와 꽤 가깝게 지낸다고 들
었어. 폐하께서는 그런 화신의 감언이설을 곧잘 믿으신다고 하더라
고! 도대체 어찌돼가는 판국인지 알다가도 모르겠어."

해란찰은 뭐가 못마땅한지 이 사람 저 사람의 흠집을 내고 싶어 안달이었다. 급기야는 화신이 외국과 내통한다는 말까지 했다. 조혜가 그러자 실소를 터트리면서 권유조로 말했다.

"군무軍務만 해도 머리가 빠개질 것 같은데, 그쪽까지 신경 쓸 게 뭐 있나? 화신에 대해서는 의견들이 분분하지만 그 속을 열어보지 않은 이상 어찌 알겠나? 우리는 당분간 군무에만 열중하자고. 영국군이 부탄에서 철수한 건 다른 이유가 있을 수도 있어. 폐하께서 그자들의 자진철수를 유도하고자 마이클에게 일부러 군사기밀을 흘렸을 가능성도 배제할 수 없네! 생각해보라고. 우리 북로군이 부탄까지 가려면 그 길이 얼마나 험난하고 요원해? 시간도 많이 걸리고 인력과 군량미 소모도 장난이 아닐 거라고. 그자들이 자진철수를 했다면 우리로서는 엄청 남는 장사아닌가!"

해란찰은 조혜의 말이 일리가 있다고 생각했다. 그러나 조혜의 '훈계'가 길게 이어질 조짐을 보이자 바로 앞질러 입을 열었다.

"알았어, 알았다니까! 앞으로 말조심하면 될 거 아닌가. 전처럼 쾌마 편으로 하루에 한 번씩은 서찰을 주고받아야겠어. 헌데 자네의 막료는 전생에 오리새끼가 아니었나 의심스럽네. 어찌나 오리발을 갈겨놓는지 보낸 글을 통 알아볼 수가 있어야지. 우리 세 막료들이 아주 넌더리를 친다고."

조혜가 웃음을 머금었다.

"내가 다섯 막료 중 둘을 제도 군문과 자네에게 하나씩 붙여줬잖아. 나머지 셋은 행군 중에 미처 따라오지 못해서 호부귀가 그사이에 막료 역할을 한 거고. 그 서찰의 대부분은 호부귀가 말 위에서 몇 글자씩 받아 적은 거야. 그러니 오리발일 수밖에. 폐하께 올리는 상주문은 내가 직접 쓰잖아. 어떨 때는 온통 오자誤字 투성이지만 폐하께서는 넓은 마음으로 봐주시는 것 같아. 그래서 욕심 같아서는 이번에 효람 대인을 데려가고 싶으나 그럴 수는 없을 것 같네. 나중에 필히 동산재기東山再起할 분을 예측불허의 전쟁터로 끌고 나갔다가 만에하나 잘못 되기라도 하면 그 책임을 내가 어찌 감당하겠나."

조혜의 말이 대충 끝나갈 무렵이었다. 앞에서 등불을 들고 조혜를 맞으러 나온 사람들이 보였다. 앞장선 자는 다름 아닌 호부귀였다.

"조혜 군문의 문신門神이 주인을 맞으러 나오셨네! 할 말은 군무회의에서 다했으니 우리도 여기서 작별을 고하자고!"

해란찰이 이어 멀리 서 있는 호부귀를 불렀다.

"어이, 호부귀! 한턱내야겠어. 자네를 좌로군 통령으로 승격시키라는 폐하의 어지가 내려졌네! 조혜 군문의 천거 상주문에 나도 몇 글자 보탰거든. 나에게 어떻게 고마움을 표할 건가?"

조혜도 호부귀에게 물었다.

"내일 새벽 일찍 길을 떠날 텐데 말들은 든든히 먹여놨나?"

"염려 놓으세요, 군문! 달걀이 부족해서 콩을 좀 많이 섞어 배터지게 먹였습니다. 말안장도 새로 갈았습니다. 일부러 성 밖으로 끌고 나가 적당히 소화도 시켰습니다!"

호부귀가 먼저 조혜의 물음에 진지하게 대답했다. 이어 웃으면서 뒤늦게 해란찰의 말에 대답했다.

"글쎄요, 너무 고마워서 어떻게 감사를 드려야 할지 모르겠습니다. 연말에 저의 새 외투를 반나절 빌려드리겠습니다!"

해란찰이 농담 섞인 호부귀의 말에 너털웃음을 터트렸다. 그러고는 공중을 향해 채찍을 한 번 휘둘렀다. 그러자 대문 안쪽에서 한 무리의 군관들이 우르르 몰려나왔다. 그러고는 자신들의 대장을 말에서 부축해 내렸다. 일부는 말을 끌고 앞서 들어갔다. 그들은 '잠깐 못 본 얼굴'이 그렇게도 반가운지 웃고 떠들면서 다 함께 역관으로 들어갔다. 부하들 앞에서 항상 진지하고 근엄한 표정으로 적당한 거리를 두는 조혜 진영에서는 찾아볼 수 없는 광경이었다.

이튿날 인시寅時 무렵, 조혜 일행 100여 명은 일제히 자리를 박차고 일어났다. 이어 세수를 하고 아침을 먹은 다음 일사불란하게 움직였다. 조혜는 모든 준비를 끝내고 시계를 봤다. 아직 이른 시각인 묘시卯時였다. 중원은 벌써 훤히 밝았을 터이나 동이 늦게 트는 서역은 겨우 먼동이 트는 시간이었다.

조혜는 자신의 국화총菊花驄(명마名馬의 이름)에 올라탔다. 이어 휘하병사들과 함께 주변에 귀를 기울였다. 아니나 다를까, 역관 서쪽 문에서도 은은한 말발굽소리와 기척이 들려왔다. 해란찰 역시 출발을 서두르는 모양이었다. 조혜가 두 다리를 힘껏 조이고 고삐를 당기면서 명령을 내렸다.

"출발! 오늘밤은 수수욕愁水峪에서 숙박하고 내일 오시午時까지 아마하阿媽河 대영으로 돌아가야 한다. 선두는 언제 출발했느냐?"

바로 뒤에 따라붙은 호부귀가 황급히 대답했다.

"선두부대는 자시子時에 떠났습니다."

"가자!"

조혜가 짧게 명령을 내리고는 채찍으로 말 궁둥이를 슬쩍 쳤다. 말은 힘껏 솟구치면서 길게 울부짖더니 내달리기 시작했다. 뒤따르던 장수들과 친병들도 속력을 가했다. 그렇게 조혜와 병사 100여 명은 마치 검은 돌풍처럼 회오리를 일으킨 다음 천군만마의 기세로 새벽의 어스름을 가르면서 먼지 속으로 사라졌다.

그날 저녁 조혜 부대는 수수욕 역관에 잠깐 머물렀다. 끼니는 대충 때웠다. 이어 말도, 사람도 잠시 쉬면서 꿀처럼 달콤한 네 시간을 보낸 다음 다시 출발했다.

조혜 일행은 남으로 쉬지 않고 달려 계획대로 이튿날 날이 밝을 무렵 아마하 유역流驛에 당도했다. 그사이 무려 600리를 달려온 것이다. 현장의 분위기는 역시 전선다웠다. 무엇보다 군량미를 운송하는 낙타대駱駝隊가 타령駝鈴을 달랑달랑 울리면서 길게 늘어서서 서쪽으로 느리게 움직이는 모습이 특이했다. 매 10리 간격으로는 전포氈包라고 하는 모포毛布로 둘러친 천막들도 보였다. 조혜가 군량미를 운송하는 병사들이 잠시 쉬어갈 수 있도록 배려해 설치한 것들이었다.

대영에서 가까워질수록 병영도 갈수록 많아졌다. 그 병영들은 하나같이 모두 '품'品'자 형태로 분포되어 있었다. 유사시 일방이 공격을 받으면 즉각 양쪽에서 호응해 지원할 수 있도록 만든 듯했다. 어떤 병영에서는 대오를 조련시키고 있었다. 가끔 냇가로 나와 빨래를 하는 병사들의 모습도 보였다. 그들은 조혜의 장군기가 앞에서 표표히 나부끼고 일행이 파죽지세로 먼지를 뽀얗게 날리면서 지나가자 모두 그 자리에서 주목한 다음 예를 올렸다.

일행이 대영에 도착했을 때는 오시가 막 지나가는 무렵이었다. 미리 나와 기러기 대형으로 열을 지어 기다리고 있던 여러 장군들은 일제히 군례를 올렸다. 이어 함께 떠나갈 듯한 함성을 지르면서 조혜를 열렬히 영접했다.

"무사히 다녀오셨습니까, 대군문大軍門!"

"모두 일어나시게!"

조혜가 천천히 말에서 내렸다. 이어 마중 나온 장군들을 향해 손을 저으면서 모처럼 웃어 보였다.

"내가 나가 있던 열흘 동안 여러분이 노고가 많았네. 오는 길에 보니 모든 준비가 잘 돼 있는 것 같아서 기분이 좋네. 내가 가기 전에 천거 상주문을 폐하께 올렸지. 폐하께서는 내가 주청 올린 걸 그대로 윤허하시어 호부귀를 좌로군 통령에 임명하셨네. 해란찰 군문은 창길 성의 축성築城에 박차를 가하고 있네. 그의 대영은 보름 뒤 창길로 옮겨갈 거네."

조혜가 말을 마치고는 넓은 어깨에 힘을 줬다. 시원한 미간에 자신감이 넘쳐나고 있었다. 얼굴에는 미소도 넘실거렸다. 그가 휘하 장군들을 다시 한 번 둘러보고 나서 말을 이었다.

"이는 우리에게 참으로 희소식이 아닐 수 없네! 해란찰 군문이 창길을 잘 지키면 곽집점이 천산 북쪽으로 도주하는 길을 막는 것이나 다름없네. 그러나 나찰에서 보내준 천오백 자루의 화총과 화약, 피복, 식량 등을 제때에 운반하지 못하면 무용지물이 될 수밖에 없지. 한편 제도 장군이 우루무치에서 박격달산을 장악하고 있으니 우리의 양도糧道는 막힘이 없을 것이네. 설령 의외의 복병이 생기더라도 가까이에 있는 해란찰 군문이 증원병을 파견하면 수일 내에 수습이 될 것이네. 이번 군무회의에서는 이런 걸 의논했네. 또한 폐하께서 많은 어사품을 나에게 상으로 내리셨네. 그 영광을 여러분과 같이하겠네. 금계보를 점령하고 곽집점의 전군을 격멸시키는 그 날 나는 이 자리에 함께 한 여러분에게 노란 마고자를 상으로 내려 주십사 하고 폐하께 청을 드릴 것이네. 우리 모두 노란 마고자에 공작 화령孔雀花翎을 달고 높은 말에 앉아 금의환향하는 그날을 기원하세!"

장내에서는 떠나갈 듯한 환호성이 터져 나왔다. 사실 과묵하고 연설에 능하지 않은 조혜가 병사들 앞에서 그렇게 길게 말을 하는 경우는 거의 없었다. 웬만해서는 웃음도 보이지 않았다. 그런 자신들의 대장이 자신감에 넘쳐 청사진을 펼쳐 놓는 모습을 보자 금천 전투

때부터 함께 해왔거나 이제 막 합류한 친귀親貴의 자제들인 부하 장군들은 모두 만면에 홍채紅彩를 띨 수밖에 없었다. 조혜가 곧이어 만족스런 표정을 한 채 입술을 다시면서 누군가를 지목했다.

"장군章群, 앞으로!"

"예!"

젊은 천총千總 한 명이 조혜의 말이 떨어지자마자 힘차게 대답하면서 성큼성큼 앞으로 걸어 나왔다. 그때 조혜의 입에서 충격적인 말이 흘러나왔다.

"다들 몰랐겠지만 내 아들이네."

순간 모든 장군들의 놀란 눈길이 일제히 조혜와 젊은 천총에게 쏠렸다. 둘이 부자간이라는 사실에 충격을 금치 못하는 표정이었다. 조혜가 놀라움에 겨운 잠깐의 소란을 뒤로 하고 장군에게 말했다.

"창이구蒼耳口의 대채大寨를 점령할 때 너는 혼자서 적군 열일곱 명의 목을 쳤지. 그중에는 곽집점이 아끼는 맹장도 있었어. 아사목阿沙木을 공략할 때도 너는 선두부대를 이끌고 혈로血路를 개척해 큰 공로를 세웠어. 허나 너는 이 아비의 아들이기에 그 정도의 공로는 아비에 대한 자그마한 효도와 충성으로 생각하기 바란다. 물론 그동안 네가 이룩한 공로는 모두 중군의 공로부功勞簿에 기입돼 있다. 이 아비가 인정을 안 하더라도 폐하께서 그에 상응한 공명을 내리실 것이야. 폐하께서는 이미 너를 유격遊擊에 승진시키라는 어지를 내리셨으나 내가 잠시 받들지 못하겠노라고 했다. 아비의 깊은 뜻을 헤아리기 바란다. 아비의 처사가 못마땅하거든 당장 북경에 있는 네 어미 곁으로 돌아가거라!"

조혜는 말을 마치자마자 바로 눈언저리를 붉혔다. 이 장면을 지켜보는 장군들의 눈시울 역시 붉어졌다. 그러나 젊은 천총은 미동도 하지 않은 채 힘차게 외쳤다.

"소자는 아버님의 깊으신 뜻을 영원히 가슴속에 새기고 정진 또 정진하겠습니다! 폐하께서 내리신 공명을 받기에 한 점 부끄럼 없이 노력하겠습니다!"

"그래, 과연 이 아비의 아들답구나!"

조혜가 힘차게 손짓을 했다.

"됐다, 귀대하거라!"

"예!"

조혜의 아들 조장군兆章群은 성큼성큼 대오로 돌아갔다. 이윽고 조혜가 명령을 내렸다.

"모두 각자의 부대로 돌아가도록. 대오를 정돈해 상시 대기하도록 하라! 장령將令을 내릴 것이니 내일 오전 유격 이상의 장군들은 모두 중군으로 집합할 것."

조혜가 잠시 멈췄다 덧붙여 명령을 내렸다.

"마 장군과 요 장군은 내 군막으로 오게. 호부귀는 서판방書辦房으로 가서 최근 보내온 관보와 군기처 서찰 그리고 정유廷諭를 가져오게."

지시를 마친 조혜가 큰 걸음으로 자신의 중군 군막을 향해 걸어갔다. 좌영左營 도통都統 마광조와 우영도통右營都統 요화청이 그 뒤를 따라갔다.

조혜의 중군 군막은 제도의 그것과 규모와 시설 면에서 별반 차이가 없었다. 우선 중간에 커다란 사반砂盤이 놓여 있었다. 또 벽에는 우피지牛皮紙로 만든 지도가 붙어 있었다. 꼼꼼하고 치밀한 성격만큼이나 책상 위에는 군보軍報와 문서들이 차곡차곡 잘 정돈돼 있었다. 자신의 자리로 돌아와 앉은 조혜가 자신을 따라 들어와 문어귀에 서 있는 마광조와 요화청을 향해 웃으면서 말했다.

"마 군문, 요 군문! 어찌 그러고 서 있나? 어서 이리와 앉게. 얼마나 줄기차게 달렸는지 아직도 말을 타고 있는 것처럼 흔들리네."

조혜가 이어 대기 중인 병사에게 분부했다.

"폐하께서 하사하신 홍포차紅袍茶를 두 군문께 한 잔씩 드리거라."

병사가 조혜의 명령이 떨어지기 무섭게 즉각 차를 가져왔다. 그사이 호부귀도 조혜가 자리를 비운 동안 도착한 관보와 군기처 서찰 등을 한아름 안고 들어왔다. 이어 먼저 일일이 겉봉을 열어 내용을 확인한 뒤 세세히 분류해 조혜의 앞에 내려놓았다.

조혜는 차를 마시면서 서류들을 빠르게 훑어봤다. 그러고는 호부귀에게 자리에 앉으라는 손짓을 했다. 군막 안에는 잠시 침묵이 흘렀다.

"폐하께서는 우리의 일대 심병心病을 제거해주셨습니다."

요화청이 조혜가 문서를 내려놓고 자세를 고쳐 앉는 것을 보고는 먼저 입을 열었다.

"아무리 생각해도 우민중 그 물건짝을 잘 파버리신 것 같습니다. 우리 전방에서는 후방에 도움이 안 되는 자들이 있는 게 제일 큰 우환거리 아닙니까?"

요화청은 금천 전투에서 반쪽 얼굴이 조총 철사鐵砂에 맞는 큰 부상을 당한 바 있었다. 그 바람에 입술과 얼굴이 볼썽사납게 돼버렸다. 게다가 화상으로 한쪽 눈이 무섭게 오그라들기도 했다. 그가 그 눈을 끔벅이면서 말을 이었다.

"대군문, 이번 전역은 만만치 않을 겁니다. 해란찰 군문과 제도 군문, 그리고 우리의 병력까지 합쳐 총병력이 곽집점의 세 배 정도 된다고는 하나 그중에서 천산 대영을 수비하는 병력을 빼면 전쟁에 투입할 수 있는 병력은 사실 적군의 두 배 정도밖에 되지 않습니다. 우리는 여건상 수적인 우세로 밀어 붙여야 합니다. 서두르지 말고 온건하게 치고 나가는 '보보위선步步爲善'의 전략이 바람직할 것 같습니다. 그러나 문제는 우리의 전장인 남강南疆 지역이 워낙 땅이 넓다는 것입니다. 적들이 서쪽 이리伊犁로 도주해 카슈미르克什米爾에 둥지를 틀어버릴 우려가 있습니다. 물론 그자들의 도주를 막기 위해서는 속전속결이 바람직합니다. 그러나 그랬다가 천리 길에 늘어선 우리 대오가 그곳 지리를 손금 보듯 하는 적들의 기습으로 토막 당하는 날에는 더 큰일이 아니겠습니까?"

요화청이 입을 다시면서 진지하게 말을 이었다.

"서안에서 삼만의 병력을 빌리는 것이 어떻겠습니까? 그들이 우리 천산 대영을 지켜준다면 우리가 마음 놓고 전방에서 뛸 수 있을 것 같습니다."

조혜는 말없이 귀를 기울였다. 그러나 요화청은 더는 말이 없었다. 마광조는 자격으로 치면 조혜보다 다소 앞서는 노장老將이었다. 그가 사반砂盤에 눈길을 박은 채 한참 동안 침묵하고 있더니 천천히 입을 열었다.

"복강안 공은 삼천 조총대鳥銃隊와 수만 명의 인마를 거느리고 있으면서 군량미를 엄청나게 퍼 쓰고 있어요. 거기에 우리까지 손을 내밀면 한 소리 듣지 않겠어요? 병력만 빌려온다고 만사대길인 것은 아니죠. 군수품과 군량미는 어떻게 해결하겠습니까? 아직 이렇다하게 전사를 치른 적도 없는 마당에 무슨 면목으로 자꾸 손을 내밀겠어요? 내 생각에는 일천 기병을 파견해 적정을 탐색케 하는 게 좋겠습니다. 우리는 계획대로 전진하면서 다른 한편으로 매일 그들을 격파해 전기戰機를 찾는 겁니다. 선두 기병들이 적들과 접전했을 시 가능한 한 적들을 대영 쪽으로 유인해주면 좋겠죠. 그리 하면 대영을 수비하고 있던 삼만 병력이 투입돼 적들을 섬멸할 수 있을 것입니다. 그렇게만 되면 토막 당할 위험은 없지 않겠어요? 무사히 흑수하黑水河에 도착하면 강 남쪽에 대영大營을 차리고, 해란찰 군문과 제도 군문이 양측에서 호응을 하면 큰 어려움은 없을 것 같네요. 우리는 인력, 무기, 군량 면에서 우위에 있습니다. 이에 반해 적들은 전부 기병들이라 움직임이 빠르고 지형에 익숙하다는 장점이 있습니다. 우리의 단점은 대오가 큰 데다 행낭이 무거워 동작이 굼뜬 것이죠. 일대일로 붙었을 때 육박전에도 약하죠. 반면에 적들은 식량과 말을 원활하게 공급받지 못하는 것이 약점입니다. 우리는 적들의 약점을 우리의 장점으로 이용해 양도糧道를 보호하면서 조급함을 버리고 온건하게 치고나가는 것이 바람직할 것 같습니다."

마광조는 역시 백전을 경험한 노장군다웠다. '적을 알고 나를 알면 패배하지 않는다'는 식으로 전국全局을 통람通覽하는 치밀함을 보이고 있었다. 조혜가 고개를 끄덕였다.

"역시 생강은 오래된 것이 맵고 말은 늙은 말이 길을 잘 찾는다더니, 과연 일리가 있는 말이네. 내일 당장 기병 천 명을 투입시키게. 내가 우려하는 건 흑수하 남안南岸이 지세가 낮아 대영을 차릴 수 없지 않을까 하는 거야. 남안이 여의치 않으면 북안北岸을 택해야 할 텐데, 그리 되면 배수背水의 진영이 되는지라 호위에 병력을 더 많이 투입해야 하는 단점이 있어. 이 부분을 미처 해란찰 등과 상의하지 못했어. 마 군문이 오늘밤으로 서찰을 보내게."

호부귀가 옆에서 끼어들었다.

"우리 척후병들이 귀문욕鬼門峪을 통과하지 못하고 곽집점의 기병들에 의해 전부 쫓겨 왔습니다. 사막이 삼십 리나 이어져 실로 고난의 행군길이라고 했습니다. 제가 우루무치에서 회족 사람을 만나서 들

은 얘기인데, 흑수하 일대는 물이 부족하다고 합니다. 금계보 성城에
도 사토沙土가 심각해 하룻밤만 우물을 덮어놓지 않으면 이튿날 아침
에는 모래 때문에 바닥에 조금 있는 물조차 구경할 수 없다고 합니
다. 우물 파는 공구를 챙겨가지 않으면 그곳에 주둔하더라도 심각한
식수난에 처하게 될 거라고 했습니다."

"나는 배수의 일전을 걱정하고 있는데, 자네는 먹을 물이 없을까
봐 걱정인 게로군!"

조혜가 웃으면서 말했다. 이어 자리에서 일어나 긴 막대기로 지도
를 짚어가면서 말했다.

"여기가 금계보야. 이쪽이 흑수하이고. 흑수하 하류는 왜왜하娃娃
河하고 합류해. 만났다 헤어졌다 분합分合이 일정치가 않다는군. 이
물은 근처의 설산에서 내려오는 설수인데, 날이 아주 춥지 않은 한
강물이 마를 염려는 없을 거야. 물이 있고 풀도 있겠다, 양도糧道만
잘 지켜내면 문제될 게 뭐가 있겠나? 양도는 우리의 명맥이니 사력
을 다해 지켜야 할 것이야. 부상은 물론이고 성조 때의 열넷째친왕
(윤제)과 연갱요가 모두 승전을 이끌어냈던 가장 큰 이유는 바로 양
도를 끝까지 고수했기 때문이지. 호량대護糧隊에게 조총 백 자루를
더 내주도록 해!"

조혜를 비롯한 네 명의 장군은 이어 군량 확보, 대영 주둔, 사막에
서의 행군 시 유의 사항, 필요한 물건 등에 대해 꼼꼼하게 점검했다.
조혜는 즉시 호광 총독 늑민에게 서찰을 보내 필요한 의약품을 속히
보내줄 것도 요청하기로 했다. 그들은 두 시간 남짓 군무에 대해 토
의하고 군막에서 저녁을 같이했다. 그러고는 군무회의에서는 나눌 수
없는 대화를 장시간 나눴다.

15장
20만 대군, 흑수하로 진군하다

마광조와 요화청 두 장군은 밤이 이슥해지자 작별을 고하고 각자의 병영으로 돌아갔다. 둘을 문밖까지 배웅하고 돌아온 호부귀가 물었다.

"군문께서 달리 분부가 없으시면 각 병영을 순찰 돌고 와도 되겠습니까?"

조혜가 웃으면서 말했다.

"잠깐만 기다려 보게. 우리가 흔히 하는 말 중에 '불타불성교'不打不成交라는 말이 있지 않나. 싸우지 않고 친해지는 법이 없다는 뜻이지. 우리 두 사람은 '불타불성교'를 몸소 실천하면서 수십 년 동안 우정을 이어온 전형이었던 것 같네. 자네가 내 앞에서 쭈뼛거리고 격식을 갖추려 하는 것도 우스운 일이지. 아까부터 무슨 할 말이 있는 것 같던데, 혹시 아직도 흑수하에 물이 없을까봐 걱정인가?"

"그 걱정도 없지는 않습니다. 서역은 우리 중원中原과 다른 점이 한두 가지가 아닙니다. 이 아마하만 봐도 그렇습니다. 여기는 물이 철철 차고 넘치는데 칠십 리쯤만 아래로 내려가면 과연 아마하의 하류가 맞나 하는 의심이 들 정도로 메말라버리잖습니까? 사막이 다 흡수해 버린 거죠."

조혜는 호부귀의 말을 들으며 둘이 처음 관계를 맺게 된 과정을 뇌리에 떠올렸다. 때는 20여 년 전이었다. 당시 조혜는 모 병영의 잘 나가는 부장副將으로 명성을 날리고 있었다. 반면 호부귀는 감옥의 일개 간수에 불과했다. 기본적으로 만날 수 없는 신분 차이가 있었다. 그러나 조혜가 어쩌다 궁지에 내몰려 순천부 감옥에 하옥되면서 상황은 변했다. 둘이 만나게 된 것이다. 그저 만난 정도가 아니었다. 칼자루를 쥐었다고 해도 과언이 아닌 호부귀가 갖은 방법으로 조혜를 구타하고 멸시한 것이다. 때문에 마음속에 원한을 품을 수밖에 없었던 조혜는 우여곡절 끝에 재기한 즉시 호부귀를 자신의 병영으로 끌고 왔다. 그러고는 감옥에서의 치욕을 잊을 수가 없어 '눈에는 눈, 이에는 이'로 앙갚음을 하려고 했다. 눈에서 살기가 뿜어져 나올 정도였다. 바로 그때 그에게 누군가 세상 은원 관계의 이치를 가르쳐줬다. 조혜는 그 말을 듣고 마음이 흔들렸다. 결국 사내의 넓은 아량으로 호부귀를 용서해 줬다.

그때부터 호부귀는 조혜를 그림자처럼 따라 다녔다. 때로는 수족, 때로는 우마牛馬가 돼 충성을 다했다. 20년 동안 동정서전東征西戰하면서 조혜가 필요로 하는 곳이라면 도산화해刀山火海를 가리지 않았다. 조혜 역시 그런 호부귀를 친형제처럼 대해줬다. 둘 사이에 '불타불성교'라는 말은 그래서 더욱 어울린다고 할 수 있었다. 조혜가 한참 침묵한 끝에 숨을 들이마시면서 다시 입을 열었다.

"이번 싸움은 내 일생에서 최고로 험악하고 힘든 교전이 되지 않을까 싶네. 액로특 회부厄魯特回部는 북쪽으로 러시아의 지원을 받고 있네. 또 서쪽으로 페르시아와 접하고 있네. 크게 볼 때 우리 삼로三路 대군이 곽집점霍集占을 포위하더라도 우리는 밖으로 러시아와 페르시아의 공격에서 자유로울 수 없다는 얘기지. 내가 신중할 수밖에 없는 것도 바로 이 때문이네. 우리에게는 패배는 없고 오로지 승리만 있을 뿐이네."

조혜가 말을 마치더니 두 손을 맞잡고는 따다닥 소리가 나도록 꺾었다. 호부귀가 그러자 불안한 듯 엉덩이를 움찔거렸다.

"그렇습니다. 조정은 이미 젖 먹던 힘까지 다 쏟아 붓고 있습니다. 재정이 풍족하다고는 하지만 그만큼 지출도 선제先帝 때에 비해 열 배나 많아졌다고 합니다. 군비의 경우는 병부의 인간들이 엉덩이 붙이고 앉아 계산하는 것과 비교도 안 되게 많이 들어가고 있습니다. 금천金川 전투만 보더라도 병부와 호부, 그리고 각 성 독무(총독과 순무)들의 군비를 추산하는 정도가 다 다르지 않았습니까? 어떤 사람은 삼천만 냥이 들었다, 호부에서는 이천만 냥이 들었다 하면서 나름 계산을 했다지만 군기처에서 세세히 장부를 조사해 본 바로는 총 칠천만 냥이 들었다고 합니다. 세상에! 금천 인구가 고작 칠만 명밖에 안 되는데 우리가 일인당 얼마를 쏟아 부었다는 얘기입니까? 우리가 여기서 종지부를 찍지 못하면 앞으로도 조정은 이곳 금천에 얼마나 더 많은 은자를 쏟아 부어야 할지 모릅니다!"

호부귀가 잠시 멈췄다가 말을 이었다.

"방금 전의 전략대로라면 곽집점은 격멸시킬 수 있을 것입니다."

조혜가 말없이 책상 위에 놓여 있던 서류를 호부귀의 앞으로 밀어보냈다. 호부귀가 조혜를 힐끔 쳐다보고 나서 편지를 꺼냈다. 건륭이 조혜에게 달아 보낸 밀유密諭와 아계의 서찰이었다.

아계는 읽고 나서 속히 조혜에게 전해주게!

별일 없이 전쟁터에서 문후 상주문 따위를 보내지 않아도 되네. 짐은 문후 상주문을 받을 때마다 속이 거북해지네! 경은 짐의 안녕을 걱정하지만 짐이 경 때문에 초조해하고 불안해한다는 걸 정녕 모른다는 말인가! 짐은 경이 북경을 떠날 때 봄쯤이면 승리 첩보를 받아볼 수 있으리라고 굳게 믿어 의심치 않았네. 그런데 봄이 지나고 이제 여름마저 끝자락에 와 있거늘 경은 어찌 아직도 아마하에서 한 발자국도 움직이지 못하고 있다는 말인가?! 장군기將軍旗가 한 번 나부낄 때마다 천하의 절반이나 되는 재력을 삼키거늘 경은 도대체 무엇 때문에 아직까지도 뭉그적거리고 있는 건가? 게다가 호광의 천리회天理會, 사천과 호남의 가로회哥老會, 복건과 절강의 백련교白蓮敎 무리들이 수상한 움직임을 그치지 않는 마당에 경은 어찌 군부君父의 우려를 씻어내지 못한다는 말인가? 짐은 가끔씩 한밤중에 잠에서 깨어나 고뇌에 잠긴다네. 음력 칠월까지 금계보를 함락시키지 못한다면 짐이 설령 경의 죄를 묻지 않더라도 경이 무슨 면목으로 군부를 대할 것인가? 정녕 짐의 안녕을 염원하고 짐이 강건하기를 바란다면 경이 해야 할 일이 무엇인지 곰곰이 생각해 보기를 바라네!

초서체로 쓴 글씨는 대단히 흥분한 상태에서 쓴 듯 흘려 쓴 티가 다분했다. 피를 연상케 하는 빨간색 주사朱砂는 보기에도 섬뜩했다. 뒷장을 넘기자 아계가 보낸 장문의 편지도 동봉돼 있었다. 아계는 건륭이 진군을 서두르는 이유에 대해 나름대로의 견해를 달아서 보냈다. 여러 장군들이 추측한 것과 대체로 비슷했다. 아계는 말미에 다소 장황한 글까지 덧붙였다.

군부君父의 우려는 곧 신하된 자의 굴욕이오. 허나 나는 조 군문이 염려하는 것에 대해서도 크게 공감하는 바요. 현 상태에서 우리 군은 조급함을 버리는 것이 좋을 것 같소. 그렇다고 너무 늑장을 부리지도 말고 속도를 적당히 조절해 전략을 짜는 것이 최선인 것 같소. 공로에 급급해 우愚를 범하는 것도 충군忠君의 도리는 아니라고 생각하오. 군사軍事에서는 조그마한 차질이 큰 화를 초래할 수도 있으니 이 점을 명심해 현명하게 대응하기를 바라오! 나는 용병用兵의 어려움을 누구보다 잘 알고 있소. 조 군문은 또 양도糧道가 멀어 수송에 어려움을 겪을 것을 우려하는 것 같던데, 그래서 내가 이미 서안 장군에게 명령을 내려 일만 인마를 증원하라고 했소. 모든 후고지우後顧之憂(후방을 살펴봐야 하는 근심)는 최선을 다해 제거해 줄 테니 승전고를 울려 폐하의 성려聖慮를 덜어주기를 기원하겠소. 하루빨리 쾌거를 올리기를 바라면서 이만 줄이겠소.

편지를 다 읽고 난 호부귀는 뭐가 이상한지 고개를 갸웃거렸다.

"아계 중당의 뜻은 폐하의 견해와 약간 다른 것 같네요!"

"같은 무대에 서서 서로 다른 배역을 맡았을 따름이네."

조혜의 견해는 시원시원했다. 아계의 생각을 잘 안다는 얘기인 듯했다. 사실 그럴 수밖에 없었다. 아계는 고북구古北口에서 유명해지기 전부터 조혜의 상사였던 것이다. 사실 아계는 군무軍務를 익히 알고 있을 뿐 아니라 전투에도 능했다. 한마디로 전사戰事에 대한 견해는 타의 추종을 불허하는 사람이었다. 반면 건륭은 사사건건 자신을 성조와 비교하면서도 군사에 있어서만큼은 친정親征을 여러 번 했던 강희康熙와 달리 아는 바가 별로 없었다. 그럼에도 불구하고 단지 구중九重의 지존至尊이라는 이유만으로 불같은 어지를 무턱대고 내렸다. 아계로서는 여간 난감한 일이 아닐 터였다.

다행히 아계는 자신의 주장을 과감히 펴고 있었다. 만약 화신이나 우민중이었다면 이럴 경우 무조건 당치도 않은 아부로 성의聖意에 편승했을 것이었다. 남의 속이야 타든 말든 아랑곳 않고 아픈 가슴에 비수를 꽂는 짓을 서슴지 않았을 터였다. 물론 조혜는 속으로만 이런 생각을 했을 뿐 호부귀에게 털어놓지는 않았다. 이런 고뇌는 사석에서 오로지 해란찰에게나 허심탄회하게 털어놓을 수 있을지 몰라도 아직 호부귀는 그럴 만한 상대가 아니라고 생각했던 것이다. 그가 어투를 달리해 말을 이었다.

"우리 총잡이들은 하늘도, 땅도, 죽음도 두려워하지 않지. 단지 겉과 속이 다른 문관들의 수작에 넘어가 저들의 희생양으로 전락할까 봐 그것이 우려될 뿐이네. 나는 흑수하에서 패하면 아예 전사했으면 좋겠네. 전사하지 않는다면 모든 책임을 통감하고 자진自盡하는 것으로 순국할 것이네."

호부귀는 순간 온몸에 소름이 끼치는 것 같았다. 낯빛이 하얗게 질린 채 놀란 입을 반쯤 벌리고는 조혜를 바라보았다.

"상사욕국喪師辱國의 죄는 살아서 돌아간다고 해도 죽음이야."

조혜가 자조하듯 덧붙였다.

"장광사도 평생 승전을 수없이 많이 이끌어 냈건만 한 번 크게 패망하니 결국은 죽임을 당하지 않았는가. 물론 최종적인 책임은 본인에게 있었지만……. 내가 혹시 잘못되면 나의 시골尸骨을 아무 데나 묻어주게나. 이걸 부탁하고 싶어 남으라고 했네. 내 아들 장군이가 혹시 살아남는다면 친자식처럼 잘 보살펴주시게. 부탁하네."

조혜가 상심에 젖은 어조로 말을 하고 나서 일어나 호부귀를 향해 읍까지 해 보였다. 호부귀는 크게 당황한 나머지 환례還禮하는 것도 잊은 채 황급히 두 손을 내저었다.

"대장군, 어찌 그런 불길한 말씀을 하시는 겁니까? 설마 그런 일이야 있겠습니까?"

"방금 요화청, 마광조와 함께 구사하려고 한 전략은 사실 천천히 밀고 나가자는 '완진'緩進 계획이 아니었는가."

조혜가 덧붙였다.

"우리로서는 위험부담도 적고 참으로 바람직한 전략이지. 허나 폐하께서는 '급진'急進을 하명하셨네. 칠월까지 금계보를 점령하는 건 사실 불가능한 일이 아닌가."

조혜가 말을 마치기 무섭게 자리에서 일어났다. 순간 그의 긴 그림자가 바람결에 진저리치는 촛불에 의해 심하게 흔들렸다. 이어 그가 마치 자신에게 혼잣말을 하듯 덧붙였다.

"완진의 단점은 적들이 불리함을 느끼면 도주할 수 있다는 것이네. 그자들이 어디론가 종적을 감춰버려 우리가 불씨를 완전히 꺼버리지 못한다면 그건 승리해도 진정한 승리가 아닐 것이네. 폐하께서 그럴 경우 천하의 반에 해당하는 재력을 소모하고도 결국 원점으로 돌아온 우리를 어찌 용서하실 수 있으시겠나?"

조혜가 서성이던 걸음을 멈췄다. 이어 목에 핏대를 세우며 말했다.

"흑석구黑石溝를 지나 흑수하 하류 지역에 들어서면 더 이상 완진할 수 없네. 자네 군중에서 오천 정예병을 엄선해 나에게 붙여주게. 나는 금계보를 기습해 곽집점에게 들러붙을 거네. 그자가 공격을 하면 퇴각하고, 도망가면 쫓아가는 거지. 그렇게 우리가 좌우 양측에서 협공을 하고 해란찰이 서로西路에서 호응하게 해야겠어. 우리 오천 정예부대에 이어 사방에서 이십만 대군이 포위해 압박해가면 곽집점은 날개가 돋친다고 해도 도주할 수 없을 것이네! 이 전략은 우루무치에서 해란찰과 상의한 적이 있네. 그때 당시 그는 너무 위험하다면서 저어했네. 방금 자네도 성유^{聖諭}를 읽었겠지만 이제는 어쩔 수 없네, 모험을 하는 수밖에!"

"군문! 꼭 모험을 하실 거면 제가 정예병을 데리고 앞장서겠습니다!"

호부귀가 소리치듯 말했다. 조혜가 즉각 거부했다.

"아니 될 말일세. 정예병? 말이 좋아 정예병이지 실은 목숨을 내건 결사대 병사들이라고 할 수 있네. 그들을 거느릴 수 있는 사람은 나밖에 없네. 나는 군중에서의 위망^{威望}을 자신하네. 내가 앞장서야 군심^{軍心}을 잡을 수 있는 거네. 이럴 때는 자신감과 결단력이 중요하네. 칠월 전에 반드시 곽집점과 금계보에서 한판 승부를 겨뤄야 하네. 내 명에 따라 움직이게. 승리하면 모든 우려를 불식시킬 수 있겠으나 만에 하나 패하는 날에는 오천 정예병과 내 한 목숨을 제물로 바치는 격이 되지. 자네는 내 당부를 잊지 말고 지켜주기 바라네."

호부귀가 덮치듯 한 발 앞으로 다가섰다. 이어 책상 모퉁이를 잡고 쉰 목소리로 외치듯 말했다.

"군문, 아무도 사전에 전쟁의 승부를 단언할 수 없습니다. 일단 붙어봐야 압니다. 군문께서 용단을 내리셨으니 저도 이 한 목숨을 걸겠습니다!"

이렇게 해서 대담하고 대대적인 군사 전략이 결정됐다. 그리고 닷새 후 이른 아침, 아마하 대영의 5만 대군은 성채를 떠나 호호탕탕하게 출정했다. 마광조는 1만 대오를 거느리고 선두에서 출발했다. 이어 스무 갈래의 종대^{縱隊}가 일제히 병진^{竝進}하는 가운데 요화청이 부대를 이끌고 그 뒤를 따라갔다. 식량을 나르는 데 필요한 낙타대^{駱駝隊}와 마필^{馬匹}들도 함께 움직였다.

조혜의 대군은 때가 되면 그 자리에 멈춰 서서 가마솥에 물을 끓이고 밥을 끓여 먹었다. 그러고는 다시 행군을 재촉하기를 반복했다. 사방에 널려 있다가도 일단 호각소리만 울리면 일제히 말 위에 올라타고 행군 길에 올랐다. 병사들은 모두 흰 바탕에 검은 띠를 두르고 '병'兵자를 새긴 옷을 입은 차림이었다.

실제 대오는 군수물자를 나르는 차량과 마부들까지 포함해 10만 명도 더 되는 것처럼 보였다. 그래서 20리 길에 길게 늘어서 있을 수밖에 없었다. 그 모습이 마치 검은 돌풍이 저 먼 바다에서 회오리치면서 몰려오는 것 같았다. 지나가는 곳마다 먼지도 집채처럼 일어서고 숲을 이룬 장검長劍과 패도佩刀들이 서로 부딪치는 쇳소리도 요란했다.

연이은 전쟁으로 수난을 겪을 대로 겪은 넓은 초원에는 인가人家라고는 찾아볼 수 없었다. 간혹 보이는 촌락들도 폐허가 돼 볼썽사나웠다. 그 와중에 가끔 종류를 알 수 없는 야생동물들이 놀라서 사방으로 도망 다니는 모습이 자주 보였다. 그럴 때마다 병사들은 흥분해서 괴성을 질렀다. 그 바람에 담이 약한 산토끼나 산양들은 멀리 가지도 못하고 제풀에 주저앉는 경우도 더러 있었다. 병사들은 행군길이 무료할라치면 스스로 지은 군가를 우렁차게 부르면서 어떻게든 서로의 사기를 돋우었다. 5만 대군의 성세는 실로 호탕하기 이를 데 없었다.

조혜는 비록 건아개부建牙開府의 장군이었으나 이처럼 대규모의 야전행군은 처음이었다. 이미 후사를 당부해 놓았다고는 하나 미지의 일전一戰에 대한 기대와 두려움은 반반씩일 수밖에 없었다. 그나마 다행인 것은 병사들의 노랫소리가 우렁차고 사기가 충천해 있다는 사실이었다. 그 모습을 보니 마음속의 초조함과 우려가 사라지는 것도 같았다. 대신 죽을 각오로 필승을 다지는 호기가 두려움이 자리했던 곳을 메우기 시작했다.

이런 행군 방법은 비록 느리기는 하나 위험하지는 않은 장점이 있었다. 그럼에도 조혜의 아들 조장군兆章群은 1000명 기병을 거느리고 척후병 겸 선두부대로 앞서가면서 몇 번 곽집점의 기병들과 맞닥뜨리고는 했다. 그러나 매번 서로 살짝 건드리고 퇴각하는 정도였다. 실제로 쌍방은 이후에도 그저 멀리서 조총을 몇 발씩 쏘아대고는 서로 경계하면서 더 가까이 다가가지 않았다.

곽집점은 조혜의 전략이 못내 신경 쓰이는 모양이었다. 가끔씩 수만 기병을 거느리고 조장군의 뒤를 차단하려 나서고는 한 것은 바로 그 때문이었다. 그러나 우각牛角소리가 울리면 곧 철수하고는 했다. 이렇게 치고 빠지는 작전은 연 20일 동안 이어졌다.

조혜의 대군은 중간에 몇 번의 자그마한 충돌을 겪었을 때를 제외하고는 거의 사상자가 없었다. 드디어 무난하게 왜왜하 유역에 진입했다. 이제 조금만 더 가면 흑수하가 눈앞에 나타날 터였다. 금계보와도 300리밖에 떨어져 있지 않았다.

조혜는 이곳에 이르러서야 비로소 '흑수하에 물이 부족할 것'이라던 호부귀의 말이 결코 기우가 아니라는 사실을 알 수 있었다. 흑수하는 서에서 동으로 흐르다가 북쪽의 사막으로 방향을 틀고 있었다. 반면 서쪽에서 흘러오는 왜왜하는 흑수하와 사구砂丘 하나를 사이에 두고 남으로 흘러가고 있었다. 둘 다 설산雪山에서 내려온 설수雪水였으나 수백 리를 나란히 흐르면서도 합류하는 곳은 단 한 곳도 없었다.

남쪽 일대는 전부 사구砂丘였다. '귀부신공'鬼斧神工(귀신이 도끼로 베고 신선이 다듬은 것처럼 정교함)이나 '천기백괴'千奇百怪라는 단어로 표현할 수 있을 만큼 분위기가 신비하면서도 섬뜩한 느낌이 들었다. 중간에는 구거溝渠(골짜기와 도랑)가 종횡으로 펼쳐져 있었다. 또 천교天橋(육교)를 통해서는 동굴과도 연결돼 있었다.

왜왜하는 마치 샘물처럼 가늘게 졸졸 흐르고 있었다. 그것마저 구간구간 흐름이 막힌 곳이 많았다. 그에 비해 흑수하는 폭이 넓고 흐르는 양도 많았다. 그러나 힘차게 서북쪽으로 흘러가는 것은 물이 아닌 시커멓고 끈적끈적한 석유石油였다. 마시기는커녕 냄새를 맡는 것조차 역겨워서 견딜 수 없을 정도였다.

또 하루를 행군하자 왜왜하의 흐름이 끊어졌다. 하도河道마저 모래에 매몰되고 없었다. 흑수하도 간신히 끊어졌다 이어지면서 크고 작은 '유전'油田을 만들어내고 있었다. 하늘을 나는 짐승들은 갈수록 적어지고 땅 위의 경물景物은 한층 더 처량하고 쓸쓸해 보였다.

조혜는 흑수하 언덕에 말을 세운 다음 북쪽을 멀리 바라봤다. 일망무제한 사막이 하늘 끝까지 이어져 있었다. 남쪽으로는 높은 사구와 낮은 언덕들이 징그러울 정도로 기복을 이루고 있었다. 광풍이 불어 닥칠 때마다 집채 같은 모래 사이로 백수百獸들이 뿔뿔이 뛰어다녔다. 그는 순간 과연 이런 곳에서 사람이 살 수 있을까 하는 공포심이 엄습해오는 것을 떨치지 못했다. 그랬다. 그곳에는 풀도 없고 물도 없었다. 조혜의 계획대로라면 이 망망한 사막에 진을 쳐야 했다.

부대는 재빨리 주둔 준비를 시작했다. 날은 이미 어둑어둑해지고 있었다. 다행히 그리 멀지 않은 곳에 오아시스가 있었다. 지세가 낮은 곳에 자그마한 녹지가 있고, 그 중간에 20 무畝 가량 되는 못이 있었던 것이다. 오랜만에 물을 본 병사들은 모두 환호성을 지르면서 뛰어들려고 했다. 그러자 조혜가 즉각 몇 가지 군령을 내렸다.

"첫째, 수원水源을 아끼고 보호해야 한다. 또 사람과 말의 음용수飮用水는 가죽 주머니에 담아 병영으로 가지고 가야 한다. 마지막으로 물속에 들어가서 목욕하는 자는 즉시 목을 칠 것이다. 연못 근처에서 '볼 일'을 보는 자 역시 가차 없이 군곤軍棍 팔십 대를 안긴다!"

5만 대군은 사전 계획에 따라 빠르게 움직였다. 그렇게 해서 어느새 그 많은 병사들은 모두 망망한 사막의 한복판에 수많은 군막을 치고 주둔하기 시작했다. 조혜는 친병 두 명을 거느리고 말을 타고 군막들을 한 바퀴 시찰했다. 군심을 안정시키고 지모地貌(땅 표면이 생긴 모양)와 지형地形도 유심히 살폈다. 그가 일단 한고비를 넘겼다는 안도감과 함께 중군 병영으로 돌아왔을 때 날은 이미 완전히 어두워져 있었다.

조혜가 지친 몸을 의자에 맡기고 한숨을 돌리기도 전에 호부귀가 요화청, 마광조와 함께 들어섰다. 호부귀는 병사들이 촛불을 붙이려고 하자 버럭 고함을 질러댔다.

"이런 돌대가리들 같으니라고! 널린 게 석유 찌꺼기인데 조금 퍼서 등불을 만들어 달면 촛불에 비하겠냐? 밥 지을 때도 석유 찌꺼기를 쓰라고 해."

조혜가 호부귀 등이 자리에 앉기도 전에 물었다.

"저쪽 아래에서는 다들 뭘 하고 있던가?"

요화청이 모래가 입안에 들어간 듯 퉤퉤 침을 뱉으면서 대답했다.

"저마다 녹초가 돼 쓰러져 있죠, 뭐. 산전수전 다 겪은 저도 이런 곳은 처음 보는데 병사들이야 더 말해 뭘 하겠습니까."

그러자 마광조가 나섰다.

"녹초가 된 게 아니라 겁에 질렸을 거예요. 어찌된 게 강에 물은 없고 석유가 흐를 수 있다는 말입니까! 사람이 살 만한 곳이 아니고 꼭 마귀魔鬼의 성城 같네요."

"나도 한 바퀴 돌아봤는데 올 때와는 달리 병사들의 사기가 별로였어!"

조혜가 덧붙였다.

"좀 기다려 보자고. 조장군이 돌아오면 상황을 봐서 다른 데로 옮기든가 하지. 인근 어디에도 수초水草가 없기는 마찬가지라면 여기 있을 수밖에 없지. 아까도 군령을 내렸듯 저 못은 우리에게 생명줄이나 마찬가지야. 절대 더럽혀져서는 아니 되겠어. 가서 병사들에게 전하게. 물이 있고 식량이 충분하고 칼과 총이 있는데 두려울 게 뭐가 있냐고 말이야. 병사들은 사기를 빼면 시체나 마찬가지이거늘 어떻게 사기를 진작시킬 수 있는 방법이 없을까?"

조혜가 이어 세 장군을 바라보면서 말을 이었다.

"각 병영에서 몇 사람씩 대표로 나가 수렵을 하라고 해. 병사들에게 맛있는 고기라도 한 끼 먹여야겠어. 그리고 입담이 걸쭉한 이들을 뽑아 얘기 대회를 열라고. 연극을 할 줄 아는 이들은 승전을 염원하고 사기를 북돋울 수 있는 연극을 준비하라고 시켜. 이 밖에 모래바닥에서 씨름시합을 한다든가 군가를 부른다든가 하라고. 아무튼 저리 맥을 놓고 있게 해서는 안 돼. 노래를 부르면 액기厄氣를 쫓는다는 말이 있으니 목청껏 노래하고 힘껏 뛰어 놀라고 해."

마광조 등 세 장군은 미소를 머금고 고개를 끄덕이면서 공감을 표했다. 신바람이 난 조혜가 손까지 흔들면서 덧붙였다.

"아무튼 경계를 강화하면서 실컷 먹고 마시고 뛰놀게 하라고. 내기를 안 하면 재미가 없으니 군비軍費에서 몇 만 냥을 지출해 분위기를 띄우는 자들에게는 상을 내리도록 하는 게 좋겠어. 더 좋은 방법이 있으면 여러분도 말해보라고. 어려울 때일수록 돈을 아까워 해서는 안 돼. 잘 먹은 소가 똥도 잘 눈다고, 후하게 상을 내리자고."

세 장군은 다년간 조혜의 휘하에 있었으나 그가 그처럼 적극적으로 나서는 모습은 처음 보는 터였다. 당연히 다소 믿어지지 않는다는 눈치를 보였다. 마광조가 말했다.

"나는 대장군께서 무조건 엄명으로 밀어붙일 줄 알았는데, 오늘 보니 부하들을 다루는 재량이 이만저만 아니신 것 같습니다. 실로 괄목할 만했습니다."

요화청도 맞장구를 쳤다.

"구구절절 지당하신 말씀입니다! 병사들은 사기만 오르면 세상에 무서울 게 없는 법입니다. 곧 각 병영의 대장들을 불러 지시하겠습니다."

"양도糧道가 멀어 지구전을 벌일 만한 곳은 못 되는 것 같아."

조혜가 그렇게 말하면서 고개를 들 때였다. 아들 조장군이 다리를 무겁게 끌면서 들어섰다. 순간 미소를 짓고 있던 조혜의 얼굴이 굳어졌다. 대뜸 큰 소리로 아들을 엄하게 꾸짖었다.

"꼬락서니가 그게 뭐냐? 적들에게 된통 얻어맞기라도 한 거야? 아비가 멀쩡히 살아 있는데 어찌 그리 울상인 거냐? 정신 차리지 못해? 앞에도 수초더미가 없더냐?"

조혜는 훈책 중에 누군가가 끼어드는 걸 용서치 않는 사람이었다. 그러나 이 순간만큼은 좌중의 모두는 조혜가 지나쳤다는 생각을 했다. 이제 막 "사기를 진작하라!"는 명령을 내린 마당에 조장군의 초췌하고 기진맥진한 모습을 보면서 저런 꾸지람이 나올까 하는 생각들이었다. 마광조가 결국 조심스럽게 입을 열었다.

"대장군께서 상벌이 분명하신 줄은 잘 압니다. 그러나 조장군은 쉬지 않고 앞뒤로 뛰어다니면서 적들의 동태를 탐색하느라 우리보다 열 배는 더 힘들었을 텐데 어찌 그리 심한 말씀을 하시는 겁니까? 이리 오시게, 소장군少將軍, 땀을 식히고 물이라도 한잔 마시고 나서 천천히 얘기하자고."

마광조가 말을 마치고는 냉차와 수건을 조장군에게 건넸다. 조장군은 겁먹은 눈빛으로 아버지 조혜를 힐끔 쳐다봤다. 결국 감히 수건은 받지 못하고 찻물은 받아 단숨에 마셔버렸다. 그러고는 소매로 이마를 쓱 문질러 닦으면서 말했다.

"돌아오는 길에 한판 붙었습니다. 헌데 말들이 갈증을 못 참아 뛰려고 하지 않는 바람에 군마 열 몇 필을 잃고 사상자도 좀 생겼습니다. 대신 길은 좀 탐색해 냈습니다. 여기에서 북으로 삼십 리만 더 가면 사막을 벗어날 수 있습니다. 그러나 자그마한 물웅덩이가 몇 개 있을 뿐 수초가 없기는 마찬가지입니다. 병사들을 주둔시킬 만한 곳은 따로 없었습니다."

조장군이 안주머니에서 지도를 꺼내 두 손으로 받쳐 올리면서 덧붙였다.

"이 지도는 전혀 도움이 안 됐습니다. 정확도가 너무 떨어졌습니다. 지도에 명시된 성城도 보이지 않고 모래에 묻혀 길도 없어져버렸습니다. 왜왜하 상류의 하도河道도…… 찾을 수 없었습니다."

조장군의 말에 조혜의 미간이 점점 찌푸려졌다. 길이 모래에 매몰된 건 이해가 갔지만 하도 자체를 찾을 수 없을 뿐 아니라 '객성'客城이라고 표시돼 있는 성이 종적을 감췄다는 사실이 불가사의하게 느껴졌던 것이다. 그 사이 하도가 변경된 것일까, 아니면 처음부터 길을 잘못 들어선 것일까? 조혜는 도무지 종잡을 수가 없었다. 그가 지도를 다시 펴놓고 손가락으로 이곳저곳을 짚어가면서 고민하더니 입을 열었다.

"북쪽 삼십 리 지점에 물웅덩이가 있다고 했는데, 가봤느냐?"

조장군이 대답했다.

"예, 가봤습니다. 물이 적고 풀도 무성하지 않았습니다. 여기보다는 사정이 조금 나은 것 같기는 했습니다. 그곳에 곽집점의 병사들이 주둔해 있었는데, 그리 많지는 않았습니다. 우리가 나타나자 사면팔방에서 포위해 왔습니다. 천 필의 말이 사막에서 사백 리를 달리고 나니 기진맥진해 움직여 주지 않기에 감히 단병접전短兵接戰은 벌이지 못하고 철수했습니다."

"알았다, 가서 쉬거라."

조혜가 한결 온화해진 눈빛으로 아들을 보면서 한마디 더 했다.

"중군 화식간伙食間에 음식이 있을 터이니 알아서 찾아 먹거라."

조혜는 군막을 나서는 아들의 뒷모습을 일별하고는 천천히 고개를 돌렸다.

"보아하니 수렵은 안 되겠군. 왜왜하 일대에서 잡히는 걸 아무거나 끓여먹어야겠어. 아무리 생각해봐도 우리가 잘못 찾아온 건 아니야. 지도의 정확도가 떨어져서 그렇지. 보아하니 곽집점은 우리에 대해 손금 보듯 잘 알고 있는 것 같군. 우리가 흑수하로 들어설 때까지 가만 놔뒀다가 사막에 갇혀 꼼짝달싹 못하게 만들겠다 이거야. 그렇게 해서 겨울에 대설大雪로 인해 우리의 양도가 차단되면 그때 자기네 병사들을 피둥피둥 살찌워 내보내겠다는 심산인 것 같아. 여기 이 못도 그자들이 우리를 유인하기 위해 만들어 놓은 거야. 곽집점 그놈도 예사내기가 아닌 거지!"

조혜의 말에 따르면 얘기는 분명했다. 곽집점의 '옹골찬' 야심은 5만 대군과 3만 치중輜重(지원을 위해 따르는 수레) 군사들까지 총 8만 명을 사지死地에 가둬놓은 다음 겨울이 오면 기아와 갈증을 겪게 해 몰살시키겠다는 것이었다. 좌중의 장군들은 가슴이 철렁 내려앉았다. 그들은 죽을 자리를 찾아 들어온 셈이었다. 마광조가 먼저 입을 열었다.

"여기 사막 한복판에 눌러앉아 죽음을 기다릴 수는 없습니다. 어떻게든 수초가 풍부한 초원으로 나가야 합니다. 한 달 동안 먹을 군량미가 도착하면 우리는 금계보를 칩시다. 조혜 군문, 군문께서 오천 정예병을 거느리고 정면에 나선다는 전략은 재고하시는 게 좋겠습니다. 유사시 제도와 해란찰 두 군문께 증원을 요청하더라도 여기까지 호응해 오기 힘듭니다."

요화청도 한마디 하지 않을 수 없다는 듯 나섰다.

"제 생각에는 아무래도 속전속결이 나을 것 같습니다. 열흘 동안 버틸 식량은 있으니 일단 적들의 판단에 혼선을 주기 위해서라도 잠자코 있도록 합시다. 그러다가 군량미가 도착하면 전면 공격을 개시하는 게 좋겠습니다!"

호부귀가 말을 받았다.

"곽집점이 겁먹고 도망가는 수도 있겠지만 그렇지 않을 수도 있습니다. 한편으로 우리 주력군과 응수하면서 다른 한편으로 동쪽으로 쳐들어오는 날에는 해란찰 군문의 증원병이 접근할 수 없을 것입니다. 그렇게 되면 우리는 한가마에 쪄죽을 위험이 있습니다."

"호부귀의 말이 맞네. 앞뒤 재지 않고 무작정 저지르고 볼 때가 따로 있지, 지금은 아니네."

깊은 사색에 잠겨 있던 조혜가 결심을 굳힌 듯 손으로 찻잔을 덮으면서 결연한 어조로 말했다. 이어 자신의 생각을 다시 덧붙였다.

"아무튼 여기 틀어박혀 겨울을 날 수는 없네. 원래 전략을 조금 변경해야겠네. 조장군의 일천 기병대는 내일 또다시 출병하되 더 이상 길을 탐색하지 말고 서북으로 직진한 다음 금계보를 위협하는 거야. 나는 오천 기병을 거느리고 십 리쯤 떨어져 뒤따라가겠어. 호부귀는 또 십 리 뒤에서 나를 따라붙는 거야. 여기에는 험관애구險關隘口가 없어 십 리 길은 한 시간이면 따라붙을 수 있어. 유사시 호응하는 것도 순간일 테지. 대군 병영에 남는 사람들은 양도만 철저히 지키면 되니 화총火銃 천 자루면 충분할 거야. 러시아에서 곽집점에게 보내준 화총 천 자루는 이미 제도 군문에 의해 압류당했다고 해. 그자들은 비록 기병 숫자가 많다지만 화기火器는 이백 개 남짓밖에 안 돼. 그러니 설령 교전해 금계보를 공략하는 데 실패하더라도 수초가 보장된 거점은 확보할 수 있을 거야!"

그러자 호부귀가 걱정 어린 어조로 의견을 밝혔다.

"그렇기는 합니다만 해란찰 군문과 제도 군문께서는 우리의 계획에 변동이 생긴 줄을 모르고 계실 텐데 군보軍報를 전하기가 어려울 것 같습니다!"

조혜가 자리에서 일어났다. 이어 주먹을 쥐어 탁자 위에 짓이기듯 힘주어 뭉개면서 말했다.

"해란찰 군문은 용병술이 나를 훨씬 능가하는 군사 귀재이네. 우리가 변동사항을 군보로 알리지 않더라도 그는 짐작해낼 수 있을 거네. 매일 우리의 움직임을 예측하고 있을 터이니 변동 사항도 예측해낼 수 있는 일엽지추一葉知秋(척하면 삼천리라는 의미)의 지혜가 있는 사람이라고! 우리는 주공主攻이면서 남강南疆에 떨어져 있네. 거리상 매사에 머리 맞대고 상의할 수가 없어. 일단 우리의 계획대로 밀고 나가 우리의 힘으로 적들을 소탕하는 데 주력해야 해. 남의 도움은 부득이할 때만 받는 거네!"

조혜가 말을 마치고는 큰 소리로 아들을 불렀다.

"밥이나 먹지. 조장군, 어디 갔어? 이리 와 봐!"

이튿날 축시丑時 일각에 조장군의 1000명 기병은 마치 동굴을 빠져나오는 흑사黑蛇처럼 흑수하 대영을 빠져 나왔다. 그러고는 30리 고비사막을 행군한 다음 초원으로 들어갈 예정이었다. 그 때문에 말도 전부 팔팔한 놈들로 바꿨다. 또 말의 목에 매달았던 마령馬鈴도 떼어 냈다. 기척을 내지 않고 조용히 사막의 행군 길에 오르기 위해서였다.

아직 날이 채 밝지 않아 그런지 짙은 어둠이 깔려 있었다. 한 시간 뒤 조혜의 5000 인마 역시 뒤따라 출동했다. 조혜의 병력은 층층이 계단식으로 30리 사막 길에 늘어섰다. 그러자 앞쪽은 날카로운 비수, 뒤에 따르는 대오는 마치 여왕벌을 따라 나선 꿀벌들 같았다. 그렇게 여러 갈래의 대오가 호호탕탕한 기세로 북쪽을 향해 돌진했다.

그로부터 첫 나흘은 이상하리만치 무사태평했다. 곽집점은 조혜의 대담한 돌발행동에 당황한 듯 100명에서 200명에 이르는 소규모 기병대를 파견해 앞뒤 양쪽에서 잠깐씩 건드려보고 물러가고는 했다. 하루에 몇 번씩 그렇게 가려운 데를 긁어주고 가는 곽집점의 무리들을 보면서 조혜는 한 치도 경계심을 늦추지 않았다.

조장군의 병사들은 1인당 30근씩, 조혜의 5000 병사는 20근씩의 군량미를 챙긴 상태였다. 그러나 선두부대는 가끔 사냥을 할 수 있었기에 고기가 있을 때는 식량을 한 톨도 건드리지 못하게 했다. 출발 엿새째 되는 날이었다. 그들은 이미 적들의 후방 200리쯤 되는 곳까지 다가갔다.

정오 무렵 대군은 늑늑하勒勒河 근처에 이르렀다. 도착하자마자 모두의 눈이 번쩍 뜨였다. 윤기가 자르르 흐르는 풀들이 무릎을 넘었을 뿐 아니라 키 작은 나무들 역시 사방에 숲을 이루고 있었던 것이다. 강폭은 10장丈도 더 되는 것 같았다. 또 맥랑麥浪을 방불케 하는 초원이 아득하게 펼쳐져 있었다. 군사가 주둔하기에는 더없이 적합한 곳이었다. 조혜는 신대륙이라도 발견한 듯 크게 기뻐했다. 즉각 강의 남쪽에서 취사를 하고 포식한 다음 이 곳에 주둔할 것을 명령했다. 여기에 터를 잡으면 흑수하의 대영을 조금씩 옮겨와 금계보를 공격하는 데 한결 여유가 생길 터였다.

그러나 미처 솥 안의 쌀이 채 익기도 전에 멀리서 10여 명의 기병들이 회오리처럼 파죽지세로 달려오고 있었다. 조혜의 앞에 도착해 말에서 내린 사람은 다름 아닌 조장군이었다. 휘하 병사들은 모두 땀범벅이 돼 있었다. 조장군은 미처 격식을 갖출 새도 없다는 듯 헐레벌떡 채찍으로 서쪽을 가리키며 소리쳤다.

"아버님, 아버님! 적들이 까맣게 올라오고 있습니다!"

"뭐야? 똑바로 말하지 못해?"

조혜가 큰 소리로 질책했다. 그 역시 이런 경우를 예측하지 않은 건 아니었으나 막상 닥치고 보니 당황스러웠던 것이다. 그가 다시 다그쳐 물었다.

"얼마나 될 것 같아? 어느 쪽이야"

"모두 기병들인 것 같습니다. 서쪽으로 일만 명 정도, 북으로 약 일만 오천 명 가량이 돌진해오고 있습니다!"

"모두 기병이라고?"

"예, 그렇습니다. 여기서 오 리 밖까지 쳐들어왔습니다!"

"너의 기병들은 어디 있느냐?"

"오백 자루의 화총으로 맞불질을 하면서 후퇴하고 있습니다!"

중군 병사들은 적들이 쳐들어오고 있다는 긴박한 소식을 접하자 모두 수중의 물그릇을 내던지고는 투구와 허리띠를 착용했다. 분위기는 순식간에 살벌하게 변하고 말았다.

드디어 멀리서 총성이 들려오기 시작했다. 아직 실전을 경험하지 못한 신병들은 저마다 긴장한 듯 얼굴이 상기되었다. 조혜는 말 위에 올라 망원경을 들고 앞쪽을 살펴봤다. 과연 서쪽과 북쪽 양측으로 수만 기병이 까맣게 몰려오고 있었다. 햇살에 도광검영刀光劍影이

번뜩이고 있었다. 동시에 "살殺! 살殺! 살殺!"을 외치는 함성이 하늘을 뒤흔들면서 들려오고 있었다.

"지금은 병력을 소모할 때가 아니다."

조혜가 딱딱하게 굳어진 표정으로 단호하게 말했다. 이어 준엄한 어조로 아들에게 명령을 내렸다.

"너의 기병들을 전부 철수시켜 나하고 합쳐야 한다. 모든 화총수火銃手와 궁수弓手들에게는 밖에서 호위하라고 이르거라. 적들이 가까이 오면 일제히 화총과 화살을 발사해 더 이상의 접근을 막아야 한다. 너는 일단 너의 군사들을 철수시키거라. 더운물에 마른 쇠고기 한 조각씩이라도 먹이고 내 장령將令을 대기하거라."

"예!"

조장군은 대답과 함께 쏜살같이 말을 달려 사라졌다. 조혜가 그 자리에서 미동도 하지 않은 채 곧바로 명령을 내렸다.

"호부귀에게 명령을 전하라. 그의 임무는 흑수하 군영에서 군량미를 지키는 일이다. 이쪽의 전황이 어떠하든 장령將令 없이는 그곳을 한 발자국도 떠나서는 아니 된다고 하거라! 마광조와 요화청에게도 일러라. 즉각 출동해 여기에서 이십 리 떨어진 곳으로 와서 대령하라고 하거라. 나에게는 화총이 많으니 저자들이 감히 범접하지 못하고 그쪽으로 방향을 틀지도 모른다. 밤중에 특히 경계를 강화하도록 하라! 마, 요 두 군문에게 이틀만 버티라고 하거라. 적들은 군량미가 떨어지면 알아서 퇴각할 것이다. 그리고 두 군문은 일각一刻에 한 번씩 사람을 파견해 나에게 군정을 보고하라고 전하라. 수시로 보고하지 않고 만에 하나 차질이 빚어지는 날에는 나를 무정하다고 탓하지 말라고 하거라! 알겠느냐?"

"예! 알겠습니다."

"그럼 어디 복술해 봐!"

조혜의 명령을 받은 병사는 즉각 한 글자도 틀림없이 그대로 읊었다.

"됐어, 가봐."

"예!"

서쪽 병영 근처에서는 이미 화총 소리가 콩 볶듯 들려오고 있었다. 전방으로 화살과 탄약을 공급하는 병사들의 움직임도 더불어 빨라졌다.

"짓던 밥을 설익지 않게 마저 지어서 조장군의 병사들에게 공급하라"

조혜는 취사병들에게 명령을 내리고는 덧붙였다.

"순영巡營을 갈 것이니 다섯 명이 따라 나서라!"

조혜는 마치 아무 일도 없는 것처럼 영방營房들을 돌기 시작했다. 가끔 말에서 내려 "솥이 비뚤어졌잖아! 그러다 밥물이 쏟아져 사람이 다치면 어떡해!"라면서 가볍게 질책하는 척하며 새내기 병사들의 어깨를 두드려주면서 격려하고 사기를 북돋아주는 것을 잊지 않았다. 중간중간 옛 부하들을 만나면 주먹부터 안기고 반가워하면서 웃고 떠들기도 했다……. 그렇게 한 바퀴 돌고 나니 과연 효과가 있었다. 병영 밖에서는 여전히 총소리가 콩 볶듯 하고 "죽여라!"라는 소리가 충천했으나 군심은 몰라보게 차분해진 것 같았다.

전쟁터에 나선 군사들은 대체로 죽음을 두려워하지 않는다. 거기에 든든한 장군까지 곁에서 함께 해주니 새내기들도 공포심 따위는 잊게 되었다. 아무려나 병영마다 저녁밥 짓는 연기가 모락모락 피어오르고 있을 때였다. 곽집점의 무리들이 철수를 시작한 듯 총소리가 점점 멀어져가기 시작했다.

연 이틀 동안 똑같은 상황이 벌어졌다. 낮에는 쌍방이 수천 명씩 소부대를 끌고 나와 가벼운 접전을 벌이다가도 밤만 되면 약속이나 한 듯 철수하고는 하는 일이 반복됐다. 조혜는 간간이 멀리서 들려오는 총성을 확인하면서 그런대로 평온한 밤을 보낼 수 있었다.

사흘째 되는 날이었다. 조혜는 뭔가 이상한 느낌이 들어 요화청에게 즉각 마광조의 대영으로 오라는 명령을 내렸다. 아들 조장군에게 적들의 움직임에 적당히 응수하라고 명령한 뒤에는 본인도 100여 명의 기병들을 거느리고 20리 밖에 떨어져 있는 마광조의 병영으로 향했다.

군정이 워낙 급박한 때라 세 사람은 농담 한마디 없이 즉시 형세 분석에 몰입했다. 마광조가 먼저 입을 열었다.

"제가 이미 나름 조사해봤습니다. 저자들의 정면 공격 병력은 이만 명에 불과합니다. 감히 우리에게 대거 공격을 하지 못하고 저리 늙은 쥐가 고양이 골려주듯 입질만 해대는 걸 보면 금계보에서 군량미가 도착하기만을 기다리는 것 같습니다. 저자들은 지금 군량미가 없습니다. 게다가 우리보다 화기火器도 약하니 주저할 수밖에 없겠죠."

요화청 역시 자신감 넘치는 어조로 말했다.

"꼭 마치 두 장님이 세 갈래 길에서 싸우고 있는 것 같습니다. 어둠 속에서 더듬어가면서 방어하랴, 때려주랴……, 웃기는 형국이 돼버리고 말았습니다. 적들의 양도는 백리 밖에 있으나 우리는 천오백 리 밖에 있습니다. 계속 이런 식으로 대치하다가는 우리가 불리합니다. 제 생각에는 아예 흑수하 대영에 있는 호부귀와 대부대를 전부 불러 먼저 적들의 선두부대 이만 명부터 해치웠으면 좋겠습니다."

그러자 마광조가 고개를 저었다.

"곽집점이 오만 기병을 거느리고 있다면 나머지는 어디로 갔을까요? 혹시……, 혹시 아마하 상류로 움직여 왜왜하에서 우리의 양도를 차단시킨 연후 우리와 전면대결을 벌이자는 수작은 아닐까요?"

조혜는 잠자코 두 장군의 말에 귀를 기울였다. 그 역시 곽집점이 아마하로 움직였을 가능성을 생각해 보지 않은 건 아니었다. 그러나 식량, 풀과 수낭水囊(물주머니)이 충분하지 않은 상태에서 700리 사막 길을 간다는 건 아무리 우악스러운 적들이라 해도 불가능한 일이었다. 다른 한 가지 가능성이 있기는 했다. 바로 적들이 동북쪽에서 남으로 움직여 중간에서 삼로 대군과 흑수하 대영 간의 연결고리를 차단시키는 것이었다. 즉 조혜 부대에 대한 증원을 원천 봉쇄시키는 방법이었다. 조혜는 짧은 시간에 수많은 가능성을 떠올렸다. 그리고 천천히 입을 열었다.

"지금 가장 시급한 건 창길에 있는 해란찰 군문과 연락을 취하는 거야. 이어 군정을 통보해 그에게 능늑하에서 금계보로 쳐들어가는 척 시늉을 하게 하는 거지. 그쪽은 길이 워낙 험난해 곽집점이 쫓아갈 수 없어. 그렇다고 우리를 포기할 수도 없고. 그러니 양측에 다 신경을 쓰다보면 우리를 대거 공격할 여력이 없어질 거라는 말이지."

조혜가 말을 마치고는 의견을 구하는 눈빛으로 마광조를 바라봤다. 마광조가 즉각 나섰다.

"이 일은 제가 처리하겠습니다. 정예병들 중에서 삼백 명을 엄선해 백 명씩 세 조로 나누겠습니다. 이어 회부回部 병사들로 가장해 밤을 타 서북으로 움직이겠습니다. 이는 목숨을 내건 한판승부이니 만큼 후한 상이 없이는 나서겠다는 사람이 없을 것입니다."

조혜가 화답했다.

"일인당 이천 냥씩 상으로 내리고 군정을 해란찰에게 통보하는 즉시 은자를 내주기로 하지. 그리고 더 이상 참전할 필요 없이 그 길로 고향으로 돌아가도 좋다고 하라고. 관직에 미련을 두고 있는 자들이라면 세 등급을 올려 준다고 하게."

요화청이 조혜의 통 큰 제안에 웃으면서 말했다.

"군보軍報 하나 전하는데 은자 육십 만 냥이라……, 나 혼자 갈까?"

마광조가 농담인 줄 알면서도 정색을 했다.

"삼백 명이 떠나도 그중 열 명 정도가 살아서 해란찰 군문에게 도착하면 다행인 줄 아시게."

조혜 등 세 장군은 전사戰事가 대단히 흉흉하다는 사실을 계속 논의했다. 그러고는 잠시 입을 닫았다. 한참 침묵한 끝에 조혜가 말했다.

"나머지 적들은 어디로 갔을까? 초원에는 길이 없지만 대신 도처에 길을 만들 수 있지. 적들이 동쪽으로 쳐들어와 우리와 흑수하 대영의 연계를 차단시키고 다시 돌아가 대영을 칠 가능성도 배제할 수 없어. 경계를 강화해야겠어. 오늘밤……."

조혜가 갑자기 목소리를 낮췄다.

"저녁을 한 시간 앞당겨 먹고 황혼 무렵 내가 육천 기병을 거느리고 그의 대본영을 기습할 거야. 그리 되면 숨어 있던 적들이 나오지 않으려야 않을 수 없겠지."

마광조와 요화청 두 장군은 조혜의 놀라울 정도로 담대한 계획에 흠칫 놀라면서 어리둥절한 표정을 지었다. 마광조가 말했다.

"기습작전은 보통 다들 잠든 늦은 밤이나 새벽에 이뤄집니다. 황혼 때면 모두 잠들기 전인데 육천 병력으로 어찌 몇 만 명을 당해낼 수 있겠습니까? 설령 대장군의 작전대로 추진한다고 해도 대장군께서는 주장主將이시니 그건 아니 됩니다. 제가 가겠습니다."

요화청도 나섰다.

"팔뚝 힘은 제가 더 나을 테니 저를 보내주십시오!"

"이틀 밤을 지켜봤어. 밤중에는 적들도 철통수비야."

조혜가 다시 말을 이었다.

"마 군문이나 요 장군이 여기서 출발한다면 사십 리 길이야. 그사이에 적들은 벌써 눈치채고 만반의 태세를 갖출 거라는 말이야. 그러니 좀 더 가까운 내가 나서는 수밖에. 황혼 무렵이면 경계가 상대적으로 느슨해질 테니 그때 허를 찌른다 이 말이야. 밥 먹을 시간에 기습작전을 펴면 마치 왕벌의 둥지를 쑤셔버린 것처럼 깊숙이 숨어 있던 적들까지 다 뛰쳐나올 거 아닌가."

마광조가 오랫동안 군막 밖에 시선을 두면서 깊은 생각에 빠졌다. 한참 후 그가 입을 열었다.

"제 생각에는 우리가 흑수하에서 신속히 출병해 기습을 하더라도 적어도 곽집점의 주력이 어디에 있다는 것쯤은 알아낼 수 있다고 봅니다. 대장군께서 제시한 전략은 바람직하기는 하나 너무 위험합니다. 벌의 둥지를 건드리면 벌떼들이 사납게 달려들어 사람을 물어버릴 게 아닙니까? 우리는 흑수하 대영에서 이백 리나 떨어져 있는 외로운 부대입니다. 선두부대이면서도 주력이니 만에 하나 대장군께서 포위를 당하거나 추격당하면 어찌 도움을 줄 수 있겠습니까? 대장군께서 어느 방향으로 포위망을 뚫을지 어찌 알고 나서겠느냐, 이 말입니다!"

그러자 조혜가 말했다.

"지금 우리가 철수하면 적들에게 가슴을 열어 보이는 것과 다름이 없네. 그리 되면 우리는 흑수하 대영으로 철수하는 내내 얻어맞을 수밖에 없네. 이럴 때는 용감하게 치고 나가는 게 낫네. 내가 먼저 가서 적들의 주력이 어디에 있는지 잘 파악할 것이네. 그자들이 전부 이쪽으로 몰려들면 그사이 두 군문은 흑수하 대영의 대부대를 동원해 쳐들어가도록 하게. 나는 제자리로 철수하는 게 여의치 않으면 내 친김에 남쪽으로 포위망을 뚫고 나가 적들의 대본영으로 쳐들어 갈 거야. 적들이 우리를 추격할 때 두 군문은 그 허리를 치라는 말이야. '좁은 길에서 만나면 용감한 자가 이긴다'狹路相逢勇者勝고 했어. 이 기회를 놓쳐서는 안 돼."

마광조와 요화청은 아무리 생각해봐도 달리 좋은 계책이 없는 듯했다. 결국 조혜의 제안을 수긍하고 말았다.

"지금 군령軍令을 선포하네."

조혜가 벌떡 일어나 두 손으로 책상 모퉁이를 짚었다. 결연한 의지가 돋보였다. 이어 형형한 눈빛으로 마광조와 요화청을 바라보면서 말을 이었다.

"오후 유시酉時 정각에 나는 육천 기병을 인솔해 적진으로 돌격할 거야. 지금부터 마광조 군문이 대영의 지휘를 맡아줘. 그런 다음 모든 방법을 다 동원해 나하고 수시로 연락을 취해야겠어. 만에 하나 마 군문이 잘못되기라도 하면 지휘봉은 요 군문, 호부귀 순서대로 받도록 해. 정세가 아무리 급박하게 돌아가도 흑수하의 대영은 절대 움직여서는 아니 되겠어. 꼭 움직일 수밖에 없는 상황이 된다고 해도 자네 세 사람의 뜻이 일치할 때만 움직이도록 하게. 해란찰 군문의 지원병은 길어야 열흘 안에 도착할 거야. 만에 하나 보름이 지나도 소식이 없으면 세 군문은 내 장령將令에 따라 움직이시게! 알아들었는가?"

"예! 그리하겠습니다!"

그날 저녁 유시酉時가 되자 불덩이처럼 뜨겁던 태양은 서서히 설산 너머로 굴러 내려가기 시작했다. 거대한 초원은 낙하落霞에 물들어 신비스러운 장관을 연출했다. 느릿느릿 흘러가는 능능하도 피로 물든 것처럼 붉은 색을 보이고 있었다. 곽집점의 병영에서는 취사가 한창인 듯 연기가 군데군데 무더기로 피어오르고 있었다.

그때 조혜의 대영에서 갑자기 세 발의 대포소리가 터져 나왔다. 마치 화약고가 폭발하는 것 같은 굉음에 지친 날개를 퍼덕거리면서 둥지로 돌아가던 새들도 경황없이 허둥댔다. 종일 병영을 순찰하고 다발적인 접전으로 지쳐 있던 곽집점의 병사들은 이제 막 병영으로 돌아와 밥 먹을 준비를 하고 있던 차였다. 그들은 갑작스런 폭발음에 무슨 영문인지 몰라 정신을 차리지 못했다. 그런 상황에서 다시 하늘땅을 뒤흔드는 함성과 함께 6000명의 기병들이 조수潮水처럼 밀려들었다.

회족 대영은 삽시간에 아수라장이 되고 말았다. 그렇게 급박한 사태에 직면하자 대부분의 병사들은 본능적으로 활과 무기를 찾아들고 반격하기 시작했다. 또 머리를 감싸 쥔 채 '위대한 알라'를 외치면서 숨을 곳을 찾아 헤매는 병사들도 없지 않았다. 군관들의 고함소리와 욕설은 무기를 챙겨들고 갈팡질팡하는 무리들과 헤매는 병사들 속에서 때때로 심심치 않게 들려왔다. 그러나 어지러운 말발굽 소리 속에서 호각도 찾을 수 없는 듯 장수들은 병사들을 집결시키지 못하고 있었다…….

긴 총을 꼬나든 조장군은 선두에서 쳐들어갔다. 그가 지휘하는 1000명의 기병 역시 칼, 창, 활, 극戟(창끝이 두 가닥으로 갈라져 있는 창) 등 온갖 무기를 들고 살기등등한 기세로 조장군의 뒤를 따랐다. 하나같이 웃통을 벗어 던지고 집어삼킬 듯한 태세로 적군이 많은 곳만 골라 쫓아다니면서 치고받고 찌르고 베었다. 그야말로 인정사정이 없었다. 곽집점의 병영은 삽시간에 피바다로 변해버리고 말았다.

곧이어 500명의 궁수와 500명 화총수들의 엄호를 받으면서 양쪽에서 2500명씩이 중군 대영으로 돌격을 개시했다. 조혜는 적들이 우왕좌왕 한 덩어리가 되어 나뒹구는 모습을 보면서 말 위에서 힘껏 외쳤다.

"대세는 이미 기울었다, 좀 더 힘을 내라! 중군 대영으로 쳐들어가면 모두 군공軍功을 인정해줄 것이다!"

전혀 예기치 못한 급습을 당한 회족 병사들에게는 장군령도 통하지 않는 듯했다. 심지어 말들마저 사방으로 뿔뿔이 뛰쳐나가고 있었다. 그들로서는 꼼짝없이 당하는 수밖에 없었다.

푸른 초원은 곧 선혈로 물들었다. 온통 피바다라고 해도 좋았다. 하늘에서 '혈우'血雨가 쏟아진다한들 이럴까 싶었다. 조혜의 병사들은 사기충천해 적들의 목을 밀 베듯 베면서 화탁和卓 회족의 대본영으로 쳐들어갔다.

날은 이미 완전히 어두워졌다. 조혜의 급습이 시작되자 마광조는 전군에 비상대기 명령을 내렸다. 그러고는 병영의 등불을 전부 끄고 본인은 언덕에 올라 망원경으로 사태를 엄밀히 주시했다. 불꽃이 충천하고 사람들의 움직임이 난마처럼 어지러운 가운데 적들의 대영 남쪽에 병마들이 점점 모여드는 광경이 보였다. 살아남은 곽집점의 기병들이 하나둘씩 대영으로 철수해 명령을 대기하고 있는 것 같았다.

마광조는 그 기회를 틈타 서쪽으로 돌진해 조혜를 지원할 생각을 했다. 그런데 그때 갑자기 동쪽 병영에서 총성이 울렸다. 이어 위급함을 알리는 불화살 신호가 하늘로 날아올랐다. 마광조의 본영은 삽시간에 소란스러워졌다.

마광조는 황급히 언덕을 내려와 병사들에게 횃불을 붙이라고 명령을 내렸다. 그러고는 장검을 뽑아들고 휘저으면서 소리를 질렀다.

"적들이 우리의 뒤를 노리고 있다! 각 병영에서는 말을 타고 출동할 준비를 서두르라!"

마광조의 말이 채 끝나기도 전이었다. 정찰을 나갔던 병사가 돌아와서는 말에서 구르듯 뛰어내리면서 황급히 보고했다.

"마 군문, 적들이 이미 동영문東營門까지 쳐들어왔습니다!"

"기병이야, 보병이야? 얼마나 돼?"

"선두부대가 이천 명쯤 되고 뒤에 까맣게 따라붙고 있습니다. 정확한 숫자는 알 수 없고요. 모두 기병들인 것 같습니다."

"후영後營……, 후영에서는 무슨 움직임이 없어?"

"군문, 후영은 소인의 범위가 아니어서 잘 모르겠습니다."

정찰병이 거친 숨을 몰아쉬더니 손을 들어 가리켰다.

"저기 후영의 위청신魏淸臣, 위 대장이 오시네요!"

마광조가 보니 과연 위청신이었다. 그의 몰골도 말이 아니었다. 어깨에 화살이 꽂힌 채로 똑같이 피범벅이 된 300~400명의 군사들을 이끌고 비틀거리면서 달려오고 있었다.

"마 군문! 우리 후영으로 이천 명이 쳐들어 왔습니다! 모두 화총을 소지한 자들입니다. 요화청 군문의 대영에는 아무런 이상이 없는 것 같습니다. 증원을 청해야겠습니다!"

동쪽과 남쪽에서 함성소리가 천지를 진동시켰다. 명멸하는 횃불이 점점 가까이 다가오고 있었다. 그 불빛은 마광조의 쇠같이 굳어진 얼굴을 비췄다. 말뚝처럼 꼼짝 않고 서 있던 마광조가 한참 후 물었다.

"자네 병사들은 이 정도밖에 안 남았나?"

"군문……, 저희들은 화총이 열 자루밖에 없어서 꼼짝없이 당하고 말았습니다."

"그래서 혼자 살겠노라고 도망을 쳤어? 남로南路군을 순순히 적들에게 내주고?"

"마 군문!"

위청신이 비틀거리면서 두어 발자국 다가와 뭐라고 변명을 하려고 했다. 그러나 그 전에 마광조가 먼저 홱 돌아섰다. 동시에 시퍼런 장검이 위청신의 가슴팍에 깊숙이 들어가 박혔다. 이를 악문 마광조의 표정은 험상궂기 이를 데 없었다.

마광조가 힘껏 칼을 뽑아내자 위청신의 가슴에서 뜨거운 피가 콸콸 쏟아져 나왔다. 마광조가 눈을 부라리면서 소리를 높였다.

"이것이 바로 도망병의 말로이다!"

위청신은 "쿵!" 하고 통나무 쓰러지듯 넘어갔다. 따라왔던 병사들은 모두 사색이 된 채 연신 뒷걸음질을 쳤다. 마광조가 고개를 돌려 정찰병에게 물었다.

"자네, 이름이 뭔가?"

"고요조高耀祖라고 합니다, 군문!"

병사가 대답했다. 그러자 마광조가 웃으면서 말했다.

"조상의 얼굴을 빛내주라는 뜻이군. 이름값을 톡톡히 해야겠네! 지금부터 자네가 후영의 유격 대장이야. 이 도망병들은……."

마광조가 잔뜩 겁에 질려 있는 잔병들을 가리키면서 덧붙였다.

"화총 스무 자루를 더 내줄 테니 이것들을 데리고 가서 후영으로 쳐들어온 적들을 물리치거라. 그리고 요 군문과 연락을 취하거라. 그러면 자네는 큰 공을 세우는 셈이야."

마광조가 말을 마치고는 패검佩劍을 고요조에게 건네줬다.

"이걸 상으로 내린다!"

"죽을힘을 다하겠습니다!"

고요조가 두 손으로 피 묻은 장검을 받더니 한 발 뒤로 물러났다. 그러고는 "쫘악!" 하는 소리와 함께 상의를 찢어버렸다. 이어 웃통을 드러내 보이면서 벼락 치듯 고함을 질렀다.

"죽기 아니면 살기다! 죽을 각오로 승관발재昇官發財의 기회를 얻고 싶은 자는 나를 따라 나서라!"

좌중의 잔병들은 자신들의 대장이 칼에 찔려 죽는 모습을 보면서 잔뜩 얼어붙어 있던 차였다. 그러나 화총 스무 자루를 받고 잔뜩 고무된 고요조가 앞장서면서 독려를 하자 일제히 함성을 지르면서 뛰쳐나갔다.

마광조는 겉으로는 담담해 보였으나 사실 꽉 움켜쥔 두 손이 진땀으로 흥건해질 정도로 긴장해 있었다. 너무 긴장한 나머지 가슴이 오그라드는 것 같았다. 아무려나 그는 남쪽 방향에서 한순간도 시선을 떼지 않았다. 한참 후 남쪽에서 적군과 아군 쌍방 간 단병접전이 벌어지는 소리가 들려왔다. 총성은 가끔씩 울리고 흰 칼날들이 부딪치는 쇳소리는 섬뜩하고 요란했다. 고요조의 반격이 시작된 것이다.

때를 같이 해 역시 남쪽 어딘가에서 함성과 총성이 한데 어우러져 들려왔다. 잠시 귀를 기울여 들으니 함성 속에 섞인 "죽여라!"는 살성殺聲은 분명히 한어漢語였다. 요화청의 증원병이 도착한 것이 분명했다. 그제야 마광조는 안도의 숨을 내쉬었다. 동시에 기세등등한 채 쳐들어오던 회족 병사들의 호각소리가 사방에서 울려 퍼졌다. 요화청의 증원병이 당도한 것을 알고 겁을 먹고 철수하는 모양이었다.

마광조는 잠시 여유가 생기자 곽집점의 전략을 가늠하느라 심각하게 고민하기 시작했다. 그때 한 손에는 피 묻은 장검, 다른 한 손에는 채찍을 든 요화청이 성큼 들어섰다. 마광조는 인사를 나눌 겨를도 없이 그에게 다그쳐 물었다.

"요 장군, 그쪽 병영에는 적들의 이상한 동정이 없었는가?"

"우리 병영 동쪽에 이천 명 정도 있는 것 같아."

요화청이 입안에 모래가 들어간 듯 퉤퉤 침을 내뱉으면서 다시 말을 이었다.

"그 새끼들은 가끔 화살만 쏘아댈 뿐 쳐들어오지는 않고 있어! 그러던 중에 이쪽이 위험한 것 같아서 이천 명을 데리고 온 거야! 고요조 그 자식 제법 쓸 만하던데! 팔 하나를 어디다 잃어버리고도 아직도 정면에 나서서 싸우고 있더군!"

"요 장군, 어서 병영으로 돌아가."

마광조가 덧붙였다.

"그쪽이 더 중요해. 거기에 문제가 생기면 안 돼. 퇴로가 차단되면 우리는 꼼짝달싹 못하게 될 거야. 보아하니 적들은 내가 조혜 군문을 증원하지 못하도록 양공伴攻(거짓공격)을 하는 것 같으니 여기는 괜찮을 것 같아."

그러자 요화청이 말했다.

"우리 쪽도 가짜 공격이야! 그들이 감히 쳐들어오지 못하는 건 호부귀가 어딘가에서 불쑥 튀어나올까 봐 두려운 거지."

마광조가 다시 말을 받았다.

"입질하는 척하다 확 물어버리는 수도 있어. 우리 둘은 절대 문제가 생겨서는 안 돼. 어서 돌아가."

요화청이 채찍으로 서쪽을 가리키면서 물었다.

"그럼 조 군문은 어떡하지?"

마광조가 요화청의 말에 다시 적들이 있는 방향을 유심히 살펴봤다. 적들은 이미 전부 대영을 빠져 나와 병영 남쪽에 집결한 것 같았다. 여기저기 우중충한 무더기들이 널린 것이 그래 보였다. 그 모습은 마치 오래된 무덤을 방불케 했다. 얼마 후 회족 병사들의 대영 뒤편에서 불길이 치솟기 시작했다. 조혜의 병사들이 대영에 불을 지른 것 같았다. 가끔씩 울리는 총성은 타닥타닥 대나무가 타 들어가는 소리 같았다.

"저쪽은 이미 대치상태에 들어갔구면. 그런 걸 보면 저자들은 아직 조 군문의 실력을 파악하지 못한 것 같아. 저 상태로 날이 밝기만 기다리는군!"

마광조가 숨을 몰아쉬면서 말을 이었다.

"대영이 저렇게 불바다가 돼 가는데도 곽집점의 복병伏兵들은 대가리조차 안 내밀고 있는 걸 보라고. 어지간한 놈이 아니라니까!"

마광조는 사색에 잠긴 채 말하다 말고 갑자기 무슨 기발한 생각이 떠오른 듯 손뼉을 쳤다.

"저자들이 양공佯攻을 하는데, 우리라고 왜 못하겠어! 요 장군, 장군은 방금 데리고 온 군사들을 이끌고 서쪽으로 가서 기습공격을 한 다음 재빨리 빠지라고. 절대 시간을 길게 끌지 말고 적당히 때려주고 철수하라는 말이야. 그리고 내가 오천 인마를 이끌고 충천의 성세聲勢로 대거 돌진해 가면 우리의 수만 대군이 쳐들어온 줄 알 것 아닌가. 그때가 되면 저들의 복병이 출동하지 않고 배기겠어?"

요화청이 두 눈을 반짝이면서 수긍했다.

"좋아, 아주 좋은 생각이야!"

마광조가 덧붙였다.

"복병이 나와 증원을 하면 나하고 조 군문은 은근슬쩍 빠져버리는 거야. 여전히 복병이 출두하지 않으면 우리는 가짜 공격을 실제 공격으로 바꿔 그자들을 먹어 버리는 거지! 요 장군은 후방에서 우리와 호응할 준비나 잘하고 있으면 되겠네."

16장
모래 속의 고성古城

　조혜는 적들의 복병을 밖으로 유인해 내려는 마광조의 전략을 눈치채지 못했다. 그럼에도 곽집점의 대영을 성공적으로 공략하기는 했다. 이어 적들이 한쪽으로 밀려나 대오 정돈에 여념이 없는 틈을 타서 그들의 대본영에 불을 질러버렸다. 저녁 식사 준비 중이었는지 병영 안에는 잘 익은 양다리와 갓 구운 떡도 가득했다. 조혜는 병사들에게 그것들을 배불리 먹게 하고는 말에게도 충분히 물을 먹였다.

　그렇게 그가 기분 좋은 승전을 거두고 잠시 쉬고 있을 무렵이었다. 갑자기 동남쪽에서 불기둥이 치솟고 총성이 들려왔다. 아직 땀도 채식기 전이었다. 그가 무슨 영문인지 몰라 깜짝 놀라고 있을 때 조장군이 황급히 달려 들어오더니 보고를 올렸다.

　"아버지, 요 군문께서 쳐들어오고 있습니다!"

　"그래?"

조혜가 어리둥절한 표정으로 물었다.

"얼마나 되는 것 같아?"

"너무 어두워서 잘 모르겠습니다. 아무튼 기세가 예사롭지 않습니다!"

조혜는 더 이상 묻지 않고 좌우를 둘러봤다. 그러나 고지가 없었다. 할 수 없이 말 위에 올라 망원경을 들고 남쪽부터 유심히 살폈다. 이어 동쪽, 북쪽을 두루 살피고 나서 망원경을 내려놓았다.

"가짜 공격이야. 우리가 대본영을 들이쳤는데도 곽집점의 주력이 나타나지 않으니 요 군문이 벌집을 쑤셔본 거야."

조혜가 그렇게 말하는 사이 남쪽에서는 소동이 일기 시작했다. 원래 저녁도 못 먹고 변을 당한 곽집점의 병사들은 숱한 사상자를 내고 사방에 흩어져 있던 중이었다. 채 놀라움이 가시지도 않은 상태에서 요화청이 쉴 틈 없이 공격해 오니 갈팡질팡하면서 어쩔 줄을 몰라 했다.

그러나 적들이 최후의 발악을 하기도 전에 요화청은 부대를 이끌고 철수했다. 곽집점의 병사들이 어찌된 영문인지 몰라 전전긍긍하고 있을 때였다. 그때 다시 마광조의 병영에서 하늘이 찢기고 땅이 갈라지는 듯한 대포소리가 울려 퍼졌다.

동시에 보병, 기병을 비롯한 대부대의 인마가 조총과 화살을 앞세운 채 공격하기 시작했다. 그런 청병의 거듭되는 공격에 곽집점의 분노는 폭발하고 말았다. 즉각 응전에 나서고자 했다. 그러나 관군들이 파죽지세로 몰려오는 그 절체절명의 상황에서 싸울 수 있는 그의 실제 병력은 만여 명밖에 되지 않았다. 그걸 잘 아는 조혜는 드디어 마광조와 회합할 준비를 본격적으로 하기 시작했다.

그때 갑자기 남쪽 하늘로 세 개의 붉은 색 폭죽이 천천히 날아올랐다. 그 폭죽이 밤하늘에서 무수한 불꽃을 내면서 터지는 순간 이번에는 노란색 폭죽 세 개가 뒤를 이었다. 마지막으로 다시 백색 폭죽까지 날아오르더니 마무리를 지었다.

조혜는 잠시 어리둥절한 채 서 있었다. 그때 동북쪽에서 불빛이 번쩍이더니 엄청난 폭발음이 들려왔다. 세 발의 대포소리였다. 이어 멀리서부터 함성소리가 끊어질 듯 이어지면서 점점 가까이 다가왔다.

"모두 말에 오르라!"

조혜가 손을 흔들면서 명령을 내렸다. 이어 아들에게 말했다.

"조장군, 너는 마 군문에게 사람을 보내 신속히 병영으로 철수하라고 전하거라."

"예! 그럼 우리는요?"

"부상병들은 마 군문을 따라 철수하고 우리는 잠깐 관망할 것이다!"

"알겠습니다!"

조혜는 말을 마치자마자 5000명의 기병을 거느리고 적의 대본영 동쪽으로 이동했다. 이어 열을 짓도록 했다. 그러고는 적들의 동태를 면밀하게 살폈다. 대본영을 잃고 남쪽으로 뿔뿔이 흩어졌던 적군은 아니나 다를까, 조혜 쪽으로 압박해 들어오고 있었다. 그들이 든 횃불이 용처럼 꿈틀대고 있었다. 그 모습으로 볼 때 이미 5, 6리 밖까지 이른 듯했다. 그러나 횃불을 치켜든 채 지르는 함성은 그들이 더욱 가까이 다가왔다는 사실을 분명히 말해주고 있었다. 반면 마광조의 병사는 병영으로 완전히 철수한 것 같았다.

"이제 어쩌지?"

그렇게 중얼거리는 조혜의 뇌리에 순식간에 수많은 생각이 스쳐 지나갔다.

'이 상태에서는 흑수하 대영으로 돌아가는 것이 가장 안전해. 그러나 대영은 10리나 떨어져 있어. 수만 명의 적들을 그쪽으로 끌고 간다면 요화청과 마광조까지 나와 있으니 무척 위험한 짓이 아닐 수 없지.'

조혜는 일단 그런 생각이 들자 바로 전략을 바꿨다. 마광조 쪽으로 철수하는 것도 한 가지 방법이기는 하나 남쪽에 진을 치고 있는 적들이 순순히 놔줄 리가 만무하다고 생각했다. 아무려나 시간은 촉박하고 어떤 식으로든 결단을 내려야 했다. 그는 말을 돌려세웠다. 이어 큰 소리로 주변의 장군들에게 지시했다.

"우리는 적들의 주력을 유인해내는 데 성공했어. 적들은 대본영을 잃고 간담이 서늘해져 있어!"

조혜가 말채찍으로 남쪽을 가리키면서 덧붙여 지시를 내렸다.

"잘 들어! 우리는 흑수하 본영으로 돌아가야 한다. 그러나 이대로 적을 단 채 철수해서는 안 돼. 일단 동쪽으로 방향을 틀어. 적들은 우리가 겁을 먹고 마광조의 병영으로 도주하는 줄 알고 틀림없이 얕보고 덤빌 거야. 그때 우리는 중도에서 갑자기 서쪽으로 꺾어들면서 그자들의 허리를 잘라내는 거야. 지금이……"

조혜가 시계를 꺼내보면서 다시 말을 이었다.

"축시丑時니까 계획대로라면 오늘 오후 미시未時쯤 우리는 본영으로 무사히 돌아갈 수 있을 거다. 조장군, 앞장 서! 그 어떤 상황에서도 우리는 우왕좌왕하지 말고 똘똘 뭉쳐야 해. 목숨을 걸고 신나게 싸워보자!"

말을 마친 조혜는 힘껏 채찍을 날렸다.

처음에는 모든 것이 순조롭기만 했다. 예상했던 대로 곽집점은 조혜의 병사들이 마광조의 병영으로 철수하는 줄 알고 즉각 따라붙었다. 그러나 막상 곽집점이 따라붙자 조혜는 갑자기 서남쪽으로 방향을 틀기 시작했다. 그러자 삽시간에 곽집점의 만 명도 넘는 병력은 허리가 반 토막이 나고 말았다. 순식간에 2000~3000여 명의 사상자도 생겼다.

그제야 조혜의 의도를 알아차린 곽집점의 병사들은 악에 받쳐 일제히 협공을 개시했다. 조혜의 5000명 병력과 곽집점의 9000명 병력은 곧 칠흑 같은 어둠 속에서 접전을 벌였다. 둘 다 오랜 전투로 지쳐 있었을 뿐 아니라 달빛조차 없는 초원에서 혼전을 벌이니 적군과 아군을 구분하는 것도 어려웠다. 한마디로 쌍방 모두 파죽지세로 치고 나갈 수 없는 처지였다.

적들은 조혜의 군대가 물러서면 따라붙고 공격하면 도망가는 식으로 이른바 바짓가랑이 붙잡고 늘어지는 고약전술을 사용했다. 그러자 조혜는 슬슬 불안해지기 시작했다. 그의 우려는 괜한 것이 아니었다. 그렇게 하다 날이 밝으면 그야말로 한바탕 대접전이 불가피할 터였다. 그 경우 보다 못한 마광조와 요화청이 증원한답시고 대거 출동할 경우 허를 노린 적들에 의해 병영을 잃어버릴 가능성이 없지 않았다. 그렇게 된다면 정말 큰일이 아닐 수 없었다!

조혜가 이러지도 저러지도 못한 채 초조하게 서성이고 있을 때였다. 아들 조장군이 동쪽에서 질주해왔다. 이어 거친 숨을 몰아쉬면서 말했다.

"아버지! 저 고약을 떼어내기 여간 힘들지 않은데 어쩌죠?"

"힘들지?"

"아직은 좀 더 버틸 수 있을 것 같습니다."

조혜가 남쪽의 작은 강을 가리키면서 말했다.

"중군에서 궁수 천 명과 화총수 오백 명을 붙여줄 테니, 저 언덕 아래에서 적들이 가까이 오지 못하도록 저격하거라!"

"예!"

조장군이 씩씩하게 대답하고는 말을 돌렸다.

"잠깐만 기다리거라."

조혜가 돌아서려는 아들을 불러 세웠다. 이어 덧붙였다.

"……적들은 우리가 본영으로 돌아가지 못하도록 귀로를 차단하려드는 게야. 그러니 한 시간 동안 저격하다가 동남쪽으로 철수하거라. 만약 대규모의 부대가 덤벼들면 서쪽으로 방향을 틀어 나를 찾아오너라. 대책은 그때 가서 다시 상의해보자꾸나."

조장군은 말에 올라 저 멀리로 달려 나갔다. 순간 적들이 양측에서 사생결단을 하겠다는 듯 몰려오고 있었다. 청병들은 말을 돌려 철수 준비를 서둘렀다. 조혜가 순간 버럭 고함을 질렀다.

"화총수들 중 오백 명은 조장군을 따라가고, 오백 명만 남거라. 적들이 많이 몰린 곳을 향해 저격하거라!"

"탕!"

앞줄에서 수십 자루의 화총이 일제히 불을 뿜었다. 그들이 뒤로 물러나 탄약을 장전하는 사이 뒷줄의 화총수들이 다시 한 발 앞으로 나서면서 또 "탕!" 하는 소리와 함께 총을 발사했다. 500명 화총수들의 공격이 끊임없이 이어지자 적들은 간담이 서늘해졌는지 주춤거렸다.

화총이 연이어 불을 뿜는 와중에 새카만 메뚜기떼처럼 화살 세례까지 쏟아지자 적들도 감당을 못하는 듯했다. 총탄과 화살에 맞아 쓰러지면서 끊임없이 비명을 질러댔다. 간혹 말들이 급소를 맞고 울면서 쓰러지는 소리도 들려왔다. 화약 연기가 안개처럼 자욱한 가운데 적들이 드디어 조금씩 뒷걸음을 치기 시작했다.

"가자!"

조혜는 채찍으로 말의 궁둥이를 가볍게 후려쳤다. 이어 2000명의 인마를 거느리고 어둠속으로 사라졌다. 누가 봐도 남쪽 방향이었다. 여전히 등 뒤에서는 조장군이 500명의 화총수를 거느리고 화총을 발사하는 소리가 들려왔다.

그 사이 날이 차츰 밝아오기 시작했다. 조장군의 엄호 덕분에 조혜의 대오는 다행히 더 이상의 장애물을 만나지 않았다. 순조롭게 흑수하 유역으로 들어섰다. 그러나 초원은 보이지 않았다. 오로지 일망무제의 사막만 펼쳐져 있었다. 그나마 듬성듬성 키 낮은 관목들이 작은 숲을 이루는 것이 다행일 정도였다. 흑수하는 여전히 '유하' 油河였다…….

아무튼 우여곡절 끝에 밤새도록 적들과 교전한 조혜의 병사들은 인적 하나 없이 조용한 고비사막에 들어섰다. 그곳은 과거에 본 적이 없는 완전히 다른 세상이었다.

조혜는 강가의 사구砂丘들 사이에서 조그마한 물웅덩이를 발견했다. 즉시 병사들에게 쉬라고 명령을 내렸다. 그러나 그 자신은 정작 말에서 내려 몇 발자국 걷지도 못했다. 다리가 뻣뻣해져서 그런지 말을 잘 듣지 않았던 것이다. 그는 안 되겠다고 생각한 듯 우선 힘껏 발차기를 했다. 이어 양다리 고기를 조금 찢어 입안에 넣고 씹었다. 순간 다시 힘이 솟아나는 듯 굳센 표정을 지었다.

그는 곧 두 갈래로 정찰병을 파견했다. 한 조에는 동쪽으로 길을 탐색하라는 임무를 줘서 보냈다. 또 다른 한 조에게는 북쪽에 두고 온 조장군의 소식을 알아오도록 했다.

한 시간이나 지났을까, 길을 탐색하러 갔던 정찰병들이 돌아왔다. 그중 한 명이 쫓기듯 헐레벌떡 달려오더니 동쪽 어딘가를 가리키면서 아뢰었다.

"대장군! 회족 병사들이 벌써 왜왜하로 들어가는 길목을 막고 있습니다. 엄청나게 많습니다. 우리를 보고도 공격하지도 쫓아오지도 않았습니다. 마치 오랫동안 눌러 살 집을 짓듯 꼼꼼하게 천막만 치고 있었습니다."

조혜가 다그쳐 물었다.

"그쪽에는 물이 있었나?"

정찰병이 대답했다.

"왜왜하와 흑수하 사이라서 다른 곳보다는 물이 많은 것 같았습니다. 우리가 돌아가는 길을 차단하려는 모양입니다……."

조혜가 고개를 끄덕였다. 그러고는 다시 물었다.

"낙타들이 많았는가?"

"한 마리도 못 봤습니다."

병사가 대답했다. 그의 말대로 낙타대가 없다면 적들의 군량미는 아직 도착하지 않은 것이 틀림없었다. 이럴 때 수중에 1만, 아니 출발 당시처럼 5000명만 있어도 쫓아가서 눈 깜짝할 사이에 전부 모래 속에 묻어버릴 텐데! 조혜는 그렇게 생각했으나 어쩔 수 없었다. 휘하에 병력이 2000명밖에 없으니 무모한 시도는 접어야 했다. 설사 조장군에게 보낸 3000명의 병력이 돌아온다고 해도 기진맥진한 병사들을 다시 전투에 투입시키는 일은 불가능할 터였으니 어쩔 수 없었다. 당분간은 꼼짝달싹하지 않고 있는 것이 최선이었다. 이럴 때는 남은 병사들의 사기라도 북돋아주는 게 급선무이기도 했다.

조혜가 잠시 이런저런 생각을 하고는 천천히 입을 열었다.

"다들 이리로 모여. 이제부터 나는 대장군이 아닌 대병大兵 조혜다!"

조혜의 명령에 따라 2000명의 병사들은 납덩이처럼 무거운 다리를 끌고 사방에서 몰려왔다. 그들은 언제 보나 지나치리만큼 근엄하고 멀게만 느껴지던 대장군의 얼굴에 어린아이처럼 순진무구한 미소가 번져 있는 걸 보면서 모두들 어리둥절한 표정을 지었다.

"밤새 힘들었을 텐데, 편하게들 앉게! 여기는 지세가 높아 십 리 밖의 적들까지 한눈에 볼 수 있으니 너무 걱정하지 말게."

조혜가 두 팔을 벌려 내리누르는 시늉을 하고는 얼굴에 상처 자국이 선명한 병사 한 명을 가리키면서 말했다.

"상대발常大發, 자네는 어젯밤 꿈에 오입질하다 마누라에게 들켰나? 얼마나 얻어터졌기에 얼굴이 그 모양인가!"

조혜의 농담에 병사들이 모두 눈길을 상대발에게 돌렸다. 그러고는 와! 하고 웃음을 터트렸다.

"알다시피 조장군은 내 아들이네."

조혜가 아들이 있을 법한 북쪽 방향을 보면서 애써 웃음을 지어보였다. 그러고는 말을 이었다.

"해란찰의 아들도 아비를 따라 창길에 있다네. 해란찰의 아들은 어미와 아비의 중매쟁이였잖아!"

병사들이 무슨 말인지 몰라 잠시 어리둥절해 있다가 또다시 홍소를 터뜨렸다. 삭막한 전쟁터에서 좀체 보기 드문 광경이었다. 꿀 같은 휴식을 맛보면서 오래간만에 유쾌한 분위기가 조성됐다고 할 수 있었다. 그 분위기에 고무됐는지 누군가가 소리쳤다.

"대장군, 무슨 얘기인지 좀 상세하게 들려주십시오!"

"이십 년 전의 일이네. 나하고 해란찰 군문이 눌친과 장광사를 따라 출전했을 때였지……."

조혜가 하늘을 바라보면서 추억을 더듬는 듯한 표정을 지었다. 이어 눌친과 장광사가 어찌어찌 지휘를 잘못해 패전했다는 사실을 입에 올렸다. 또 요화청이 조총에 맞아 부상당한 얘기 역시 덧붙였다. 자신이 어떻게 눌친을 구했는지에 대해서도 언급하는 것을 잊지 않았다. 그가 그렇게 시작해 얘기보따리를 푸는가 싶더니 어느새 눌친과 장광사가 죄가 두려워 군정軍情을 거짓으로 보고한 일까지 입에 올렸다. 그러고는 둘이 그 비밀을 들키지 않으려고 자신과 해란찰을 모해할 음모를 꾸민 일, 나중에 두 사람이 결사적으로 '마귀'의 손아귀에서 빠져 나와 북경으로 도주했던 일 등의 아픈 과거도 담담하게 털어놓았다.

그랬으니 본론인 해란찰과 정아의 사랑 얘기에 대해 풀어놓기까지는 한참이 걸릴 수밖에 없었다.

"해란찰은 눌친과 장광사의 추격을 피해 나와 흩어져 따로 가게 됐지. 그러던 중 황하의 배 위에서 우연히 정아라는 여인을 만났어. 두 사람은 수많은 고난을 함께 하면서 좋은 감정을 키워나갔다고 하더군."

병사들은 조혜의 얘기를 들으면서 때로는 분노했다가 또 때로는 눈썹을 세우기도 했다. 입을 쩍 벌리고 히죽 웃기도 했다. 완전히 몰입됐다고 해도 좋았다. 심지어 이 순간만큼은 자신들이 얼마나 위험한 상황에 노출돼 있는지 잊어버린 듯 했다. 그때 누군가가 물었다.

"조 군문, 군문께서는 순천부 옥중에서 불한당들을 죽이고 지금의 부인을 구출하셨다고 들었습니다. 폐하께서 군문의 의로운 행동에 깊이 감동하시어 부인께 봉관鳳冠과 하피霞帔(소매 없는 웃옷)를 상으로 내리셨다던데, 그게 사실입니까?"

"봉관을 하사 받은 건 사실이다. 나중에 내가 오명을 벗고 나서 상으로 받았지."

조혜가 얼굴 가득 빙그레 웃음을 띤 채 말을 이었다.

"자네들은 내가 오늘 한 얘기를 심심풀이 삼아 들었겠지만 사실 나는 '인명人命은 하늘이 정해주는 것'이라는 도리를 여러분에게 깨우쳐 주기 위해 이 얘기를 하는 것이네. 일찌감치 죽을 팔자라면 굳이 전쟁터에 나오지 않더라도 죽게 돼 있어. 비 오는 날 말발굽 자리에 고인 물속에 코를 처박고 죽는 경우도 있다네. 명이 길어 죽지 않을 사람은 천군만마에 포위되고 도산화해刀山火海를 건너도 죽지 않고 돌아오게 돼 있어. 그리고 나는 내가 여러분들과 환난을 같이 한다는 모습을 보여주고 싶었네. 나는 절대 눌친이나 장광사 같은 졸렬하고 비겁한 물건이 되지 않을 것이네……."

조혜가 병사들에게 함께 살고 같이 죽는 것에 대한 중요성에 대해 역설하고 있을 때였다. 병사 한 명이 벌떡 일어나 먼 곳을 가리키면서 외쳤다.

"대장군! 소공자小公子께서 오십니다!"

조혜는 자리에서 벌떡 일어났다. 동시에 2000명 병사들 모두 우르르 일어섰다. 과연 수천 군마軍馬가 뽀얗게 먼지를 일으키면서 파죽지세로 달려오는 모습이 보였다. 가까이 오는 걸 보니 맨 앞에 선 사람은 과연 조장군이 틀림없었다. 그러나 한 팔에 붕대를 두르고 허리춤에 총을 걸친 모습이 부상을 당한 것 같았다. 병사들은 일제히 함성을 지르면서 환호를 했다. 저만치에서 달려오는 병사들 역시 팔을 깃발처럼 흔들면서 화답했다.

가까이 다가온 조장군은 안색이 무척 창백해 보였다. 그러나 애써 웃음을 지어 보이면서 말에서 내렸다. 그러나 힘이 없는지 휘청거리면서 쓰러지려고 했다. 그 모습을 보고는 이쪽의 병사들이 달려가서 바로 부축을 했다. 조혜가 천천히 다가가 관심 있게 살펴보면서 물었다.

"어찌된 거냐?"

"별일 아닙니다. 괜찮습니다."

조장군은 부축하는 병사들을 가볍게 뿌리쳤다. 이어 혼자 힘으로 일어서면서 말했다.

"어떤 놈이 휘두르는 쇠사슬에 저의 군마가 머리를 맞고 죽었습니다. 저도 그 바람에 왼팔과 갈비뼈가 부러졌습니다."

조장군이 입을 비죽거리면서 울 것처럼 표정을 지었다. 그러나 이내 어색하게 웃으면서 말을 이었다.

"회족 병사들은 참으로 용맹했습니다. 소자는 그자들의 상대가 못 되는 것 같았습니다. 온몸에 화살을 고슴도치처럼 꽂고도 끝까게 달려드는 걸 보고 깜짝 놀랐습니다. 가슴팍에 총알을 맞아 피를 철철 흘리면서도 끝까지 칼질을 해대는 겁니다! 우리는 팔백 명의 인명피해를 봤습니다. 부상병들도 더러 있는데, 상황이 워낙 위급해 데려올 수 없었습니다. 대신 총은 다 거둬왔습니다……."

조장군은 말을 마치자 더 이상 몸을 가누지 못하고 쓰러질 듯 비틀거렸다. 그러자 병사들이 황급히 그를 부축해 앉히고는 물을 마시게 한다, 다리를 주물러준다 하면서 바쁘게 움직였다.

조혜는 아들의 말에 일단 안심을 했다. 사상자가 다소 많기는 했으나 화총을 전부 수거해온 것이 그나마 다행이라는 생각이 든 것이다. 곧 그가 입을 열었다.

"그래도 대부분 살아 돌아왔으니……, 다행이다. 용감히 잘 싸웠다. 죽은 자든 살아 돌아온 자든 내가 결코 그 공로를 잊지 않을 것이다. 책임지고 모두에게 반평생의 부귀를 약조한다!"

"오는 길에 보니 동쪽의 귀로는 이미 차단된 것 같았습니다."

조장군이 물을 마시고 잠깐 쉬고 나자 한결 기운이 나는 듯 다시 입을 열었다.

"마광조 군문과 요화청 군문은 이미 대영을 합쳤습니다. 몇 번 연락을 시도했으나 번번이 적들의 교란 때문에 성공하지 못했습니다. 적들은 우리를 따로따로 갈라놓고 하나씩 해치우겠다는 계략을 세운 것 같습니다. 여기는 지세가 평탄해 어디 숨을 곳도 없습니다. 적들의 대군이 쫓아오면 우리 오천 인마는 감당하지 못하고 위태로워질 것입니다. 아버지, 소자 생각에는 있는 식량과 고기를 배불리 먹고 기운을 차린 연후에 우세한 화기火器로 동쪽 포위망을 뚫어 어떻게든 본영으로 돌아가는 것이 좋을 듯합니다. 여기는 오래 머무를 곳이 못 됩니다……."

조혜가 아들의 어깨를 두드리면서 나직이 말했다.

"아비를 믿거라. 그렇게 위험한 상황에 내몰리는 일은 없을 것이다. 호 백부와 마 백부, 그리고 요 숙부 모두 갖은 방법을 다 동원해 아비에게 연락을 취해올 것이다. 그들과 연락이 닿지 않는 한 무모하게 일을 벌여서는 곤란하다."

조혜는 말을 마치자마자 곧바로 주변의 지세를 둘러봤다. 자그마한 모래언덕은 많았으나 참호塹壕로 삼을 만한 골짜기는 단 하나도 보이지 않았다. 설상가상으로 마실 물까지 부족한 상태였다. 조장군의 말대로 이곳은 오래 머무를 곳이 못 됐다. 그러나 적들은 청병의 귀로를 차단하고자 동쪽에 이미 진을 치고 있었다. 솔직히 5000명의 병력으로 치고 나갈 자신이 없는 것도 사실이었다!

조혜는 턱을 괸 채 아랫입술을 잘근잘근 씹었다. 그러고는 '유하'油河 건너편의 야트막한 사구砂丘를 뚫어지게 바라보면서 한참 동안 생각에 잠겼다. 그러던 그가 갑자기 무슨 생각이 들었는지 그곳을 가리키면서 외치듯 말했다.

"저기 저 사구 두 개가 보이지? 군사들 중에서 힘센 자 이백 명을 저리로 보내 중간을 파봐. 물이 나오나 안 나오나 보게."

조장군이 즉각 대답했다.

"제가 아까 가 봤는데 물은 없었습니다. 허리를 넘는 선인장들이 숲을 이루고 있었습니다. 조금 떼어 먹어보니 독은 없었습니다. 정 갈증을 참기 어려울 때 먹으면 어느 정도 해갈이 될 것 같았습니다. 그러나 병력이 사오천 명이나 되니 어떻게 감당하겠습니까……."

"왜 못해?"

조혜가 다시 무서운 아비로 되돌아온 듯 버럭 고함을 질러 아들의 말을 잘라버렸다. 이어 자신의 생각을 거침없이 설파했다.

"적들이 정오쯤이면 공격해 올 거야. 마광조와 호부귀 군문 등도 온갖 방안을 다 짜내 우리를 찾고 있을 텐데 어서 터를 잡고 천막이라도 쳐 놓아야 할 게 아니냐? 선인장이 많고 관목 숲도 다른 데보다 우거진 것이 파 보면 물이 나올 가능성이 많아. 어서 병사들을 풀어 저지대를 중심으로 깊숙이 파봐."

얼마 후 조혜의 명령에 따라 중군의 군관 한 명이 200여 명의 병사들을 데리고 '유하'油河를 건너기 시작했다. 조혜는 망원경을 들고 고지대로 가서 물길과 주변의 지형을 관찰하면서 지휘를 하기 시작했다.

"좀 더 내려가, 조금 더! 거기야, 거기! 파 봐! 무조건 파!"

병사들은 "무조건 파!"라는 명령에 따라 굵은 땀을 흩뿌리면서 정신없이 모래를 파냈다. 세 시간쯤 흘렀을까, 갑자기 병사들이 외쳐대기 시작했다.

"대장군, 물이 나오기는커녕 성곽이 나옵니다! 모래에 매몰된 성곽인 것 같습니다. 밑에 집채가 보입니다."

조혜는 크게 흥분했다. 대장군의 체통도 잊은 채 펄쩍펄쩍 뛰면서 소리쳤다.

"알았어! 계속 파! 삼천 명 더 내려가. 아니야, 부상병만 빼고 다 내려가! 성곽이 자리했었다는 건 곧 물이 있다는 얘기야!"

병사들은 모래 속에 성이 파묻혀 있다는 말에 호기심이 동한 듯 환호를 하면서 우르르 현장을 향해 달려갔다. 이어 총자루를 비롯해 활, 나무막대기 등 도구라는 도구는 총동원해 들러붙어 모래를 파내기 시작했다. 아니나 다를까, 곧이어 수십 곳에서 매몰된 가옥이 모습을 드러냈다. 갑자기 누군가 길에서 금덩이라도 발견한 것처럼 경이로움에 차 환호성을 질렀다.

"대장군, 여기 식량창고가 있는 것 같습니다!"

이어 저쪽에서도 병사들이 일제히 합창했다.

"물, 물이다! 대장군, 물이 나옵니다!"

적막하던 사막은 삽시간에 3000~4000여 명이나 되는 병사들의 함성으로 들끓기 시작했다. 그들은 혼신의 힘을 다 쏟아 모래를 파고 또 파냈다. 물이 있다는 말에 용솟음치는 샘물처럼 기운이 마구 솟아나는 모양이었다.

유하 북쪽에서 현장을 보고 있던 수백 명의 부상병들도 한껏 들뜨기 시작했다. 급기야 서로를 부축하면서 재빠르게 유하를 건너왔다. 조혜는 물이 있을 줄 당초부터 확신을 한 터였다. 그러나 '식량창고'까지 있다는 말은 믿어지지 않는 듯 소리 없이 웃으면서 아들에게 말했다.

"마실 물만 있어도 감지덕지인데, 식량은 무슨! 우리 부자가 그런 대복을 타고 난 것 같으냐?"

그사이 병사 한 명이 두 손에 흰쌀을 한 움큼 받쳐 들고 허둥지둥 달려왔다.

"대장군……, 진짜 식량이 맞습니다. 이것 좀 보세요!"

병사는 웃어서 눈과 입이 하나로 붙을 지경이었다. 얼굴이 그럴 수 없이 행복해 보였다.

조혜의 두 눈도 휘둥그레졌다. 그는 황급히 쌀을 받아 입안에 넣고 씹어봤다. 과연 흰쌀이 틀림없었다. 맛 역시 곰팡이 냄새가 전혀 없이 햅쌀처럼 고소했다. 이런 흰쌀이 창고에 한 가득 들어 있다니! 조혜는 흥분이 지나쳐 머리가 어지럽기까지 했다. 술이라곤 한 방울도 마시지 않았는데도 얼굴이 벌겋게 상기됐다. 지난 보름 동안 조혜를 비롯해 모든 병사들은 가능한 한 식량을 아끼느라 불에 구운 양고기, 말린 양고기와 쇠고기로 겨우 버텨오다시피 했다. 그랬으니 오랜만에 흰쌀이 씹혀 목구멍으로 넘어가는 느낌은 행복 그 자체라고 해도 좋았다!

수천 명의 병사들은 지칠 줄 모르고 모래를 파냈다. 벌써 성곽은 거의 모습을 드러냈다. 중간에는 몇 갈래의 길까지 생겨났다. 급기야 병사들은 저마다 땀투성이가 된 윗도리를 벗어 던졌다. 결국 하나같이 몸에 고쟁이만 걸치게 됐다. 온몸은 땀과 모래투성이였으나 표정들은 대단히 밝아 보였다.

조혜는 여전히 남쪽으로 파헤쳐 나가고 있는 병사들을 향해 환히 웃었다.

"이 정도면 됐어! 금은보화는 전쟁이 끝나고도 얼마든지 찾을 수 있어."

조혜가 땀범벅이 된 얼굴에 멋쩍은 웃음을 짓는 병사들을 향해 다시 물었다.

"시체가 나온 건 없어?"

"있습니다! 열 몇 구 나왔습니다. 전부 노인들인 것 같습니다."

병사 한 명이 사구를 가리키면서 덧붙였다.

"저쪽에 내다버렸습니다!"

조혜가 그러자 준엄한 어조로 분부했다.

"몇 사람이 가서 잘 묻어 줘. 식량창고를 지켜낸 공로를 인정해줘야 마땅하지!"

조혜는 서둘러 물이 나왔다는 곳으로 향했다. 과연 파헤쳐진 어느 가옥의 뒤편에 네 척尺 깊이쯤 될 것 같은 웅덩이가 있었다. 그 안에는 누런 진흙과 함께 맑은 물이 반쯤 고여 있었다. 아직도 밑에서 누런 물이 조금씩 올라오고 있었다. 물론 이 정도로 5000 인마의 식수를 해결하기는 어려웠다. 하지만 일단 샘터를 발견했으니 절반의 걱정은 던 셈이었다. 샘이 계속 솟고 있는 이상 웅덩이를 더 크게 파면 물은 얼마든지 나올 수 있을 터였다. 조혜는 만족스럽게 웃었다. 그러고는 물웅덩이를 가리키면서 말했다.

"이 수원水源은 우리의 생명줄이니 잘 보호해야 돼. 나중에 적어도 세 척尺 깊이, 일 장丈 폭으로 더 크게 파야 할 것이네. 이 근처의 다른 곳을 파도 물이 있을 것이네!"

조혜가 이번에는 식량창고가 있는 쪽으로 움직였다. 창고는 아직 완전히 모습을 드러낸 것은 아니었다. 열 몇 칸의 단층가옥의 지붕이 그저 뻥 뚫려 있을 뿐이었다. 그러나 안에는 쌀자루가 반쯤 차 있었다. 어느 미곡가게의 비축식량이었을 가능성이 있었다. 아니면 낙타대가 운송하던 식량을 잠시 창고에 저장해 뒀는데 갑자기 성城이 매몰되면서 묻혀버린 것일 수도 있었다.

조혜는 신강新疆 현지인들에게서 이곳의 모래 사태가 무섭다는 말을 들은 적이 있었다. 밤중에 갑자기 광풍이 몰아닥치면 어마어마하게 큰 모래언덕과 모래 산이 통째로 '이사'를 가는 사태가 빈번하다고 했다. 심지어 성 전체가 순식간에 매몰되는 경우도 있다고 했다. 아마 지금 발견된 이 성곽도 수십 년 전에 불어 닥친 살인적인 광풍에 의해 모래 속에 영영 파묻힌 것일 터였다. 아무튼 관군이 귀로가 막혀 진퇴양난에 빠진 상황에서 쥐도 새도 모르는 땅속의 신비한 '보물창고'가 발견됐으니, 이 또한 하늘의 뜻이라고 할 수 있었다…….

조혜는 하늘의 축복에 내심 감개무량해 하며 식량창고 주위를 맴돌았다. 그때 저 멀리 북쪽에서 누런 먼지가 뽀얗게 일기 시작했다. 순간 병사 한 명이 그쪽을 가리키면서 소리쳤다.

"군문……, 회족 병사들이 쳐들어오고 있는 것 같습니다!"

"알았어."

조혜는 담담하게 대답하면서 망원경을 들어 멀리 살펴봤다. 약 만명 정도가 접근해 오는 모습이 보였다. 그러나 지쳐서인지 아니면 험난한 사막길이어서인지 움직임이 대단히 느려 보였다. 선두에 나부끼는 깃발들에는 꼬불꼬불한 글씨가 분명하게 새겨져 있었다. 한문이 아닌 걸 보니 회족 병사임이 틀림없었다. 또 만여 명이 한꺼번에 오는 걸 보면 곽집점이 친히 출동했다고 봐도 무리는 없을 터였다!

조혜가 천천히 망원경을 내려놓으면서 명령을 내렸다.

"말들을 전부 사구 남쪽으로 끌고 가서 물을 먹여라. 오백 명은 남아서 웅덩이를 계속 파고 나머지는 사구 뒤에 매복한 채 건량乾糧을 먹으면서 대령하라. 중군 소대장들은 어디 있나?"

"예, 대령 중입니다!"

"갑옷과 방패, 화총 스무 자루를 챙겨들고 나를 따라와."

조혜가 언덕길을 내려가면서 다시 덧붙였다.

"곽아무개하고 강을 사이에 두고 할 말이 있다!"

드디어 곽집점의 병마가 도착했다. 망원경으로 볼 때는 지치고 느려 보였으나 가까이에서 보니 위풍이 당당했다.

곧이어 곽집점의 대오에서 금띠를 두른 하얀 깃발 10여 개가 솟아오르며 바람에 표표히 나부꼈다. 동시에 수천 필의 전마戰馬가 울부짖으면서 흑수하 북쪽 언덕에 일제히 멈춰 섰다. 순간 누런 회오리가 뿌옇게 시야를 가렸다. 남쪽 강가의 청군들은 전부 매복해 하나도 보이지 않았다. 단지 40~50명의 병사들만이 홍포은갑紅袍銀甲의 키다리 장군을 호위한 채 상대를 기다리고 있었다. 그 모습을 본 회족 병사들은 적이 놀라는 눈치였다.

잠시 대오가 정돈되는 사이 다부진 체격의 사내가 한 발 앞으로 성큼 나서면서 물었다.

"조혜 장군을 좀 만나봅시다. 어디 있소?"

"내가 바로 조혜올시다."

조혜가 가슴을 쫙 펴면서 정중하게 대답했다. 그러고는 되물었다.

"그러는 그쪽은 뉘시오?"

"나는 화탁和卓 회부回部 대왕의 가신家臣 나오郍烏라고 하오."

사내가 자랑스러운 듯 수염이 무성한 턱을 치켜 올리면서 엄지로 등 뒤를 가리켰다. 그러고는 덧붙였다.

"우리 대왕께서 조혜 장군과 하실 말씀이 있다고 하오."

조혜가 말없이 적진 쪽으로 눈길을 돌렸다. 앞에 있던 군마들이 서둘러 비켜서서 길을 내자 곧이어 적진 가운데에서 금 안장을 얹은 백마를 탄 중년의 사내가 앞으로 나왔다. 그는 정수리에 사발을 엎어놓은 것처럼 작은 모자를 쓰고 귓가에는 백조 털로 된 우령羽翎을 꽂고 있었다. 모자에 달린 보석은 반짝반짝 눈부신 빛을 뿜었다. 백색 두루마기는 척 봐도 고급 원단으로 만든 것임을 알 수 있었다.

얼굴은 서역 사람 특유의 희고 둥근 얼굴이었다. 높고 곧은 콧마루, 깊은 두 눈, 숯으로 그린 것처럼 짙은 눈썹과 수염은 한족들과 완전히 '다른 종자'라는 사실을 말해주고 있었다. 이자가 바로 투항과 반란을 밥 먹듯 번복하면서 조정의 일대 골칫거리로 '자리매김'한 바 있는 화탁 회부의 군주 곽집점이었다.

조혜는 마음을 차분히 가라앉히면서 숨을 골랐다. 그러고는 조용히 곽집점이 먼저 입을 열기만을 기다렸다.

곽집점도 조혜를 훑어보고 있었다. 해란찰과 함께 건륭의 '홍포명장'紅袍名將으로 명성을 날린 조혜에 대해서는 귀에 못이 박히도록 들어왔었다. 아이목살납阿爾睦撒納을 공략해 점령한 다음 하밀 서쪽으로 연이어 세 개 성城을 함락시킨 대장군이었다. 곽집점은 늘 멀리서 쫓고 쫓기는 추격전만 벌여오다 작은 강폭을 사이에 두고 조혜와 얼굴을 마주하고 서자 감개가 새로운 모양이었다. 조혜의 각이 뚜렷한 얼굴과 부리부리한 눈매 그리고 짙은 눈썹은 쉽게 범접할 수 없는 위엄을 뿜고 있었다.

곽집점은 조혜가 어젯밤 대본영을 들이쳤을 때 산지사방으로 흩어진 자신의 병력에 충분히 치명타를 입히고도 남을 법했다는 사실을 모르지 않았다. 그럼에도 바로 압박을 가하지 않은 이유가 못내 궁금했다. 또 오늘 같은 경우에도 그랬다. 조금만 노력하면 마광조와 요화청의 도움을 받아 안전하게 대영으로 돌아갈 수 있었으련만 어째서 이런 사지로 들어와 박히는 행보를 보인다는 말인가. 그는 그 모든 것이 이해가 가지 않았다. 그건 그렇고 또 조혜의 군사들은 다 어디로 갔단 말인가?

곽집점은 잠시 그런 생각을 하고는 말 위에서 손을 내밀어 회족 식으로 예를 표했다.

"대장군 각하, 밤새 노고가 많으셨소이다!"

조혜의 콧날이 순간 미세하게 움찔거렸다. 곽집점의 한어가 유창한 것에 놀란 것이다. 그가 다시 말을 이었다.

"우리 화탁 회부는 세세대대로 협이강叶爾羌(지명)에 거주하면서 보거다 칸과 척을 진 적이 없소. 원수를 맺은 일도 없소. 줄곧 서로를 간섭하지 않으면서 평등하게 살아오기도 했소. 게다가 우리 형제가 준갈이부 몽고의 침략을 받았을 때 보거다 칸께서는 파병을 해서 구원도 해주셨소. 그 일에 대해서는 깊이 감격하고 있소이다."

곽집점이 말을 이었다.

"그런데 보거다 칸께서는 소인배의 이간질에 성총이 흐려지셨는지 무죄, 무고한 우리를 문죄問罪하시려고 하고 있소."

곽집점이 말을 마치고는 조혜를 똑바로 쳐다봤다. 전혀 주눅이 들지 않은 태도였다.

조혜는 일찍이 수혁덕으로부터 곽집점이 달변이라는 말을 들은 바 있었다. 때문에 몇 마디 들어보지 않았으나 바로 예사 웅변가가 아니라는 사실을 깨달았다. 눈치가 빠를 것이라는 사실은 굳이 더 거론할 필요조차 없었다. 조혜는 지나간 과거를 들춰 입씨름을 하는 것보다는 차라리 단도직입적으로 그 죄를 따끔히 일러주는 것이 낫겠다는 생각으로 차갑게 내뱉었다.

"감히 건륭 대황제를 칸이라 칭하는 배짱은 어디서 나온 거요? 그럼 스스로 칸을 칭한 당신과 대청의 천자가 어깨를 나란히 한다는 얘기요, 뭐요? 준갈이부에 얻어터지고 제발 좀 살려달라고 했을 때가 언제인지 잊었소? 또 신하라 칭하면서 공품을 상납할 때가 언제였는지도 모른다는 말이오? 이제는 잔뼈가 굵었다 이건가? 물을 마실 때 우물 판 사람을 잊어서는 안 되오. 조정에서 파병해 준갈이의 호구虎口에서 구원해줬다면 고마운 줄 알아야 하지 않겠소? 그런데 전혀 고마운 줄을 모르고 대청의 강토를 분열시키고 천조天朝를 도외시하려고 하는 거요? 그것이 살신지화殺身之禍를 부른다는 사실을 정녕 몰랐다는 말이오? 잠깐 길을 잃었으면 이정표가 보일 때 되돌아가고, 소 잃은 뒤 외양간을 손봐도 늦지 않은 것이오. 우리 삼로三路 대군은 모두 준갈이부를 정복한 철기 영웅들이오. 좋게 말할 때 고분고분해지는 게 바람직할 텐데?"

"죽음이 임박했거늘 아직도 큰소리요?"

곽집점이 조혜의 말이 끝나자마자 바로 채찍을 휘둘렀다. 이어 조혜의 등 뒤에 있는 사구들을 가리키면서 덧붙였다.

"저게 그냥 사구로만 보이오? 저건 곧 그대들의 무덤이오! 그쪽의 양도糧道는 이미 우리 수중에 장악됐소. 마광조와 요화청은 패잔병들을 이끌고 흑수하 쪽으로 도망가고 있소. 대장군, 여기 흐르는 이 강물이 물이 아닌 줄은 내가 굳이 일깨워 주지 않아도 알고 있을 거라 믿소. 동쪽에 마귀성이 있고, 서쪽은 고비사막이오. 우리 용감한 회병들도 감히 여기서 밤을 셀 엄두를 못 내거늘 어찌 그리 무모하시오? 나에게 투항하고 화총과 탄약을 내 주시오. 그러면 내가 낙타와 식량 그리고 식수를 얼마든지 공급해주겠소!"

조혜는 그러지 않아도 마광조와 요화청이 본영으로 돌아가지 못할까봐 내심 초조해 있던 차였다. 곽집점의 말대로 양도가 차단됐는지의 여부는 그다지 중요하지 않았다. 그런 상황에서 일단 그 둘이 무사히 철수하고 있다는 말을 들었으니 오히려 안도할 수 있었다. 그예 그가 가소롭다는 듯 웃으면서 받아쳤다.

"나는 낙타도, 식량도, 물도 필요 없소. 오로지 당신의 머리만 필요

할 뿐이오. 화총대, 전체 기립!"

조혜가 갑자기 큰 소리로 명령을 내렸다. 그러자 사구 뒤에 매복해 있던 화총수들이 일제히 함성을 지르면서 일어섰다. 저마다 웃통을 벗어 던지고 고쟁이 하나만 입은 차림이었다. 어떻게 보면 패잔병 같은 모습들이었다. 그러나 그들은 그에 아랑곳하지 않고 일렬로 줄을 선 채 살기등등하게 곽집점의 회병들을 겨누고 있었다.

곽집점의 병사들은 '문명의 이기'를 꼬나들고 굽어보는 화총수들 앞에서 불안한 기색을 감추지 못했다. 곽집점 역시 낯빛이 변해갔다. 조혜가 이렇게 나올 줄은 미처 몰랐던 것이다. 곽집점은 자신도 모르게 몸을 움츠리며 조금 뒤로 물러섰다. 그러자 그의 호위대들이 즉각 막아 나서면서 엄호했다. 수십 자루의 화총이 일제히 조혜를 겨냥했다.

"어찌 그리 겁을 집어먹는 게요? 내가 정말로 총이라도 쏠까봐 그러오?"

조혜가 웃으면서 입을 열고는 자신의 부하들을 향해 손을 내저으면서 명령했다.

"대영으로 돌아가자!"

조혜가 갑자기 물러나자 곽집점 역시 대부대의 인마를 이끌고 천천히 후퇴해 흑수하에서 1리쯤 떨어진 곳에 주둔하기 시작했다.

흑수하 대본영을 지척에 두고도 돌아가지 못하는 조혜 부대 역시 흑수하 근처에 주둔했다. 얼마 후 병영으로 돌아오자 조장군은 원망 어린 표정으로 불평을 터트렸다.

"적들에게 너무 가까이 가셨습니다. 저러다 갑자기 불질이라도 하면 어떡할 뻔했습니까?"

조혜가 웃으면서 말했다.

"내가 먼저 총을 내렸는데 그가 어찌 예고도 없이 나에게 총질을 할 수 있다는 말이냐? 그건 사내의 의리와 수천 병사들을 거느리는 장군의 도리가 아니지. 곽집점이 어찌 수만의 부하들 앞에서 망나니 노릇을 하겠느냐? 그런 일은 없을 것이다. 물론 사람 마음은 아무도 모르는 것이니 방어는 해야겠지만. 우리로서는 어떻게든 흑수하 본영과 연락을 취하는 것이 급선무이다!"

양쪽 군사들은 흑수하를 사이에 두고 대치 국면에 들어갔다. 조혜의 병사와 말들은 모두 매우 지친 상태였다. 그러나 한눈을 팔 수는 없었다. 곽집점의 6만 병사 중 4만여 병사가 늠늠하 이북의 사구에 포진해 있다는 사실을 상기하면 방심할 수 없었다. 더구나 그들은 일정한 간격을 사이에 두고 300리 길에 널려 있었다. 말하자면 이곳 흑수하에 도착한 만여 명은 선두부대인 셈이었다. 또 보병과 기병이 반반씩인 관군과는 달리 곽집점은 전부 기병들이었다. 솔직히 관군은 수적인 열세에 처한 데다 대본영을 코앞에 두고 갇혀버렸으므로 식량과 식수를 찾지 못했다면 죽음을 기다릴 수밖에 없을 터였다.

그사이 마광조와 요화청은 벌써 부하들을 이끌고 흑수하 대영으로 돌아와 있었다. 그들은 지친 몸을 잠깐 뉘일 새도 없이 즉각 조혜를 구조할 전략을 짜기 위해 머리를 모았다. 마광조가 말했다.

"지금 우리가 모든 걸 쏟아 부어 강공을 편다면 적들의 후방부대가 미친 듯이 달려들 거야. 그렇게 되면 우리는 당해내기 어려워. 조혜 군문께서는 부대를 절지絶地로 몰고 가지 않을 것이니 필히 왜왜하 쪽으로 가서 주둔할 거야. 우리는 일단 이천 기병을 파견해 서쪽으로 조혜 군문과 접선을 하도록 시도해 보자고."

요화청과 호부귀는 마광조의 말이 일리가 있다고 생각했다. 그러나 만여 명의 적들이 호시탐탐 노리고 있는 마당에 고작 2000명을 보낸다는 것은 굶주린 이리떼에게 양 새끼를 던져주는 격이나 다를 바가 없다고 해야 했다. 요화청이 잠시 생각하고 난 다음 입을 열었다.

"적어도 팔천 명은 풀어야 해. 내가 나가겠어. 사흘 내에 조혜 군문과 연락을 취하지 못하면 마 군문이 나의 목을 치라고!"

마광조가 웃으면서 말했다.

"내가 요 군문의 목을 쳐서 뭘 하겠어. 적들은 사기가 충천해 있을 텐데, 괜히 대부대를 끌고 나갔다가 된통 얻어맞고 올까봐 그게 걱정일 뿐이야."

호부귀도 한마디 했다.

"그놈들도 몇 백 리를 달려왔어. 저들이라고 무쇠인간이라서 지칠 줄 모르겠어? 우리 병사들도 반나절 쉬면서 배불리 먹었으니 기운을 차렸을 거라고. 걸어볼 만한 승부야, 내가 가겠어!"

"좋아."

마광조는 크게 내키지 않았으나 겉으로는 흔쾌히 동의를 했다.

"호부귀, 자네가 이십일 치의 건량乾糧을 챙겨 팔천 병사를 거느리고 정면 돌파를 시도해 보게. 화총은 오백 자루야. 도중에 강적을 만나지 않는 이상 화기火器는 가급적 쓰지 않는 게 좋겠어. 내가 육천 인마를 거느리고 북쪽으로 가서 적들의 후방을 교란시킬 테니까."

이렇게 해서 호부귀와 요화청은 각자 임무를 수행할 곳으로 달려갔다. 마광조는 자리에 혼자 남게 되자 즉시 주고지奏稿紙를 펼쳐놓고 상주문을 쓸 준비를 했다. 이런 승부를 점칠 수 없는 복잡한 상황에서 미리 사실대로 보고하지 않았다가 만에 하나 큰 차질을 빚는 날에는 세 사람 모두 엄청난 책임과 재앙을 피할 수 없을 것이라는 사실을 그는 누구보다 잘 알고 있었기 때문이다.

17장

표리부동表裏不同

마광조, 요화청, 호부귀 셋이 공동으로 올린 상주문은 800리 긴급 편으로 발송됐다. 하지만 열악한 사막의 여건상 25일째가 되는 날에야 비로소 북경에 도착했다. 그날 군기처 당직은 유용이었다. 그는 화칠봉인火漆封印을 확인한 즉시 원명원으로 향했다. 때마침 귀주성 학정學政으로 새로 임명된 유보기劉保琪가 폐사陛辭(군주에게 작별을 고함) 차 입궐하는 길이었다. 그렇게 해서 두 사람은 가마에 동승해 원명원으로 향했다.

둘이 쌍갑문雙閘門에서 패찰을 건네고 잠시 기다리고 있자 태감 왕인이 빠른 걸음으로 걸어 나왔다. 유용이 물었다.

"폐하께서는 누구를 접견 중이신가?"

근시인 왕인은 가까이 다가와서야 겨우 유용과 유보기를 알아보고는 황급히 웃음을 지으며 대답했다.

"폐하께서는 방금 화 대인과 바둑을 한 판 두셨습니다. 지금은 열다섯째마마께서 드시어 담화 중이십니다!"

유용이 고개를 끄덕이면서 빙그레 웃었다. 이어 왕인을 따라 안으로 들어가면서 물었다.

"화신이 바둑 둘 줄도 알았나? 금시초문일세."

"장기 실력은 번번이 폐하를 압도할 정도로 뛰어난 것 같았으나 바둑은 지금 배우는 단계인 것 같습니다. 폐하의 상대가 되려면 아직 멀었죠."

역대로 신하들은 군주와 대혁對弈(장기나 바둑을 둠)할 때 설령 국수國手일지라도 일부러 져주거나 적당히 무승부로 판을 거두는 경우가 다반사였다. 그러나 왕인의 말에 따르면 화신은 이기고 지는 '판가름'을 확실히 한다고 했다. 그 말에 유용은 고개를 갸웃거리면서 믿어지지 않는다는 표정을 지었다.

"전에 세종世宗(옹정)께서 유묵림劉墨林 선현先賢과 바둑을 두시고 하풍下風(한 수 아래)임을 인정하셨다는 얘기를 들었네. 그 뒤로는 그런 경우를 못 봤거늘 화신 그 친구는 과연 예사 담력이 아닐세."

왕인이 말을 받았다.

"화 대인께서는 '고의적으로 져주는 것은 기군欺君'이라고 했습니다. 그 말을 듣고 폐하께서는 대단히 기뻐하셨습니다!"

그사이 궁전 앞에 다다른 유용과 유보기는 계단을 올라가 큰 소리로 직함과 이름을 아뢰었다. 곧 안에서 웃음 섞인 건륭의 밝은 목소리가 들려왔다.

"어서 드시게."

유보기는 유용을 따라 안으로 들어갔다. 궁전은 양심전보다 폭과 길이가 배는 더 커 보였다. 동난각에는 주렴이 차분히 드리워져 있었다. 그 주렴 너머로 커다란 온돌 위의 서류 책상이 어렴풋이 보였다. 서쪽의 대청大廳은 호수를 마주하고 있어 널찍하고 시원해 보였다. 창밖에서는 울창한 나무들이 싱그러운 신록을 뿜내고 있었다. 또 창문에는 잠자리 날개처럼 얇은 담황색의 휘장이 드리워져 있었다.

건륭은 편한 옷차림으로 서쪽 창문 아래 차탁茶卓 옆에 앉아 있었다. 옹염顒琰은 따로 마련한 편좌偏座 위에 얼굴을 북쪽으로 향한 채 정좌해 있었다. 화신은 남쪽을 향해 서 있었다. 그는 얼굴 가득 미소를 머금고 하던 얘기를 계속했다.

"……북방의 연화낙자蓮花落子(북쪽 지역의 거지들이 흔히 불렀던 타령), 남방의 화고희花鼓戲(지방극), 중원의 고대곡高臺曲과 진섬晉陝(산서성과 섬서성)의 이인대二人臺는 모두 같은 유형이라고 할 수 있사옵니다. 다른 점이라면 연화낙자 같은 경우에는 전부 묘령의 계집아이들이 노래를 하옵고, 이인대는 남녀가 반반씩이라는 것이옵니다. 대신 연극이 끝나면 하나같이 무대 뒤에서 옷을 홀랑 벗고 온갖 상풍패속傷風敗俗의 짓을 다 한다고 하옵니다. 그래서 막을 내린 뒤에도 남녀노소할 것 없이 무대 뒤의 장면을 머릿속에 떠올리면서 떠날 생각을 하지 않는다고 하옵니다. 연화낙자 같은 경우에는 천진위天津衛(지금의 천진天津)에서 가장 유행하는 줄로 알고 있사옵니다. 그 역시 겉으로는 멀쩡해 보이는 계집애들이 기생이나 다름없는 음담패설로 남자손님들의 침을 질질 흘리게 만들어 주머니를 다 털어간다고 하옵니다. 신은 고단한 백성들에게 위로는 되지 못할 망정 심각한 위해를 끼치고 있는 이들 연극을 금지시키라는 어지를 받고 여러 차례 엄금령을 내렸사옵니다. 그러나 잠깐 꼬리를 감췄다가도 다시 되살아나오니 어찌할 도리가 없사옵니다. 배운 게 도둑질이라고, 평생 그 재주로 먹고 살아온 이들은 쉬이 밥그릇을 버리려 하지 않사옵니다. 때문에 양지에서 음지로 잠입할 수밖에 없사옵니다. 그리 되면 우리는 자릿세조차 받을 수 없게 되옵니다. 그런 연유에서 이런 연극을 공연할 수 있는 전문 구역을 정해주는 것이 바람직할 것 같사옵니다. 북경의 팔대 호동胡同(골목을 의미함)처럼 말이옵니다. 그러면 체통이 있고 가법이 준엄한 댁에서는 부모들이 자연히 알아서 자제들을 단속할 것이옵니다. 반면 타고나기를 '콩가루'인 자제들은 그런 부화방탕과 타락의 온상을 피해갈 수 없을 것이옵니다. 그렇다 하더라도 지금으로서는 달리 방책이 없는 줄로 아옵니다."

옹염이 화신의 말이 끝나기를 기다렸다가 입을 열었다.

"글쎄? 한쪽 눈을 슬쩍 감아 적당히 방치하자는 얘기인데, 그게 과연 풍토를 바로잡는 데 얼마나 효과적일까? 엄하게 다스리고 처벌하는 쪽으로 나가야 할 것이네. 촌수로 따지면 나의 숙부뻘인 종실 자제가 어느 날 보니 흰 천으로 얼굴을 가리고 다니더라고. 본인은 감기 때문이라고 하는데 알고 보니 양매대창楊梅大瘡(일종의 성병)에 걸린 게 아니겠나? 경관京官들 중에는 이처럼 팔대 호동에서 순간의 쾌락을 즐기다 몹쓸 병을 얻은 사람이 많다네. 수치심 때문에 감히 제대로 된 의생을 못 찾고 강호江湖의 어중이떠중이 낭중郎中들을 찾아가 돈 잃고 병이 더 악화된 자들이 비일비재하다고 들었네. 몸이 아프면 업무에 소홀해질 수밖에 없거늘 어찌 이를 방치할 수 있다는 말인가?"

유용과 유보기는 건륭이 민간의 풍속에 대해 한담을 나누는 것이 아니라 중요한 현안을 논의하고 있다는 사실을 그제야 깨달았다. 유용 역시 본분을 망각한 경관들의 추악한 행태를 심심찮게 보아오면서 이를 갈았던 사람이었다. 심지어 형부 아문에서만 30명 가까이 처벌하기도 했다. 그러나 이는 단순히 북경과 천진 두 곳만의 문제가 아니었다. 각 성의 크고 작은 관리들 대부분이 해당된다고 할 수 있었다. 때문에 벌을 준다고 해도 전체를 벌할 수는 없었다. 자연스럽게 '엄금'하는 것도 번번이 좌절되고 말았다. 더구나 '엄금'에 걸린 '일진 사나운' 자들도 의죄은자를 내고 뒷문으로 빠져 나오는 경우가 허다했다. 유용은 화신의 말에 일리가 있다고 생각했다. 아무리 생각해봐도 '전문 구역'을 정해주는 것 외에는 달리 좋은 방법이 없을 것 같았다.

유용은 그렇게 생각하면서 소리 없이 한숨을 삼켰다. 그러고는 두 손으로 전방에서 날아온 상주문을 받쳐 올렸다.

"조혜의 대영에서 보내온 군보이옵니다. 상황이 시급한 것 같사오니 성재聖裁를 내려주시옵소서."

"군보라고 했나?"

급하다는 말에 건륭의 얼굴에 대뜸 긴장감이 감돌았다. 두 말 없이 상주문을 받아 펼쳐보았다. 궁전 안에는 삽시간에 무거운 침묵이 흘렀다. 모두들 잔뜩 긴장한 채 건륭과 유용의 표정을 살피기에 바빴다.

상주문은 2000자 내외밖에 되지 않았다. 그러나 내용이 간단치 않았는지 건륭의 미간이 점점 좁혀지고 있었다. 그가 반복해 두 번을 읽어보고는 옹염에게 건네주었다.

"화신과 함께 읽어보거라. 조혜, 실망스럽네! 공을 세우는 데만 급급해 무모하게 밀어붙이다니! 적들에게 고립돼 위태로운 경지에 내몰렸다고?"

건륭이 자리에서 일어나 창가로 걸어갔다. 이어 말없이 창문 너머로 밖을 내다봤다. 방안의 분위기는 삽시간에 무겁게 굳어버리고 말았다. 잠깐 사이에 상주문을 다 읽고 난 화신과 옹염의 표정도 밝지 않았다. 둘 다 근심스러운 눈빛으로 건륭의 눈치만 살폈다. 오랜 침묵 끝에 옹염이 먼저 조심스럽게 입을 열었다.

"아계 공이 절강에서 어지를 받고 움직이고 있는 중이라고 하옵니다. 서찰을 보내 가능한 한 빨리 오라고 독촉하는 게 어떻겠사옵니까? 군기처에는 군무에 익숙하지 않은 문신들만 남아 있어 어찌 대처해야 할지 난감할 것이옵니다."

"신의 소견으로는 유보기를 낙양에 급파해 복강안 공에게 자문을 구하는 것이 바람직할 것 같사옵니다. 군무에 그만한 사람이 어디 있겠사옵니까? 그에게 낙양에서 직접 조혜에게 군령을 내리게 하는 동시에 폐하의 어지를 청하는 것이 타당하지 않을까 하옵니다. 처벌을 받은 지 얼마 안 되는 아계 공을 이런 일로 급히 부른다는 것은 어쩐지……."

화신이 더 이상 말하기 곤란한 듯 대충 얼버무렸다. 그러고는 잠시 망설인 끝에 덧붙였다.

"신은 아무래도 두광내가 지나치게 민감하지 않았나 생각되옵니다. 조서는 아직 군기처에 있사옵니다. 잠시 어지를 보류하시고 좀 더 재고해보시는 것도 좋을 것 같사옵니다."

유보기는 아계가 처벌을 받았다는 말은 처음 듣는 터였다. 반면 다른 사람들의 동향에 대해서는 어느 정도 알고 있었다. 두광내는 얼마 전 절강성의 재정 적자가 심각하다면서 절강 총독과 순무에 대한 탄핵안을 올렸다. 이에 건륭은 확인을 하기 위해 아계를 흠차대신으로 절강 현지에 파견했다. 그러나 아무리 조사를 거듭해도 적자는 발견되지 않았다. 당연히 건륭은 허위 사실을 거론한 두광내를 혹독하게 질책했다. 그러나 두광내는 한사코 억울함을 호소했다. 건륭에게 올린 밀주문에 "관직도, 목숨도 버릴 각오가 돼 있다"면서 절강성의 재정 적자를 보다 더 꼬집고 나섰다.

유용은 상주문을 읽어보지 않은 탓에 상세한 내용은 알 수 없었다.

그러나 건륭이 도대체 어찌된 영문이냐면서 아계를 훈책했을 뿐 아니라 임무 박탈과 감봉 처벌을 내렸다는 사실은 알고 있었다. 아무려나 화신이 말을 꺼내자 좌중의 신하들은 모두 건륭에게 시선을 돌렸다.

"해란찰은 손쉽게 창길을 점령했네. 그래서 짐은 조혜도 별 어려움 없이 금계보를 탈환할 수 있을 걸로 굳게 믿어마지 않았네!"

오랜 침묵 끝에 건륭이 드디어 입을 열었다. 느리고 무거운 어조에는 소름끼치는 냉혹함이 묻어났다.

"오만 병사가 제대로 교전 한번 치러보지 못하고 아마하에서 능늑하, 능늑하에서 흑수하로 쫓겨만 다닌 게지."

건륭이 창밖으로 보면서 고개도 돌리지 않고 언성을 높였다.

"이건 누가 봐도 패전이야! 얼마나 면목이 없으면 감히 패보敗報를 전할 엄두조차 못 내고 부하 장군들을 시켜 조정을 우롱하는 짓거리를 다할까! 실망이야, 실망!"

그동안 애타게 승전보를 기다려온 건륭은 기대가 수포로 돌아간 데 대한 분노와 실망 그리고 울분이 뒤섞인 대성질호大聲叱呼를 내뱉었다. 좌중의 네 신하는 깜짝 놀란 표정을 짓는 옹염을 따라 모두 황급히 무릎을 꿇었다. 곧 건륭이 뒷짐을 진 채 홱 돌아서면서 무서운 눈빛으로 신하들을 쓸어봤다. 그 서슬에 신하들은 다시금 황급히 고개를 숙였다. 건륭의 노한 용안을 감히 쳐다볼 용기가 없는 듯했다. 심지어 일부는 건륭의 이어지는 질책을 어깨와 등허리, 머리 등 사방에 꽂히는 바늘처럼 느꼈는지 몸을 부르르 떨었다.

"복강안만 제외하고 나머지 상신相臣(재상), 장신將臣(장군), 조신朝臣(중앙의 관리), 외신外臣(지방관)들은 모두 하나같이 무능하고 별 볼 일 없어! 일지화의 잔당 임상문이라는 자가 미꾸라지처럼 강남과 산동을 휘젓고 다닌 세월이 몇 해째인데 아직 잡아오지 못했다는 말인가? 호광湖廣의 효감孝感에서는 한낱 상것에 불과한 강호의 사내가 분탕질을 치고 있지 않은가! 사교邪教의 수령으로 자칭하고 수천 양민들을 현혹시키고는 산을 점거한 채 '왕'으로 '추대'됐다면서! 원소절 밤 관등觀燈 행사장에서 비적들의 불순한 움직임이 포착된 것도 북경뿐만이 아니라고 들었네. 남경, 복주에서도 반란의 조짐이 일었다고 하는데, 어째서 여태까지 하나도 잡아들이지 못했나 이 말이야! 휴! 짐은 과연 늙었나보네. 나날이 의심이 많아지고 겁도 많아지는 것이 늙었다는 증거가 아니겠나……."

건륭이 갑자기 상심에 겨운 목소리로 말을 이었다.

"성조와 세종의 위업을 이어받아 완벽한 사람이 되고자 했던 것이 과연 당치도 않은 욕심이었다는 말인가……. 모든 것이 물속의 달처럼, 거울 속의 꽃처럼 허무하게 끝나버리고 말 것인지……."

건륭이 손가락으로 옹염을 가리키면서 말을 이었다.

"너는 오늘부터 군기처로 들어가거라. 행주行走로 있으면서 군기처 업무를 배우도록 하거라. 어지를 작성하거라. 조혜는 군무에 태만하고 적을 우습게 알았을 뿐 아니라 자신을 과대평가한 잘못을 범했다. 관군이 흑수하로 패퇴하게 만들었으니 즉각 짐이 하사한 노란 마고자와 쌍안 화령을 박탈한다. 마광조에게 최대한 빨리 본영으로 돌아가라고 이르거라. 조혜는 혁직유임革職留任한다. 이제부터는 복강안이 그쪽 군무를 관장하게 될 것이다! 유용과 화신은 보정輔政에 소홀해 정무상의 폐해를 야기시켰는 바 둘 다 벌봉罰俸 반 년의 죄를 묻는다. 늑민은 호광, 효감 지역의 폭민반란暴民反亂을 제때에 잠재우지 못한 죄를 물어 관품을 세 등급 강등시켜 대죄유임待罪留任하도록 한다!"

눈 깜짝할 사이에 줄줄이 처벌 명령이 떨어졌다. 유용은 엉겁결에 자신의 이름까지 언급되자 기분이 언짢아졌다. 건륭이 엉뚱한 곳에

분풀이를 한다는 생각이 들었던 것이다. 그러나 건륭의 기분을 이해할 수는 있을 것 같았다. 화신은 무슨 생각을 하는지 입술만 감아 빨뿐 고개를 숙인 채 말이 없었다. 유보기는 이런 장면을 처음 보는 터라 당연히 사색이 된 채 숨을 죽이고 있었다. 건륭이 신하들의 감정 따위는 무시한 채 유용을 가리키면서 지시했다.

"유용, 자네가 어지를 작성해 아계에게 보내게. 조혜를 대장군으로 천거한 사람은 아계이니 조혜의 실리失利에 따른 책임을 피해갈 수 없을 것이라고 하게. 아계와 화신은 두광내가 근거 없이 무고하고 깨끗한 사람을 해하려 든다면서 질책해마지 않았지. 헌데 두광내는 이미 짐에게 낱낱이 고했네. 절강성이 재정 파탄의 죄를 무마하고자 민간의 은자를 빌려 조정의 수사를 피하려 한 수작을 말이네. 절강성에서 민간에 써준 차용증까지 동봉해 왔음에도 불구하고 화신은 여전히 절강성의 편을 들어 짐을 불명不明의 경지에 밀어 넣으려고 했어!"

화신이 건륭의 말에 당황한 나머지 연신 머리를 조아렸다.

"신은 그가 증거로 제시한 차용증이 한 장밖에 없는 것을 보고 증거가 불충분하다고 생각했사옵니다……."

"한 장? 누가 한 장이라고 그래?"

건륭이 말을 마치기 무섭게 좌중의 신하들 앞으로 두어 걸음 다가갔다. 당장 발로 화신을 걷어차기라도 할 태세였다. 그러나 곧 들었던 다리를 다시 내려놓으면서 덧붙였다.

"자그마치 삼백 장이야! 짐의 수중에 삼백 장의 증거물이 있다 이말이네! 하나같이 짐을 기만하고 천하태평 쪽으로 포장하려 들었던 게지!"

화신은 감히 더 이상 토를 달지 못했다. 그저 닭이 모이를 쪼듯 죽어라 머리만 조아릴 뿐이었다. 건륭은 여전히 흥분한 상태였다. 그러나 성질을 죽이고 천천히 다시 말을 이었다.

"복강안에게 어지를 보내 당분간 북경에 돌아올 필요가 없다고 이르게. 즉각 낙양에서 출발하라고 하게. 조혜의 흑수하 대영으로 가서 군무를 인계 받으라고 하게!"

건륭이 말을 마치고는 혼자 동난각으로 횅하니 들어가 버렸다. 좌중의 세 대신과 옹염은 서쪽 대청에 남겨졌다. 다들 어리둥절한 표정으로 서로를 번갈아 보면서 어찌할 바를 몰라 했다. 잠시 후 유용이 먼저 입을 열었다.

"열다섯째마마, 이대로는 아니 됩니다. 소인이 가서 폐하께 재고를 주청 올리겠습니다."

옹염의 낯빛은 파랗게 질려 있었다. 그러나 곧 정신을 차리고는 죽은 듯 미동도 하지 않는 화신을 힐끔 쳐다보면서 말했다.

"여러분이 지금 들어가면 붙는 불에 기름을 붓는 격이 될 뿐이네. 내가 가보겠네."

유용이 감격 어린 눈길로 아직 젊은 황자를 바라보며 아뢰었다.

"먼저 폐하의 심기를 편하게 해 드리는 게 중요합니다. 서둘러 어지를 청하느라 하시면 더욱 불편해 하실 것입니다."

옹염이 고개를 끄덕였다. 이어 여전히 꼼짝 않고 엎드려 있는 화신을 혐오스런 동물 쳐다보듯 보고 나서 난각으로 들어갔다.

건륭의 안색은 서쪽 대청에 있을 때처럼 그렇게 흉흉하지는 않았다. 몇몇 태감들도 평소처럼 조심스럽게 시중을 들고 있었다. 방안에는 차가운 물수건과 냉차가 갖춰져 있었다. 왕인은 의자 뒤에 무릎을 꿇은 채 가볍게 건륭의 등을 두드려주고 있었다. 건륭은 눈을 지그시 감고 있었다.

옹염은 행여나 건륭을 놀라게 할세라 손짓으로 왕인을 물리쳤다.

그러고는 자신이 직접 건륭의 어깨와 뒷목을 가볍게 안마한 다음 등을 토닥토닥 두드렸다. 그렇게 한참 가만히 몸을 내맡긴 채 있던 건륭이 드디어 길게 한숨을 지으면서 그만 하라는 듯 손사래를 쳤다. 이어 느릿느릿 입을 열었다.

"옹염아! 이 아비는 어찌된 게 늙어갈수록 왜 이렇게 성정性情이 포악해지는지 모르겠구나. 두서없이 마구 퍼붓고 나니 한결 홀가분하기는 하다만……."

"아바마마……!"

옹염이 한없이 약해 보이는 부친을 천천히 바라봤다. 순간 방금 전의 두려움은 온데간데없이 사라져버렸다. 대신 참을 수 없는 슬픔이 몰려왔다. 콧등이 시큰해지면서 하마터면 눈물을 쏟을 뻔했다. 급기야 그가 울먹이는 목소리로 아뢰었다.

"아바마마께서는 아직 연로하지 않사옵니다. 그런 말씀 마시옵소서……. 포고를 연습하시고 서른 근짜리 석쇄石鎖를 장난감처럼 돌리시는 걸 보면 아직도 사십대 장정의 근골筋骨을 자랑하고 계시옵니다. 아바마마께서는 백세까지 무난하게 앉으실 것이옵니다. 화신은 아바마마께서 적어도 백이십 세까지 문제없다면서 소자하고 내기까지 했사옵니다. 우리 대청大淸은 아바마마께서 계시는 한 만년 동안 태평성세의 가도를 달릴 것이옵니다. 아바마마께서는 소자의 등대이시옵니다. 늘 그 자리에 계시면서 소자의 앞날을 훤히 밝혀주시는 등대이시옵니다!"

건륭이 옹염의 말이 끝나기 무섭게 손을 뒤로 하더니 어깨를 주무르고 있는 그의 손등을 가볍게 두드려주면서 한숨을 내쉬었다.

"아들아, 너도《이십사사》二十四史를 읽어봐서 알겠지만 칠십 세를 넘긴 황제는 조룡祖龍(진시황) 이래로 세 분밖에 없었느니라. 네가 나의 백세를 염원하는 건 효심의 발로인 줄 잘 안다. 그러나 화신이 백이십 세를 운운하는 건 아부에 지나지 않느니라……"

옹염이 여전히 고집스러운 자세로 말을 받았다.

"소자가 듣기에는 아부가 아니었사옵니다."

건륭이 은근히 고집스러운 아들의 성미를 잘 아는지 더는 말하지 말라는 듯 손사래를 쳤다.

"저들의 처벌을 재고해 주십사 청을 들려고 들어온 것 같은데, 가볍게 벌하는 수는 있어도 면죄부를 줄 수는 없다. 각자 과오가 분명하지 않느냐. 아계와 화신은 아직 장래가 창창한 자들이니 가끔씩 충격을 줘야 자신의 발밑을 한 번이라도 내려다볼 게 아니냐. 아비의 깊은 뜻을 알겠느냐?"

순간 옹염은 건륭의 어깨를 주무르던 손을 멈췄다. 건륭이 진짜 분노해 화를 낸 것이 아니라는 말을 듣고 놀랐던 것이다. 그제야 그는 건륭이 일부러 신하들에게 '충격'을 준 이유를 알 것 같았다. 신하들이 더 크게 성장하기를 바라는 뜻에서 그랬던 것이다. 그는 그것도 모르고 군기처 업무를 배우라던 어지를 거둬 주십사 청을 드림과 동시에 여러 신하들의 벌을 면해줄 것을 조심스럽게 주청 올리려 했었다. 옹염이 깊이 깨달은 듯한 얼굴을 한 채 건륭의 어깨를 계속 주무르면서 대답했다.

"이제야 아바마마의 깊은 뜻을 알 것 같사옵니다. 하오나 유용은 이렇다 할 과실이 없지 않사옵니까? 등허리가 날로 휘어 새우같이 돼가는 걸 보시옵소서. 정무에 혼신을 다하고 있는 사람이옵니다. 기윤이 떠난 후부터는 혼자서 둘의 몫을 하다 보니 하루에 네 시간밖에 눈을 붙이지 못한다고 하옵니다."

"새우가 돼서 나쁠 건 없지 않느냐? 용왕龍王도 어병하장魚兵蝦將을 필요로 하거늘!"

건륭은 어느새 평소의 안정을 찾은 듯 평온해 보였다. 차분한 어조로 다시 말 이었다.

"……더구나 한족 신하들이 아닌가! 다들 문책을 당하는데 혼자만 멀쩡하면 질시의 표적이 되기 십상이니라. 모르기는 하지만 너도 홀로 군기처에 입직하면 여러 형제들의 질투와 눈총을 받지 않을까 걱정돼서 그러는 것 아니냐?"

건륭은 비수처럼 예리하고 정확하게 옹염의 속마음을 지적했다. 건륭의 시선을 피해갈 수 없다는 사실을 잘 아는 옹염은 우물쭈물하다 나쁜 인상을 심느니 솔직한 것이 낫겠다고 생각하고는 용기를 냈다.

"소자의 심사는 아바마마의 성찰聖察을 피해갈 수 없사옵니다. 과연 그런 우려가 있사옵니다. 다른 형제들보다 유난해 좋을 게 없다고 생각했사옵니다."

"이미 선언을 했으니 거둬들일 수는 없느니라. 정식으로 군기처에 입직하라는 게 아니고 배우고 익히라고 하지 않았느냐."

건륭은 그렇게 말하기는 했으나 어쩐지 자신의 양심을 속이는 것 같았는지 곧 덧붙였다.

"옹선도 이참에 함께 배우라고 해야겠다."

다른 사람도 아니고 하필이면 여덟째 옹선顒璇이라는 말인가? 옹염은 그런 생각을 잠깐 했으나 겉으로는 전혀 내색하지 않았다. 곧 건륭이 어깨를 펴고 자세를 고쳐 앉으면서 그만 하라는 몸짓을 했다. 옹염은 기다렸다는 듯 바로 준비해 놓았던 차가운 물수건을 받쳐 올렸다. 건륭이 얼굴을 문지르고 나자 이번에는 찻잔을 두 손으로 공손히 받쳐 올렸다. 그러고는 한 발 뒤로 물러나 시립하면서 아뢰었다.

"그리 되면 더할 나위 없겠사옵니다. 일이 있으면 형제간에 머리를 맞대고 상의할 수도 있사옵고……. 아바마마, 아바마마께서 들으시면 당치 않다고 하시면서 불호령을 내리실지 모르겠사오나 소자는 방금 불현듯 이런 생각을 해 봤사옵니다. 조혜는 공로를 탐해 무모하게 공격한 것이 확실하오니 그 죄는 물어 마땅하옵니다. 그러나 상주문을 세세히 읽어보니 그는 패한 것은 아닌 것 같았사옵니다. 적들이 너무 교활해 조혜의 덫에 걸리지 않은 연유로 잠깐 어려움을 겪는 것이 아닌가 사료되옵니다. 아직은 정세가 불명하오니 섣부른 판단은 금물인 것 같사옵니다. 조금 있으면 군보가 도착할 줄로 믿사옵니다. 그가 적들에게 포위당한 채 구조를 요청했사오니 처벌은 곤경에서 벗어난 연후에 해도 늦지 않을 것 같사옵니다. 아울러 복강안도 서둘러 그 먼 길을 떠날 필요가 없을 것 같사옵니다. 천산만수天山萬水를 건너 그가 목적지에 당도했을 때는 이미 전사가 끝난 뒤일지도 모르는 일이옵니다. 좀 기다려보시는 것이 좋을 듯하옵니다."

"음!"

건륭이 고개를 끄덕였다. 사실 그도 표창을 한 데 이어 갑자기 '급진'急進을 명하는 독촉 어지를 내렸으니 조혜로서는 울며 겨자 먹기로 '무모한 공격'을 할 수밖에 없었다는 것을 모르지 않았다. 그러나 그로서는 그럴 수밖에 없었다. 막상 전쟁이 뜻하는 바대로 돼 가지 않으니 스스로 본인의 과실을 인정하기 싫었던 것이다. 그러니 아들과 신하들 앞에서 잘못을 쾌히 인정할 리 만무했다. 건륭이 잠시 침묵한 다음 서청西廳을 가리키면서 말했다.

"이리로 들라고 하거라! 유용을 따라온 자가 누구라고 했느냐?"

"유보기라는 자이옵니다. 기윤 공의 문생으로 한림원 출신이옵니다."

옹염이 기다렸다는 듯 대답했다. 건륭은 더 이상 말이 없었다. 옹염은 그제야 태감을 불러 어지를 전하라고 명했다.

잠시 후 세 신하가 줄줄이 들어섰다. 그러고는 화가 누그러진 건륭의 표정을 살피면서 몰래 안도의 한숨을 몰아쉬는 눈치들을 보였다. 화신이 어느새 활짝 웃는 얼굴을 하고서 아뢰었다.

"방금 군기처에서 소식이 왔사옵니다. 조혜의 군보가 이미 노하역潞河驛(노하潞河는 북경 외곽 통주通州에 있는 강으로, 운하의 종착지임)까지 도착했다고 하옵니다. 신은 군보가 군기처에 도착하는 즉시 폐하께 올리라고 지시했사옵니다."

건륭은 화신의 말에는 가타부타 대답을 하지 않았다. 대신 유보기를 향해 입을 열었다.

"유보기라고 했나? 기윤의 문생이고 이시요의 휘하에서 보군통령 아문 업무를 맡아왔다고? 한때는 사고서방四庫書房에도 있었다면서?"

"예, 그렇사옵니다."

유보기는 건륭이 자신의 이력에 대해 소상히 알고 있는 것이 놀랍고 황감했다. 황급히 머리를 조아렸다.

"학정을 우습게 보지 말게. 일개 성의 교화와 문명을 책임지는 일이 쉬운 것이 아닐세."

건륭은 기윤과 이시요로부터 유보기에 대해서 들은 바가 있었다. 왕이열이 그를 언급하면서 기윤의 문풍門風을 이어받았노라고 말했던 것도 기억이 났다. 급기야 건륭은 궁전 안에 들어서면서 저팔계처럼 여기저기를 기웃거리던 그의 모습을 떠올리면서 자신도 모르게 피식 웃고 말았다. 그러나 이내 정색을 하면서 말을 이었다.

"귀주성은 귀신도 새끼치기 싫어한다는 찢어지게 가난한 곳이네. 묘족苗族과 요족瑤族이 잡거하는 탓에 풍속도 제각각이니 역대로 가장 교화가 안 되는 골칫거리였지. 이를 염두에 두고 본분에 진력해

주게. 정 은자가 필요할 때는 화신에게 기별하면 알아서 예산을 집행할 것이네. 향시鄕試 인원은…… 사천과 섬서보다 조금 더 뽑아도 되겠네. 학정은 일방의 좌사座師(주시험관)로 총독과 순무의 관리와 상벌을 받지 않게 돼 있네. 그러니 상주할 것이 있으면 수시로 상주문을 올리도록 하게."

"예! 신 유보기는 성유聖諭를 받들어 모시겠사옵니다. 혼신의 힘을 다해 폐하의 홍은에 보답하겠사옵니다. 지방 백성들도 잘 교화해 절부節婦, 열녀烈女들이 많이 배출되고 무뢰한들이 발을 붙이지 못하도록 노력하겠사옵니다. 화 대인께서 예산을 집행해주시면 학당學堂을 세우겠사옵니다. 나라를 위해 진력할 수 있는 좋은 인재를 우후죽순처럼 양성해내겠사옵니다."

좌중의 사람들은 유보기의 약간 과장된 말투와 표정에 모두 웃음을 금치 못했다. 특히 화신이 더 그랬다. 급기야 한마디 하고 말았다.

"그렇다고 아녀자들만 남겨놓고 남정네들은 '무뢰한'이라는 죄명을 덮어씌워 다 쫓아내지는 말게. 어지가 계셨으니 예산은 충분하게 책정해놓겠네. 허나 실속 없이 은자를 낭비하거나 나를 속여먹으려 들었다가는 가차 없이 몽둥이를 휘두를 것이니 그리 아시게."

유보기가 즉각 대답했다.

"폐하께서는 사고서방에 오실 때마다 '인재는 나라의 기운氣運과 직결되는 중요한 자원'이라고 누누이 강조하셨습니다. 심혈을 기울여 키워낸다면 훌륭한 인재를 배출하지 못할 이유가 없습니다. 그곳 총독 전풍 공이 바로 귀주 토박이인 걸로 알고 있습니다."

옹염과 유용 또한 일찍이 기윤에게서 전해 들어 유보기를 알고 있었다. 사고가 민첩하고 머리가 명석한 사람이라는 것이 기윤의 설명이었다. 과연 듣던 대로 틀림이 없는 것 같았다. 두 사람은 동시에 고개를 끄덕였다. 그러나 건륭은 유보기가 전풍을 거론하자 표정이 잠시 어두워졌다. 하지만 이내 애써 웃음을 지으면서 당부했다.

"가기 전에 화신을 한 번 더 만나보고 떠나게."

건륭이 미소를 지으면서 다시 말을 이었다.

"전풍 같은 인물을 몇 명만 더 만들어주면 짐은 바랄 게 없겠네. 그는 운남에서 화모은자火耗銀子를 올려 받지 않고 군민軍民을 인솔해 해마다 말썽이던 이해洱海를 고분고분하게 잘 다스렸지. 백성들의 평판이 한결같이 좋았었다네. 황무지를 이백만 무畝나 개간해 벼농사도 짓게 했지. 게다가 상잠桑蠶(누에)과 마사麻絲(삼나무 껍질에서 뽑아낸 실)를 육성해 백성들의 수익까지 올려줬지. 본인이 솔선수범해 농사도 지었어. 어디 그뿐인가. 부인과 가인들에게도 베를 짜게 만들어 자립적으로 생활하게 했다고 하네. 운남성 대리大理의 백성들은 그를 위해 사당을 세워준다고 하네!"

건륭의 얼굴에 모처럼 화색이 돌았다. 전풍에 대한 치하는 끝도 없이 이어졌다. 그러나 좌중에는 건륭의 그런 말이 귀에 거슬리는 사람이 있었다. 잘 보면 자리에 앉아 있는 것도 무척 부자연스러웠다. 그는 바로 겉으로는 시원스럽게 웃고 있는 화신이었다.

전풍은 보름 전 건륭에게 밀주문을 올렸다. 화신은 어쩐지 그게 신경이 쓰여 여러 경로를 통해 밀주문의 내용을 알아내려고 했다. 그러나 허사였다. 그리고 며칠 후 전풍에게 귀경해 술직을 하라는 어지가 내려졌다. 화신은 아무리 생각해도 자신에게 불리한 무언가가 있는 것 같은 느낌을 떨치지 못했다. 며칠 내내 마음도 무거웠다.

그런 화신의 속내를 알 길 없는 옹염이 기회를 놓칠세라 입을 열었다.

"군기처에 일손이 부족한 실정이오니 전풍을 보결補缺시키는 것이 어떻겠사옵니까?”

　“운남을 제 궤도에 올려놓았으니 이제는 귀주 차례라면서 팔을 걷어붙이고 있는 사람이네. 귀주에서도 그를 필요로 하네. 짐은 전풍을 본보기로 내세울 생각이네. 그러니 아직 대략 오 년 정도는 더 지방에서 부려먹어야겠지.”

　건륭이 다시 덧붙였다.

　“젊은 사람이 너무 고속 승진하는 것도 바람직한 게 아니네. 노리는 자들이 많으니 말일세. 유보기, 자네는 가는 도중에 귀양貴陽(지금의 귀주성 성도)에서 전풍을 만날 수 있을 것이네. 만나게 되면 서두르지 말고 천천히 가을 무렵에 북경에 도착해도 늦지는 않다고 어지를 전해주게. 인삼도 두어 근 가져다주게. 그리고 낙양에 있는 복강안에게도 들러 짐을 대신해 위로해주게. 낙양이 너무 더우면 기산祁山이나 용문龍門의 향산香山으로 가서 피서를 하라고 하게.”

　이렇게 되면 복강안을 “흑수하로 가라!”고 했던 어지는 취소된 셈이었다. 옹염과 유용은 적이 안심했다. 심지어는 건륭의 신하에 대한 극진한 배려와 애정에 감격해마지 않는다는 표정까지 지었다. 반면 건륭의 성정을 잘 모르는 유보기는 그저 얼떨떨할 뿐이었다. 폭풍우처럼 인정사정없이 분노를 퍼붓고 줄줄이 처벌을 내리던 사람이 한순간에 화색이 만면한 채 신하들을 배려하다니, 실로 극과 극의 모습이 아닐 수 없었다. 그는 물러가라는 건륭의 명을 받고 밖으로 나온 뒤에야 비로소 막혔던 숨통이 트이듯 길게 숨을 내쉬었다. 유보기가 나가자마자 건륭이 다시 입을 열었다.

　“화신만 남고 경들도 물러가게! 노하역까지 와 있다는 군보가 어떤 내용이든 막론하고 수시로 짐에게 보고하도록 하게. 유용은 열다섯째황자하고 저녁을 같이하게.”

건륭이 뭔가 할 말이 남은 듯 잠시 고개를 숙이고 생각을 하는 듯했다. 그러나 바로 손사래를 치면서 짤막하게 말했다.

"됐네, 가보게."

이제 궁전 안에는 건륭과 화신 단 둘만 남았다. 화신은 날로 성정이 종잡을 수 없이 변해가는 건륭을 보면서 속으로 바짝 긴장했다.

건륭은 아침에 들어왔을 때만 해도 심기가 무척 불편해 있었다. 태감들이 모두 숨죽이고 경직돼 있는 걸 보면 예삿일이 아닌 것 같았다. 그로서는 조심스럽게 여쭤볼 수밖에 없었다. 건륭의 대답은 의외로 간단했다. 호광의 효감 지역에서 비적들이 양민들을 현혹해 반란을 일으켜 심기가 불편하다는 것이었다. 심지어 그는 몇몇 황자들이 "음풍농월에만 심취해 아비의 고뇌를 나 몰라라 한다"면서 불평을 터트렸을 뿐 아니라 "날씨가 어찌 이리 후덥지근하냐"면서 미간을 찌푸리기도 했다……. 하다못해 창턱에서 기어가는 개미 새끼를 보면서도 소털같이 많은 날에 뭐가 저리 항상 바쁠까 하면서 애꿎은 푸념을 해댔다.

화신은 건륭의 그런 불편한 심기를 달래주고자 현란한 구설口舌을 동원해 그를 바둑판 앞으로 유혹했다. 그러자 건륭의 기분은 차츰 풀리는 듯했다. 그 사이 옹염이 들어섰다. 건륭은 다시 옹염과 이런저런 가벼운 한담을 하면서 기분이 더욱 좋아졌다. 그러던 차에 유용에게서 조혜가 '죽을 쑤고' 있다는 소식을 접했다. 그래서 다시 한 번 크게 실망하고 분노했던 것이다.

원래 건륭이 한번 화가 났다 하면 반경 수만리 내의 신하들은 아무도 뇌정의 분노에서 자유롭지 못했다. 하지만 전풍의 얘기를 하면서 그의 기분은 겨우 풀렸다. 그런데 이제 화신을 혼자 남겨 놓고 또 무슨 소리를 하려는 걸까?

화신은 순간 건륭의 의도를 더듬어내기 전에는 함부로 입을 열지 않는 게 상책이라고 생각했다. 그래서 미소를 지으면서 옆에 시립한 채 수시로 곁눈질로 훔쳐볼 뿐 아무 말도 하지 않았다. 태감들의 시중을 받으면서 옷을 갈아입고 난 건륭은 얼음에 담가뒀던 수박을 한 조각 베어 먹고는 수건으로 입을 닦았다. 이어 가볍게 "으흠!" 하고 헛기침을 하면서 돌아앉았다. 화신은 순간적으로 귀를 쫑긋 세웠다. 건륭이 마침내 담담하게 입을 열었다.

"화신! 쌍갑문 북측 쪽문으로 나가면 보이는 원명원 맞은편 저택이 자네 소유인가?"

화신은 건륭이 이렇게 뜬금없는 질문을 할 줄은 미처 생각하지 못했다. 잠시 동안 대답을 할 수가 없었다. 그러나 곧이어 고개를 들고는 건륭을 빠르게 일별하면서 대답했다.

"예, 그렇사옵니다."

화신은 말을 마치고는 틀림없이 누군가가 고자질을 했을 것이라는 생각이 들었다. 그러나 애써 감정은 드러내지 않고 마른침을 꿀꺽 삼키면서 말을 이었다.

"폐하께서 밀운密雲(북경 근교)에 있는 장원莊園 두 곳을 상으로 내리시고, 순의順義와 준화遵化의 전답도 하사하신 덕분에 신은 꿈에도 그리던 집을 지을 수 있었사옵니다. 이는 전적으로 폐하의 성은 덕분이옵니다. 하오나 원명원 공사의 감리를 맡으면서 택지 덕을 조금 본 것도 없지는 않사옵니다."

"원명원은 어마어마한 예산을 투입하는 거국적인 공사이네."

건륭은 화신이 순순히 '택지 덕을 본' 사실을 실토할 줄은 미처 예상하지 못했다. 미간을 좁히면서 물을 수밖에 없었다.

"아무리 감리를 맡았고 천하의 재정을 총람하는 사람이라지만 눌러앉을 데가 따로 있지 않은가. 어찌 원명원에 엉덩이를 들이밀 수 있다는 말인가?"

건륭의 질문에 화신은 전혀 두려워하는 기색을 보이지 않았다. 건륭이 찻잔을 집으려고 하자 배시시 웃으면서 다가가 숙련된 동작으로 은병銀瓶에 든 차를 여유 있게 따라주기까지 했다. 이어 한 걸음 뒤로 물러서면서 아뢰었다.

"폐하께서 무슨 오해가 계신 것 같사옵니다. 신이 머리가 몇 개라서 감히 공은工銀을 가지고 비리를 저질렀겠사옵니까? 신이 집을 지은 부지는 열째공주마마께서 견자犬子(아들에 대한 비칭)에게 시집오는 것을 축하하기 위해 조정에서 액부부額駙府 명목으로 내린 삼십 경頃의 부지 일부이옵니다. 그중 이십 경을 사용한 것이옵니다. 원래 연못자리였는지라 신경이 쓰였사오나 공사장에서 폐기처분하는 석재와 기왓장 부스러기로 평평하게 메웠사옵니다. 신이 덕을 본 건 저지대를 메우는 석재를 따로 구입할 필요가 없어 은자 삼만 냥 정도를 아꼈다는 것이옵니다. 문 앞의 석방石坊과 한 쌍의 석사자石獅子는 액부부에 주기로 돼 있는 내무부의 규정에 따라 상으로 내린 것이옵니다. 건물을 지을 때는 폐하께서 하사하신 오천 냥과 태후마마께서 상으로 내리신 삼천 냥을 요긴하게 잘 보탰사옵니다."

화신의 말은 기억력이 뛰어나고 세세한 장부帳簿에 능한 그다웠다. 즉각 손가락을 꼽아가면서 전와磚瓦, 목석木石, 도료塗料 등 재료의 구입비, 인부들의 공전工錢, 심지어 인부들의 밥값 등까지도 소수점 아래까지 계산을 해냈다. 원명원 공사 현장으로 자주 다녔던 좌중의 몇몇 태감들은 하나같이 속으로 놀라워마지 않았다. 건륭은 바로 오리무중에 빠지고 말았다. 숫자에 약하고 계산에 서투른 그로서는 긴 숫자만 나오면 바로 머리가 아프고 정신을 차리지 못할 수밖에 없었던 것이다. 화신은 말미에 다시 한 번 결정타를 날렸다.

"이는 대략적으로 여쭌 것이옵니다. 폐하께서 원하신다면 좀먹을 일이 없는 장부를 가져다 드리겠사옵니다. 공부의 관리들을 시켜 조사해보시면 모든 것이 명명백백하게 드러날 것이옵니다."

건륭이 화신의 말에 바로 웃음을 지었다.

"짐이 생각이 난 김에 한마디 하문했거늘 한 수레를 부려놓는군! 자네가 못미더워서 그러는 게 아니네. 그냥 궁금해서 물었는데 역시 경은 공사公私가 분명한 사람이로군. 짐은 재정에 관해서는 잘 모르니 자네가 어련히 알아서 잘할까 믿어마지 않네. 다만 간혹 고개를 갸우뚱하면서 의혹을 품는 사람들이 있으면 오늘처럼 정확한 증거를 제시하면서 설득을 시키도록 하게."

화신이 다시 아뢰었다.

"이런 일은 추호의 오차도 있어서는 안 된다는 걸 잘 아옵니다. 앞으로도 폐하께 심려를 끼쳐드리지 않도록, 조정의 알뜰한 살림꾼이 되도록 진력하겠사옵니다. 외임外任 경력도 없고 군무軍務에도 문외한인 신을 이같이 중용해 주시는 폐하이시옵니다. 이재理財 면에서의 재능조차 발휘하지 못한다면 폐하께서 신을 곁에 두실 이유가 없지 않겠사옵니까? 신이 추호라도 공사비를 가지고 장난을 치거나 횡령한 사실이 드러난다면 폐하께서 지적하시기도 전에 신은 벌써 저 앞 연못에 굴원屈原(중국 전국시대의 정치가이자 시인. 장사長沙에 있는 멱라수汨羅水에 투신하여 죽었음)처럼 거꾸로 박혀 죽었을 것이옵니다!"

건륭이 화신의 과장된 말에 그예 하하하! 하고 웃음을 터트렸다.

"죄가 무서워 자살하면서도 굴원을 운운하는 건 또 무슨 어불성설인가!"

화신이 여전히 정색하면서 대답했다.

"폐하께서 신에게 대국의 재정을 맡기신 건 천하를 이롭게 하라는 뜻이지 결코 딴 주머니를 차고 검은 돈이나 챙기라는 뜻이 아닌 줄 뼛속 깊이 명심하고 있사옵니다. 충성 여부를 떠나 천리양심天理良心이 용납하지 않을 것이옵니다. 천하제일의 정원庭園을 건설하면서 수억, 수조에 달하는 예산을 신에게 전권 위탁하신 폐하의 신뢰에 어찌 찬물을 끼얹었겠사옵니까. 손가락에 틈이 생겨 조금씩 새어나간다면 그건 신의 무능함이겠사오나 몰래 딴 주머니를 찬다는 것은 곧 백번 죽어 마땅한 중죄이옵니다!"

사실 전풍은 밀주문에서 화신에 대한 의혹을 언급했다. 건륭이 화신을 남게 한 것은 그래서였다. 그러나 화신이 소수점 아래 숫자까지 정확히 짚어가면서 조목조목 설명을 곁들이고 천리양심까지 거론하는 데야 어찌할 수가 없었다. 급기야 건륭은 '백번 죽어 마땅한 중죄'를 범하지 않겠다는 화신의 굳은 맹세 앞에서 꼼짝 못하고 설득당하고 말았다. 그러나 전풍이 뭔가 헛다리를 짚었을 것이라고 생각하니 오히려 마음이 홀가분해지는 면이 없지 않았다. 그는 자리에서 일어나며 속이 시원한 듯 말했다.

"돈 얘기는 그만하고 우리 밖에 나가서 산책이나 좀 하세."

화신은 그러나 아직 뒤끝이 개운치 못했다. 조정 안팎의 '쓸 만한' 사람들은 신분, 관품을 불문하고 전부 자신의 겨드랑이 밑으로 끌어들였는데 누가 등 뒤에서 감히 뒤통수를 노렸다는 말인가? 평소에 아무런 소문도 흘리지 않은 채 직접 건륭에게 고자질한 자가 도대체 누구라는 말인가? 그래! 전풍, 그자가 틀림없어, 나쁜 자식 같으니라고!

화신은 속으로 뿌드득 이를 갈면서 건륭을 따라 걸어갔다. 그러나 얼굴에는 그런 감정을 전혀 드러내지 않고 미소를 가득 머금은 채 서쪽 일대를 가리키면서 아뢰었다.

"저기 한온천寒溫泉이 있사옵니다. 여름에는 찬물이 나오고 겨울에는 더운물이 샘솟는 기적을 보여주는 곳이옵니다. 폐하께서 여러 번 말씀하셨사온데, 하는 일 없이 바쁘게 돌아다니다 보니 모시고 갈 틈이 없었사옵니다. 이참에 저리로 모시고 가도 되겠사옵니까?"

건륭은 말없이 고개를 끄덕이고는 느린 걸음으로 화신을 따라 걸었다. 아직도 조혜의 군무에 대해 염려하고 있는 듯 얼굴에 수심이 깊었다. 그가 천천히 걸음을 떼어놓으면서 다시 입을 열었다.

"자네 주군이 옹색해서 이러는 건 아니네. 자네가 나라 살림을 도맡고 있으니 잘 알겠지만 조혜와 해란찰이 지금까지 쓴 고은庫銀이 얼마인가? 마누라를 고명 부인에 봉해주고 자식들까지 일일이 신경 써줬거늘 어찌 짐의 성의를 이리도 몰라준다는 말인가? 짐은 수라상을 대하고 있으면서도 어디 다른 근심거리는 없을까 항상 그 둘에 대해 생각하고 후고지우後顧之憂를 덜어주고자 백방으로 애써왔네. 누군가 눈꼴이 시다면서 탄핵을 해도 그들 본인이 알면 신경 쓰일까 봐 번번이 방패막이가 되어주었네. 그러니 이제 더 이상 뭘 해주라는 말인가? 어찌 그리도 용을 쓰지 못하고 적들 앞에서 쩔쩔 매느냐 이 말이지. 휴! 신하노릇 하기도 힘들겠지만 군주노릇 하는 것만 하겠는가."

화신도 한숨을 지으면서 말을 받았다.

"신의 소견으로는……, 이번 전사戰事가 성공리에 끝나면 사실 더 이상 총대를 메고 나갈 일은 없을 것이옵니다. 조혜와 해란찰은 관록에 아쉬움이 없다 쳐도 그들의 부하 장군들은 어느 누가 전사를 통해 승진하고 재물을 얻고 싶지 않겠사옵니까? 신의 소견으로는 그들은 너무 손쉽게 승전고를 울리면 공로가 공로 같지 않은 점을 염두에 두고 있는 것 같사옵니다. 폐하께서 조급해하시고 초조해하심을 알면서도 적들을 섬멸하는 데 자신이 있기에 그리 능장을 부리고 있는 게 아닌가 사료되옵니다. 마치 쥐를 잡아 놓고 즐기는 고양이처럼 말이옵니다. 신은 제대로 총대를 메어본 적은 없사오나 군사에 있어 서만은 아계 대인을 능가하는 인재가 없다고 생각하옵니다. 아계 대인은 이번에 북경으로 돌아온 뒤 틀림없이 이번 전역戰役이 결코 쉽지 않다고 할 것이옵니다. 원래 장군들은 전쟁을 치르면 치를수록 더 조심스러워진다고 하옵니다."

화신은 두어 마디에 이미 두 장군과 한 군기대신이 이번 전사와 관련해 '사사로운 욕심'을 품고 있다는 요지의 말을 입에 올렸다. 그러나 건륭은 별 생각이 없는 것 같았다. 화신은 화가 나고 울분이 부글부글 끓어올랐으나 애써 참았다.

'그런 마음으로 군주를 위하니 꼴이 그 모양이지! 두고 봐, 어디!'

화신은 그렇게 속으로 중얼거리고는 몰래 건륭을 훔쳐본 다음 말투를 달리해 다시 아뢰었다.

"두 장군이 다른 마음을 품고 있다고 말하는 것도 사실은 공정한 평가는 아니옵니다. 둘은 십분의 기력을 쏟지 않았을 뿐이옵니다. 그래도 약은 수를 쓰는 데만 급급한 문관들에 비하면 크게 질책할 바는 아니라고 생각하옵니다. 아무래도 흉험하기 짝이 없는 전쟁터가 아니옵니까? 과정이야 어찌됐든 결과적으로 승리의 소식만 떡하니 날아와 준다면 폐하께서는 그들의 모든 과오를 덮어버리고 기분이 좋아지실 것이옵니다. 관직과 녹봉, 그리고 은자! 천하의 영웅들치고 이 세 가지의 그물에서 자유로울 수 있는 사람이 몇이나 되옵니까? 신이 호부와 협의 하에 군량미를 좀 더 넉넉히 보내주겠사옵니다. 사기를 진작시키는 데 일조를 하겠사옵니다."

건륭과 화신 두 사람이 얘기를 나누는 사이 어느덧 길이 달라지고 있었다. 숲이 무성한 좁은 길이 나타난 것이다. 그곳은 다른 곳과는 완연히 다르게 고목이 하늘로 치솟아 있었다. 게다가 숲이 울창해 또 다른 세계에 들어선 것 같은 느낌을 주었다. 야트막한 담장은 잎이 무성한 나무와 등나무 줄기에 덮여 보이지 않았다. 둘이 가까이 가 보니 꽃과 휘어진 가지로 둥그렇게 만든 화문花門 위에 편액이 걸려 있었다.

宜人潭波
의인담파

연못의 물결이 좋은 느낌을 준다는 뜻으로, 기윤의 단정하고 힘 있는 필체가 돋보였다. 화신이 편액을 가리키면서 아뢰었다.
"여기가 바로 한온천이옵니다."
화신이 이어 뒤를 따르던 태감과 어멈, 시녀들에게 말했다.
"안에 따로 시중드는 궁인들이 있으니 자네들은 여기서 기다리게. 폐하의 부름이 계실 때 들어오게."
화신은 기분이 무척 좋아 보였다. 건륭을 모시고 울타리 안으로 들어가면서 쉬지 않고 세세하게 설명했다.
"저 안에 서안西安의 화청지華淸池를 모방해 만든 연못이 있사옵니다. 겨울에도 온천물에 수영할 수 있게 난방시설도 해놓았사옵니다."
건륭은 호기심에 들떠 화신을 따라 들어갔다. 과연 울울창창한 나무숲을 헤치면서 좀 더 가니 전부 대리석으로 도배한 커다란 궁전이 나타났다. 화신의 말에 따르면 이곳은 겨울철을 대비해 특별히 지은 궁전이라고 했다. 궁전 동쪽으로 돌아가자 갑자기 눈앞이 훤해졌다. 궁전 뒤쪽에는 정원이 따로 없고 울창한 숲과 화려한 꽃들에 둘러싸인 커다란 못이 있었다. 면적은 어림잡아 2무畝는 될 것 같았다. 사방에는 오르내리기 편하게 청석靑石으로 계단을 만들어 놓았다. 동쪽에서는 샘이 콸콸 용솟음치고 있었다. 하얀 김이 뽀얗게 서린 걸 보니 진짜 온천수였다.

서양의 그림책에서나 보던 장면이 눈앞에 재연되다니! 건륭은 잠시 넋을 잃었다. 할 말도 잃었다. 그때 갑자기 연못 저편에서 찰랑거리는 물소리가 들려왔다. 건륭은 소리 나는 쪽으로 고개를 돌렸다. 그곳에서는 묘령의 여인 몇몇이 까르르 웃음을 터트리면서 물장구를 치고 있었다. 두 남자가 가까이 다가가자 여인들은 황급히 물속에 몸을 숨겼다. 건륭의 눈은 경이로움과 환희에 순간적으로 빛을 발했다. 여인들은 눈이 시리도록 푸른 물속에 거의 발가벗은 몸을 담근 채 치부를 두 팔로 가리면서 어쩔 줄을 몰라 했다. 건륭의 시선은 그런 여자들에게 집요하게 달라붙어 떨어지지 않았다.

물 안에 있는 여인들은 모두 넷이었다. 하나같이 열일곱 살 정도밖에 안 되는 청초한 처녀들이었다. 옷가지들은 모두 건륭의 발치에 차곡차곡 쌓여 있고 그녀들은 고쟁이 하나만 아슬아슬하게 입고 있을 뿐이었다. 그녀들은 갑작스럽게 남자들이 들이닥치자 물속에서 감히 일어서지도 못했다. 언덕 위의 옷을 가지러 오지도 못했다. 그저 백옥 같은 몸을 청옥靑玉 같은 물속에 담근 채 미동조차 하지 않았다. 건륭의 뚫어질 듯한 눈빛에 그녀들의 얼굴은 하나같이 봉숭아처럼 붉은 빛으로 물들었다. 그중 둘은 참다못해 앉은 자리에서 뒤로 돌아서 버렸다. 나머지 둘 중 하나가 두 팔로 가슴을 가린 채 언덕 위를 향해 말했다.

"화 대인, 웬만큼 눈요기를 하셨으면 자리를 좀 비켜주세요. 저희들이 옷을 입어야죠!"

"은춘恩春이 너였구나!"

화신이 웃으면서 고개를 돌렸다. 그러고는 말했다.

"나는 아무것도 안 봤어. 내가 너희들을 데려올 때 폐하를 시중들 거라고 했지? 이분이 바로 천자이신 건륭황제이시다. 폐하께서 눈요기가 아니라 다른 걸 원하셔도 너희들은 감히 어지를 어겨서는 아니 될 것이야!"

여인들은 바로 앞에서 자신들을 굽어보고 있는 사람이 황제라는 말에 더욱 민망스러운지 온몸을 뒤틀었다. 그중 한 명이 건륭을 훔쳐보고 뭐라 낮은 소리로 말하자 갑자기 까르르 웃음소리가 터져 나왔다. 그 틈을 타 은춘이라는 계집이 한 손으로 가슴을 가린 채 다른 한 손으로 언덕 위의 옷을 가져가려고 나섰다. 그러자 건륭이 한 걸음에 다가가 그 손을 잡았다. 이어 억지로 여자를 잡아당겨 계단을 올라오게 했다.

"세상의 어떤 대가가 이 같은 미인욕천도美人浴泉圖를 그려낼 수 있겠느냐! 이렇게 맞닥뜨린 것도 연분이니라. 네가 은춘이냐? 그럼 저 애들은 이름이 뭐냐? 수영하느라 힘이 든 것 같은데 올라와서 쉬지 그러냐."

거의 알몸으로 언덕에 오른 은춘은 수치심과 부끄러움에 새끼 꼬듯 몸을 비틀었다. 화를 낼 수도 없고 짜증을 부릴 수도 없었다. 그러나 건륭의 온화하고 정겨운 목소리와 정욕에 불타는 부드러운 눈매가 영 싫지는 않은 듯했다. 은춘이 한 손을 잡힌 채 긴 머리에 반쯤 가려진 얼굴에 홍조를 띠면서 기어들어가는 소리로 대답했다.

"실로 창피스럽사옵니다. 이러다 누가 보기라도 하오면……."

건륭이 은춘의 말에 너털웃음을 터트렸다.

"화신은 이렇게 돌아서 있지 않느냐. 짐이 명하기 전에는 감히 고개를 돌리지 못할 텐데 뭐가 창피하다는 거냐? 그래, 알았느니라, 옷을 입거라!"

건륭의 말이 떨어지자 은춘 외의 나머지 셋도 허겁지겁 언덕으로 올라왔다. 이어 젖은 몸도 닦을 새도 없이 재빨리 옷을 주워 입었다. 그제야 화신이 일일이 그녀들을 건륭에게 소개했다. 세 여인의 이름은 각각 회춘懷春, 사춘思春, 봉춘逢春이라고 했다. 화신이 소개가 끝나자마자 바로 다시 입을 열었다.

"얼마 전에 강남에서 새로 사온 계집들이옵니다. 몇 개월 동안 창음각의 태감과 어멈들에게서 교습을 받았사옵니다. 원래는 서쪽의 회유서방懷柔書房이 완공된 연후에 본격적으로 시중들게 하려고 했사오나 오늘 우연히 마주치게 됐사옵니다."

"잘됐네, 잘됐어!"

건륭이 크게 기뻐했다. 그러면서 마치 온몸의 뼈가 녹아내리는 것 같은 표정을 지었다. 이어 이 계집 저 계집을 탐욕스럽게 훑어보면서 말했다.

"모두 춘春자 돌림이네? 이름도 잘 지었구먼! 잘됐네, 서재에서 필묵지연筆墨紙硯 네 가지를 하나씩 시중들면 되겠군. 물도 좋고, 못도 좋고, 사방이 울창한 숲에 둘러싸여 있으니 무릉도원이 따로 없구나! 너희들이 목욕하는 걸 보니 마치…… 으음, 마치……."

건륭은 갑자기 《서유기》西遊記를 떠올렸다. 저팔계가 반사동盤絲洞 탁구천濯垢泉에서 홀딱 벗은 미인들을 훔쳐보던 장면이 생각난 것이다. 그러나 별로 듣기 좋은 얘기가 아니라는 생각이 들었는지 차마 입 밖에 내지 못했다. 눈치 빠른 화신이 끼어들며 입을 열었다.

"견우가 직녀가 목욕하는 걸 훔쳐보는 것 같사옵니다."

"그래, 맞네! 바로 그것이네!"

건륭은 자신을 순간적으로 도와준 화신에게 감격 어린 눈길을 보내면서 크게 박수까지 쳤다. 술을 마신 것도 아닌데 이미 언동에 약간 취기가 느껴지고 있었다. 그러자 쑥스럽고 '천위'天威의 두려움도 없지 않던 여자들은 연신 "잘됐네, 잘됐어!"를 연발하는 건륭을 보면서 손으로 입을 가린 채 몰래 웃음을 지었다. 건륭이 물었다.

"금기서화琴棋書畵를 배웠느냐?"

화신이 황급히 대답했다

"강남에서는 여자아이들에게 어릴 때부터 조금씩 다 가르치는 걸로 알고 있사옵니다. 봉춘이는 노래를 참 잘하옵니다!"

건륭이 꽃밭 속에 파묻혀 도취된 듯 박수를 쳤다.

"그래? 네가 방금 고개를 돌려 몰래 웃었지? 이름이 봉춘이라고 했느냐? 참으로 곱기도 하구나. 거기다 곡도 잘한다고? 악기를 가져다 여기 수정水亭에서 몇 곡 뽑아 보거라. 시원하고 경치도 그만이니 목청이 잘 트일 것 같구나!"

사실 그들 '사춘'四春은 화신이 숭문문 세관에 있을 때부터 유심히 물색해뒀던 여자들이었다. 부모를 따라 북경에 올라온 뒤 운 좋게 왕공王公과 패륵貝勒들의 집을 안 다녀본 곳이 없는 연극배우들 중의 일부였다. 연극배우들이 용자봉손龍子鳳孫과 달관귀인達官貴人들의 집에서 기량을 선보이고 인정받는 사이 화신 역시 사춘을 '최상품'으로 점찍어뒀던 것이다. 당초 그는 건륭의 아우인 홍주弘晝에게 심심풀이 '노리개'로 그녀들을 바치려고 했다. 그러나 홍주는 그가 채 충성을 보이기도 전에 병들어 죽고 말았다. 화신은 이후 곧바로 마음을 바꿨다. 오히려 잘 됐다며 건륭에게 충성하기로 계획을 변경한 것이다. 그는 이후 군기처에 입직한 뒤 그녀들을 창음각으로 들여보내 창과 곡을 익히게 했다. 금기서화를 배우게 한 것은 너무나 당연한 일이었다.

그녀들 역시 보통은 아니었다. 자신들이 미색이 뛰어남을 알고 요행히 찾아온 부귀의 기회를 어떻게든 놓치려 하지 않았다. 왕공패륵들의 집을 드나들면서 소위 용자봉손들을 겁내지 않는 배짱을 길렀던 터라 수완과 담력도 대단했다. 아마 화신이 사전에 재삼 "얌전하고 격조 있게 굴라!"는 주문을 하지 않았더라면 벌써 수만 가지의 교태를 자랑하면서 건륭의 면전에서 마음껏 색기色氣를 발산했을 터였다. 그녀들은 그동안 갈고 닦은 눈치 역시 송곳처럼 뛰어나 척하면 삼천리였다.

건륭이 대단히 흡족해하는 모습을 보이자 계집들의 태도는 바로 달라지기 시작했다. 가장 먼저 솔선수범을 보인 여인은 봉춘이었다. 어느새 건륭의 등 뒤로 가더니 어깨와 허리를 주무르기 시작했다. 은근슬쩍 오동통한 젖가슴도 조금씩 밀착시켰다. 사춘은 건륭의 무릎께에 엎드려 다리를 주물러주고 발가락까지 시원하게 훑어줬다. 건륭은 그녀의 비단처럼 매끈하고 보드라운 손길에 혼신의 피곤이 한꺼번에 풀리는 것만 같았다. 그사이 회춘은 아쟁과 비파의 줄을 조율하더니 음을 맞추면서 노래할 준비를 했다. 또 은춘은 건륭의 찻물과 건즐巾櫛(수건과 빗)을 시중들었다.

건륭은 얼마나 좋은지 허허 웃으면서 입을 다물지 못했다. 계집들의 담대한 모습을 아슬아슬하게 지켜보던 화신은 건륭의 흡족한 표정을 보면서 한시름을 놓았다. 이어 옆에서 조심스럽게 아뢰었다.

"폐하께서는 정무와 군무 때문에 불철주야 다망하시온데 이렇게 가끔씩 여가를 내 음악과 오락을 즐기시는 것도 꿀맛이 아니겠사옵니까? 이 아이들은 소문소호小門小戶 출신들이라 아직 천가天家의 법도에 서투르옵니다. 천진난만하고 순진무구한 소녀들인 점을 감안하시어 예쁘게 봐 주시옵소서."

"법도는 무슨! 짐이 곧 '천가'이고 짐이 즐거우면 그것이 곧 법도이거늘. 종일 담녕거, 양심전, 건청문에서 경들과 씨름하는 것도 모자라 여기까지 와서도 법도를 찾고 있겠나?"

건륭은 얼굴에 춘풍을 그득하게 떠올렸다. 완전히 '사춘'四春에게 몸을 내맡긴 채 입을 다물지 못하고 있었다. 얼마 후 그가 다리 등을 주물러주는 네 명의 손을 가만히 잡아 두 손을 번갈아 덮고 만지작거리면서 말했다.

"공자의 법도는 묘당廟堂에 있고 광범한 대중들을 교화하는 자리에 존재하네. 성현의 도를 침실까지 끌어들일 필요는 없지 않겠나! 그건 그렇고 이 여인들에게 어울리는 의상은 역시 한장漢裝(한족 복장)인 것 같네. 아름답고 매혹적인 곡선을 그대로 드러내는 저 수설군水洩裙(길게 처지는 치마)과 엷은 색 비갑比甲(저고리)이 얼마나 고운가! 청사青絲(머리카락)를 깔끔히 올려 길고 매끄러운 목을 훤히 드러내니 참으로 아녀자답고 나긋나긋해 보이지 않는가. 저 용모에 만장滿裝(만주족 복장)을 입혀놓으면 참으로 꼴불견일 테지. 양의 꼬리처럼 한줌씩 땋아 내린 머리도 어울리지 않을 테지. 게다가 뒤축이 낮고 앞이 높아 걸을 때 가슴과 배를 한껏 내밀게 되는 화분저花盆底(신발)를 신으면 서시西施(중국 고대 최고의 미인)도 무염無鹽(최고의 추녀)으로 전락하는 건 순간일 테지."

그 말에 봉춘이 건륭의 귓가에 대고 속삭이듯 아뢰었다.

"폐하께서 한장을 좋아하신다면 당장 한장으로 바꾸라고 어지를 내리시옵소서. 누가 감히 어지를 거역하겠사옵니까?"

화신이 그러자 바로 꾸짖었다.

"이게 못하는 소리가 없네, 겁대가리 없이! 하문하시는 말씀에나 대답하고 허튼소리는 하지 말라고 했지?"

그러나 건륭은 그만 야단치라는 듯 손사래를 쳤다. 그러고는 봉춘의 손을 끌어당겨 잡았다. 이어 손등을 어루만지더니 손등에 코를 대고 쿵쿵거리면서 냄새를 맡았다.

"그리 혼낼 일이 아니네. 짐도 그 생각을 진작 했었네. 태후마마와 팔기 가족들이 조상의 가법을 어기면 근본을 잃어버리기 쉽다면서 결사적으로 반대하는 바람에 생각을 접었을 뿐이네. 군주도 황실 가법의 예속으로부터 자유롭지 못하다네."

화신이 바로 그때 자신의 눈치를 보는 사춘에게 건륭이 모르게 따끔한 시선을 건넸다. 사춘은 화신의 명령대로 건륭을 향해 만복을 비는 예를 사뿐히 갖추고는 공연을 서둘렀다. 회춘은 거문고, 사춘은 가야금, 은춘은 퉁소를 껴안고 각자 가볍게 시음試音을 해 보였다. 곧이어 청아한 음악이 울려 퍼졌다. 동시에 물 찬 제비처럼 날씬하고 바람 앞의 옥수玉樹처럼 가녀린 봉춘이 두 손을 살짝 맞잡아 가슴께에 대고는 앵성鶯聲을 뽑아 올리기 시작했다.

천리 꾀꼬리 우는 길에 녹홍綠紅이 한창인데,
수촌산곽水村山郭에는 주막집 깃발이 바람에 손짓하네.
남조南朝에는 사백팔십 개의 절이 있었거늘
그 많은 누대樓臺는 연우煙雨에 가려 보이지 않는구나.

"으음, 좋구나!"
건륭이 고개를 끄덕이면서 박수를 쳤다. 화신 역시 재빨리 따라서 박수를 치면서 분위기를 띄웠다. 봉춘이 이어 희롱하듯 다가오는 건륭의 눈빛을 받으면서 보조개를 파면서 생글생글 웃음을 날렸다. 그러고는 사뿐사뿐 춤동작까지 곁들여 노래를 이어나갔다.

신강수申江水는 수심이 백 척尺이라,

그 깊은 속내를 뉘라서 알리오.

목이 메어 나직이 낭군을 부르니,

애타게 그리워해도 그이는 오지를 않네!

의상이 젖고 베갯잇이 흥건하도록 울고 있으니,

나는 어느새 망부석이 됐네.

오지 않을 거면 무슨 정을 그리 주셨나요,

한번 가면 그만인 풍류를 어찌하리.

건륭이 노래를 다 듣고는 고개를 돌려 화신을 보면서 말했다.

"남녀 간의 애정을 속어俗語에 담아내는 것도 대아大雅가 아니겠나?"

화신은 고개를 내리고 뭔가 생각에 잠겨 있다 건륭의 말에 화들짝 놀랐다. 바로 자신의 실수를 깨닫고는 황급히 아뢰었다.

"지당하신 말씀이옵니다! 신은 뭐라 평을 달 만큼 아는 것이 없사오니 달리 드릴 말씀이 없사옵니다."

화신이 다시 입술을 빨면서 말을 이었다.

"조혜가 보낸 군보가 지금쯤 대내大內로 도착했을 거라는 생각을 잠깐 하고 있었사옵니다. 폐하께서 모처럼 즐거운 시간을 보내고 계시오니 이 아이들의 시중을 받으시면서 잠깐만 계시옵소서. 신이 달려가 보고 오겠사옵니다. 중요한 내용이면 화급히 달려와 폐하께 아뢰도록 하겠사옵니다."

건륭이 눈을 지그시 감은 채 노래에 박자를 맞추면서 말없이 손사래를 쳤다. 화신은 기다렸다는 듯 예를 갖춰 인사를 올렸다. 이어 무아지경에 이른 듯 계집들에게 한껏 도취된 건륭을 향해 웃음을 지어 보이고는 빠르게 물러났다.

화신이 다시 궁전 밖으로 나왔을 때였다. 담녕거 저편에서 걸어오고 있는 유보기의 모습이 보였다. 아마 옹염의 접견을 받고 나오는 길인 것 같았다. 화신이 손짓을 해서 그를 불렀다.

"열다섯째마마께서 따로 분부가 계셨나 보지? 그래, 언제 떠날 건가?"

뒷짐을 진 채 천천히 걸으면서 생각에 잠겨 있던 유보기가 화신의 부름을 받자 웃음을 띠며 빠른 걸음으로 다가왔다.

"지난번 예부의 누광걸婁光傑에게서 들었습니다. 귀주성은 워낙 편벽하고 멀어 아직도 생원生員과 동생童生들에게 팔고문八股文을 가르친다고 하더군요. 여유량呂留良의 《춘추강의》春秋講義를 교본으로 사용한다고 하더군요. 그런데 여유량은 선조先朝 때의 대역죄인이 아닙니까. 게다가 훼판毁版된 지 수십 년도 더 되는 낡은 교본을, 그것도 흠명 대역죄인이 쓴 책을 교본으로 사용한다는 것이 말이나 되는 소리입니까? 그래서 어찌하는 것이 좋을지 열다섯째마마께 훈시를 청하러 뵈었사옵니다."

화신이 관심 가득한 어조로 물었다.

"그래, 열다섯째마마께서는 뭐라고 하셨는가?"

유보기가 빙그레 웃으면서 대답했다.

"열다섯째마마께서 그러시는데, 이런 경우는 비단 귀주성뿐만 아니라 광서성에서도 비일비재하다고 하옵니다. 폐하께 훈시를 청하니 폐하께서는 '알았네'라고 어비御批를 내리셨다고 하더군요. 열다섯째 마마께서 다른 당부도 하셨습니다. 원명원 공사에 필요한 재목을 운남에서 운송해오려면 경유지인 귀주성에서 반드시 도로공사를 해야 한다는 것과 동광銅鑛 공인工人들 중에 사교의 유혹에 넘어가 반란에 가담하는 경우가 더러 있으니 유의하라고 재삼 당부하셨습니다. 아계 공이 당도했다는 말을 듣고 서둘러 그분을 들이시려고 하기에 저도 빨리 나왔습니다."

화신이 원명원 공사의 총감독을 맡은 사람답게 유보기의 말에 놀라며 바로 다그쳐 물었다.

"아계 공이 벌써 도착했어? 그래, 열다섯째마마께서는 귀주성 도로 공사와 관련해 뭐라고 지시를 하셨는가?"

"전풍 공이 북경에 도착하면 그때 잘 검토해보겠다고 하셨습니다. 나는 내일 출발하려고 하는데, 귀주 쪽에 무슨 볼일이라도 있습니까?"

화신이 말없이 고개를 저었다. 사실 그는 전풍이 옹염을 만난다는 말에 가슴이 철렁 내려앉았다. 화신은 귀주와 운남 쪽으로부터 원명원 공사에 필요한 재료를 구입하면서 약은 수를 쓴 게 있었다. 호부와 귀주성 번고藩庫에서 이중으로 돈을 지급하게 만든 것이다. 그리고 본인은 중간에서 40만 냥 정도를 따로 챙겼다. 혹시 이 일이 들통나는 것은 아닐까? 안 그래도 귀주의 번고에 돈이 많지 않은 데다 전풍의 이목이 신경 쓰여 동정사銅政司에서 귀주 번고에 돈을 빌려주도록 입김을 넣었었는데, 개코같은 전풍이 사방에 쿵쿵대고 다니더니 무슨 냄새를 맡은 건 아닐까? 이 사실이 들통나는 날에는 크게 다칠 경관京官만 수백 명에 이를 것이다. 단연 첫 번째로 목이 떨어질 사람은 화신 바로 자신이었다!

그는 생각할수록 정신이 사납고 머릿속이 어지러웠다. 어색한 웃음을 짓고 있었으나 속은 까맣게 타들어갔다. 귓전에서는 윙윙 벌집을 쑤신 것 같은 소리가 들렸다. 심장도 터질 것처럼 펄떡댔다. 예상되는 어려움과 미지에 대한 불안을 하소연하는 유보기의 말은 한마디도 들어오지 않았다…….

그렇게 정신이 혼몽해 넋이 빠져 있을 때 유보기가 물었다.

"화 중당께서는 우리 귀주 학정學政에 어느 정도의 예산을 고려하고 계신가요?"

그제야 문득 제정신이 든 화신이 유난히 민감하게 반응했다.

"벌써 내려 보내지 않았나! 헌데 또 뭘?"

그러자 유보기가 대꾸했다.

"방금 말하지 않았습니까! 인서印書하고 각 주현의 학당들에 조금씩 경비조로 나눠주고 하려면 좀 부족할 것 같다고요. 새로 부임해 가는데 중당의 위력을 빌려 내가 불 한번 좀 제대로 지펴봅시다."

화신이 숨을 몰아쉬면서 한숨을 지었다.

"그런 건 조정에 바라면 안 되네. 선례가 무섭다는 걸 알아야 하네. 그쪽에만 편의를 봐주고 다른 데는 나 몰라라 할 수 없지 않겠는가? 그렇다고 똑같이 다 해줄 수도 없고……."

화신이 잠시 침묵을 지켰다. 그러다가 갑자기 뭔가 방법이 떠오른 듯 웃으면서 말했다.

"그래도 새로 부임해가면서 내 도움을 필요로 한다는 게 어딘가? 멋있게 불을 지피겠다는 데 내가 '불쏘시개'를 마련해줘야지. 단, 어디 가서 떠벌리지 말게. 내가 원명원 공사비에서 몰래 팔만 냥을 떼어줄 테니. 저녁에 우리 집으로 와서 유전에게 얘기해. 내가 미리 지시해 놓을 테니. 그리고 내 휘하 두 사람이 귀주성으로 출장을 갈 거야. 그들도 내일 출발하는데 같이 가도록 하게. 서로 도와주면서 길동무도 하고 좀 좋아?"

유보기는 난색을 표하면서 칼같이 자르는 화신의 말에 적이 실망했다가 자그마치 '8만 냥'을 내준다는 말에 입이 그만 귀에 걸리고 말았다. 연신 허리를 숙이면서 사은을 표했다.

"저녁에 꼭 들르겠습니다. 팔만 냥이 있으면 실로 요긴하게 잘 쓸 것 같습니다. 참으로 고맙습니다."

유보기는 저녁에 다시 보자면서 거듭 사의를 표하고 떠나갔다. 화신은 이상야릇한 미소를 지은 채 그의 뒷모습이 죽림竹林으로 사라질 때까지 지켜봤다. 그러고는 돌아서서 천천히 동서방東書房으로 꺾어들었다. 머릿속은 마치 엉킨 실타래처럼 갈피를 잡을 수 없었다.

'전풍은 나를 향해 마수를 뻗쳐올 것이 틀림없어! 인정사정없이 쥐어뜯고 물어버릴 거야! 도대체 이 백면서생이 증거랍시고 들고 오는 건 뭘까? 더욱 피가 마르는 건 '열다섯째마마'가 전풍에게는 간, 쓸개라도 빼줄 것처럼 잘 대해주면서 나는 '주는 것 없이' 미워한다는 거야. 폐하 역시 나보다 전풍을 더 신임하시는 것이 사실이야. 몇 번씩이고 많은 사람들 앞에서 전풍을 '대현유생'大賢儒生이라고 치하했었지. 나도 물론 성총이 여전하기는 하나 전풍에 비할 바가 못 돼. 폐하께서 나에게 주시는 애정은 주인이 이재理財에 밝은 '장방선생'賬房先生을 대하는 것 그 이상도, 그 이하도 아니야.'

화신은 이런저런 생각에 머리가 터질 것 같았다. 원래 계획대로라면 사건이 불거지기 전에 두 측근에게 은자를 줘서 귀주성으로 보내 화근을 없애버리면 만사대길일 터였다. 그런데 일이 이렇게 꼬여버리다니! 화신은 문득 전풍이 미리 선수를 쳐서 함정을 파놓고 자신을 호시탐탐 기다리고 있었을지도 모른다는 생각이 들었다.

아예 죽여 버리자! 잠시 악랄한 생각이 화신의 뇌리를 스쳤다. 그러나 그는 다시 망설였다. 전풍은 이제 더 이상 미말微末의 소리小吏가 아닌 기거팔좌起居八座의 봉강대리封疆大吏였다. 그런 사람을 무슨 수로 쥐도 새도 모르게 죽여 버린다는 말인가? 무모하게 시도했다가 '거사'가 실패로 돌아가는 날에는 일족이 멸문지화를 입게 될 것이 아닌가. 설령 성공한다 할지라도 조정에서는 끊임없이 '뜨거운 감자' 를 캐내던 전풍의 죽음에 대해 수상쩍게 여길 것이 분명할 터였다. 그러다 보면 자신이 도마 위에 오르는 건 시간문제일 것이었다……

화신은 순간 갑자기 공허함이 밀려들었다. 시종일관 스스로를 '팔 방미인'이라고 자부해왔고 사방에 거미줄처럼 넓은 인맥을 갖고 있 다고 자신해왔는데, 그 모든 것이 한낱 물거품 같다는 생각이 들 었던 것이다. 무너지는 담장을 달려들어 밀어버리듯, 일단 자신이 사 면초가에 내몰리면 진정으로 도움을 줄 수 있는 사람은 하나도 없 을 터였다!

화신이 두서없이 이런저런 생각에 잠겨 있을 때 복인이 주사함을 받쳐 들고 걸어왔다. 그가 황급히 감정을 추스르고 정신을 차리면 서 물었다.

"흑수하에서 온 상주문인가? 어디로 보내는 건가?"

"아! 화 중당께서 여기 계셨네요!"

고개를 숙인 채 걸어오던 복인은 그제야 화신을 알아보고는 환하 게 웃으면서 대답했다.

"조혜 군문의 상주문입니다. 열다섯째마마께서 읽어보시고 아계와 유용 그리고 화 대인 세 분 중당께 보내 읽어보라고 하셨습니다. 방 금 아계와 유용 두 중당께서는 이미 읽어보셨습니다. 화 중당께서 어 디 계신지 지금 찾고 있던 중이었습니다."

화신은 복인이 받쳐 올린 주사함에서 상주문을 꺼내 펼쳐들었다. 그러고는 물었다.

"그래, 아계 중당은 언제쯤 입궐하셨나? 유용 공은 아직 서방書房에 있던가?"

"예, 그렇습니다. 아계 중당은 노하역에 머무르지 않으시고 직접 입궐해 폐하께 문후 올리고 죄를 청했습니다. 지금은 유 중당과 담화 중이십니다."

"음!"

화신은 알았노라고 가볍게 대답했다. 이어 상주문 내용을 대충 훑어봤다. 마광조가 이미 조혜와 연락을 취했다는 내용이 들어 있었다. 조혜가 대영과 회합하지 않았을 뿐 아니라 마광조를 시켜 대영을 서쪽으로 25리 지점에 옮기게 한 다음 호각지세를 이룬 채 곽집점과 대치하고 있다는 내용 역시 눈에 들어왔다. 하지만 족히 4000 글자가 넘는 장문이었음에도 딱히 이거다 싶게 중요한 내용은 없는 것 같았다. 그가 상주문을 펼쳐든 채로 말했다.

"먼저 가보게, 나는 두 분 중당을 만나봐야겠네."

화신은 서둘러 계단을 올라 동서방으로 들어갔다. 과연 아계와 유용이 마주앉아 담소를 나누고 있었다. 화신이 공수를 한 채 예를 갖추고는 허허 소탈하게 웃었다.

"아무리 발걸음을 빨리 해도 오늘밤은 돼야 도착할 줄 알았는데, 의외로 빨리 오셨습니다!"

아계와 유용도 일어나서 답례를 했다. 아계는 특히 오랜만에 만나는 화신이 반가운 듯 그를 뚫어져라 쳐다봤다. 전보다 혈색도 좋고 살집이 더 오른 것 같았다. 반면 눈가는 조금 어두웠다. 간밤에 잠을 제대로 못 잤다는 증거였다. 아계는 이 사람이 무슨 고민이 있나 하고 궁금해 하지 않을 수 없었다. 유용 역시 언제 봐도 옷차림이 깔끔하던 화신이 오늘은 장화長靴와 두루마기 자락에 풀잎을 달고 목밑의 단추도 두어 개 풀어져 있는 것을 보고는 다소 놀랐다. 그래서 물었다.

"화 대인, 무슨 일이 있었소?"

"아! 일은 무슨 일이 있었겠습니까."

화신은 마치 마음을 도둑맞기라도 한 듯 과민하게 반응했다. 그러고는 여전히 아래위로 훑어보는 유용의 눈길을 따라 자신의 차림새를 내려다보고 나서는 웃으면서 대답했다.

"걸어오면서 상주문을 읽다보니 풀에 스치고 나무에 이마를 찧을 뻔했다는 거 아닙니까? 열을 받아서 단추까지 풀어버렸죠. 그런데 조혜는 어찌된 게 사람을 하루에도 몇 번씩 놀라게 하는 겁니까? 어제는 포위당해 일각이 위태롭다고 하더니, 오늘 보니 대영과 연락이 닿았다면서요? 수적인 우세임에도 공격을 서두르지 않고 대치국면에 들어가는 건 또 뭡니까?"

화신이 말을 마치고는 아계를 바라보며 안부를 물었다.

"많이 수척해지셨습니다……."

아계는 과연 북경을 떠날 때보다 많이 야위어 있었다. 원래 긴 얼굴이 더욱 길어 보였다. 볼이 홀쭉해지니 광대뼈가 더욱 높아 보였다. 그래서였을까, 처진 눈꺼풀 사이로 끔벅거리는 기운 없는 암담한 눈빛이 무척 안쓰럽게 보였다.

아계는 눈앞의 지도에 시선을 두고 있었다. 화신의 관심 어린 말에 가볍게 미소를 지어보이기는 했으나 잠시 후 눈빛은 저절로 지도로 옮겨졌다. 한참 후 그가 말했다.

"화 대인도 의대衣帶가 꽤 헐렁해진 것 같구먼! 나이 들어 살이 빠지는 건 돈 주고도 못 산다고 했으니 다행이라 생각하오. 방금 폐하를 뵈었소? 나는 뵙기를 청하려고 해도 낮잠을 주무실까봐 기다리고 있는 중이오."

건륭은 지금 사춘과 어수지락魚水之樂을 나누느라 여념이 없을 터였다. 화신은 내심 아계가 이럴 때 찾아가 뵙기를 청해 건륭의 심기를 불편하게 하고 욕을 한바가지 얻어먹었으면 하고 바랐다. 얼마 후 그가 잠시 생각을 굴린 끝에 작심한 듯 배시시 웃으면서 말했다.

"제가 나오다가 유보기를 만나 한참 얘기를 나눴으니 폐하께서는 그새 벌써 낮잠을 주무시고 일어나셨을지도 모르지요. 폐하께서는 오늘 기분이 좋아 보이십니다. 어지를 받고 먼 길을 오셨으니 폐하께서도 아계 중당을 보고 싶어 하실 겁니다. 들어가셔서 문후를 올리시죠. 제 짐작에 폐하께서는 지금 한온천 쪽에 계실 것 같습니다."

화신이 말을 마치자마자 바로 찻잔을 집어 들었다. 그때 유용이 아계와 함께 행동을 같이 하겠다는 듯 자리에서 일어났다.

"나도 폐하를 알현해 상주하고자 하는 게 있으니 같이 갑시다."

아계가 유용의 말에 바로 일어났다. 화신은 둘을 문밖까지 배웅하고는 돌아와서 꼬마 태감을 불렀다.

"가서 유전을 불러와. 유전에게 정백희丁伯熙와 경조각敬朝閣을 저녁에 우리 집으로 데려오라고 하거라. 그 둘은 멀리 외차外差를 나가게 될 것이다. 알겠느냐?"

화신이 말을 마치고는 주머니에서 다섯 냥짜리 은자를 꺼내 꼬마 태감에게 쥐어주었다. 꼬마 태감은 은자를 받아 쥐고는 껑충대면서 신나게 달려갔다.

18장

판단력이 흐려지기 시작하는 건륭

아계와 유용은 태감의 안내를 받으면서 '의인담파' 편궁偏宮으로 걸어갔다. 문을 지키고 있던 궁녀는 즉각 건륭에게 아뢰러 안으로 들어갔다. 그사이 아계는 회중시계를 꺼내 시간을 봤다. 정오 이각二刻이었다. 그가 고개를 저었다.

"아무래도 때를 잘못 맞춰 온 것 같소. 폐하께서는 이제 막 점심수라를 드셨을 텐데!"

유용이 말을 받았다.

"그래도 들어온 이상 뵙고 가야죠. 오후에 다시 뵙기를 청하라는 딱지를 맞더라도 말입니다."

유용의 말이 끝나기 무섭게 궁녀가 나와서 어지를 전했다.

"폐하께서는 두 분 대인에게 저쪽 양정凉亭에서 대령하라고 하십니다."

궁녀는 유용이 뭐라 묻기도 전에 바로 돌아섰다. 이어 뒤도 돌아보지 않은 채 발길을 옮겼다.

아계와 유용은 족히 한 시간을 더 기다렸다. 양정凉亭은 한온천궁의 남쪽에 자리를 잡고 있었다. 서쪽으로 냇물이 흐르고 남쪽으로는 연못을 끼고 있는 곳이었다. 주변 경관만 좋은 것이 아니었다. 머리 위에는 잎 넓은 아름드리나무들이 하늘을 가리고 있었다. 또 발밑에는 푸른 이끼가 긴 돌들이 즐비했다. 숲속이라 그런지 뭇 새들도 지저귀고 매미의 긴 울음소리 역시 간간이 들려왔다. 분위기는 한없이 좋았다. 그러나 큰 소리로 얘기를 나눌 장소는 아니었다. 당연히 기다리는 시간이 대단히 지루하게 느껴질 수밖에 없었다.

태감이 차를 가져왔다. 아계와 유용은 말없이 차를 홀짝이면서 돌로 만든 의자에 앉은 채 주변의 경치를 둘러봤다. 그러면서도 수시로 궁문 쪽의 동정을 살피는 것을 잊지 않았다. 이제나저제나 건륭이 불러주기만을 기다리고 있었던 것이다. 그러나 감감무소식이었다. 수라상을 가지고 들어가거나 내오는 낌새도 없었다. 그저 바람을 타고 들려오는 것이라고는 빽빽한 꽃 울타리 너머로 가끔씩 들려오는 여인들의 까르르 웃어젖히는 소리뿐이었다. 그렇게 두 시간이 흐르고 미시未時가 다 돼서야 조금 전의 그 궁녀가 가슴을 쑥 내밀고 걸어 나와 다시 어지를 전했다.

"폐하께서 두 분 대인에게 서쪽 배전配殿으로 들라고 하셨습니다."

아계와 유용은 황급히 일어나 허리를 숙이며 대답했다. 이어 궁녀를 따라 나섰다. 그러고는 정전正殿 돌계단을 거쳐 북으로 꺾어졌다. 이윽고 서배전이 눈에 들어왔다. 둘이 그 앞에서 각자 이름을 아뢰자 건륭의 목소리가 들려왔다.

"들게."

아계가 큰 소리로 먼저 대답하고는 들어가 꿇어 엎드리며 인사를 올렸다. 유용 역시 매일 대면하는 건륭 앞이었지만 엎드려 머리를 조아렸다. 아계가 먼저 고개를 살짝 들더니 숨죽인 채 건륭을 훔쳐봤다. 건륭은 앞이 트인 군청색 두루마기를 입고 석탁石卓 옆의 의자에 비스듬히 앉아 있었다. 다과를 먹은 듯 접시 몇 개에 떡 부스러기가 남아 있었다.

건륭은 화신이 내심 바랐던 바와는 달리 대단히 기분이 좋아 보였다. 그럴 수밖에 없었다. 그는 황후와 사이가 껄끄러워진 이후부터 늙고 퇴색한 탓에 '단물'이 다 빠져버린 후궁들에게는 관심을 가지지 않았다. 물론 아직 젊고 미색이 여전한 후궁 화탁씨가 있기는 했다. 그러나 화탁씨는 워낙 운우지정에는 냉담한 여자였다. 툭하면 몸이 아프다고 핑계를 대거나 '생리' 중이라는 이유로 잠자리 시중을 거부했다. 그 때문에 건륭은 최근 들어 자의 반, 타의 반 후궁들을 거의 가까이 하지 않았다. 그런데 오늘 생각지도 않게 화신이 네 명의 '요정들'을 보내줬다. 당연히 너무나도 신선하고 좋을 수밖에 없었다.

건륭은 두 대신을 마주하고도 조금 전 물속에서 네 명의 '불여우'들과 운우지정을 즐겼던 장면을 떠올리면서 자신도 모르게 빙그레 웃었다. 그러나 곧 아계가 죄를 청하러 북경으로 돌아왔다는 사실을 상기하고는 웃음기를 거두고 근엄한 표정을 지었다.

"그래, 열다섯째황자는 만나봤나? 둘 다 일어나 저쪽 걸상에 가서 앉게."

유용이 우선 사은을 표하고는 일어나서 걸상으로 가서 앉았다. 그러나 아계는 무릎을 꿇은 그대로 움직이지 않고 연신 머리를 조아리면서 아뢰었다.

"신은 먼저 대내大內로 들어갔었사옵니다. 여덟째마마를 뵙고 폐하와 열다섯째마마께서 원명원으로 처소를 옮기셨다는 걸 알 수 있었사옵니다. 열다섯째마마께서는 담녕거 서화청에서 신을 접견하셨사옵니다. 신은 일처리를 제대로 하지 못해 폐하를 불명不明의 지경에 처하게 했사옵니다. 실로 죄스럽고 부끄럽고 황송하옵니다. 폐하를 뵈올 면목이 정말 없사옵니다. 그래서 열다섯째마마께 신의 죄스러운 심정을 대신 상주해 주십사 간청을 했사옵니다. 그러자 열다섯째마마께서는 아무래도 직접 폐하를 알현하고 죄를 청하는 것이 바람직할 것 같다고 하셨사옵니다. 신은 폐하의 은사恩赦도 구하지 않겠사옵니다. 엄히 처벌해 주시옵소서. 신을 군중軍中으로 추방하시어 속죄의 시간을 갖게 해 주시옵소서. 그리 해서 신과 같이 국은國恩을 망각한 자들에게 경종을 울려주시옵소서!"

아계는 말을 마치자마자 쿵쿵 소리가 나도록 이마를 조아렸다. 급기야 눈물을 비 오듯 흘렸다.

"신은 어려서부터 폐하를 섬겨오면서 조석으로 폐하의 참된 가르침과 훈육을 받아왔사옵니다. 관성官聲과 민명民命에 관련되는 한 작은 일이 없고 살얼음 위를 걷는 마음으로 대하지 않을 일이 없다고 누누이 훈육을 받아왔사옵니다. 그런데 잠시 귀신에 홀렸는지 조문식曹文植과 복숭福崧의 기만에 넘어가 두광내를 기군죄로 몰아넣는 우를 범하고 말았사옵니다. 폐하께서 만리 밖을 통찰하시는 성군이시니 망정이지 하마터면 시시비비를 뒤집고 탐관오리들을 비호해 충신을 매몰시킬 뻔했사옵니다. 신은 실로 중죄를 지었사옵니다……!"

아계는 눈물을 흘리면서 더 이상 말을 잇지 못했다. 옆에서 그 모습을 지켜보는 유용은 내심 안타까움을 금치 못했다. 시종일관 근신하고 크고 작은 일 따로 없이 군국軍國의 대사에 묵묵히 임해오던 아계가 어쩌다 빙판에서 미끄러져 엉덩방아를 찧었는지 속상하기 이를 데 없었던 것이다.

건륭은 잠시 말이 없었다. 그저 책상을 마주 하고 단좌端坐한 채 침묵할 뿐이었다. 사실 부항이 와병으로 국사國事에서 손을 뗀 이후 건륭이 가장 믿고 의지한 심복이자 고굉은 아계였다. 게다가 그는 지금껏 매사에 공정하고 충성스러웠다. 공사公私도 분명했다. 부항에 비해 문장 방면의 능력이 조금 처지기는 했어도 근면과 성실로 그 부족함을 메워왔던 것도 좋게만 보였다. 흠차대신으로 임명해 절강浙江으로 파견하는 데 추호도 망설이지 않았던 것 역시 그 때문이었다.

그런데 그렇게 믿어 의심치 않았던 아계가 전직 흠차 조문식과 절강 순무 복숭의 농간에 넘어가 두광내를 향해 매타작을 할 줄이야! 건륭은 간절히 죄를 구걸하는 아계를 내려다보며 마음이 괴로웠다.

"정확하지는 않으나 조문식은 자네가 고북구古北口에 있을 때 데리고 있었던 수하라고 알고 있네. 그래서 자신도 모르게 인정人情에 끌려갔던 게 아닐까? 두광내는 비록 선비 특유의 고집은 있으나 이제껏 이치에 어긋나는 일을 고집하는 경우를 못 봤네. 짐이 남순 길에 올랐을 때 의정儀征에서 홰나무에 머리를 박고 피를 철철 흘리면서 직간直諫한 사실을 자네도 알고 있을 것이네. 꼬리만 잡히면 쉬이 놓아주는 법이 없는 두광내이네. 그래서 여기저기 미운털도 많이 박혔지. 그걸 누구보다 잘 아는 자네가 이번 일을 대함에 있어 이치와 도덕에 어긋나지 않게 처리했더라면 어찌 이 지경에까지 내몰렸겠나?"

"아뢰옵니다, 폐하!"

아계가 눈물을 거두고 연신 머리를 조아리면서 덧붙였다.

"조문식은 신의 휘하에 있던 자가 아니옵니다. 그는 금천金川 전역에서 병사들을 이끌어 괄이애刮耳崖를 공격했던 부장副將이었사옵니다. 복숭은 전 군기대신 눌친의 문생이옵니다. 둘 다 신과는 아무런 관련이 없는 자들이옵니다. 바로 이 둘과 전혀 얽힌 일이 없었기에 신은 번고藩庫를 열어 장부를 조사했을 때 장부에 이상이 없자 달리 의심을 하지 않았던 것이옵니다. 때마침 두광내는 그때 신을 대하는 태도가 우호적이지 못했사옵니다. 그래서 반감이 생겼던 것이 사실이옵니다. 또 두광내는 황매黃梅 현령이 모친의 상중喪中에 밖에서 연회를 베풀고 연극구경을 했노라면서 인륜을 저버린 행위라고 탄핵안을 올렸었사옵니다. 그런데 신이 조사해본 바로는 그날은 마침 팔월 중추절이었사옵니다. 현아문의 관리들과 같이한 자리에서 그의 모친이 갑작스럽게 심질心疾이 발작해 사망한 것이었사옵니다. 신은 그 사실을 확인한 뒤 두광내가 폐하의 신임을 등에 업고 직신直臣의 명성을 자부했다고 생각했사옵니다. 철저한 진상규명도 없이 무모하게 붓을 놀려 타인의 명절名節을 더럽혔다고 생각했던 것이옵니다. 이렇게 되니 자연스럽게 조문식과 복숭에게 동정이 가고 판단에 혼선을 빚게 됐던 것 같사옵니다. 아무튼 신이 불민하고 우매해 대사를 그르쳤사오니 어떤 변병을 해도 그 죄에서 벗어나지 못할 것이옵니다. 엄히 죄를 물어 주시옵소서."

"두광내에게는 어떤 식으로 하문했는가?"

"신은 황매 사건의 진상을 미리 알고 있었는지라 선입견을 가지고 이렇게 물었사옵니다. '영가永嘉, 평양平陽 두 현에서 성省에 쌀을 꿔줬었다는 말은 누구에게 들었나?'라고 말이옵니다. 이에 두광내는 '이름이 기억나지 않는다'라고 답했사옵니다. 신이 다시 '절강성 직조織造 성주盛住가 거액의 은자를 휴대하고 입경入京했다는데, 무슨 증거가 있나?'라고 물었사옵니다. 그는 '확증이 없다'라고 대답했사옵니다. 너무 성의 없는 대답 같아서 신은 버럭 화가 났사옵니다. 하오나 그 자리에서는 내색하지 않았사옵니다. 이후 조문식, 복숭, 성주 등이 직접 신을 번고로 안내해 은자와 장부를 일일이 대조했사옵니다. 전혀 이상한 점을 발견하지 못했사옵니다. 그래서 신은 그자들에게 교묘하게 속은 줄을 몰랐사옵니다. 게다가 이미 개인적인 감정까지 개입됐으니 두광내를 더욱 혐오하게 됐던 것이옵니다."

유용은 아계의 말을 듣고 나서 비로소 사건이 발생한 동기를 알 수 있을 것 같았다. 아계는 두광내를 향한 불쾌한 심경을 은연중에 드러냈다. 그러자 이를 감지한 두광내가 무성의한 답변을 하면서 둘 사이가 껄끄럽게 되고 말았다. 급기야는 사고가 났다. 사건의 연유를 알았으니 이제 남은 일은 방법을 찾아 군신 사이를 봉합시키는 것이었다. 유용이 그 방법을 생각하고 있을 때 건륭이 탄식하듯 말했다.

"결국 두광내가 흠차대신 대접을 해주지 않았다 해서 우리의 군기대신께서 성질이 났다 이건가? 거기다 복숭 일당이 감언이설로 아부하고 입안의 혀처럼 굴었으니 홀랑 넘어간 게로군. 유용, 자네는 그렇게 생각하지 않나?"

유용이 황급히 상체를 숙이면서 아뢰었다.

"예! 아계 공이 그렇게 물었던 게 잘못인 것 같사옵니다. 그게 어떤 일인데 상대가 본인의 의도를 밝히지 않는데 두광내가 순순히 증거를 제시하고 증인을 대겠사옵니까? 또한 신은 이해할 수 없는 것이 또 있사옵니다. 번고에 있었던 은자가 민간의 것을 임시변통으로 빌려다 놓은 것이라면 전부 잡은雜銀이었을 것 아니옵니까? 어찌 선조 때의 낙민, 얼마 전의 왕단망, 그리고 국태 등이 모두 우려먹었던 수작을 알아채지 못했다는 말이옵니까?"

아계가 한숨을 지으면서 대답했다.

"나중에야 안 일이나 그자들은 참으로 치밀했소. 민간에서 빌려온 잡은을 전부 염상鹽商들과 바꿔치기 해서는……, 그야말로 빈틈없는 사기극이었소."

유용이 아계의 대답에 흠칫 놀랐다.

"사기 수단도 갈수록 담대하고 교묘해지는군요."

건륭은 사실 처음부터 아계를 크게 문책할 생각은 없었다. 그런 상황에서 진심으로 자신의 잘못을 뉘우치고 회개하는 모습을 보니 평소에 잘해왔던 점이 돋보이면서 더욱 그런 생각이 들었다. 그의 표정은 어느새 부드러워져 있었다. 그가 한 손에 찻잔을 들고 다른 한 손을 들더니 아계를 가리키면서 말했다.

"일어나게. 자네도 무심히 저지른 과오이니 어쩌겠나. 세상에는 완벽한 사람이 없는 걸! 자네는 군무軍務에 능해서 곧장 군기처로 입직을 했지. 지방관을 지내본 적도 없고 재정財政과 형옥刑獄에도 문외한이다시피 하지. 그러니 그런 과오를 범할 법도 해. 그래서 짐은 굳이 대죄大罪를 묻지는 않겠네. 허나 법과 제도가 엄연하지 않은가. 그 어떤 이유에서든 과오를 무마해줄 수는 없네. 두 등급 강등시킬 테니 군기처 행주行走로 남게. 군기처에서는 군무만 책임지고 병부의 업무를 겸하도록 하게. 그렇다고 다른 정무에서 손을 떼라는 얘기는 아니네. 유용과 화신의 업무를 잘 협조하도록 하게. 전풍이 입경하면 그때 상황을 봐서 다시 조정하겠네. 조문식과 복숭의 처벌에 대해서는 자네는 손을 떼게. 여러 가지로 미뤄볼 때 자네는 그 문제에 개입하지 않는 것이 바람직하겠네."

아계에 대한 처벌은 '수석 군기대신'의 직함을 박탈하는 것으로 끝났다. 물론 원래부터 '수석'이라는 자리가 명쾌히 구분된 것은 아니었다. 다만 모두 아계를 수석 군기대신으로 여겨왔을 뿐이었다. 유용은 그 상황에서 뭐라고 한마디 하고 싶었다. 그러나 아무래도 아계에게 도움이 안 될 것 같아 결국 꿀꺽 삼키고 말았다. 아계가 연신 머리를 조아리며 사은을 표했다.

"신은 수십 년 동안 폐하의 후은厚恩을 입어 군기처에서 정무를 보좌해왔사옵니다. 실로 과분하리만치 큰 성총을 입었사옵니다. 게다가 공로가 미미한 데 비해 상이 너무 커서 여러 사람들의 마음을 설득시키기 힘들었사옵니다. 그런데 이제 죄질이 무거운 데 비해 벌까지 가볍게 받게 됐사오니 불안하기 그지없사옵니다. 기윤 공의 전례대로 군류軍流를 보내주시옵소서. 그래야 조금이나마 죄책감을 덜 수 있을 것 같사옵니다. 군중에서 공을 세운 연후에 다시 돌아와 폐하를 섬기게 윤허해 주시옵소서!"

"됐네, 더 이상 사양하지 말게. 자네는 속임수에 빠졌어. 덫에 걸렸을 뿐이라고. 마음먹고 악행을 저지른 건 아니지 않은가!"

건륭이 덧붙였다.

"그리고 부정부패를 저지른 것도 아니야. 크게 벌할 이유가 없네. 단 하나, 짐이 바라는 게 있네. 자네가 이번 일로 두광내와 척을 지거나 원수가 되어 대사에 차질을 빚는 날에는 짐도 용서하지 못할 것이네."

"신이 어찌 옹졸하게 그런 일로 두광내를 미워하겠사옵니까? 그럴 건더기도 없사옵니다."

"두광내는 타고난 성정이 쇠심줄이네. 이치에 타당하다 싶으면 짐에게도 촌척寸尺의 양보도 안 하지 않던가!"

건륭이 말을 이었다.

"이거다 싶으면 자신의 뜻을 절대 굽히지 않는 진짜 대장부지. 짐도 처음에는 두광내를 목숨 내걸고 허명虛名을 탐하는 한족의 전형적인 인물이라 생각하고 혐오했었네. 헌데 오랜 세월 지켜본 결과 그는 실로 반듯한 사람이었네. 물론 누가 선비가 아니랄까봐 융통성이 부족한 어리석음을 가끔씩 범하지. 그런 약점만 보완했으면 일찍이 군기처로 입직시키는 것을 고려해 봤을 텐데 말이지. 그만 일어나게. 조혜의 상주문을 읽어봤는가? 소감을 말해보게."

아계는 그제야 사은을 표하고 일어났다. 이어 뭐라 입을 열려는 순간 화신이 주사함을 받쳐 들고 들어섰다. 화신은 아계를 향해 미소를 머금은 채 고개를 끄덕여 보이고는 주사함을 건륭에게 받쳐 올렸다. 그러고는 아뢰었다.

"신은 열다섯째마마를 뵈었사옵니다. 열다섯째마마께서는 군무에 관계되는 일은 감히 결재할 수 없다고 하시면서 폐하의 어지를 청하라고 했사옵니다."

건륭은 즉각 상주문을 읽어본 다음 화신에게 물었다.

"화신, 자네가 보기에는 이 일을 어찌 처리하는 게 바람직할 것 같은가?"

화신은 건륭의 물음에 말문이 콱 막히고 눈앞이 아득해졌다. 그는 솔직히 군량미나 군비 문제에 대해 물어오면 '일가견'을 한 수레 쏟아 놓을 자신이 있었다. 그러나 군무에 대해서는 별로 자신이 없다고 해야 좋았다. 더구나 말 한마디 잘못했다가는 수천, 수만 명의 머리가 떨어져 나뒹굴 수도 있지 않겠는가! 그렇게 되면 그 막중한 책임을 어떻게 두 어깨에 걸머질 수 있다는 말인가. 그렇다고 떨떠름한 반응을 보일 수도 없었다. 군기대신의 체면이 영 말이 아닐 터였다. 화신은 잠시 후 다급한 김에 등 떠밀리듯 대답했다.

"신도 전방의 군무가 염려돼 잠을 못 이루는 나날이 많았사옵니다. 조혜 군문은 처음부터 군사를 여러 갈래로 나눠 세력을 분산시키지 말았어야 했다고 사료되옵니다. 적들이 토막을 내지 않아도 스스로 '따로 논' 격이 돼버리고 말았지 않사옵니까? 다행히 지금은 대영大

莒과 연락이 닿았다고 하니 신의 소견으로는 즉각 군대를 합쳐서 대거 공격으로 전환, 적들을 한 방에 물리쳐야 한다고 보옵니다. 병력이 부족하면 서녕西寧에서 오만 명을 급파해서라도 단숨에 적들을 뿌리 뽑아야 할 것이옵니다."

화신이 피력한 의견의 핵심은 집결集結과 증병增兵이었다. 유용은 화신의 제법 그럴싸한 '의견'을 조용히 듣고 있으면서 속으로 코웃음을 쳤다. 하지만 겉으로는 전혀 내색하지 않은 채 가볍게 기침을 하면서 입을 열었다.

"신은 군사에 대해 아는 바가 없사옵니다. 하오나 화신 공의 말처럼 서녕에서 오만 명을 증파한다면 그건 문제가 된다고 생각하옵니다. 서녕의 오만 명은 조혜 군문에게 양초糧草를 공급해주기 위해 대기하고 있는 사람들이옵니다. 그들을 전쟁터에 투입시킨다면 어딘가에서 황급히 그들을 대신해 양초를 공급할 인마를 구해야 할 것이옵니다. 말이나 낙타 궁둥이를 두드리면서 양초를 운송하는 무리들이라고 우습게 봐서는 아니 되옵니다. 수천 리 고비사막을 헤쳐 나가려면 길눈이 밝아야 하옵니다. 또 어지간한 인내가 없이는 임무를 완수할 수 없사옵니다. 경험 없는 자들은 아예 엄두를 못 낼 것이옵니다. 양초를 제대로 공급받지 못하면 전방에서 아무리 잘 싸워도 소용이 없게 될 것이옵니다."

건륭이 유용의 말을 듣더니 화신에게 따끔하게 쏘아붙였다.

"화신, 군무를 모르면 겸손하기나 해야지! 자네가 건의한 것은 모두 다리가 가려운데 장화를 긁는 격이네. 그건 눈앞의 한목숨을 어떻게 건지느냐의 문제일 뿐 적들을 무찌르고자 하는 계략은 아니네!"

화신은 타고나기를 소금을 뿌리면 더욱 용을 쓰는 미꾸라지 같은 사람이었다. 원래 생겨먹기를 그랬다. 그랬으니 건륭의 핀잔을 받고도 전혀 기죽는 모습을 보이지 않았다.

"신이 뭘 모르는 주제에 허튼소리를 해서 폐하의 심기를 어지럽혀 드렸사옵니다. 조정의 입장에서 이번 전사戰事가 반드시 이겨야만 하는 전사라는 생각이 깊다보니 어불성설을 토로했던 것 같사옵니다."

건륭이 화신의 말은 듣는 둥 마는 둥 하면서 아계를 바라봤다. 아계의 표정은 희비를 가늠할 수 없었다. 어떻게 보면 아직도 황은의 호탕함에 감격하고 있는 것도 같았다. 또 순간의 실수 때문에 하마터면 충신을 오물에 처박고 자신도 일세의 영명을 하루아침에 깡그리 잃을 뻔했다는 사실에 대한 충격이 덜 가신 것 같기도 했다.

건륭이 당초 아계에게 내린 조유詔諭에서 뇌정雷霆의 분노와 벽력같은 질책이 비수와도 같았다. 아계는 그 때문에 북경에 온 뒤 큰 재화災禍를 피하지 못할 것임을 각오했다. 그러나 의외로 건륭은 '높이 치켜들었다 가벼이 내려놓는' 식으로 고굉의 신하에게 큰 벌을 주지 않았다. 그저 더욱 성숙한 신하로 거듭나도록 회초리를 휘두르면서 용기를 주는 자세를 보였다. 아계는 감격스러울 수밖에 없었다. 그는 건륭의 눈길을 받고 숙였던 머리를 더욱 낮게 숙였다. 이어 느리고 무거운 어투로 아뢰었다.

"화신 공의 방략方略은 취할 바는 못 되오나 그 취지만은 나무랄 바 없다고 생각하옵니다. 조정으로서는 더 이상의 패배를 용납할 수 없사옵니다."

아계가 고개를 조금 들었다. 목소리도 다소 커진 것 같았다. 그가 건륭을 응시하면서 다시 말을 이었다.

"흑수하黑水河 대영은 북경에서 칠천 리나 떨어져 있사옵니다. 전쟁터의 형세는 순식간에 천변만화하옵니다. 신의 소견으로는 후방에 있는 저희가 진퇴를 조종하는 것은 무리일 것 같사옵니다. 일단 우리

군이 안정을 찾고 대세를 장악해가는 것 같사오니 조혜 군문의 임기응변을 치하하고 군량미와 군비, 군수품을 충분하게 확보해주는 것이 바람직할 것 같사옵니다. 조혜 군문에게 화탁 회부가 서쪽의 쇄엽碎葉(지금의 키르키스스탄 북부 지역)이나 카슈미르 지역으로 도주하는 것만은 막아야 한다고 지시하고 다른 얘기는 구태여 할 필요가 없을 것 같사옵니다. 양초가 충분하면 사기가 진작되지 않을 이유가 없사옵니다. 곽집점 무리의 전투력은 사실 준갈이 몽고에 비할 바가 못 되옵니다. 그런 측면에서 볼 때 이번 전사는 우리에게 충분히 승산이 있는 전투라고 생각하옵니다."

아계가 말을 마치고는 천천히 장화 속에서 지도 한 장을 꺼내 들었다. 이어 건륭의 앞으로 다가가 길게 무릎을 꿇고 펼쳐 보였다. 동시에 손가락으로 지도를 짚어가면서 말을 이었다.

"여기를 보시옵소서, 폐하! 여기가 아마하이옵니다. 이쪽에는 왜왜하가 흐르고 있사옵니다. 이게 바로 모래에 매몰된 무명無名의 고성古城이옵니다. 신은 마광조, 요화청, 호부귀 등이 올린 상주문과 오늘 받은 조혜 군문의 군보를 종합해 판단해봤사옵니다. 신의 생각으로 조혜 군문은 일부러 합병合兵을 하지 않은 것 같사옵니다. 흑수하로 물러난 것도 '패퇴'敗退가 아니옵니다. 상세한 연유는 지금으로서는 추측만 가능할 뿐이옵니다. 만약 조혜 군문이 안전하게 철수를 하고 싶었다면 도중에 마광조와 요화청의 대영을 연이어 지나치면서 도움을 청했을 수도 있었사옵니다. 하오나 그는 그렇게 하지 않았사옵니다. 그가 흑수하로 철수한 이유를 신은 두 가지로 짐작하옵니다. 첫째, 화탁의 회족 병사들을 만리 사막길에 고무줄처럼 길게 늘어뜨리기 위해서이옵니다. 그렇게 해서 해란찰 군문이 우루무치에서 적들을 협격挾擊해 오는 데 기회를 만들어주려고 하는 것이옵니다. 둘째,

흑수하에 주둔하면 적들의 서부를 향한 도주로를 원천적으로 차단시킬 수 있기 때문이옵니다. 물론 위험한 선택이 아닐 수 없사옵니다. 그러나 관군의 입장에서 더 이상의 만전지책萬全之策은 없는 상황이니 부득불 최선의 고육지책苦肉之策을 생각해내지 않았을까 생각하옵니다. 신의 판단으로 조혜 군문은 이미 전체적인 국면을 손금 보듯 파악하고 있사옵니다. 또 자신이 위험한 고비를 넘겼다는 걸 알고 있사옵니다. 따라서 지금 단계에서 조정이 할 수 있는 일은 조혜 군문에게 이렇게 저렇게 전략을 짜라는 지시를 하는 것이 아니옵니다. 공을 세운 장사壯士들을 격려하는 동시에 양초와 채소를 충분히 확보해주는 것이 지금 조정에서 할 수 있는 일이옵니다. 병사들도 배가 불러야 힘껏 싸울 게 아니옵니까?"

"경의 뜻은 우리 군이 이미 대세를 잡고 있다는 얘기인데……."

건륭이 입술을 꽉 다문 채 눈길을 지도에서 떼지 않은 채 물었다.

"그런데 어찌 공격을 서두르지 않는다는 말인가?"

"방금 상주한 바는 단지 신의 추측일 따름이옵니다. 더 상세하게는 말씀드리기 곤란하옵니다."

아계가 잠시 침묵을 지키다 다시 의견을 피력했다.

"지금의 형세로 놓고 볼 때 조혜 군문은 우리 군이 좀 더 고생을 할지언정 단 한 명의 적이라도 서부로 도주하지 못하도록 철저히 차단하겠다는 생각이 분명한 것 같사옵니다. 출전을 못하고 있는 건 군수품이 부족한 것이 이유일 수도 있사옵니다. 또 해란찰 군문의 대군이 아직 합위合圍해 올 준비가 덜 됐을 수도 있사옵니다. 아무튼 둘 중 하나가 아닐까 싶사옵니다. 조심스럽기는 하오나 늦어도 닷새 이내에 틀림없이 소식이 있을 줄로 믿사옵니다."

아계가 말을 마치고는 바로 머리를 조아렸다.

"짐은 조혜가 지나치게 소심해 현 상태에 만족할까 봐 걱정이네. 해란찰은 적을 두려워해 정면공격을 피하지 않을까 싶기도 하고."

건륭의 말에 아계가 다시 아뢰었다.

"조혜와 해란찰 군문은 여태껏 미사여구美辭麗句로 공을 과장하거나 패배를 숨긴 적이 없는 사람들이옵니다. 신은 두 장군이 절대 적을 두려워해서 뒷걸음질 치는 겁쟁이가 아니라고 목숨을 걸고 보장할 수 있사옵니다!"

"그렇다면 짐이 더 이상 바랄 게 뭐가 있겠는가!"

건륭이 아계의 말에 크게 기뻐했다. 이어 웃으면서 덧붙였다.

"일어나게. 즉각 서녕西寧 제독에게 서찰을 보내게. 양초 공급에 차질이 없도록 최선을 다하라고 하게. 조혜의 군중에 단 하루라도 식량이 끊기는 날에는 짐이 그자의 수급을 따서 삼군三軍의 장사들을 위로할 것이라고 이르게. 화신은 서안 순무에게 서찰을 보내게. 서안 번고藩庫에서 은자를 끄집어내 육류와 유제품, 그리고 채소를 긴급으로 해란찰 군영에 공급하라고 독촉하게. 천산天山 대영과 우루무치 주둔군을 굶기는 한이 있더라도 조혜와 해란찰 부대를 굶겨서는 안 된다고 전하게. 차질을 빚는 그런 '유장'儒將은 짐에게 필요 없다고 못 박게!"

"예!"

아계와 화신이 이구동성으로 대답했다. 특히 화신은 신이 나서 입을 열었다. 서안 번고의 돈으로 군중에서 필요한 육류와 채소를 대량으로 구입하게 되면 또 얼마간 '슬쩍'할 수 있다는 생각에 기분이 좋아진 것이다. 그가 그런 생각을 숨긴 채 다시 아뢰었다.

"낙양에 아직 죽순竹筍이 십만 근 넘게 있사옵고, 사탕수수도 몇 만 근 있사옵니다. 이참에 모두 서부로 보내겠사옵니다."

"그래, 그렇게 하게."

건륭의 표정이 어느새 환하게 밝아졌다. 말투에도 기분이 좋아졌다는 느낌이 물씬 풍겨나고 있었다.

"있으면 있는 대로 뭐든지 다 보내주게. 나중에 운송경비와 구입비용은 모두 자네가 알아서 처리하게. 헌데 유용, 자네는 무슨 생각을 그리 하는가?"

유용은 모두가 군무를 논하는 사이 잠시 혼자만의 생각을 골똘히 하고 있던 터였다. 그러던 차에 건륭이 불쑥 물어오자 황급히 정신을 추스르면서 대답했다.

"신은 해금海禁의 골칫거리인 대만臺灣을 생각하고 있었사옵니다. 복건성의 구리가 대만을 거쳐 일본으로 대량 밀매되고 있다는 첩보를 입수했사옵니다. 올해만 사천 근을 압수했사옵니다. 그뿐 아니라 찻잎, 대황大黃, 주단綢緞과 자기瓷器도 대만을 거쳐 해외로 밀반출되고 있는 실정이옵니다. 대만의 해금은 복건보다 열 배는 더 어렵사옵니다. 누누이 금지조항을 내려 땜질을 함에도 불구하고 구멍이 자꾸 커져가니 더 이상 방치해서는 안 될 것 같사옵니다."

화신이 유용의 말에 미간을 찌푸렸다. 자신의 업무 범주에 속하는 사안을 유용이 입에 올렸으니 듣는 입장에서는 본업에 진력하지 않았다는 비난으로 들릴 수밖에 없었던 것이다. 그가 황급히 아뢰었다.

"심각한 문제인 것은 확실하옵니다. 허나 당장 어찌해 볼 도리가 없는 것도 사실이옵니다. 지난번 복건 포정사 고봉오가 입경했을 때 그와 더불어 해금에 대해 두 시간 남짓 얘기를 나눴던 적이 있사옵니다. 그의 말에 따르면 근자에 좋아진 것이 그렇다고 하옵니다. 사실 성조聖祖 때부터 해금을 명했사오나 대만에서는 여태까지 해금을 실시한 적이 없다고 하옵니다. 황상皇商 마덕옥馬德玉이 말레이시아에서 돌아와서 그러는데, 그곳 거리에는 한족들이 쫙 깔렸다고 하옵니다. 개나 소나 저마다 자리를 차고 앉아 온갖 내지內地 물건을 펴놓은 채 장사를 하더라고 하옵니다. 그야말로 없는 것이 없다고 했사옵니다. 또 그 많은 물건들 중 대부분은 반출이 금지된 물품이었다고 하옵니다. 이는 엄히 수사해 처벌해야 할 사안이옵니다!"

화신은 자신의 잘못을 시인하는 척하면서 은근슬쩍 모든 책임을 유용에게 전가시키고 있었다. 이어 히죽 웃으며 덧붙였다.

"또 여송呂宋(필리핀) 일대의 조曹씨 성을 가진 노파는 자기 아들을 양주揚州로 보내 자기와 주단을 싹쓸이해가다시피 한다고 들었사옵니다. 샛노란 금을 두어 덩이 찔러주면 관리들은 모두 한쪽 눈을 질끈 감아버리기 일쑤라고 하옵니다."

유용이 즉각 말했다.

"내가 주목하는 것이 바로 그 부분이오. 폐하, 방금 말한 그 조씨 노파는 고향 사건 때 연루돼 도주한 일급 범죄자이옵니다. 그런 비적들이 대만의 불순한 무리들과 한 덩어리가 되어 돌아가고 있사옵니다. 대만은 내지內地와 천리 해역을 사이에 두고 있사오니 유사시 정벌하기에도 그리 용이치 않을 것이옵니다!"

건륭은 수시로 고개를 끄덕이면서 열심히 귀를 기울였다. 이어 한참 후에야 입을 열었다.

"그래, 지금은 어떤 조짐이 보이는가?"

유용이 기다렸다는 듯 대답했다.

"임상문 그자는 대만에 있는 것이 확실하옵니다. 그자의 본적은 복건성 장주부漳州府 평화현平和縣이옵니다. 건륭 이십팔 년에 대만으로 이주했다고 하옵니다. 대만에는 한족, 고산족高山族과 토착주민들이 잡거雜居해 있사옵니다. 각자 생계를 위해 무리를 지어 다니는 탓에 상호간의 분쟁이 끊이지 않고 있사옵니다. 심지어 관부의 명령에 반항하면서 관리를 죽이는 일도 비일비재하옵니다. 부유한 곳이지만 골칫덩어리이옵니다. 임가林家(임상문) 그자는 수십 년 동안의 경영 끝에 지금 대만에서 타의 추종을 불허하는 재력가로 자리매김을 했다고 하옵니다. 전량錢糧을 넉넉히 내는 가문이니 관부에서도 관대할 수밖에 없는 입장이라고 하옵니다. 임아무개가 수차례 내지에 잠입해 난을 일으키고 대만으로 도주했사오나 현지 관부는 그자의 은신처를 알면서도 감히 체포하지 못했사옵니다. 그 까닭을 아시겠사옵니까?"

유용이 고개를 들어 건륭을 잠깐 바라보고는 말을 이었다.

"그자의 '코털'을 건드려 더 큰 사달을 초래할까 두려웠던 것이옵니다. 고봉오는 신에게 보낸 서찰에서 '대만인들은 진정 죽음을 초개같이 여기는 용감하고 정의로운 사람'이라고 했사옵니다. 이에 신은 실소를 터트리면서 '그래서 당신들은 대낮에도 비적들이 떴다 하면 꽁꽁 숨어버리나 보지!'라고 매몰차게 비난했었사옵니다."

유용이 지적한 내용은 사실이었다. 심지어 며칠 전에는 대만의 담수현淡水縣에서 관리 한 명이 아문 앞에서 수십 명의 폭도들이 휘두른 도끼와 칼에 난도질당해 죽는 한심한 사태가 발생하기까지 했다. 그 사건과 관련한 상주문을 읽었던 화신은 순간 그때의 기억을 떠올리면서 등골이 오싹해졌다. 급기야 바로 나섰다.

"이는 실로 심각한 상황이 아닐 수 없사옵니다. 비적들이 관아를 우습게 보고 정령政令이 전혀 먹혀들지 않으니 말이옵니다. 워낙 수천리 바닷길인지라 유사시 용병을 하더라도 그건 멀리 있는 물이 당장의 갈증 해갈에는 도움이 안 되는 격이 되지 않겠사옵니까? 고로 사달의 조짐을 미리 간파해 모든 우환을 미연에 방지해야 하옵니다. 신의 어리석은 생각으로는 올해 일 년 동안 대만의 세금을 면제시켜주는 것이 어떨까 하옵니다. 도호盜戶들을 진휼賑恤하는 동시에 유능한 관리를 지부知府로 파견하는 것도 생각해 볼 필요가 있겠사옵니다. 군정軍政과 민정民政을 동시에 틀어쥐어 국면을 안정시키는 것이 시급할 것 같사옵니다. 통촉해 주시옵소서!"

건륭이 그러자 가볍게 콧소리를 내면서 입을 열었다.

"말이 되는 소리를 해야지! 자네는 호부를 관장한다는 사람이 벌써 연 삼 년 동안 대만의 전량錢糧을 면제해줬다는 사실을 몰랐다는 말인가? 지금 전량을 면제해주지 않아 문제가 야기된 것이 아니지 않은가! 대만은 해상무역이 활발한 탓에 내지의 지원이 없이도 충분히 자급자족할 수 있는 곳이라고! 전혀 궁한 지역이 아니라는 말일세. 너무 부유해서 겁나는 구석이 없거늘 거기다 더 지원을 해주면 어찌되겠는가?"

건륭이 말을 하다 흥분한 듯 찻잔을 들어 힘껏 내려놓았다. 그러나 화신은 전혀 당황하는 기색이 없었다. 아계는 그렇게 면박을 당하고서도 아무렇지 않은 것 같은 화신의 파렴치한 모습을 보면서 혀를 내둘렀다. 다른 한편으로는 그에게 반박할 말이 생긴 탓에 뭐라고 설명하기 어려운 쾌감도 느꼈다. 그러나 내색은 하지 않았다.

"천만 지당하신 말씀이옵니다! 화신 공의 뜻은 사실상 돈으로 일방의 평안을 사자는 것이 아니겠사옵니까? 그러나 이는 다른 지역에서는 가능할지 모르나 유독 대만에서만은 통하지 않는다고 생각하옵니다. 그리 되면 비적들의 기세는 날로 더 왕성할 것이옵니다. 조정의 호의도 역으로 악용할 것이 분명하옵니다! 이 발상은 적들을 조주위학助紂爲虐(악인이 더욱 악인이 되도록 함)하는 것과 다름이 없사옵니다!"

아계는 몇 마디 되지 않은 강한 어투로 화신의 건의에 쐐기를 박아버렸다. 그의 말이 나라를 망칠 말이라면서 엄히 꾸짖은 셈이었다. 화신은 순간 놀란 나머지 두 눈을 둥그렇게 뜬 채 아계를 바라봤다. 그러고는 고개를 내린 채 속으로 이를 부드득 갈았다. 그러나 겉으로 는 내색하지 않고 아계의 말에 귀를 기울였다.

"대만의 정무에는 세 가지 폐단이 있다고 보옵니다. 첫째, 크고 작 은 난동이 끊이지 않지만 현지 관부나 조정에서는 그때마다 어떻게 든 돈으로 달래고 무마하려고 했다는 사실이옵니다. 그 결과 적들의 기염만 조장시켰사옵니다. 둘째, 삼 년 임기가 끝나면 재임再任이라는 것이 없기 때문에 관리들이 책임을 지려 하지 않사옵니다. 말하자면 적당히 비적들과 타협하면서 하루살이 격으로 임기를 마치는 데만 급급했던 것 같사옵니다. 마지막으로 대만 군무가 제 궤도에 오르지 못한 것이 가장 골칫거리가 아닌가 사료되옵니다. 원래대로라면 대만 에 총병總兵 한 명, 부장副將 한 명을 두고 대만부臺灣府와 창화彰化에 각 각 수사水師 병력 몇 천 명을 주둔시켜야 마땅할 것이옵니다. 팽호澎湖 지역에도 마찬가지이옵니다. 현재 대만에 주둔해 있는 무관들은 하 나같이 내지와의 밀반출, 밀반입에 열을 올리고 온갖 사치한 생활을 누리고 있사옵니다. 그자들은 돈을 벌어 자신들의 대장에게 월 얼마 씩 바친다고 하옵니다. 관부의 경우 그들 주둔군에 의해 치안을 보장 받는다고 해도 과언이 아니오니 감히 그들의 부정을 알은체할 수가 없지 않겠사옵니까? 솔직히 누구라도 그들과 척을 졌다가는 거기서 하루도 버텨내지 못할 것이옵니다. 더구나 이 문제는 이미 고질이 돼 버렸사옵니다! 이는 복건과 대만 두 곳의 백성들이라면 다 아는 공 공연한 비밀이옵니다. 다른 지부를 보내도 대만 현지의 관습에 따를 수밖에 없을 것이옵니다. 독불장군이 없지 않사옵니까? 소위 호관好 官으로 회자되고 있는 선제 때의 채합청蔡合淸, 황조종黃朝宗이나 최근의 진봉오秦鳳梧, 고봉오高鳳梧 등은 모두 내지에서 나름 인정을 받았던 유능한 관리들이었사옵니다. 하지만 결국 모두 무기력하게 제 자리를 지키는 것에만 만족하고 있는 실정이옵니다!"

아계는 말을 마치고는 길게 한숨을 내쉬었다. 다행히 잘 마무리 지었다는 뜻인 듯했다. 아계의 말을 들은 건륭의 표정은 점점 심각해졌다. 들을수록 놀라움을 금치 못하는 것 같았다. 아계의 말이 끝나고 한참이 지나도록 진정하려 노력하는 모습이 역력했다. 그가 손으로 부채 끝에 달린 장식물을 계속해서 만지작거리더니 한참 후에야 입을 열었다.

"지난번 민절閩浙(복건성과 절강성) 총독 상청常靑이 비슷한 얘기를 했던 적이 있네. 그렇게 넓은 해역을 사이에 두고 있으니 내지와 똑같은 방식으로 다스릴 수 없다는 건 어느 정도 이해할 수 있네. 이치吏治라면 내지도 엉망이거늘 대만이야 오죽하겠나? 허나 짐은 대만 상황이 경이 상주한 그 정도로 심각하리라고는 생각지 못했네. 듣고 나서도 솔직히 믿어지지 않네. 외관들은 임지로 가면 현지 상황을 최악으로 부풀려 보고하는 경우가 허다하지. 왜냐? 설령 추후에 자신의 불찰과 무능으로 인해 문제가 발생하더라도 '최악'을 초래한 전임에게 책임을 밀어버릴 수 있으니 말일세. 그자들의 속임수에 넘어가서는 아니 되겠네. 복건성은 화이華夷, 양무洋務, 왜무倭務가 한데 얽혀 복잡다단한 곳이네. 민절 총독 상청 혼자서는 힘에 부치는 것 같네. 복건성은 대만의 재정, 치안, 군무 제반에 직접적인 영향을 미치는 중요한 지역이네. 그래서 짐은 복건 총독아문을 설치해 군정의 요무를 전담하게 만들 생각이네."

건륭의 말이 끝나기 무섭게 아계와 화신의 눈길이 마주쳤다. 건륭의 조치가 의외라는 반응이었다. 아계는 즉시 이시요를 떠올렸다. 그러나 아계가 미처 입을 열기도 전에 화신이 선수를 쳤다.

"폐하의 성려聖慮는 실로 높고 크시옵니다. 총독아문의 제일인자가 될 총독은 복건성의 각 제독아문을 휘하에 장악할 수 있어야 하옵니다. 정무政務와 이무夷務에도 능숙할 뿐 아니라 청렴하고 재능이 있는 자라야 하옵니다. 신은 두 사람을 천거하고자 하옵니다. 한 명은 호광湖廣의 늑민, 다른 한 명은 봉천부奉天府의 해녕海寧이옵니다. 이 둘을 염두에 두시고 성재聖裁를 부탁드리옵니다."

아계는 화신의 말을 듣고 즉각 그의 의도를 알 수 있었다. 늑민은 비적, 사교, 아편과의 전쟁 등을 치르느라 정신없이 바쁜 사람이었다. 머리에 김이 날 지경이라고 해도 좋았다. 그런데 그런 그를 복건 총독으로 자리를 옮기게 한다는 건 어불성설이었다. 그랬으니 화신이 진정 천거하고자 하는 사람이 해녕이라고 볼 수 있었다. 그런 화신의 속셈을 간파한 아계가 입을 열려고 할 때 건륭이 먼저 말했다.

"이시요도 충분히 자격이 있네. 허나 아직 복직시키지 않은 상태라 갑자기 중용을 하면 백성들을 설득하기 좀 어려울 테지. 해녕은 일단 순무에 제수해 정무를 담당하게 하는 게 좋겠네. 대만은 원래부터 사흘이 멀다하게 복잡한 곳이니 바람이 분다고 큰 비가 쏟아질까봐 미리 걱정할 필요는 없을 거네. 해녕……, 이름 한번 좋구먼!"

"참으로 길상吉祥한 이름이지 않사옵니까!"

화신이 얼굴에 화색을 띤 채 말을 이었다.

"해녕, 해녕, 바다가 안녕해진다는 뜻이 아니옵니까? 대만의 장래에 장밋빛을 가져다줄 사람이라는 암시가 아니겠사옵니까?"

아계는 코웃음이 터지려는 걸 억지로 참았다. 건륭 뿐 아니라 화신도 코흘리개 소꿉장난을 하고 있는 것 같은 느낌이 들었던 탓이었다. 그러나 누가 뭐래도 황제의 금구옥언金口玉言이었으므로 면전에서 대놓고 반박할 수는 없었다. 그가 입술을 빨면서 한참 동안 깊은 생각에 잠겨 있더니 조심스럽게 입을 열었다.

"이름으로 치자면 이시요의 이름도 나쁘지 않사옵니다. 신이 보본保本(보증각서)을 작성하겠사오니 그에게 당분간 총독서리 직을 맡겨보는 것이 어떻겠사옵니까? 죄를 지은 몸이니 각별히 열심히 일하려고 할 것이옵니다. 삼 년 임기가 끝날 때 정치적 치적을 근거로 정식 임용 여부를 결정하는 게 좋을 것 같사옵니다."

"일리는 있군. 그러나 봉강대리는 워낙 주목받는 직무라……."

건륭이 잠시 멈칫 하더니 다시 천천히 말을 이었다.

"먼저 감숙성으로 보내 군무에 협조케 하고 한 발자국씩 수순을 밟아 올라가는 것이 정석인 것 같네. 보본을 올리더라도 유용과 화신 두 사람이 올리는 것이 더 어울릴 것이네."

건륭의 말은 맞는 말이었다. 아계 자신이 대죄戴罪하고 있는 마당에 누군가의 보증을 선다는 것은 설득력이 떨어질 터이니 말이다. 공감대를 얻지 못하리라는 것은 두말할 여지도 없었다. 더구나 화신과 이시요의 불화는 천하가 주지하는 바였으므로 화신이 나서서 보본을 올린다면 더욱 효과적일 수 있을 터였다. 이시요가 심리적인 안정을 찾는 데도 도움이 될 가능성이 높았다. 두 신하는 건륭의 지시에 내심 감복해마지 않았다. 급기야 건륭이 일어서자 둘은 황급히 자리에서 나와 길게 무릎을 꿇었다. 그러고는 이구동성으로 말했다.

"성유聖諭를 받들어 모시겠사옵니다!"

건륭은 백옥의 난간 앞에 선 채 물러가는 신하들의 뒷모습을 천천히 바라보면서 손짓으로 왕인을 불렀다.

"내무부에 어지를 전하거라. 연못 뒤에 있는 저 건물을 서방書房으로 꾸미라고 하거라. 짐은 매일 낮잠을 자고 난 후에 바로 저곳에서 정무를 볼 것이다. 대신을 접견할 때에는 담녕거로 돌아간다고 하거라. '사춘'四春을 여관女官으로 승격시켜 서방에서 시중들게 하거라."

"예!"

왕인이 황급히 대답했다. 이어 바로 여쭈었다.

"내무부에서 그 여자들을 여관으로 승격시키려면 황후마마의 의지가 있어야 하옵니다. 그리고 저 건물은 하궁夏宮이온지라 겨울에는 다시 손을 봐야 할 것이옵니다."

건륭은 태감의 조심스런 말에 잠시 생각에 잠겼다. 황후 나랍씨가 이 사실을 알게 되면 필히 태후에게 고자질을 할 것이다, 그리 하면 태후는 다시 헐레벌떡 찾아와 꼬치꼬치 캐물을 터였다. 무언의 압력을 넣지 말라는 법도 없었다. 건륭이 미간을 찌푸리면서 말했다.

"의지를 청할 필요가 없다고 하거라. 이는 짐의 특지이니라. 내무부는 짐의 인새印璽를 박아 그네들에게 옥첩玉牒을 발급해 주라고 하거라. 그리고 건물이 하궁夏宮인지 동궁冬宮인지 짐이 그것까지 신경을 써야 하겠느냐?"

왕인이 건륭의 질책에 겁을 집어먹고 연신 굽실거리면서 물러가려고 했다. 그때 건륭이 다시 한 번 경고의 말을 토했다.

"잘 들어! 누구라도 이에 대해 밖에다 헛소문을 퍼뜨리고 다녔다가는 가차 없이 껍질을 벗겨버릴 것이야!"

건륭은 호통을 치고 나서 바로 편전으로 들어갔다. 발걸음만 봐서는 노인답지 않게 힘이 넘쳤다.

〈18권에 계속〉